阅读之前 没有真相

午夜文库

莎拉·派瑞斯基
芝加哥首席女侦探系列

莎拉·派瑞斯基
Sara Parestsky (1947—)

  莎拉·派瑞斯基是美国侦探小说史上著名的冷硬派女作家。她将芝加哥打造成与纽约、洛杉矶等地齐名的冷硬私家侦探的诞生地。她笔下的维·艾·华沙斯基（V. I. Warshawski）是世界侦探之林不多见的女性私探，因兼具美貌与果敢，而被誉为"芝加哥最美的私人侦探"，并被美国推理作家协会票选为"最受欢迎女侦探"前三名。

  一九四七年，莎拉·派瑞斯基生于美国爱荷华州的埃姆斯，长于堪萨斯州。她是个很会念书的聪明人，先在堪萨斯大学拿到政治学和俄语双学士，之后同时在芝加哥大学取得工商管理硕士和历史博士学位。她曾在芝加哥都市研发局工作，以自由撰稿人的身分评写商业文章。一九七七至一九八六年间，则在CAN保险公司担任行销部经理。此后，才成为专职作家。

  派瑞斯基自幼就开始创作，但是那些儿时的作品却从未出版发表。后来，她回忆成名前的经历时曾认为，自己对侦探这个角色的设定一开始就出错了："一九七九那一年，"她如是说，"我才了解到我一心想要创造的私探，原来是在模仿雷蒙德·钱德勒笔下的主角，差别只在于性别不同。如今我已明白，我要写的是一个女人，一个和我一样做事情过日子的女人，而且试图在男性主宰的领域中获得成功。"

就是因为这份企图心，使得派瑞斯基和苏·格拉夫顿、玛西亚·穆勒（Marcia Muller）并称美国三大冷硬派女杰。同样是崛起于上世纪八十年代，派瑞斯基的风格笔触却更为强悍泼辣，令人不禁想起文风野蛮残暴的米基·斯皮兰。但她所描述的绝非反社会行为，而是要藉由揭露谋杀案的真相来发人省思，进而突显更大的社会议题，尤其是隐藏在芝加哥这个工业城其黑暗腐败的一面。

除了在美国本土饱受好评外，派瑞斯基的作品还极获英国评论家的赞誉，一九八二年，她的第一本犯罪小说《索命赔偿》出版，立刻引起侦探小说界的极大反响。一九八八年，以《血色杀机》（Blood Shot）赢得英国犯罪作家协会的银匕首奖，二〇〇二年，她已荣获象征终身成就的钻石匕首奖。二〇〇三年再以《黑名单》（Blacklist）摘得金匕首奖。

派瑞斯基是知名作家，也是杰出的编辑，她编过几本短篇故事选集，其中的《女性之眼》（A Woman's Eye）曾获安东尼奖。此外，她还成立了"最有影响力的女性犯罪作家协会"，同时兼任第一届主席。

二〇一一年，美国推理作家协会宣布，将"大师奖"颁给莎拉·派瑞斯基。至此，她已将侦探小说界最重要的几个奖项尽数收入囊中，她的作品被翻译为二十多种语言，在全球销量逾千万册，是当之无愧的大师级作家。

重要作品年表：Warshawski novel

Indemnity Only (1982)

Deadlock (1984)

Killing Orders (1985)

Bitter Medicine (1987)

Blood Shot (1988)

Burn Marks (1990)

Guardian Angel (1992)

Tunnel Vision (1994)

Hard Time (1999)

Total Recall (2001)

Blacklist (2003)

Fire Sale (2005)

Hardball (2009)

Body Work (2010)

Breakdown (2012)

守护天使
Guardian Angel

(美)莎拉·派瑞斯基 著
缪莹 译

新 星 出 版 社　NEW STAR PRESS

献给马克和伊娃。

"轻一点,因为你踩着他们的梦。"

——W.B.济慈

目录

1	第一章 性与单身女孩
10	第二章 可选的黑色领带
19	第三章 疯狂吃喝
28	第四章 鸡蛋上的黑麦威士忌
36	第五章 执行私刑的暴徒邻居
44	第六章 在拉辛大道进进出出
51	第七章 签约新客户
59	第八章 解决你的难题
65	第九章 未经雕琢的钻石
73	第十章 去找狗
79	第十一章 人吃狗
86	第十二章 布鲁斯指引了谁——欢迎来到你沾满血污的床上
93	第十三章 孝道
99	第十四章 路德再生
106	第十五章 旁边去,西绪弗斯
116	第十六章 在OK的太平间一决胜负
124	第十七章 另一条芝加哥的漂流鱼
130	第十八章 不是皇冠上的珠宝
141	第十九章 回头的浪子
148	第二十章 法律企业
158	第二十一章 把朋友扔向狼
165	第二十二章 表的旁边
172	第二十三章 被科技耍了
179	第二十四章 赫丘利斯的劳动力
188	第二十五章 撑满肚子
195	第二十六章 坏女孩很晚还在外面
200	第二十七章 在晚饭时间到街上去

目录

207	第二十八章 德行的典范？
217	第二十九章 和无所事事的富人喝酒
225	第三十章 寄宿公寓来了
233	第三十一章 渗透进一家公司
241	第三十二章 摇荡的夜晚
250	第三十三章 回忆午夜游泳
258	第三十四章 法律强壮的臂膀
266	第三十五章 艰难一日的夜晚带来的后遗症
273	第三十六章 临终遗嘱
284	第三十七章 一只给孔特雷拉斯先生的鸡
290	第三十八章 前夫露面
295	第三十九章 离婚之后仍苦恼
303	第四十章 不再想念
313	第四十一章 银行家的新品种
322	第四十二章 刺激新闻界
327	第四十三章 高电压的市场营销计划
337	第四十四章 最后的电话
345	第四十五章 新职业在招手
353	第四十六章 新来的废物——但不是来自纽约萨克斯第五大道
358	第四十七章 系统短路
365	第四十八章 脱身
371	第四十九章 当高管层发话了……
379	第五十章 圣斯蒂文森和卡车
388	第五十一章 是罪有应得——还是其他什么
394	第五十二章 试着打结
399	第五十三章 隐秘的思乡之郁
408	第五十四章 离家很远

第一章 性与单身女孩

热吻布满了我的脸,把我从深度睡眠中拖到清醒的边缘。我呻吟着往被子里钻,希望能潜回美梦里。我的同伴可不打算休息;它把我从毯子底下挖出来,继续毫无节制地向我表达它急切的热情。

我用枕头蒙住脸,它就开始可怜地呜呜叫着。现在我彻底清醒了,翻个身凝视着它。"这会儿还没到五点半,你不可能现在就想起床吧?"

它不理会我,既不听我的话,也不管我正努力把它从我胸口赶走。它就这么专注地看着我,棕色的眼睛睁得大大的,嘴巴微微张开,露出粉色的舌尖。

我朝它龇牙咧嘴。它焦急地舔着我的鼻子。我坐起身,把它的头从我脸上推开。"就是你这种没有节操的热吻害你陷入了现在的困境,这才刚开始呢。"

佩皮见我醒了很高兴,笨拙地把它臃肿的身体挪下床,朝门口走去。它转头看看我有没有跟上来,不耐烦地发出低沉的噪音。我从床边的一堆衣服里拽出一件圆领长袖运动衫和一条短裤,拖着沉重的双腿走到后门,胡乱摆弄着门上的三道锁。到那时为止,佩皮都在热切地轻声叫着,但是当我打开了门,它成功地控制住了自己。我想,这就是教养吧。

我看着它走下三段楼梯。怀孕让它的身体两侧膨胀起来，步速也慢了下来，但是它还是成功地走到后门处它的地盘上，才拉了出来。排泄完之后，它没有像平常一样走到院子里赶走猫和其他来找食物的动物。相反，它摇摇摆摆地回到楼梯边，在一楼门外停了下来，发出一声尖锐的叫声。

很好。让孔特雷拉斯先生照顾它吧。他是我住在一楼的邻居，这条狗的半个主人。他得为它现在的状况负全责。好吧，不是全责——街头与我家隔了四户人家的那只拉布拉多也得为此负责。

有一个星期，我离开家去参加一桩工业蓄意破坏案的审理。那时佩皮进入了发情期。我找了一个朋友一天来遛它两次——嘱咐要给它拴上短皮带。我朋友是个家具搬运工，肌肉如铁一般结实。当我告诉孔特雷拉斯先生这件事就交给蒂姆·斯特里特时，他很受伤。然而，不幸的是，他没有说出口。佩皮是只训练有素的狗，一喊它就会跑过来。它并不需要拴上皮带；而且，好吧，我以为自己是谁，能安排人来遛佩皮？如果不是有他在，佩皮根本不会得到照顾，我一天二十四个小时里有二十个小时都不在家。我就要离开家了，不是吗？这只不过是我无视他的又一个例子。而且除此之外，他比我带回来的那些年轻傻瓜中的绝大多数都要适合。

我急着出门，没有听他说话，只是认同他以七十七岁的年龄来说身材很标准。我让他在这件事上听我的。仅仅十天之后，我就听说孔特雷拉斯先生在蒂姆第一次上门的时候就解雇了他。这灾难般的结局，已经完全可以预料到了。

当我周末从坎卡基①回来的时候，这位老人一脸悲哀。"我不知道

---

①伊利诺伊州地名。

这是怎么发生的,宝贝儿。它一直都这么乖,一喊就来。这回它就从我身边,直冲着街那头飞跑过去了。我的心都提到嗓子眼儿了。我想我的天哪,它要是被车撞了,要是丢了,要是被绑走了,那可怎么得了啊!你知道的,报纸上说那些实验室雇人从街上啊、院子里啊偷狗,你会再也见不到你的狗,也不知道你的狗出了什么事。我抓到它的时候,大大地松了口气,谢天谢地,我要怎么说才能让你明白——"

我毫不留情地嘲讽道:"那你打算怎么跟我说这件事?你不想给它绝育,但是它发情的时候你又控制不了。如果你不是这么顽固的话,就会承认这一点,你就会让蒂姆遛它。我就跟你说这么多——我不会花时间去给它那些见鬼的后代找好去处的。"

这话让他突然发了脾气,愤怒地摔门回到他的房间去了。我整个周六都在回避他,但是我知道我们得在我再次离开家之前讲和——我不能让他一个人独自照顾一窝小狗崽子。不管怎么说,我年纪渐长,无法享受满腹怨恨的感觉。周日早上,我继续修复我们的关系。我甚至待到了周一,这样我们就可以一起去看兽医。

我们像一对没有照顾好出轨少女的父母那样,怀着愤怒而紧张的情绪把狗带到诊所。兽医没完没了地鼓励我说金毛犬有时候一胎能生十二只小狗。

"但是既然这是它的头胎,可能不会有那么多。"他加了一句,快活地大笑起来。

我看得出来孔特雷拉斯先生很高兴能拥有十二只黑金相间的毛球;我一路以八十五码的速度开回坎卡基,尽可能拖延我在那里的工作。

那已经是两个月前的事了。现在我多多少少已经对佩皮的事情认命了,而我很欣慰的是,它似乎是在一楼做窝。它在孔特雷拉斯先生的沙发后面选定了一块地方。他抱怨说它把报纸撕碎了扔在那儿。但是我知道如果它决定把巢穴安在我的屋里,他会感到很受伤的。

现在它快生了,几乎整天和他一起待在房子里。但是昨天晚上孔特雷拉斯先生去参加了一个"拉斯维加斯之夜"的活动。那是他的老教区办的。他已经为此事忙碌了六个月,不想错过,但是他给我打了两次电话,以确定佩皮还没有要生。第三次电话是在半夜。他打来是为了跟我核实,我有没有把他们租的那个大厅的电话记下来。这第三通电话让我想到佩皮很有可能早上六点就把他喊醒。这给了我一种恶意的快感。

六月的阳光很明亮,但是清晨的空气还是冷得让我赤裸的双足无法踩在门廊的地板上。我没有等这位老先生起床就先回屋了。直到我踢掉短裤、摇摇晃晃地爬回床上时,我还一直能听见佩皮低沉压抑的吠叫。我光着的腿滑过床单上一块湿漉漉的地方,是血。这不可能是我的血,那么就只可能是狗的血。

我套上短裤,拨了孔特雷拉斯先生的号码。在他接电话之前,我就穿好了及膝的袜子和运动鞋。他的声音嘶哑得几乎听不出来。

"你们昨天晚上肯定很享受美好的旧日时光。"我愉快地说道,"但是你最好起来,面对这个日子——你就要再度成为外祖父了。"

"你是谁?"他用刺耳的声音说道,"如果你是在开玩笑,你必须知道不应该在这个时间给人打电话,而——"

"是我。"我打断他,"维·艾·华沙斯基。你楼上的邻居,想起来了?好了,你的小狗佩皮在楼下你的房门前叫了有十分钟了,叫得都要死掉了。我想它想进去生几只小狗。"

"哦,哦。是你,亲爱的。狗怎么了?它在我的后门口叫。你让它出去多久了?它快要生了,这会儿不能在屋外晃荡乱叫——它会感冒的，你知道。"

我咽下了好几种讽刺的评价。"我刚在我床上发现了一些血迹。它可能要下崽子了。我马上下去帮你安排好事情。"

孔特雷拉斯先生说了一串复杂的指示。他甚至告诉我该穿什么衣服。这些话听起来没什么意义，于是我粗暴地挂了电话，转身去了屋外。

兽医强调过佩皮在生产的时候不需要任何帮助。如果我们在它生孩子的时候搅和进去，或是抱起头一只小狗，反而会引起它强烈的焦虑，以为它不能靠自己生完所有的孩子。我不相信孔特雷拉斯先生能在这么兴奋的时刻记住兽医的话。

当我到楼下的时候，老先生正给佩皮关上后门。他透过玻璃看了我一眼，觉得我打扰了他。接着他消失了一分钟。当他终于打开门的时候，他拿了一件旧工作服给我。

"进来之前穿上它。"

我用手挡开那件衬衫。"这是我的旧运动衫。我不担心会沾上什么东西。"

"而我也不会担心你那愚蠢的衣橱。我关心的是你里面穿的什么，或者你里面什么也没穿。"

我凝视着他，十分惊讶。"从什么时候开始我得穿上胸罩才能照顾狗了？"

他那皮革色的脸涨成暗淡的红色。想到女性内衣，就会让他倍感尴尬，更别说听到这些词被大声说出来了。

"这不是因为狗。"他怒气冲冲地说道，"我想在电话里告诉你，但是你挂了我的电话。我知道你喜欢就这么在屋子里晃悠，而这不会让我有任何困扰，只要你自己觉得这样体面——通常你会觉得体面，但不是每个人都会有相同的感受。这是个事实。"

"你觉得狗会在意这个?"我的嗓门抬高了八度,"该死的还有谁——哦,你昨天晚上从赌场带了人回来。好啊,好啊,多好的一个夜晚,嗯?"通常我不会这么粗鲁地提起别人的私生活,但是我觉得,为了过去三年里他对我男性访客的窥探,我得把这老先生打败个一两次才行。

他的脸变成了深桃红色。"不是你想的那样,亲爱的。根本就不是那样。事实是,那是我的一个老朋友,米切·克吕格尔。从我们退休以后,他就很难维持收支平衡。现在他被人一脚踢了出来。所以他昨天晚上到我这里来,在我肩膀上痛哭流涕。当然,正如我对他说过的,如果他不先把钱拿去喝酒,他就不用担心他的房租,但问题不在这里。重点是,他从来没法真正管住他的手——如果你知道我在说什么的话。"

"我知道你的意思。"我说,"而我可以保证,如果这家伙觉得被我的魅力所吸引,我会在不打断他的胳膊的情况下把他扔出去——这是看在我们的友情和他的年纪的份儿上。现在,把你的外套拿走,让我看看尊贵的爱狗殿下怎么样了。"

他很是不快,不过还是勉强让我进了他的公寓。这里和我的公寓一样,有四个房间,也是排列得好似火车车厢的风格。你从厨房走进餐厅,接着走进一个小厅,从那里你可以走进卧室、浴室和起居室。

米切·克吕格尔正在起居室的沙发上大声打呼噜。他的嘴巴挂在球根似的鼻子下面,此刻正大张着,一只胳膊抛过沙发一边垂下,指尖几乎触到地板。又浓又灰的胸毛最上面一缕从毯子的边缘露了出来。

我竭尽所能地无视他的存在,在沙发边上蹲下来,笼罩在他臭袜子的阴影下,从沙发的背面探过头去,看着佩皮。它正躺在自己的地盘上,身处在一大堆报纸中间。过去几天里它一直在撕这些报纸,把孔特雷拉斯先生给它叠好的毯子包围起来,修筑成一个窝。看见我的时候,它转过头,使劲甩了一下尾巴,却软弱无力。它是在告诉我它没有什么不好的感受。

我重新站起来。"我想它没事。我要上楼去泡点咖啡。我马上回来。记得,不管怎么样,你得让它自己来——不要走到后面去,不要试图抚摸它或是做其他任何事。"

"你不必告诉我应该怎么照顾狗。"老先生气哼哼地说道,"我想我和你一样听清了兽医的话。而且我只会比你听得更明白,因为你去做那些上帝才知道的事情的时候,是我带它去做的检查。"

我朝他露齿一笑。"好的。我知道了。我不知道它是怎么理解你那老朋友锯子般的嗡嗡声的,但是那让我不想吃饭。"

"它不吃东西。"他刚开了个头,接着面色一敛,"哦,我知道了。好的,我会把他挪进卧室里。但是我不希望你在这里看着我做。"

我回到自己的地盘,突然觉得疲惫得没力气泡咖啡了,更别说去安抚孔特雷拉斯先生的准爸爸焦虑症。我把那条染了血的床单从床上扯下来,踢掉我的运动鞋,躺了下来。

我再度醒来的时候都快九点了。除了鸟儿叽叽喳喳的叫声,迫不及待地要加入佩皮的生产,墙外的世界都很安静。乡村的沉寂中有几种少见的寂静,能让都市人体会到和平。我沉浸其中,直到一阵尖锐的刹车声和猛烈的汽车喇叭声打破了魔咒——拉辛[①]的另一种冲突。

我起床走进厨房泡咖啡。五年前我搬到这里的时候,这里还是个安静的蓝领社区——这意味着我能负担得起。现在狂热的复古风行起

[①]街道名称。

来。房价涨了三倍,而可爱的店铺如雨后春笋一般冒出来以满足上等人精致的胃口,交通随之变得四倍拥堵。我只希望被撞到的是一辆宝马,而不是我那心爱的庞蒂克。

我省略了健身项目——无论如何,今天早上我没时间跑步了。我很有良心地穿上了胸罩,再套上短裤和运动衫,回到了产房。

孔特雷拉斯先生应门的速度比我料想得快。他担忧的神色让我怀疑我是不是要回去拿我的车钥匙和驾照。

"它什么动静都没有,亲爱的。我只是不明白——我打电话给兽医,但是周六医生要十点才上班,而他们告诉我这不是紧急事件,他们不能把他家的电话给我。如果你觉得你能搞定,你会打电话去问的吧。"

我咧嘴一笑。如果这个老先生认为我能把某种情况处理得比他好,他真的会让步。"让我先看看它。"

当我们穿过餐厅来到走廊的时候,我听到克吕格尔的鼾声从卧室门里传出来。

"你搬他的时候顺利吗?"大吵一架会让狗紧张不安地无法顺产。

"我首先考虑的是小公主,如果你是这个意思的话。我不需要你的任何评价,这现在对我毫无帮助。"

我缩回舌头,跟着他走进起居室。这狗和我回楼上那会儿一样,还是那样躺在那儿,但我能看见它尾巴周围有一摊深色的液体。我希望那意味着生产在继续。佩皮看见我在观察它,但是什么表示也没有。相反,它把脑袋塞进身体下面,开始舔干净自己。

"它还好吗?虽然说不应该去打扰它,但是如果因为我们没有意识到它有麻烦而导致它大出血该怎么办?"

"你怎么看?"孔特雷拉斯先生焦急地问道,也问出了我的担忧。

"我想我对生小狗崽子一窍不通。现在是十点二十。我们等医生来吧——以防万一，我去拿我的车钥匙。"

我们刚刚决定在车里面给它铺一个草垫子，这样我们可以火速送它去诊所。这时，第一只小狗滑了出来，浑身光滑如丝绸。佩皮连忙抓住它，舔干净胎衣，用它的下巴和前爪把小狗放在它身边。第二只生出来的时候已经十一点了，之后大约每半个小时就有一只小狗生下来。我开始疑惑它能不能达到兽医的预测，生下一打小狗来。但是三点左右的时候，它决定停下。

我伸展了一下身体，朝厨房走去，看着孔特雷拉斯先生给它弄了一大碗干狗粮，里面还混入了打散了的鸡蛋和维生素。佩皮生孩子的时候，他太投入了，没回答我任何关于他的拉斯维加斯之夜或是米切·克吕格尔的问题。

我发现这个时候我成了无关紧要的第三者。我有些朋友正在蒙特罗斯海港打垒球，野餐聚会，而我告诉过他们我会努力赶去和他们会合。我打开后门的门闩。

"怎么了，亲爱的，你要出去？"孔特雷拉斯先生暂停他的搅拌动作，"你去吧。你可以放心，我会照顾好公主的。八只——"他眉开眼笑——"八只。它是最棒的。哦，天哪！"

我关上后门的时候，这个老先生发出一阵可怕的噪声。那声音击中我的时候，我正在回房间的半路上——他在唱歌。我想那首歌是《哦，多么美好的早晨》。

第二章 可选的黑色领带

"所以你做了产科医师?"洛蒂·赫切尔嘲笑我,"我一直认为你需要一个后备职业,某个现金流动更可靠的职业。但是最近我不会推荐产科医师,因为保险金会把你淹没。"

我用拇指指甲弹了她一下。"你只是不想我入侵你的地盘。女人达到了事业的顶峰,就无法容忍年轻人在她身后往上爬。"

坐在桌子对面的马克斯·勒文塔尔皱眉看着我,他说我的这种指控不公平。洛蒂是这个城市里首屈一指的围产学家[①],总是伸手帮助年轻的女人和年轻的男人。

"那个爸爸怎么样?"马克斯的儿子迈克尔飞快地换了话题,"你知道爸爸是谁吗?你会不会让他支付孩子的抚养费?"

"好问题。"洛蒂说道,"如果你的佩皮正如我所见到的未成年母亲一样,你不会从那个爸爸手里拿到多少狗饼干,但也许他的主人能帮上忙?"

"我很怀疑。那个爸爸是住在我们上街的一只拉布拉多。但是我无法想象弗里泽尔太太能照顾八只小狗。她已经有五条狗了,我不知道

[①] 即母体－胎儿医学或高风险妊娠专家。

她哪儿来的钱养它们。"

有些人顽固地反对我把手伸到拉辛这个地方，让中产阶级取代了这里的平民。弗里泽尔太太就是其中之一。她八十多岁了，是那种会在我小时候就害怕我的女人。她那一小簇灰色头发在脑袋上竖起来，变成没有梳理过的卷发。夏天和冬天她都穿着同一身衣服——褪了色的方格纹棉布裙子和不成形状的汗衫。

尽管她的房子非常需要粉刷，但还没到要倒的程度。我搬进混合公寓的那一年，她家门前的水泥台阶和屋顶换了新的。我从没见过那座房子还有其他任何修缮过的痕迹。我只能勉强猜测她有个孩子住在外地，会解决那些火烧眉毛的麻烦。她的院子显然名不副实。没有人在夏天修剪过杂草丛生、疯狂生长的草地，而弗里泽尔太太似乎也不介意人们从篱笆外面扔进来的罐头和香烟盒。

这间院子是当地街区发展委员会的心头之痛。我这些上街的流动邻居或许还有其他自称的名字。他们并不怎么喜欢狗。她的五条狗里只有拉布拉多是纯种的，其他四只是杂种狗。有一只大个儿的灰白色的狗，就像跟小狗本吉一个模子刻出来的；还有一只看起来像是一个会走路的灰色护耳。动物们表面上是被篱笆围住，弗里泽尔太太用一根乱成一团的皮带拴住它们，一天遛两次。但是拉布拉多比较特别，能随意进出。它跳过四英尺高的篱笆来追求佩皮，也许还追求其他的狗。别人愤怒地找上门来，但是弗里泽尔太太根本不会相信他们的话。"它一整天都在院子里。"她会这样厉声说道。而且不知怎么，出于某种狗和他们的主人之间的心灵感应，这条拉布拉多会在她打开门的时候奇迹般地出现在院子里，任何时候皆是如此。

"听起来像是卫生部的难题。"洛蒂轻快地说道，"一个养着五条狗的单身老妇人？我简直都不能去想那气味。"

"是的。"我赞同，但并不完全赞同。

洛蒂把甜点递给迈克尔和他的同伴——一位以色列的作曲家奥尔·尼维茨基。迈克尔在伦敦安家，最近几天待在芝加哥，和芝加哥交响乐团一起举办音乐会。今天晚上他会在大礼堂为一个叫"芝加哥安居"的难民援助组织进行一场独奏表演。这个组织是马克斯的妻子蒂尔西生前最喜欢的慈善组织。她九年前去世了。迈克尔今晚的独奏是献给她的。奥尔将会用双簧管演奏一首她以蒂尔西·勒文塔尔之名所写的双簧管和大提琴协奏曲。

奥尔不要甜点。"首演前有些兴奋不安。不管怎么说，我需要改变。"迈克尔已经穿好了燕尾服，看起来很棒，但是奥尔把她的演出服带到了洛蒂家——"那样的话，我就能尽量一直假装这只是一个普通的夜晚，并且享受我的晚餐。"她用她那短促而清脆的英式英语解释道。

当洛蒂忙着拉上奥尔裙子的后背拉链时，迈克尔拿着他的大提琴下楼来取车。我收拾好晚餐桌子，加水泡上咖啡，脑子里更多想着的是弗里泽尔太太，而不是奥尔的首演。

社区的请愿书要求她除草并且拴住狗，我拒绝在上面签字。有一个律师要修缮她家街对面的房子。他想把弗里泽尔太太告上法庭，强制赶走这些狗。他曾经来我家转悠过，试图争取到我们的支持。我住的房子里意见正好分成两种——住在一楼的老古板银行经理维尼很热切地签了字，住在二楼的韩国人也是一样。他们家里有三个孩子，怕孩子被狗咬。但是孔特雷拉斯先生、贝丽特·加布里埃尔森和我坚决反对这件事。尽管我希望弗里泽尔太太能阉了那条拉布拉多，但那条狗并不真的讨人厌，只是有点令人烦恼。

"你在担心小狗？"马克斯走到我身后，我正站在厨房水槽那里，想出了神。

"没有,不算担心。不管怎么说,它们和孔特雷拉斯先生住在一起,所以不会妨碍我。我讨厌自己用他那种热情温柔地跟小狗们说话,因为带它们去打针什么的,每一件事都足以成为我的噩梦。还要给它们找家,训练我们送不掉的小狗——但是它们很讨人喜欢。"

"如果你愿意的话,我可以在医院的简报上发布一个通知。"马克斯主动说道。他是贝斯以色列医学中心的执行董事。洛蒂会把她的围产期病人送到那里去。

我谢过马克斯。这时候奥尔昂首走进厨房,她穿着一件柔软的炭灰色绉绸礼服,华丽无比。那衣服像一层紧贴在她身上的烟灰。她亲吻了马克斯的脸颊,朝我伸出一只手。

"很高兴认识你,维多利亚。我希望能在音乐会上见到你。"

"祝你好运。"我说,"我很期待你的新协奏曲。"

"我想你会被深深打动的,维多利亚。"马克斯说道,"我有整整一周都在听他们排练。"迈克尔和奥尔曾和他一起住在伊文斯顿。

"是的,你是个天使,马克斯,六天来一直忍受我们的咒骂和尖叫。再见。"

现在才六点,音乐会八点才开始。我们三个人吃了抹着杏仁酪的水煮桃子,还在洛蒂宽敞明亮的起居室慢慢品尝着咖啡。

"我希望奥尔为了纪念蒂尔西做点得体合宜的事情。"洛蒂说道,"维克和我去听过当代室内乐团演奏蒂尔西的八重奏和三重奏。我们都头痛地离开了。"

"我没听过有人能把那首曲子恰当地演奏出来,但是我想你们会感到高兴的。奥尔为这件事非常努力——她必须以很多当代以色列人都不愿意的方式审视过去。"马克斯看看他的手表,"我想我也有一些

'首演前的兴奋不安'，我想早点儿过去。"

车是我开的。马克斯把他的车借给了迈克尔，而没有哪个神志清醒的人会把车借给洛蒂。马克斯亲切地坐进了我那辆特兰斯艾姆狭小的后座。他倾身向前，越过椅背和洛蒂交谈，但是我们一开上湖滨大道，引擎声就盖过了他们的声音，我什么都听不到了。我在门罗路拐弯，在内城大道和议会路之间的信号灯前停下。洛蒂为了她诊所里的护士和左膀右臂卡罗尔·阿尔瓦拉多的事感到失望。马克斯不同意她的看法。

在我搞清楚情况之前，信号灯就变了。我拐进议会路，朝着路易斯·苏利文的杰作前进。洛蒂唰地转过头来看我，尖锐地指责我转弯时车速太快。我从后视镜里看着马克斯，他的嘴巴紧抿成一条线。我希望他们两个不是为了纪念这个夜晚而准备大吵一架。再说了，他们在卡罗尔的事上能有什么分歧？

在议会路和密歇根大道相连的半圆盘那里，我们遇上了塞车。朝南想开进地下车库的车和想停在剧场门口的车纠缠在一起。两个警察正在拼命指挥交通，朝那些想要停在礼堂路边的车子吹哨子，把他们赶走。

我把车开到路边。"你们两个在这里下车，然后我去停车——我要是开过去，我们永远也别想赶上了。"

马克斯在离开后座之前，把票递给我。尽管我铺了一张毯子来掩盖佩皮的踪迹，马克斯从座位上爬出来的时候我还是能看见红金色的毛发附着在他的晚宴外衣上。我露出尴尬的表情，偷偷瞄了一眼洛蒂那套剪裁讲究的珊瑚色的礼服裙子。那上面也沾了一些毛发。我希望她的愤怒能让她别注意到她的衣服。

我做了个 U 形大转弯，毫不理会那愤怒的哨子声，七拐八弯地把特兰斯艾姆退回到门罗路上，开进北车库。从这里到大礼堂只有半英里远，但是我穿了一条长裙和高跟鞋，这可不是慢跑的最好装备。礼堂里的灯关掉的时候，我溜进迈克尔给我们的包间，在洛蒂身边坐下。

迈克尔走上舞台，一身燕尾服让他看起来有些冷峻。他以施特劳斯的《堂·吉诃德变奏曲》开场。剧院里座无虚席——出于某种原因"芝加哥安居"成为一家时髦的慈善机构——但是宾客们并非为了热爱音乐而来。他们交头接耳，窃窃私语，如同隆隆的背景音乐；而且还在每一次变奏的间隙不停鼓掌。迈克尔被打断了注意力，一脸不悦。他挑了个时候把前一部分的最后十三个小节重新演奏了一遍，结果发觉自己又被打断了。他气得做了个不屑的手势，一口气把最后两个变奏曲演奏完，没做任何停顿。听众们礼貌地鼓掌，但并不热烈。迈克尔甚至没弯腰谢幕，就直接快步走下台。

下一场演出激起了更棒的回应。"芝加哥安居"的儿童合唱团表演了五首民歌串烧。孩子们试了音，声音清澈甜美，而他们的模样征服了在场的人。某个公共关系学的天才意识到民族服装会比合唱团的长袍卖相更好，所以明亮的短袖花哨衬衫和阿富汗天鹅绒外套在萨尔瓦多姑娘们旁边闪闪发光。观众们爆发出"再来一个"的呼喊，将经久不散的热烈欢迎送给了主唱埃塞俄比亚男孩和伊朗女孩。

中场休息的时候，我离开包间里的马克斯和洛蒂，溜达到剧院的休息厅，欣赏资助人的服装——他们穿得甚至比那些孩子还要花里胡哨。也许让洛蒂和马克斯单独待一会儿能解决他们之间的分歧。洛蒂的暴脾气每隔一段时间就会给她的人际交往点火。我可不想掺和到她和卡罗尔的战火中去。

走出包间的时候，我的高跟鞋钩到了裙子上的线。我不习惯穿着晚礼服走来走去。我总是忘记缩小步伐。每走几步我都得停下来，把我的鞋跟从那些精致的线里解救出来。

这条裙子是我为了参加丈夫的法律公司举办的圣诞晚会买的。那是十三年前的事了，而且那段婚姻很短暂。坠感十足的黑色羊毛之间掺杂着明亮的银色。这件衣服和奥尔那件定做的礼服没法比，但它是我最优雅的一件衣服。裙子顶端是黑色的丝绸，我再戴上我母亲的雨滴形钻石项链，这就是一身体面的音乐会盛装，但还缺少我在休息厅里看到的大多数人夸张的时髦和华丽。

我特别喜欢一件赤褐色的缎裙。除了它的衩开到了腰部，那件裙子特别像罗马时代的胸甲。我试图弄清楚穿这衣服的人是如何保持胸部不朝两边扩散，反而能聚集到中间。也许是给衣服上了浆才能固定住。

当钟声响起，通知大家中场休息结束，穿着胸甲的女人朝我走来。我正想着那条钻石短项链和这条裙子不搭，自己的鞋跟又踩到了裙子。那条项链只是让那个想以女性饰物胜出的人展示他的财富罢了。我扭过身子，解放我的鞋跟。这时，有个穿着白色晚宴服的男人从休息厅另一端急匆匆地走向我们。

"苔莉！你在哪儿？我想介绍个人给你认识。"

这轻快而又口吻强硬的男中音带着微微隐藏的怒气，吓到了我。我失去平衡，和另一位镶嵌着钻石的女人摔在一起。等她把她尖尖的鞋跟从我肩膀上拿开，而我们互相冷冷地道歉之后，苔莉和她的护花使者已经消失在剧院里了。

尽管如此，我还是认出了那个声音：曾经有二十四个月，我每天早晨听着这个声音醒来。其中六个月，这个声音甜蜜诱人，充满了情色意味。那时我们刚念完法学院，在学着做一个出庭律师。另外十八个月里，这个声音仅仅是折磨。那是我们婚后的事了。这好像是因为我穿了那些奇怪的日子里买来的最棒的衣服,他就凭空出现在我面前。

他叫理查德·亚伯勒,是芝加哥一家大公司的合伙人之一。那家公司叫克劳福德-米德,不只是个合伙人,还是个了不起的能呼风唤雨的人物。他的客户里有曾经的州长,和芝加哥当地进入《财富》五百强公司的老板。

我只知道这些事,因为迪克①曾经在早餐时间朗诵过。他那敬畏的模样,好像是在大教堂里引领着人们参观圣骸骨似的。他也许在晚餐的时候也这么干过,但我不愿意在午夜时分还要等他结束了对那些阔气上帝的俯首帖耳之后一起吃饭。

总结一下我们为什么会分开吧。他沉迷于得到的权力和金钱,而我对此毫无兴趣。我们念完法学院开始工作的时候,他突然希望我丢下所有工作,做一个日本式的妻子。甚至在我们正式离婚之前,迪克就认识到妻子是他公文包里重要的一部分,而他应该娶一个更有影响力的妻子,而不是失业的警察和意大利移民所生的女儿。他厌烦的不是我母亲的意大利血统,而是粘在我身上的移民的脏污。我还在女性法庭上做周末服务的时候,他接受了来自彼得·费利蒂的橡树河庄园的邀请。那时他就把这点说得很明白了。"我请求你的原谅,维多利亚,无论如何,我不觉得你这身衣服能参加费利蒂家的周末聚会。"

我们最终的离婚裁决之后九个月,他和苔莉·费利蒂结婚了,婚礼上号角齐鸣,新娘穿着白色蕾丝的婚纱,身边还有伴娘。她父亲的富有让这场婚礼上了新闻——而我无法阻止自己仔细阅读每一个细节。我从报纸上知道她那时只有十九岁,比迪克小九岁。去年他四十岁了。我想,现在三十一岁的苔莉对他来说会不会已经老了呢。

---

①理查德的昵称。

我从没有见过她,但我可以理解为什么迪克认为她比我更适合成为克劳福德-米德的漂亮饰品。首先,她不会在庭警关闭侧门的时候不雅地坐在地板上;其次,她也不用拎着她脏兮兮的裙边以免被高跟鞋踩到,小跑步冲过庭警跑进法庭里。

第三章 疯狂吃喝

迈克尔和奥尔一起回到舞台上的时候，我正好回到了包间。洛蒂听见我的喘气声，转头看我，扬起了眉毛。"你有必要在中场休息的时候跑个马拉松吗，维克？"

我做了个不屑的手势。"太复杂了，我现在没法解释。迪克在这儿——我以前那个老兄迪克。"

"那就让你的脉搏跳成这样？"她辛辣的讽刺让我涨红了脸，但是在我能想出一句漂亮的反驳前，迈克尔开口了。

他几句话解释了伦敦人对他们家族的恩惠。那时欧洲变成了堕落而危险的地方，他们没法生存。是伦敦人收留了他们。"而且，我很自豪我长在芝加哥。这儿的人们心地也很善良，会去帮助那些受到种族压迫、部族争斗或是宗教迫害而无法继续生活在故国的人。今天晚上，我们将首次为你们演出奥尔·尼维茨基的双簧管和大提琴协奏曲，名为《游荡的犹太人》，以此献给我们怀念的蒂尔西·柯奇士·勒文塔尔。蒂尔西以极大的热情支持'芝加哥安居'。她若能见到你们对这家重要的慈善机构的支持，会非常感动。"

这段话是排练好的，语速很快，而且因为观众的态度冷漠，迈克尔也说得毫无温情。他先朝我们包间微微鞠躬，再朝奥尔鞠了躬。接着，他们两个坐下了。迈克尔给他的大提琴调音，然后看着奥尔。奥尔点点头，他们开始演奏。

马克斯是对的。协奏曲一点也不像奥尔那没有音调又刺耳的室内乐。作曲家回归东欧犹太人的民歌去寻找她的主题。随着大提琴和双簧管试探性地彼此接触融合，这被遗忘了五十年的音乐断断续续地回来了。在那辛酸至极的几分钟里，他们发现彼此在缓慢而又有节奏地轮流吟唱。接着，吟唱转为对抗，和谐就被粗鲁地砸碎了。乐器演奏得激烈而狂暴，我都能感觉到太阳穴渗出汗来。他们进行到狂乱的高潮，接着戛然而止。这时，甚至这些不懂音乐的听众也屏住了呼吸。恐怖的平静中，大提琴开始追逐双簧管。这和平显得很可怕，因为那是死亡的休眠。我抓住洛蒂的手，没有装出擦眼泪的动作。我们都没有和那些人一起鼓掌。

迈克尔和奥尔简单地鞠了个躬，就从台上消失了。尽管掌声持续了几分钟，而且比《堂·吉诃德变奏曲》时要更热情，但这些回应还是缺乏重要的火花。他们还是没能真正明白。音乐家没有回到台上，而是由儿童合唱团上台来做结束献演。

马克斯和洛蒂一样被他儿子的独奏会打动了。我提出现在就去取车，但他们想留下来参加之后的招待会。

"既然这是为了纪念蒂尔西，马克斯如果不在的话就很奇怪，尤其迈克尔是他的儿子。"洛蒂说道，"但如果你想走，维克，我们可以坐出租车回去。"

"别胡说了。"我说，"我等你——你们要走了，就给我发个信号。"

"但是你也许会再见到迪克——你能承受那种激动吗？"洛蒂坚决地用讥讽来加强她的语气。

我亲吻了她的脸颊。"我会搞定的。"

那是我那阵子最后一次见到她。音乐会结束的那一分钟里，一群人潮水般涌进楼梯间。马克斯、洛蒂和我刚刚挤进楼上的休息厅,我们立刻就被人潮分开了。我没打算在这群暴徒里杀出一条路来跟他们会合,就走到阳台栏杆那边,寻找他们的去向,但一点希望也没有。洛蒂只有五英尺高,马克斯只比她高几英寸。我看见他们走到底楼,几秒钟之内就不见了。

下半场的时候,宴席的负责人在厅堂里办起了聚会。四张桌子排成一个巨大的长方形,上面堆满了食物:虾子堆成了山,巨大的碗里装着草莓、蛋糕、面包卷、沙拉,几个大浅盘盛着生牡蛎。长方形的短边则放着热菜。从我所在的位置看不清有哪些食物,但想来会有鸡蛋卷、挤在一起的鸡肝、油炸蘑菇和蟹肉蛋糕。两个长边的中间,戴着白色帽子的男人把餐刀平稳地放在牛腿肉和火腿旁边。

人们在食物消失之前冲过去在上面留下自己的印记。我注意到苔莉的赤褐色胸甲处在浪潮的第一波,人群冲向了虾子山。迪克提醒她要赶快,而他自己发狂似地抢夺着虾子,生怕自己要是不动手快一点,他的那份就没了。他一边朝嘴里塞着虾子,一边热切地和两个穿着晚礼服的男人说话。而那两个人正跌进牡蛎的海洋。他们缓缓靠近中间的烤牛肉时,一边交谈,一边拿刀子戳起橄榄、蟹肉蛋糕、菊苣,或是其他任何搁在他们盘子里的东西。苔莉在他们身后快速地点头,显然是在和一个穿着蓝色晚礼服的女人说话。那件衣服上密密地镶嵌着小颗珍珠。

"我想做法老,居高临下地看着这些蝼蚁。"一个熟悉的声音在我身后响起。

我转身看见了弗里曼·卡特,克劳福德-米德公司里装点门面的刑事诉讼律师。我微微一笑,把一只手放在他那件外套质地非常棒的细平布上。我们的关系回到了过去的那些日子。那时在公司的聚会上,我跟在迪克后面四处行礼。弗里曼是唯一和女律师交谈而不会露出一副"恩赐"嘴脸的合伙人。所以在那段痛苦的日子里,和法律系统打交道都会让我受伤的时候,我找了他做我的律师。

"你在这里做什么?"我问道,"我没想到会在这里遇到熟人。"

"我热爱音乐。"弗里曼讽刺地笑道,"你呢?这种要价一百五十美元的社交场合,你不可能出现吧。"

"我热爱音乐。"我庄重地说道,照抄了他的说辞,"大提琴家是我朋友的儿子。我很抱歉我是来吃白食的,不是来资助的。"

"好吧。克劳福德-米德好像是把'芝加哥安居'当成宠物来养了。所有合伙人都得买五张票。我想我就参加吧,尽一下同僚的责任——表达我对公司最后的美好祝福。"

我的眉毛反射性地抬起。"你要走?什么时候的事?你要做什么?"

弗里曼转头谨慎地四下看了看。"我还没有告诉他们,替我保密。我到了该自立门户的时候了。刑事诉讼在克劳福德不重要——我早就知我得和公司断掉——但是大公司有很多额外的福利,所以我一直这么混着。现在公司发展很快,他们做的生意和我看重的东西也相去甚远,看来我该走了。当我真正开始自己做的时候,我会正式通知你——通知我所有的客户。"

一堆人四处站着说话,不打算加入楼下的混战。弗里曼一直盯着他们,确定没人偷听他说话。最终他突然换了话题。

"我女儿也来了,在这里的某个地方,和她的男朋友一起。我不知道我是不是还能再找到他们。"

"是啊,我和两个朋友一起来的,我也怀疑我能不能找到他们。他们不怎么高——我要是一头扎进混战里,就永远也找不到他们了。"

"我在想迪克为什么会来。我会把难民放在他会资助的人员列表的下方接近底部的位置，只比得了艾滋病的女人的位置高一点。但是如果是公司要支持'芝加哥安居'，我猜他会站出来抢先欢呼喝彩。"

弗里曼微笑了。"我不会发表任何看法，华沙斯基。毕竟，他现在和我还是伙伴。"

"不是他引进了你不喜欢的生意，对吗？"

"别说得这么充满希望。迪克做了很多事来振兴克劳福德－米德。"他举起一只手，"我知道你讨厌这类法律业务。我知道你爱穿运动鞋，你鄙视他的德国跑车——"

"我现在不穿运动鞋了。"我骄傲地说，"我买了一辆八九年的特兰斯艾姆，我一直把它停在路边，而不是停在橡树河的六车位车库里，它还是闪亮动人。"

"无论你信不信，迪克有时候怀疑自己是不是犯了错——如果你是对的话，那么他或许错了。"

"我知道你没喝酒。我闻不到酒味——那么你肯定是把什么东西放在你鼻子上了。"

弗里曼微笑着。"他不常这样，但是这家伙确实是经过充分考虑才和你结婚的。"

"别把我想得这么多愁善感，弗里曼。还是你觉得我有些时候也会怀疑是不是他做得对而我错了？现在克劳福德里有多少女合伙人？九十八个员工里面才有三个，不是吗？我有时候会希望我赚到了迪克的钱，但我从来不希望去做你们公司里女人要做的工作。"

弗里曼安抚地笑笑，把我的手塞到他胳膊下。"我不是来这儿疏远我最好强又善辩的顾客的。来吧，圣女贞德。我为你开路，去吧台给自己来杯香槟吧。"

在我们说话的几分钟里，虾子山不见了，草莓也大都被拿光了。

牛腿肉似乎也没法留住自己。我们挤下楼梯的时候，我扫了一遍拥挤的人群，但是没找到洛蒂或是马克斯。苔莉那身赤褐色的裙子也不见了。

我试着跟紧弗里曼，但是我们一路上底楼的地板，事实就证明这不可能。有人挤到我们中间，胳膊就没法继续挽着了。那之后，我在这帮暴民中曲折前行的时候，一直跟着弗里曼颈边的剪得短短的金发，但是一个穿着粉色缎子裙的女人冒了出来。她裙尾如蝶翼曳地，走过之地至少需要一码之内都没人。就这样，我跟丢了弗里曼。

我跟着人流走了一段。嘈杂的声音在地板和大理石柱子之间不断回荡。这些声音在我脑子里一味地吼叫着，我变得无法关注任何外界的东西，比如找到洛蒂；我所有的精力都拿来保护我的大脑不被越来越吵的声音摧毁。没人能在这个狮子的巢穴里交谈——他们全都在喊叫，就为了享受把声音推到更高点的快感。

忽然，拥挤的人潮把我推到餐桌边。站在牛腿肉后面的男人守着他们小小的岛屿，面无表情，只有他们的手会在切牛腿肉送进嘴里的时候动一动。虾子被吃光了，所有的热食也是一样。剩下来的除了几乎能见到骨头的肉之外，就是几乎被拿光的沙拉。

我冲回人潮，开始在人流里杀出一条路来，为了回到剧场。胳膊肘推来搡去，奇妙地把我弄到分隔开边门和休息厅的圆柱那里。那里的人少一些；想要交谈的人们能把头凑得够近，这样就能听清对方的声音。迈克尔和奥尔跟五六个表情严肃的人聚在一起。那几个可能是主要的捐助人，所以我没出声，经过他们身边，逃进了剧场里。

迪克就站在门里面。他在我右边，正和一个六十多岁的男人说话。即使我早知道他在这个地方，但见他离我这么近，还是让我的心脏漏跳一拍。这并非浪漫的激情，而是震惊——你就像是在玻璃一样光滑的地板上失去了立足之地。迪克看起来也很震惊——他正在流利地说话，突然卡了壳，话说到一半就停下了，瞠目结舌地看着我。

"嘿，迪克。"我软弱无力地说道，"我从来不知道你喜欢大提琴。"

"你在这儿做什么？"他盘问我。

"我在这儿打工，打扫剧院。如今我得做我能做的工作。"

那个六十多岁的男人不耐烦地看着我。他不关心我是谁，我做什么工作，只要我尽快走开。他也没注意到儿童合唱团——他们现在不用扮作天使了，正在座位间追逐嬉戏，大声尖叫着，把蛋糕扔得到处都是。

"哦。唔，我还有事，你为什么不从另一头开始打扫呢？"只要玩笑不是说到他身上，迪克还挺有幽默感的。

"你是这里的负责人吗？"我试着在我的声音里掺入了一丝卑微的羡慕，"也许我可以给你一点建议，去洗厕所或者干点别的。"

迪克刮得很干净的脸颊涨红了。他差点儿要厉声辱骂我，但他转而大笑出声。"这是怎么了？十三年了还是十四年了？你还是知道怎么最能惹我生气。"

他抓住我的肩膀，把我拉到他的同伴面前。"这是维多利亚·华沙斯基。我和她在法学院的时候犯了一个错误。我们认为彼此相爱。而我要花上五年时间，才能让苔莉和我的孩子们考虑婚姻。维克，这位是彼得·费利蒂，联合运输的主席。"

费利蒂不情愿地伸出手——因为我是他女儿的前任吗？还是因为他不想让我打断高级财政讨论？"我不记得你们离婚协议的细节了。你得一直偿还你的罪孽，亚伯勒。"

我狠狠捏着费利蒂的手，他皱起了眉。"压根儿没有。是我的赡养费让迪克买到了克劳福德-米德的股份。既然现在他自己干了，我要去跟法院申请，让我摆脱这件事。"

迪克做了个鬼脸。"你非得这样吗，维克？我会很乐意在所有人面前发誓你从来没有要过一毛钱。她是个律师。"他告诉费利蒂，"但工作起来像个侦探。"

他转回头看我，忧郁地说道："你现在开心了？我可以和彼得继续说话了吗？"

我尽可能有风度地从迪克的胳膊和这场交谈里脱身出来。这时苔莉进来了，还有那个穿着长及脚踝的蓝色珠饰缎裙的女人。

"你们在这儿。"那个女人快活地说道，"哈蒙·莱斯纳特别想和你们两个谈谈。你们不能溜走，现在就去吧。"

苔莉仔细打量着我，以判断我是来谈生意的，还是来卖肉的。香槟在她的粉底下为她增添了一抹玫瑰色。这么晚了，她的妆容还是那么完美——眼影还在眼睑上，没有在脸上蜿蜒成河；她的口红是比较淡的赤褐色，比礼服的颜色朴素一些，显得鲜亮而光洁。她那头栗色的头发拉成了复杂的发卷，看起来像是刚刚离开理发店，没有一丝一缕滑到脸颊上，破坏整体的效果。

到了晚上这个时候，不用照镜子我都知道我的口红已经不见了，我给我那头短卷发设计的发型也早就没了。我觉得我的性格更有趣，但是迪克对女人的性格没兴趣。我想告诉苔莉不用担心，她只要漂亮，就能为她赢得今天这个场面了。但是我只朝他们四个胡乱挥挥手，什么也没说就走向远处的门。

我终于找到洛蒂的时候，已经过了午夜十二点了。她一个人，在外层休息厅的角落里颤抖着，双臂环着自己。

"马克斯呢？"我厉声说道，把她紧紧拉向自己，"你得回家，上床睡觉。我去找他，我去取车。"

"他跟迈克尔和奥尔走了。他们一直和他在一起,你知道的。我没事,维克,真的没事。只是音乐会让我想起了一些过去的事。我等你的时候,记忆开始缠绕我。我和你一起去取车。新鲜空气会让我好过一些。"

"你和马克斯吵架了吗?"我没打算问,但是这些话突然就冒出来了。

洛蒂做了个鬼脸。"马克斯认为我对卡罗尔很糟。也许没错,就是这样。"

我带着她走过旋转门。"她怎么了?"

"你不知道吗?她不干了。我不是介意这个。好吧,我当然介意——我们一起工作了八年。我觉得失去了亲人,但我不会阻止她尝试新的机会。她辞职的原因让我发疯。她让她的家人控制她的生活,而现在,马克斯说我一点同情心都没有!你说说看!"

我们开车回家的路上,她一直坚持谈论音乐会、谈论蒂尔西会对这些前来参加她的纪念音乐会的不懂音乐的暴发户做出怎样尖刻的评价。等我把她送到她家门口的时候,她才肯让我继续说回卡罗尔的事。

"她要做什么?你不知道吗?她打算回家看护她那个神经病妈妈的某个见鬼的堂兄弟。那个人得了艾滋病,卡罗尔觉得她有责任照顾他。"

她猛地甩上车门,旋风一般冲进她家大门。抑郁而冰冷的指尖爬上我的肩头。可怜的卡罗尔,可怜的洛蒂,还有可怜的我——我不想介入她们。我等到洛蒂家起居室的灯亮了,才把特兰斯艾姆发动上挡。

第四章 鸡蛋上的黑麦威士忌

那天晚上我睡得很糟。洛蒂在黑暗中为她死去的家人颤抖不已的情景让我想起我母亲最后的病中岁月。那是噩梦。加布里埃拉脸上盖着氧气罩。我穿过迷宫般的管子就能靠近她,但我只能看见洛蒂的脸靠在枕头上。她面无表情地凝视着我,接着转身走开。我像是被纱网裹住,没法移动,没法说话。后来门铃的响声强迫我恢复了意识。醒来是一种解脱。

我在梦里哭泣。泪水粘住了我的眼睑。门铃再度尖锐地叫起来,我摇摇晃晃地走到门边。是楼上的门铃,就是我房门上的门铃在响,而不是大门那里。我看不清猫眼里的那个人,不知道是谁。

"谁?"我从门缝里问道,声音嘶哑。

我把耳朵贴在门柱上。一开始我只能听到一串含糊不清的话,说得太快,我一句也没听懂。最后我终于听出那是孔特雷拉斯先生。

我拉开门闩,把门拉开一道缝。"稍等一下。"我沙哑地说道,"我得穿点衣服。"

"抱歉吵醒你,亲爱的,我是说现在九点半了,一般你已经起来了,要么就是快起来了。但是你显然起迟了,当然我也来早了,我被公主殿下弄得筋疲力尽——"

我当着他的面甩上门,大踏步进了浴室。我不慌不忙地洗着澡。

如果佩皮出了什么状况,他多半已经搞定了。毫无疑问这只是一个小问题:一只小狗不吃奶了,要不就是佩皮不肯吃这位老人家提供的火腿和鸡蛋。

下楼之前,我给自己泡了一杯浓咖啡,大口大口地吞下去,差点烫伤自己。我没觉得恢复过来,更不觉得精神振作,但至少可以下楼了。

我按响门铃,孔特雷拉斯先生立刻跳了起来。"哦,你来了。我刚刚还以为你回去睡觉了,我就不想再麻烦你了。你昨天晚上和医生出去,我还以为不会回来很晚。你肯定是遇到了其他人。"

他一直这么挖掘我的感情生活,有时候真让我想大声尖叫。睡眠不足让我比平时更易怒。

"就一次,你就当是做了个高尚的实验吧,你能假装认为我的个人生活是隐私吗?告诉我佩皮怎么了,而你为什么来找我。"

他举手做了个投降的姿势安抚我。"没必要炸毛,亲爱的。我知道你有私生活。所以我一直等到九点半。但是我想确定我能在你出去工作之前和你说上话。就是这样而已。别发火。"

"好吧,我不发火。"我试图保持声音平稳,"告诉我狗公主怎么了。它的小狗呢?"

"大家都很好。公主是个勇士,你用不着我告诉你这点。你想见它吗?你的手干净吗?"

"我刚刚把自己从里到外都洗干净,身上穿的是洗干净的牛仔服。"我严肃地说道。

孔特雷拉斯先生让我进了他的起居室。佩皮还是在沙发后面舒展四肢,但是老先生清扫了它的窝,给它换了一堆柔软的床单躺着。八只毛球在它奶头那里蠕动不休。一只贪心想多喝点奶,就把旁边的小狗挤开。被挤开的那只就吱吱地叫着。佩皮看看我，甩甩尾巴表示我们还是朋友，但是它的全部注意力都放在它的孩子身上。那些孩子要是没了它，就绝望无助地难以生存。

"每次它起来出去，都不会超过三十秒，就立刻回到它的窝里。真是个勇士。我的公主，哦，我的公主。"孔特雷拉斯先生拍拍自己的嘴唇，"当然，我照医生的吩咐按时喂它，所以你不用担心。"

"我不担心。"我小心地在托儿所旁边跪下来，手缓慢地伸到沙发后面，这样如果佩皮不想让我靠近的话，会有时间朝我吠叫。它警惕地看着我轻拍它的孩子们。我很想抱起一只来——它们那小小的身体正好能躺在我的手掌心里——但是我不想吓到佩皮。我站起身的时候，它像是松了口气。

"唔，哪儿出问题了？"我问道，"你那老伙计偷了克拉拉的银饰或是其他东西？"孔特雷拉斯先生死去的妻子留下了一对烛台和一个银质的盐瓶。他从来没用过，但是也不肯传给女儿。

"不，没那种事。但我希望你能和他谈谈。他脑子里在想着什么事，但一直表现得很老实。我没时间弄明白他打算干什么。而且，他还在公主的孩子们周围喝酒，整天晚上在公主脑袋上方乱喊乱叫，这对公主不好。我今天得把他从这里弄出去。"

"我的朋友，我不可能让这家伙恢复智商。"

"我也没让你这么做。你大喊一声，匆忙下结论的速度比虱子跳到狗身上还快。"

"你可以直接告诉我出了什么状况，而不是现在这样兜圈子——听你说话就像是听一只蚊子在耳边嗡嗡地叫上一个小时，也不知道它打算在哪儿着陆。"

"不要这样说话，亲爱的，一句也不要说。你别介意我这么说，但你有时候有点放肆。"

我转转眼珠子,咽下了漂亮的反击。照这个速度,我一整天都得待在这里,但我没那么多时间。

"可能是什么事困扰了克吕格尔先生呢?"我一本正经地问道。

孔特雷拉斯先生抓抓他的后脑勺。"这点我没法搞清楚。我想也许你可以和他谈谈,因为你是个受过训练的调查员。就是这样。瞧,他和我曾经一起在钻石山那边工作过。你知道的,达门河下游的一家发动机制造商。后来我们退休了。我们选错了退休的年份。到一九七九年通货膨胀很严重的时候,我们本来还算可观的退休金就不值钱了。我还不算太糟,因为我有自己的房子。后来克拉拉死了,我就买了这个房子。但是米切把他的钱都喝光了,而且他也没我这种能把握住方向的运气。说得更确切一点,他不像我这样能控制自己。"他朝厨房走去,好像这样就能解释清楚。

"抱歉,"我说,"我睡眠不足,听不出这和你要说的事有什么关系。"

孔特雷拉斯先生停下脚步,恼怒地看着我。"所以,他当然就缺钱了。"

"当然。"我同意这点,努力不让语调变得尖锐,"他为钱做了什么要让你这么担心? 抢劫了 7-11 便利店?"

"他当然没有,亲爱的。动动你的脑子。我会让那样的人进入这幢房子吗?"他停了一分钟,吸了口气,脸颊就往里陷了,"麻烦在于,我不知道他会做什么。我认识他很久了,米切总是会干点阴谋诡计之类的事情。现在他觉得他有办法让钻石山公司把他重新纳入薪工清单。"

孔特雷拉斯先生从鼻子里哼哼两声。"你看看! 那里甚至没有一个我们认识的人,他就想这么干!我们的朋友都退休了,要不就是被辞退了。我只跟你说,要是我们没有这么联系紧密的工会,他最后三年都活不下去。但是现在呢?就他这样的身材,还要和只有他一半大的伙计们拼死拼活找个机械加工的工作?但是他把这事弄得神神秘秘,所以我想到了你。只要是有秘密的地方,你就会嗅出点什么。"

在我听来,这故事有什么地方不对劲。我揉揉眼睛,希望能让脑子恢复运转。

"你真正想知道什么?你为什么会关心他跟钻石山伸手乞讨的事?"

孔特雷拉斯先生拿出他那个巨大的红色手帕,**擦擦鼻子**。"米切和我从小一起在麦肯利公园路长大。我们一起念书,加入同一个帮派,和同一伙人打架,什么都一起干。我们甚至是同一天签了见习合同。他不是个多好的人,但我这辈子里,唯一剩下的就是他了。我不想让他在那些老板面前把自己弄成一个见鬼的蠢货。我想知道他打算做什么。"

他语速很快,又含糊不清,好像羞于承认他对克吕格尔的感情。我得很费力才能听明白。我被他的感情和笨拙打动了。

"我不能向你保证任何事,但至少我会和他谈谈。"

孔特雷拉斯先生最后又夸张地喷了喷鼻子。"我知道我能指望上你,亲爱的。"

他之前把克吕格尔留在厨房里读《芝加哥晨报》,但是我们走过去之后,后门开着,而他的朋友不在我们视线可及之处。一盘煎鸡蛋搁在报纸前面,鸡蛋上冷掉的油脂还泛着光。克吕格尔显然是咬了几口,接着有什么事情让他起身出去了。

"他是有问题,不是吗?"我温柔地说道。

孔特雷拉斯先生宽宏大量的嘴唇抿成一道严厉的线。"我跟他说过一百次他不能人走了门不关。这里不是什么高级住宅区,从你家后门进来的不是你会邀请来家里做客的人。"

他跺跺脚,闩好了门,接着又把门敞开。"你回来了,克吕格尔。我去找来了我的邻居,看看她能否理解你在盘算的事情。她是侦探,我告诉过你——维·艾·华沙斯基。你要做的就是坐在你的屁股上,吃你的鸡蛋,等着她。这要求高吗?"

克吕格尔的笑容很模糊。显然他走到下街拐角处弗兰基的游击酒馆喝了几杯。闻起来像是波本,但也有可能是黑麦威士忌。

"跟你说过管好你自己的事,萨尔。"米切含糊不清地说。我花了点时间想起我邻居的名字是萨尔瓦托雷。

"别想让什么侦探在我的事情上嗅来嗅去。我不是针对你——"克吕格尔朝我点点头,"但是侦探意味着警察,警察意味着联合搜查。"

"你要是不喝得烂醉,你脑子就不清醒。"孔特雷拉斯先生愁容满面,"你一来就把我的格拉巴酒喝光了。要是这还不算,那你每天早上第一件事就是喝醉,这够糟糕了吧。她不是警察。你知道她——几年前我们帮过她。在医生的诊所外面,我们帮她赶走了一群流氓。你记得吧?"

克吕格尔快活地笑了。"哦,那次不错,嗯,我打过的最后一场漂亮架。你还需要其他帮助吗,年轻的女士?所以你到这儿来了?"

我仔细打量着他——他想让我们以为他喝醉了,但他不像是醉了。如果他确实喝掉了格拉巴酒,还强壮到能去打几架,怎么看他都得有个花岗岩脑袋。

"现在,看这儿,米切。你昨天一晚上都在说你要怎样和那些老板扯上关系,让他们明白道理,虽然我不明白这是怎么一回事。听起来,像是我们遇到了什么好事，即使我们得步步为营。"

他转向我。"抱歉，亲爱的。抱歉把你从床上拽起来，就为了看克吕格尔这个样子。他就像是等着老板们宣布在感恩节执行死刑的中奖火鸡。"

克吕格尔对此很恼火。"我不是火鸡，萨尔。你最好相信我知道自己在说什么。你要是相信我们撞了大运，那你就只是个白痴和小丑。现在大家还能拿到什么好处？他们得和老板谈判，减少工资，保住他们的工作。而那些老板呢，开着日本车，畅怀大笑，因为他们竭尽全力从越来越多的美国人手里夺走了他们的工作。我要说的是，我能阻止这种混账事。你觉得我不应该喝了你的酒，没问题，我会给你马爹利和拿破仑①。你以后不会再喝你现在豪饮的松节水。"

"那不是松节水。"孔特雷拉斯先生厉声说道，"这是我父亲还有我祖父喝的酒。"

克吕格尔朝我眨眨眼。"是的，看看他们怎么样了。都死了，不是吗？现在，没必要麻烦这位年轻的女士，萨尔。我知道我所了解的事情。没有什么要她来调查的，你也不用让她做其他的事。不过，听着，维克，"他加了一句，"你要是需要人帮你打架，告诉我就行了。那天我和萨尔帮了你和你的医生朋友。我好久都没有干过那么有趣的事了。"

要是他能在孔特雷拉斯先生的谩骂里抓住我的名字，并且还能记住的话，他肯定没他表现出来得那么醉。

"我不觉得有人需要帮忙。"我对我的邻居说道，不再听他说米切·克吕格尔哪里做错了。我的邻居说了一长串。克吕格尔认为他可

---

① 两者皆为著名的白兰地。

以喝孔特雷拉斯先生五十岁生日时放在桌子底下的酒，结果克吕格尔发现自己不能喝，于是发生了一场灾难。我的邻居一直说到一九七五年在霍索恩赌马的时候，克吕格尔选错了马，支持了高利贝蒂，而没有选破烂玫瑰的错误。

我走出后门，上楼去我的厨房时，孔特雷拉斯先生也朝我皱眉，但没有阻止我离开。我一边泡咖啡，一边简单地思考了下克吕格尔这个人。他那么明显地暗示了钻石山公司的违法行为。但这没法让我激动起来。他其实是到处闲逛，想要得到公司的一点施舍。他羞于承认这一点。如果公司断然拒绝了他，他会以一个醉汉的妄想夸大他的悲惨遭遇，说着要报复，但永远不会真的动手。

也许钻石山的某个人拿走了公司的存货，或是工具——但是芝加哥肯定不止一家工厂会发生这种事。但如果他以为敲诈他们，就能让他们同意他加入这种小事，这就是典型的醉后呓语。更有可能的是，整件事都是他想象出来的。

第五章 执行私刑的暴徒邻居

  我做完运动、开始慢跑去贝尔蒙特的时候,已经十一点多了。我那双运动鞋的鞋跟磨损得太厉害,这使得我不得不在水泥地上缓慢移动,以保护我的膝盖。鞋子两侧也磨坏了,没法给脚踝足够的支撑。像我这样经常跑步的,每四个月就要换一次鞋。这双已经坚持了七个月,我想让它拖到九个月。我分担了一部分佩皮的兽医诊金,就没有流动资金可用了。我就是没有多余的九十美元买一双新的耐克鞋。
  和我一起念法学院的大多数人这会儿都已经工作三个小时以上了。而且正如弗里曼·卡特昨晚所暗示的,大多数人都不会因为他们愚蠢的邻居让狗在发情期挣脱了皮带而买不起一双耐克鞋。
  我在弗里泽尔太太的房子前停下,皱着眉看看我财政困境的根源。那条拉布拉多和耳罩在后院里,嗥叫着抓挠屋门。它们听见我跑步经过,就冲到前面来,朝我吠叫。我能看见房子里还有两条狗,狗鼻子在破烂的窗帘下拱啊拱的,加入吠叫之中。
  "你为什么不做点有用的事?"我斥责拉布拉多,"去找个工作,养活因你而来的一家子。要不去前面的托德·皮奇那里给我偷一双跑鞋来。"
  皮奇是个律师。他想让街区发展委员会把弗里泽尔太太告上法庭。他的工作室装修成了复古的维多利亚风格,漆成蛋壳的黄褐色,边缘则弄成明亮的红和绿。院子里有花期较早的灌木丛，修剪得很整齐的草皮，更衬托出弗里泽尔太太杂草垃圾箱的破破烂烂。但我更喜欢老太太的房子，这仅仅是因为任性。

拉布拉多亲切地摇了摇尾巴，冲我叫了几次，就跑回后面了。耳罩跟着它。我无聊地想着弗里泽尔太太在哪儿；我似乎觉得她会出现在前门窗玻璃后面的两条狗身后，冲我愤怒地挥舞着拳头。

我跑了五英里到了港口，又折返回来，就忘了那个女人和她的狗。下午我强迫自己为固定客户处理一些常规事务。达罗·格里厄姆是我最忠实、付钱最快的客户。四点半的时候，他打电话给我。他想给一个人升职，但对这人的证书不怎么放心。他想在明天下午之前拿到克林特·摩斯的资料。我咬牙切齿——但是没发出声音。除了佩皮的账单和新的跑鞋，我还得养我那辆特兰斯艾姆，继续缴纳我的房租。

我把他所知的摩斯的信息填进表格，放进一个马尼拉文件袋，再用深红色的记号笔做上记号，这样明天一早我就能在我桌上一眼找到它。我给完成的两份工作填上账单，这时电话又响了。我打算就让它继续响着，但是我立刻意识到我亮了红灯的财政状况，于是我接了电话。是卡罗尔·阿尔瓦拉多。我真希望我没接电话。

"维克，我晚上能去找你吗？我需要和你谈谈。"

我再次磨牙，这次声音大了点。我不想在她和洛蒂的战争中支持任何一方——如果想永远失去她们的友谊，这是最简单的办法。但是卡罗尔恳求我，而我无法自抑地想起我和洛蒂吵架时她给予我的支持。那时，争吵后，洛蒂会威胁说如果我要来修复关系，或是委托谁来干这事，她就会把我赶出去。我只能尽量温柔地答应了卡罗尔。

卡罗尔八点到我家，带来一瓶巴罗洛葡萄酒。她没穿她的护士制服，换上了牛仔裤，看起来娇小而年轻，几乎像个流浪儿。我打开酒瓶,倒了两杯酒。

"这杯是为了老朋友。"我向她致敬。

"为了好朋友。"她回答。

我们随意聊了几分钟,她开始说起她的私事。"洛蒂告诉过你我的计划吗?"

"留在家里照顾你母亲的堂兄弟。"

"那是一部分。吉列尔莫病得很重,肺炎以及并发症,而且他住在县里,那里没有很好的临终服务。所以妈妈想接他回家,当然我会帮妈妈照顾他。如果给他专业看护的话,也许我们能让他重新站起来,也许只能是一小会儿。洛蒂认为我抛弃了她,而且放弃了自己……"

她的声音渐渐变小。她一直摩挲着酒杯的边缘。杯子是在伍尔沃斯的店里买的。杯身很厚,很矮,没有水晶杯那种清亮的嗡嗡声。

"你不能不辞职,改成休假吗?"

"事实是,维克,我受不了那间诊所了。我每天都在里面上班。八年了,我需要改变。"

"那么留在家里照顾吉列尔莫是你要寻找的解脱?"

她的脸微微泛红。"你不能不带任何讽刺地把你脑子里的话说出来吗?我知道你和洛蒂怎么想——我三十四岁了,应该离开母亲自己生活了。但是我的家庭不像你和洛蒂家那样带给我沉重的负担。而且不管怎么样,你去年没有冒着被谋杀的危险去找你的姑妈埃伦娜吗?"

"是的,我去找了,但是我很肯定我讨厌那么做。"我把玩着安乐椅上松掉的线头。要是我去了一家高档法律公司,我还能做另外一件事——购买新的起居室家具,"我十五岁的时候照顾过我母亲,那时她因为癌症快要死了。十年之后我父亲死于肺气肿。如果我不得不这么做,我会去做,但是我不可能那样照顾对我来说并不重要的人。"

"所以你是个侦探，维克，而不是个护士。"我想要说话，她举起一只手，"我不是在牺牲我自己，相信我。我在诊所里精疲力尽。我需要改变。洛蒂没法理解这一点，她在病人身上投入了那么多的精力，所以她不明白为什么其他人做不到。但是在家里，只和一个医学难题搏斗，就能让我有时间思考，决定接下来要做什么。"

"你让我把这消息卖给洛蒂？"

我不会因为卡罗尔想离开诊所而责备她。我在公共辩护队工作了五年，也是精疲力尽。而且卡罗尔的工作比我那时候还要忙碌。但是，当然，洛蒂觉得她被背叛了。她没有家人可以说话——她有个兄弟在蒙特利尔，而她父亲的兄弟斯特凡是他们家唯一在二战中活下来的亲戚——所以她不能理解来自家庭的呼唤。也许她对那些幸运地拥有需要照顾的家的人怀着隐藏的憎恨？

在我能进一步思考这个不怎么靠谱的想法之前，我的门铃响了。我透过猫眼，看见孔特雷拉斯先生的脸。我一打开门，就觉得我的血开始沸腾。

"抱歉，亲爱的。我知道你有客人的时候不喜欢被打扰，但是——"

"你说得对，我不喜欢。我甚至都记不清你最后一次没在我的客人到达十分钟之内就气喘吁吁地爬上来是什么时候了。看吧。卡罗尔·阿尔拉瓦多。肯定不是个男人。下楼去休息一下，行吗？"

他把双手放在他的屁股上，看起来有点难堪。"你最近有点过分，维克。我是说，你和我说话的方式。如果我照你一直要求的那样让你一个人待着，你现在已经死了。也许那才是你想要的，你想让我不管你，让自己在沼泽里淹死，或是让什么人用一颗子弹打死你。"

是的。他救过我的命，所以他认为他对我拥有财产权。但是看着他这愤怒的目光,我不能说出什么会深深伤害他的话。我也不能让自己道歉,但是我缓和了语气,问他上来找我有什么事。

他眉头又皱了几秒,决定不再追究。"是上街的律师,那个皮奇。他在楼下,想让我们联名去找县警。当然只有维尼·巴顿愿意签字。我肯定你会想知道这件事。"

"找县警做什么?"

"让县警去老太太家里带走那些狗。他说它们二十四小时都在制造公害。而且他按了门铃,也没人出来应门。"

我想起早上我也在想为什么她没到窗户前来。"那个小伙子是不是在担心弗里泽尔太太?"

"你觉得她出什么事了吗?"他睁大了眼睛。那是一张饱经风霜的脸。

"我什么也没感觉到。她没应门,也许是因为她知道是皮奇,她很讨厌他;还有一个可能,她也许在洗澡,没听见。我想在我们找县警来拖走她的狗之前,应该先弄清楚她在哪儿,她对此有什么想法。"

当我回到起居室跟卡罗尔说明状况时,孔特雷拉斯先生一直跟在我后面。"我要去看看她是不是出事了。我知道我刚刚给你做了一通演讲,反对你拯救世界——但是如果她中风了或者有其他状况发生,我希望能有医学专家在场。"

卡罗尔给了我一个"你真别扭"的笑容。"你打算为了一个陌生人这么做,维艾?那么我想我会一起去。如果她需要的话,我可以给她做人工呼吸。"

好多年前,警察没收了我的职业撬锁工具,但是冬天的时候我在奥黑尔的报警系统会议上弄到了一套新的——当然,作为"最新工艺水平"的展示品,我这套是登记在册的。今天晚上也许是我第一次有机会用它们。紧张战栗感几乎要满溢出来：追捕和被追捕的险境带来的兴奋似乎随着年龄在减退。我把开锁工具塞进外套口袋里，和孔特雷拉斯还有卡罗尔一起下楼。

"嘿，托德，维尼。凑在一起做动用私刑的暴民？"

这两个人看起来很像兄弟俩——三十多岁的白人男人，过分整洁、修剪得很漂亮的头发，方方正正的脸以传统审美来看算是英俊了。他们愤怒地涨红了脸。我这位邻居和一个布景师谈恋爱的时候，我和他曾恢复过友好关系——如果这个词恰当的话。但是里克离开他之后，维尼和我回到了更加自然的敌对状态之中。目前为止，我还没发现有什么事能让我靠近托德·皮奇，哪怕是一个下午也没有。

两个女人在皮奇身后绕来绕去。我勉强认出是同一街区的人。第一个五六十岁，金发碧眼，身材丰满，穿着黑色紧身短裤，屁股松弛下陷，恰好暴露了她的年纪；第二个女人和前一个凑成了一对，根本是"偶尔来拉辛大道"的活广告。她穿着斯潘德克斯弹性纤维制成的裹腿，勾勒出身体的曲线，像是健身房里的完美典型。她耳朵上的钻石耳坠暴露出那个年长女人假珍珠耳环的拙劣。她那不耐烦的皱眉损坏了她完美的外表，和另一个女人只有担忧的表情形成了鲜明的对比。

皮奇听到我的声音，脸上的不悦之色更重了。"瞧，华沙斯基，我知道你不在乎自己的财产有多少价值，但是你应该尊重他人的权利。"

"我知道，我也尊重他人的权利。从我学习宪法到现在有段时间了，但是至少根据第四修正案，我们不是可以知道弗里泽尔太太在她自己的家里是安全的吗？"

皮奇的嘴唇抿成一条线。"只要她不造成公害。我不明白为什么你会对那老太太这么热心，但如果你住在她家对面，让那些该死的狗吵得你无法入睡，你会立刻改变态度的。"

"哦,我不知道。如果我是因为老太太的事才认识你,我会让我自己忍受狗叫。你替某个市中心的大公司做事,你跟法庭有各种各样的关系,而你想要动用你所有的力量去打败一个无助的老太太。她在这里住了很长时间,你知道的,四五十年了。她没有试图阻止你住进这条街,也没有为了她自己阻止你毁掉这条街。你为什么不能也为她做点什么?"

"是这样。"年长一些的女人突然急切地说道,"哈蒂,哈莉埃特,弗里泽尔太太,从来都不是个好相处的邻居。但是只要你管好自己的事,她也只顾她自己,不会来管你。但是我很担心,我从昨天早上开始就没见过她,所以我看见这位先生按她的门铃,我就出来看看出了什么事——"

"毁掉这条街?毁掉这条街?"穿着裹腿的女人尖锐地吼叫道,"托德和我改善了这条没落的街道。我们花了一万美元修缮那座房子和院子。要不是我们,那座房子会和她家一样。"

"是的,但是你们扰乱了她的平静,试图把她赶出家门,让她的狗安息什么的。"

在争论升级之前,卡罗尔把一只手放在我肩上。"去看看那位夫人是不是在家,是不是醒着,维克。我们可以稍后再决定谁对这条街最有害。"

年长女人感激地朝她微笑。"是的,我很担心。但是,如果你打扰她的话,她会很粗鲁,但是如果我们一起去……"

我们的队伍慢吞吞地挪到前面的人行道上。"我告诫过她。"皮奇对维尼说道,"下一次狗再在十点以后吠叫,我就会在法庭上看到她的屁股。"

"我猜,那会让你觉得自己是个真正的男人?"我抬头反击。

皮奇轻蔑地大笑。"我知道为什么你这么激动：你怕你会孤独终老，八十五岁的时候发了疯，身边除了长满虱子的狗，没有其他人陪伴了。"

"好吧，皮奇，你要是算得上有天分，我就宁愿单身活到八十五岁。"

卡罗尔抓住我的手臂，催促我赶快走。"走吧，维克。我不介意你把我拖进你的事里，但是别让我听到这种废话。我要是感兴趣的话，我可以打开我的后门，小巷子里都是这种话。"

皮奇接着夸耀似的跟他妻子低声耳语，说我欲求不满。我窘迫地没法无视他的话，但是一点也不为我挑起争端而感到抱歉。事实上，我很希望能朝他胸骨上来一记重击。

第六章 在拉辛大道进进出出

我和皮奇一停止争吵,就能听见狗叫。拉布拉多低沉的吠叫充斥着夜晚,耳罩则回以高音的诵歌,屋子里的三条狗微弱地应和,这条街上的其他狗也发出微弱的回声。在我们身后,佩皮甚至停下抚育幼儿的工作,偶尔也叫上一声。所以,也许弗里泽尔太太不是世界上最棒的邻居,但是为什么皮奇不待在他们原本住的林肯公园路呢?

我们打开弗里泽尔太太的大门时,拉布拉多冲了出来,扑向我。我在它把我撞倒之前抓住了它的前爪。

"放松,伙计,放松。我们只想看看你的女主人是不是平安。"

我放下它的腿,踏上满是阴影的台阶来到门前。我的小腿撞上了一个古老的金属椅子,我低声诅咒着。幸运的是,孔特雷拉斯先生记得带上了一个手电筒。我开锁的时候,他照亮了门。

"蠢货才会害怕狗。害怕违法被抓,害怕跟你一起进来。那个律师就是你要当心的那种坐办公室的讨厌鬼。他不会自己做那些肮脏的事,但是他会打电话雇人做。"

"是的。"我嘟哝道,"拿稳手电筒,行吗?"

我本来需要三十秒开锁,但是拉布拉多一直扑向我的腿,直到卡罗尔成功地揪住它的颈背,拴好了它。那之后我不得不和孔特雷拉斯先生摇晃不定的灯光战斗,因为他一直在谴责托德和维尼。当我终于把那个简单的门闩拨开的时候,已经过去了五分钟。

我一打开门,那些一直在里面又叫又挠的狗朝我们冲来。我能听到身后某个伙计的尖叫,接着是一条狗的嗥叫。

"你看到了吗?"我分辨不出那个愤怒的尖厉声音是托德的还是维尼的,"该死的杂种狗咬我。"

"做坏事的人会不会为了一块狗饼干和一个奖章前进呢?"我说,但是声音非常轻。

屋子里的恶臭非常可怕,我想尽快进去之后就出来。我从孔特雷拉斯先生手里拿过手电筒,照亮了入口处,希望能找到灯的开关。屋子里的狗在门边撒尿,我可不想踩一脚狗尿。我找不到开关,所以我尽量看清狗粪便的范围,立定跳远跳了过去。

"弗里泽尔太太!弗里泽尔太太!你在家吗?"

我开锁的时候一直在外面的人行道上徘徊的那个邻居跟卡罗尔一起进来,嘴里叽里呱啦地说着,喉咙里发出担忧的声音。狗从我们身边跑过,把尿溅在我们身上。

"弗里泽尔太太?是我,赫尔斯特伦太太。我们只是想来看看你好不好。"

赫尔斯特伦太太在起居室的门里找到一盏灯。在微弱的灯光里,我终于找到了大厅的墙灯开关。弗里泽尔太太很久都没有动力打扫卫生了。灰尘形成脏污的厚壳;我们的湿鞋子把灰尘变成了泥泞。哪怕是从恶臭和脏乱中,我们还是能看出狗只会在门边撒尿。虽然她不关心自己,但她照顾它们。

我跟着拉布拉多上楼,手电筒的光照在磨得很薄的地毯上,每一脚都踢出许多灰尘,呛得我不停地打喷嚏。狗带我走进浴室。弗里泽尔太太躺在地板上,身上除了一条毛巾,什么也没穿。

我打开灯的开关,但是灯泡烧坏了。我朝楼下喊,把楼上的事告诉卡罗尔,接着跪下来探探弗里泽尔太太的脉搏。拉布拉多热情地舔着她的脸,朝我低声咆哮,但没有试图咬我。我终于察觉到一丝微弱的心跳。这时,卡罗尔和赫尔斯特伦太太来到我身边。

"布鲁斯,"我站起身退开时,听见弗里泽尔太太虚弱的声音,"布鲁斯,别离开我。"

"不会的,亲爱的。"赫尔斯特伦太太说道,"它不会离开你。你会没事的,你只是摔了一跤。"

"你能把灯弄得更亮点吗,维克?"卡罗尔急促而大声地说道,"打九一一。她需要去医院。"

我从挤在门口的其他狗中间杀出一条路,找到了老太太的卧室。我一进门就绊了一下,跌在地板上的一堆铺盖上。我想这是给狗准备的,但我觉得狗其实和她一起睡在床上。我从没有灯罩的天鹅颈子形状的灯上拧下一个二十瓦的灯泡,拿回浴室。

"床单,维克,叫救护车。"卡罗尔急促地说道,头也没抬。

"赫尔斯特伦太太?我去找电话,你能去拿几条床单来吗?"

赫尔斯特伦太太很高兴她能帮上忙,但是看见那些床单的时候惊愕地叫起来。"这些太脏了,也许我得回家一趟,拿点干净的来。"

"我想让她暖和起来比较重要。她在地板上躺了一整天,身上已经弄脏了,不会更脏了。"

我在楼下看见孔特雷拉斯先生正在打扫前门最脏的那块地方。"你找到她了,亲爱的,她还活着吧?"

我一边四处找电话,一边简单地跟他报告了一下。我最终找到一台旧式的黑色电话。它埋在起居室的一堆报纸底下。按键很硬,不过电话线还是通的。所以她至少和现实保持了足够的联系,还能支付她的账单。

我打了紧急号码,解释了问题,接着去厨房找个能当作清洁剂的东西。不让托德·皮奇和维尼知道狗在屋子里排泄似乎很重要。尽管每个人只要想想就能知道它们会这么干。即使是受过最好训练的狗也不能憋二十四小时以上。

我拿了狗的水碗和一瓶古老的快乐牌清洁剂。瓶里的东西都结块了。我挖了一勺子肥皂粉出来,混上水,开始用我在碗橱后面找到的一块毛巾擦拭起来。厨房和前门厅一样脏,所以我倒空了装狗粮的碗,挖了一点清洁剂出来,拿去给孔特雷拉斯先生。两个警察护送着医护人员赶到的时候,我们已经清掉了最脏的部分。抬担架的人爬楼梯时皱起鼻子,不想吸进成团的灰尘,但是至少他们不会向市里面报告说这里有一堆狗屎。

"你是她女儿?"医护人员把弗里泽尔太太抬下楼时,其中一个警察问道。

"不是。我们都是她的邻居。"我说,"我们只是担心她,因为我们好几天没见到她了。"

"她有孩子吗?"

"只有一个儿子住在旧金山,时不时会回来看她。他在这里长大,不过我不怎么认识他:我一直都记不住他的名字。"说话的是赫尔斯特伦太太。

一个医护人员俯身凑近担架:"亲爱的,能告诉我们你儿子的名字吗?或者他的电话号码?"

弗里泽尔太太的眼睛睁开,但是没有对焦。"布鲁斯,别让他们把布鲁斯带走。"

赫尔斯特伦太太笨拙地跪在她旁边。"我会帮你照顾布鲁斯,亲爱的,先告诉我你儿子的电话。"

"布鲁斯,"老太太嘶哑地叫道,"布鲁斯。"

医护人员抬起她出了大门。我看见维尼和皮奇夫妇还在门口等着。

"布鲁斯不是她儿子?"我问道。

"不是,亲爱的。"赫尔斯特伦太太说道,"是那只大狗,那只拉布拉多。"

"她住院的时候你能照顾狗吗?或者至少照顾到我们找到她儿子、等他过来之前?"

赫尔斯特伦太太看起来不怎么高兴,她说:"我不想照顾。但是我想只要它们一直待在那儿,我可以喂它们,带它们出去遛遛。"

警察多待了一会,问我们是怎么发现弗里泽尔太太的、和她是什么关系等等。托德粗声粗气地说我强行闯入他人住宅,但警察们毫不在意。"至少她找到了老太太,孩子。你觉得她应该让老太太就这么死了?"一个看起来快要退休的警官说道。

当他们发现卡罗尔是个护士时,他们把她带到一边,问了一连串细节上的问题。

"你知道她这是怎么了吗?"警察们终于走了之后,我问卡罗尔。

"我想她走出浴缸的时候摔断了什么地方,可能是她的髋部。她脱水很厉害,所以她脑子有点混乱。我没法清楚地判断出她是什么时候摔下来的。她也许在地上躺了几天了。她很幸运,我们过来找她了,维克,不然她可能撑不过今晚。"

"所以我决定介入是件好事。"托德插嘴道。

"介入?"孔特雷拉斯先生怒气冲冲,"介入?谁找到她的?谁叫的救护车?你只是站在那儿,手指尖干干净净的,什么也没干。"

这话说得不公平——皮奇穿着船鞋。

"瞧，瞧这儿，老先生。"他朝孔特雷拉斯先生俯下身，开口说道。

"不要和他们争论，托德。他们不是能理解你的人。"皮奇太太伸出手臂拉住她丈夫的胳膊，四下看了看脏兮兮的客厅，鼻子轻蔑地皱起来。

赫尔斯特伦太太碰碰我的胳膊。"你会找到她的儿子吧，亲爱的？因为我得回家了。我想换掉这些衣服。"

"哦？她有儿子？"皮奇说道，"现在或许就是他回家来照顾他妈妈的时候了。"

"也许她想过她自己的生活。"我打断他的话，"你现在为什么不上床睡觉去，皮奇？你今天已经做了你想做的事。"

"不。我想和她儿子谈谈，让他明白他妈妈的生活已经乱套了。"

一直朝着救护车吠叫的狗咆哮着奔回房子，试图扑倒我们。皮奇伸出他的一只船鞋踢那只耳罩。那条小狗尖叫着倒在门厅里，我猛地踢了皮奇小腿一脚。

"这不是你家，大伙计。你要是怕狗，就待在家里吧。"

他那张绷紧了的方形脸看起来很丑陋。"我可以告你打人，华沙斯基。"

"你是可以，但你不会。你是个胆小鬼，不敢招惹跟你一样高大的人。"我硬挤开他，开始苦恼地搜索房子，看能不能找到哪张纸上写着弗里泽尔太太儿子的名字。我只花了半个小时就意识到我可以拨打旧金山的电话号码查询服务。那地方能有多少个弗里泽尔？接着我知道了旧金山有六个，其中两个拼法不同。我打了第四个电话，正是她的儿子拜伦。用不冷不热来形容他对他母亲的事的反应，再恰当不过了。

"你们已经把她送到医院去了？好的，好的。谢谢你打电话来告诉我。"

"你想知道是哪一家医院吗?"

"什么?哦,也好。瞧,我正在办事——莎朗斯基,你是说你叫这个名字吗?我明天早上再打给你吧。"

"华沙斯基。"我开始拼我的名字,但是他挂断了电话。

托德一直等到拜伦挂电话。"他准备怎么做?"

"他赶不上第一班飞机。赫尔斯特伦太太要先照顾这些狗。我们其他人干吗不回家休息呢?"

我和赫尔斯特伦太太一样,急着换下身上的衣服。我给弗里泽尔儿子打第二个电话的时候,卡罗尔已经走了。孔特雷拉斯先生去厨房给狗倒上新鲜的食物和水。他急着回去看佩皮,但是他太有绅士风度了,不能把我一个人留在这儿。

"你说它们不会有事的吧,亲爱的?"

"我想它们会很好的。"我坚定地说道。他要是给我再弄来五条狗,我会发疯的。

我们关上大门的时候,还能听见它们嗥叫着抓挠大门。

第七章 签约新客户

第二天早上，在我出发去上班之前，我花了两个小时打扫公寓，还上了蜡。昨天晚上皮奇的评语触到了我的痛处。不是那句八十五岁还孤单一人，那是我能预见更糟糕的命运，而是那句发现我变得和弗里泽尔太太一样——成堆的报纸和灰尘堆积成能呛进肺里的脏东西；脾气坏得让我的邻居们即便觉得我可能病了，也不会来敲门。

我把一个月以来的报纸用麻绳捆起来，丢到大门口，等着放进回收中心。我擦拭钢琴和咖啡桌，直到它们能达到加布里埃拉的高标准，还洗掉了堆在水槽和厨房餐桌上的碗碟，扔掉了冰箱里所有发霉的食物。这让我晚上只能选择花生酱或是罐装蔬菜通心粉汤。但也许我能挤出一个小时，回家的时候去一趟杂货店。

我省略了跑步项目，坐高铁进城去了。我今天计划中的工作会让我跑好几个散布在市中心的政府部门。开车只能耽误事。四点的时候，我就能打电话给达罗·格里厄姆，报告克林特·摩斯的情况。他真的很着急——他的秘书接到命令，如果我找他，可以打断他的会议。

当达罗知道摩斯自己编造了在芝加哥大学念MBA的经历，他要求我去一趟匹兹堡，查清楚摩斯有没有编造在那里的工作经历。我不想干这个活，但是我要供我的特兰斯艾姆，而这意味着我要让我的好客户高兴。我答应第二天搭早班飞机去，不是达罗要求的早上七点的那班，而是八点的。这就是说，我要六点起床，对我来说已经是足够大的牺牲了。

回家的路上，我在赫尔斯特伦太太家门前停了一下，看看她怎么照顾弗里泽尔太太的狗。她好像有点慌乱不安——她正在给她的孙子孙女做晚饭，看不出她怎么能同时照顾那些狗。

"我明天早上要离开家，不过周五就回来，会帮你一把。"我听见我自己说道，"如果你早上照顾它们，我下午来喂它们，带它们去遛遛。"

"哦，是吗？那太让我解脱了。弗里泽尔太太真是太特别了，我不觉得她会在乎，我们可以偷走她家里的每样东西。我不是说我想从她家里拿走什么，而她不会注意到。但如果我们不喂她宝贝的卷毛小狗，她能和我们打官司。喂狗挺费事的。"

她给了我一套昨天晚上我们在起居室里找到的钥匙，那有把握的样子像是觉得我会立刻接班。"你喂好了就把钥匙放进我的邮箱里。明天我会去复制一套放在你的邮箱里。不，也许我应该把钥匙交给住在你楼下的好心先生。他看起来很可靠，而我不喜欢把别人家的钥匙到处乱放。"

我问她知不知道弗里泽尔太太住在哪家医院。

"他们把她送到了库克县医院，亲爱的，因为考虑到她没有保险。她从来没有办过医疗保险。这确实会让你思考，不是吗？我不知道我男人退休的时候我们会怎么做。他打算明年办医疗保险。他明年五十八岁了，该休息一阵了。但你要是看见老年人会出什么事——无论如何，我明天会去医院看她。你想想她的儿子——但是，当然，他在那个房子里长大，过得也不轻松。你要是见到她那样子，就会忍不住觉得这真是奇人，会迫不及待想要离开的。他爸爸也没法忍受，在他出生前一个月就溜走了。"

我在她要详细描述哈莉埃特·弗里泽尔的古怪行为如何让弗里泽尔先生和他的儿子都离开她之前,从她那里拿走了钥匙。如果她丈夫在身边,也许她不会这么疑神疑鬼,不会变得这么内向。不过,也许她还是会这样。

狗带着怀疑和欢乐的心情问候了我。我打开门的时候,它们冲向我,接着回头冲进客厅,直奔厨房,低声咆哮着,做出威胁的袭击。因为拉布拉多是它们的头目,我把注意力集中在它身上,蹲下来让它闻闻我的手,让它想起我们见过。

"只差没穿长袜和舞鞋了。我真是个疯子。"我对同伴们说道,"我居然主动提出我先喂养你们,而且是穿着我的工作服干这件事。"

它们赞同地摇着尾巴。我犹豫着要不要回家换上我的牛仔裤和磨坏了的耐克鞋,但是我不想晚上再来这个脏地方。下午的阳光映照出墙纸上的污迹,昨晚的客厅灯光太过昏暗,以至于没有看清。从这个模样和气味看来,水是从顶部透过墙渗透下来的。阳光也让铺满地板的污垢——还有其他地方的脏污——更加惹人注目。

我给拉布拉多拴上皮带,领着五狗组走上拉辛大道,朝贝尔蒙特路走去。它想挣开它的领结,但是我牢牢地抓着它。我不打算整个晚上都在社区里找它。其他四条狗不用锁着——它们跟随头目的脚步。

佩皮状态正常的时候,我们会一起跑五英里到港口去。我不想在弗里泽尔太太的狗身上花那么多精力;我带着它们在街区里绕了一圈,看它们吃完狗粮喝了水,就把它们锁在房子里。我走的时候,它们沉闷地嗥叫着。我有点罪恶感,但是我不想把它们带在身边过周末。等我从匹兹堡回来,我会去看看弗里泽尔太太怎样了,会试着安排一下照顾它们的事,直到她恢复健康。我会打电话给她那个满腔热情的儿子,拜伦,看看他怎么尽监护人的职责,再看看我们能不能从他那里拿到一笔遛狗费。

回到我自己的地盘,我满怀感激地把自己浸在我那干净整洁的浴缸里。我怀疑弗里泽尔太太的恐怖例子会不会让我改变我的习惯。

"不会。"当我之后打电话给洛蒂跟她分享这个想法的时候,洛蒂说道,"也许你能保持一个星期的整洁,但是之后又会开始堆积脏乱……卡罗尔说她昨天晚上去找你谈她的计划。你打算和马克斯一起向我咆哮吗?"

"不不不。"我缓缓说道,"但是我也不打算和她争论。也许你和我都对家人之间的联系太敏感了。我们觉得那种联系束缚了人,令人窒息,结果我们看不到她让自己和亲戚绑在一起能有什么幸福。"

"为什么你不专心地抓罪犯,维克,把这些深刻的洞察留给心理分析师?"洛蒂讽刺道。

经过冷淡而不友好的交谈之后,我们挂了电话。我怀着低落的心情去了匹兹堡,但我很有良心地贡献了两个白天给达罗。他那个下属摩斯生长在匹兹堡的一个高档郊区。他的人生轨迹很常见——少年棒球大联盟,夏令营,高中运动,毒品,被捕,从大学退学,最终在一家化学品公司找了个稳定工作。他只是一个储藏室看管员,而不是那个不会让他尴尬的部门经理;他在那里干了五年,而他的老板遗憾于他的离职。

我在回家的飞机上写好给达罗的报告书。所有我要做的就是早上花一个小时打出报告,然后一千六百美元就是我的了。我从机场直接去了棉布俱乐部跳舞,庆祝我安全归来、我高尚的工作习惯和我的报酬。

星期五早上我睡了个懒觉,慢跑到贝尔蒙特港,回程时在德国淡啤酒饭店吃了早饭。十一点左右我带上我的报告，拿到普尔特尼去打印。我出门的时候停了一下，让孔特雷拉斯先生知道我在家。

他在后院里那块八英尺的方块地上翻土。上周他播了种，现在急着让种子们摆脱那些微小的杂草。

"嘿，亲爱的，你想见见公主吗？你不会相信从你离开镇子之后那些小狗长大多少了。等我一分钟。我来开门。在你走之前，我有些事要跟你说。"

他在巨大的印花大手帕上擦了擦他满是老茧的手，捡起他的耙子和小铲子。去年夏天他丢掉了所有的园艺工具，现在他不会把新工具丢在外面了，哪怕是五分钟也不会。

他一边把他的工具收进地下室，一边问我旅途如何。但是当他第三次问起飞机飞了多久时，我敢说他脑子里肯定在想其他事。尽管如此，他还是很有礼貌，在我没有抚摸完狗、夸奖完它的孩子们之前，不会提起他自己的事。佩皮没有反对我把小狗们抱起来爱抚一番，但是小狗蠕动着要回到它身边时，它把每一只都彻底舔了一遍。

孔特雷拉斯先生嫉妒地看着我们，跟我仔细说着我不在的日子里佩皮每一天是怎么过的——它吃了多少，它多么放心让他把小狗抱起来，我不认为我们可以养上一两只吗……有一只小公狗的耳朵是一黑一金，似乎特别喜欢他。

"不管你怎么决定，老板。"我站起身，从沙发扶手上拿起我的报纸，"只要它们长大之后不是我去遛，我就不管。你就是要讨论这个吗？"

"哦……"他正要劝我说他会照顾三只狗，话到一半就打住了。而且不管怎么说，当我在匹兹堡找乐子的时候，谁遛佩皮呢？

"不。不。我想说的是私事。"他坐在他那张破破烂烂的黄褐色扶手椅上,看着他的双手,"是这样,亲爱的,我需要一些帮助。我是说,借助你的专业。"

他抬起头,举起一只手阻止我说话,尽管我本就没打算开口。"我不是想要你的施舍。我已经准备好了跟市中心的那些清教徒一样付钱给你,所以别以为我是要你帮忙。"

"嗯哼,你需要我的专业能力做什么呢?"

他深吸一口气,急促地说完他的故事。米切·克吕格尔消失了。他整天喝酒闲逛,激怒了孔特雷拉斯先生,星期一的时候把他赶出去了。接着我这位邻居的良心开始困扰他。星期三的时候,他去了阿彻路的寄宿屋。克吕格尔曾经在那里借宿。

"但是,他不在那儿。"

"你没想过他可能是出去喝酒了吗?"

"哦,是的,我也那样想。一开始我没多想,就是这么以为的。事实上,我转身朝汽车站走,结果遇到了波尔特太太。她是寄宿屋的主人,你知道,那是一家真正的寄宿公寓——只是给七八个人提供睡觉的地方,她会给他们准备早饭。反正,她喊住我,以为我是要找间屋子住,我告诉她我是来找米切的。"

他花了十分钟把整件事说完。简短来说,事情是这样的:克吕格尔星期一下午来寄宿屋登记入住,但是那之后他就没回来过。他曾经承诺波尔特太太会在星期二早上付房钱,而波尔特太太想要她的钱。或者说,她想要孔特雷拉斯先生拿走克吕格尔的东西,这样她能把房子租给其他人。孔特雷拉斯先生付了五十美元,将床位保留一个星期。他苦涩地指出,是从星期一开始算。然后坐上达门大道的汽车回家。

"所以,想到米切上周吹的牛,我后来打电话去钻石山公司,想要和店里的管理员说上话。但是那家伙没有回我消息,所以我昨天坐上那见鬼的汽车又去了一趟。他们告诉我自从十二年前我们离开之后，米切就没再来过。所以，不管怎么样，我想你接手这件事。我是说，找到他。"

我没有立刻回答，于是他又说："我会付你钱。别担心这个。"

"不是钱的问题。"我本想说他不需要付我钱，但是提供专业服务而不收钱，那是朋友和亲戚之间产生不满和怨恨的最佳方式，"但是，呃，说得坦白一点，话有点难听，你知道，他现在很有可能因为宿醉睡在警察局的看守所里。"

"如果是这样的话，你就要去确认这个事实。我是说，你认识那些警察，他们会告诉你他有没有因为喝醉酒被抓起来。我就是觉得我有责任这么做。"

"他有家人吗？"

孔特雷拉斯先生摇摇头。"没有。他妻子离开了他——哦，很早以前的事了。得有四十年了。他们有一个孩子，就是那时候开始他把工资都拿去喝酒。所以我不能责备她。我们都还在高中的时候，我从他手里抢了克拉拉。返校舞会的时候，我喝多了回家，她一直忍耐着我；而我会提醒她，至少我没让她被那个蠢到家的克吕格尔困住。"

他凝思细述着一场六十年前的舞会，温柔的棕色眼睛里布满了乌云。"唔，那些往事都结束了、都过去了，我知道米切不是个好人，不值得为他这样做，但我想知道他是否安全。"

当他这样说的时候，我没有任何选择。我开车载他到我办公室，郑重地给他填了一份我的标准合同。我写下波尔特太太的地址；我也拿到了钻石山的地址——我感觉我会需要所有这些我能找到的死胡同让我正当收取律师费用。

孔特雷拉斯先生从他的钱袋里拉出一卷钞票。他舔舔手指，拿出四张二十美元的钞票,数了一遍给我。这笔钱可以让他在阿彻路和瑟马克路上的酒吧里慢慢享受一整天了。

第八章 解决你的难题

我在去斯蒂文森的路上把报告寄给了达罗·格里厄姆。这条高速公路接上了穿过芝加哥腹地西南边的主要工业大道。事实上,它和"芝加哥环境卫生和航行运河"平行。这条运河建于一九〇〇年,连接了伊利诺和芝加哥河。这条三十英里的水道两岸,交错纵横着钢轨铁座和各种工业模式的房子。装载谷物和水泥的升降机在成堆的钢铁废料上盘旋;卡车中转站矗立在场院旁边。芝加哥的海员们在冬天的时候把他们的船开进这个场院,把这里当作干船坞。

我在达门大道下了高速公路,滑过一小团不协调地坐落在出口旁的单层小屋子,在出口处的斜路上急速朝左拐,开上阿彻路。这条路和高速公路一样,接上了运河。在斯蒂文森高速公路建好之前,它曾经是穿过工业带的主干道。

尽管城市的这一部分有几条维护得很不错的安静街道,但阿彻路并不是其中之一。破破烂烂的两层小楼和快倒塌的单层小房子跟人行道一样高。唯一的杂货店里,墙上都是洞。店里还卖啤酒、其他酒类和学校用具。这条路上小酒馆很多,很难知道是谁让杂货店老板一直能有生意。

从达门大道开过五个街区,就能找到波尔特太太的房子。那是一个又长又窄的小盒子,填在沥青墙面板当中。墙面板已经倒了,露出底下腐烂的木头。我减速停车的时候,波尔特太太正从她的前门廊不高兴地审视着街道。说得好听点是"门廊",其实只是个表皮剥落的面板组成的正方形。门廊栖息在部分毁坏的楼梯之上,只够放下一张绿色的金属椅子,以及让纱门破了的大门打开。

波尔特太太是个大块头女人,脖子都消失在肩膀上面一圈圈的肥肉里。她那件棕色的格子家居便服看起来像是二十世纪的遗骸,很久以前就没办法挣扎着遮住她的乳沟。一个安全别针试图弥补棉布的不足,但是只成功地让布料的边缘开始崩溃。

我蹒跚着走上楼梯的时候她没有转过头,而当我站定低头看她的时候,她也没有想要看着我。"波尔特太太?"长长的沉默之后,我问道。

她不满地瞥了我一眼,接着继续关注街道。街上有三个男孩骑着自行车,试图靠后轮立起车子,用后轮骑车。一道沥青护墙板在我们身后左右摇晃着。

"我想问你一些关于米切·克吕格尔的事。"

"你们这些家伙以为可以骑到我的房子上来吗?"骑自行车的男孩子让他们的车子跳过路缘,她大叫起来。

"人行道属于每个人,肥母狗。"其中一个吼回来。

其他两个毫无节制地大笑起来,在路缘上骑着他们的车跳上跳下。波尔特太太以拳击手的速度移动着,拿起一个灭火器,站在栏杆边喷向他们。他们跳回到阿彻路上,退到射程外,继续大笑。波尔特太太把灭火器放在她椅子旁的地板上。很显然,双方经常玩这游戏。

"这儿的太多地方都被肆意破坏,因为人们没胆量保护他们自己的财产。该死的西班牙兔崽子。他们搬来这里,带来了他们那些垃圾和罪恶,以前这附近完全不同。他们繁殖得像苍蝇一样快。"我们身后的沥青护墙板加入她的演讲，及时地轻轻拍打着护墙。

"是的。这附近曾经是中西部的花园地区……米切·克吕格尔？"

"哦，他啊……"她轻抬起褪色的蓝色眼睛看着我，"有个老兄来这儿付了他的房租。这对我来说就足够了。"

"你最后见到他是什么时候？"

这时，她转过椅子和她那巨大的身体，面对着我。"你是什么人？"

"我是个侦探，波尔特太太。有人雇我寻找克吕格尔先生的下落。我知道你是到现在为止最后一个见到他的人。"

我打过电话给我们区的警官康拉德·罗林斯，问他米切有没有在最近几天因为喝醉和妨碍治安被捕。警察没有电脑核查这种事。罗林斯给了我一个第四区警官的名字。这位警官亲切地电话询问了所有管辖内的地区警察。没有人最近抓过米切，虽然马凯特派出所的警察根本不知道米切是谁。

"什么？他死了还是怎么了？"她沙哑的声音像奶酪刨丝器一样撕碎了她说出的话。

"只是失踪了。他离开的时候跟你说了什么？"

"我不知道。我没注意——这些该死的西班牙人总在附近骑车，学校下课之后他们就这样，就跟今天一样。我不能同时关注两件事。"

"尽管如此，你还是看见他走下楼梯了。"我坚持问道，"而你知道他没有付你钱。所以你肯定怀疑过他什么时候会带着钱回来。"

她巨大的手掌拍打着前额。"是的。你说得很对，宝贝。他走下楼梯的时候，我朝他的背影大喊，'别忘了你欠我五十美元'，我就说了这些。"她笑着，来回摇晃着椅子。椅子发出吱吱嘎嘎的声音。

"那他做了什么？"我继续探问。

她再次转动椅子，拿起她的灭火器，威胁着下面路上大笑着的三个孩子。当他们退回街上,她说:"你问我什么,宝贝?"

我重复了我的问题。

"哦,哦,是的。他转过身,朝我眨眨眼。'没必要拿那种东西喷我。'他说。当然,他指的是灭火器。'因为我会拿到很多钱。至少,很快就有了。很快。'"

"他在楼梯底下的右边还是左边?"

她皱起前额,脸上的褶子能碰到她那一小束黄头发,努力回忆。但是她想不起来。她的思绪还在楼下的男孩子身上,而不是那个干瘦的借宿者。

"我想在我走之前看看他的房间。"

"你有许可证吗,宝贝?"

我从钱包里抽出一张二十美元的钞票。"没有许可证。但是再给你点钱如何?"

她瞧瞧我,接着看看钱,然后瞅瞅楼下的孩子。"你们警察不能没有许可证就闯进别人的家里。万一你不懂的话,我告诉你,这是宪法规定的。但是看在你是个女人又穿得挺干净的分上,这次就算了。我会让你进去,但是你要是再带男人过来,他们最好有许可证。上去二楼。他的房间就在你左手边的浴室再过去两间。"我打开纱门,她猛地转头看着街上。

她的房子里有一股浓烈的抹布的酸味。这房子很暗,又长又窄,只有前后墙上有窗户。闻闻这味道,就知道这些窗户有阵子没打开过了。面前的楼梯很陡。我小心翼翼地爬上去。尽管如此,我的脚还是好几次陷入油地毯上的洞里。

我笨手笨脚地从二楼的大厅走向浴室,接着发现了左手边的第二扇门。房门一直开着,床铺胡乱地理了一下,等着克吕格尔回来。波尔特太太的地盘上，没人锁门，也没人放多少私人物品在这里。不过克吕格尔也没有多少私人物品。我翻找着他的塑料箱子，但是里面只有几张纸——他所属的职工会会员身份，他的职工退休金，还有一张通知社会保障局他地址变更的表格。他还收藏了几张旧剪报，显然是和钻石山公司有关的内容。也许这家公司对这个没有家庭的人来说，能让他和其他人有所关联。

他唯一值点钱的东西是一个便携式黑白电视机。它的兔耳天线折断了，一个旋钮已经脱落。但是当我打开电视时，画面居然挺清晰。

米切的衣服很油腻，我出门的时候在浴室停了一下，洗了洗手。我看了毛巾一眼，确信还是让空气吹干我的手比较卫生。

一个穿着破破烂烂的汗衫和短裤的中年男人等在浴室门外，饥渴地看着我。

"老母狗带了你这样的人来，宝贝儿。真养眼啊，真是养眼，见鬼，毫无疑问啊。"

我从他身边经过的时候，他搓着手眼睛发亮。我一个没站稳，一脚踢在他伸出来的腿上以稳住身体。我走下楼，而他恶毒的眼神一直落在我后颈上。

我感谢波尔特太太让我四处看看，她没说什么。我下楼走到一半，她喊道："记得那房间的房租只付到周日晚上。那之后那位老兄最好过来拿走他的东西。"

我停下脚步沉思起来。孔特雷拉斯先生不想让他的老朋友回到他起居室的沙发上。换作是我，我也不乐意。我踩着楼梯上楼，给了她五十美元。它们消失在她胸部的安全别针后面，但是她什么也没说。现在孔特雷拉斯先生给我的钱，只剩下十美元让我查遍南城的酒吧。

我站在楼梯底下，拦住自行车三人组的头目。"我在找一个星期一下午从这里离开的老年人。白人。一头灰发,从来不梳理。大啤酒肚,大概穿着吊裤带和旧工作裤。你记得他向哪条路去了?"

"他是你朋友,小姐?"

"他——呃,他是我叔叔。"我不觉得这群小孩会对一个侦探好声好气。

"你肯花多少钱找到他?"

我做了个鬼脸。"不会太多。也许十美元。"

"他正朝我们来!"另两个年轻人中的一个兴奋地骑着自行车在路缘跳上跳下,"就是你身后,小姐!"

我紧紧抓着钱包,转过头。那孩子说得对。一个满头浓密灰发、啤酒肚的白人老头从街那头蹒跚着走向我们。事实上,还有一个这样子的老头正从对面的泰西小酒馆走出来。大概会有一千个像米切这样的男人在阿什兰和韦斯顿之间的狭长土地上终日游荡。我不抱希望,垮下肩膀。我转身过马路。

"嘿,小姐,你说的钱呢?"三人组突然用自行车围住我。

"好吧。那不是我叔叔。但他看起来很像,所以我想这值五美元。"

我把手伸进我的手包里,没拿出我的钱包,就抽出一张五美元。我不能照搬波尔特太太的猜疑,但是他们正围着我。

"你说的是十美元。"头目控诉地说道。

"要么拿着走,要么就别拿。"我冷冷地注视着他,两手叉着腰。

我不知道是我强硬的态度还是波尔特太太突然拿着她的灭火器挪了过来,总之自行车小组分开了。我漫步穿过马路,一直没回头,直到我走进泰西小酒馆的门口。我看见他们朝阿什兰路骑去,大概是去花掉这笔赏赐吧。

第九章 未经雕琢的钻石

泰西小酒馆又短又窄，里面放着三张封塑木桌，还有一张足够坐下八九个人的吧台。两个男人穿着布满灰尘的工作服，正并排坐在柜台前，其中一个卷起袖子露出高速公路路桩那么粗的胳膊。我走向吧台的时候，没人看我，只有一个背对着我的中年妇女转过身来，手里正洗着玻璃杯。她大概有个雷达，能告诉她有客人上门了。

"想要点什么，宝贝？"她的声音和她的脸很像，清脆又动听。

"来杯酒。"我坐在酒吧的高脚凳上。啤酒不是我最喜欢的酒类，但是你不能跑到酒吧里慢慢喝威士忌，而且酒馆的老板对喝苏打水的朋友可不怎么热情。

穿着有袖衬衫的男人喝完啤酒，说道："再来两瓶，泰西。"她开了两瓶啤酒，倒了两杯，放在男人面前。然后她把空杯子哗啦啦收进水槽里，迅速洗了起来，接着把洗干净的杯子放在她前方酒瓶下的架子上。三个男人晃荡着进来，喊着她的名字打招呼。

"还是老规矩，伙计们？"她问道，拿过一套玻璃啤酒杯。他们拿着他们的啤酒走到其中一张封塑木桌，而泰西拿起了《太阳日报》。

"你还想要点什么，宝贝？"我强迫自己喝下最后一口劣质又苦涩的酒，老板娘问我。

"跟你说实话，我在找我的叔叔。我在想你有没有见过他。"我开始描绘米切,但是她打断了我。

"我不是开托儿所的,宝贝。啤酒一共七十五美分。"

我在牛仔裤的口袋里掏出一美元。"我没让你开托儿所。但是他星期一就失踪了,而且他有个坏毛病,喜欢出来喝酒作乐。我到处找找,看能不能发现他的踪迹。他刚刚搬到街对面的波尔特太太那里住。"

她在丰满的臀部上擦了擦手,夸张地大叹一声,但是她很仔细地听我描述完米切。"这里有成打的家伙跟你描述的一样。"我说完之后,她说道,"但是每个人都有固定常去的地方;我想你会想和常客们说话,希望他们不要去阿彻的每一个酒吧喝酒。像你这么漂亮的女孩儿会被他们中的某个人找麻烦。"

她递给我二十五美分的硬币,不让我把它留在吧台上。"希望你能找到他,宝贝儿。这些老酒鬼让家里人精疲力尽。"

我站在路缘上,试图找出我下一个去处。波尔特太太已经不在她的门廊上了,而我也没在街上看见那三个折磨人的家伙。人行道上走来一个疲惫的女人,身后还紧跟着两个孩子。另一个女人朝着泰西酒馆再过去三间的埃克塞尔西奥塞子那家店走去。六月的午后没什么地方可以逛。

泰西是对的。如果克吕格尔出来喝酒,他不会在这儿喝。他会回到他的老房子那里,去他常去的酒馆。我出来找他之前,从孔特雷拉斯先生那里拿到了他以前的住址。我可以打电话给我的邻居——这儿的拐角处有一个付费电话亭——但是我今天下午没精神可以再应付一个女房东和啤酒了。

我爬回我的车里,才四点十五分。钻石山的办公室里也许还有人。我要是现在不去的话,就要等到下星期一才能找到他们。

这家公司很难找。地址是三十一大街的二〇〇〇街区,虽然足够清楚了，但是我就是找不到。我开上达门路。这路正好穿过三十一街的运河部分。接着我发现了一条沿着高速公路的支路蜿蜒蛇行的道路。这条路颇有特色，杂草已经长到齐腰的高度，半遮掩住草地里被人丢弃的床垫和轮胎。半独立式的住宅在我身边呼啸而过。五点的时候我拐过弯，意识到现在折向斯蒂文森已经太迟了。

到这会儿，高峰时刻的交通堵塞已经让开往克得齐的两英里变成了二十分钟的路程。下了高速之后，我不想再回去。相反，我开上了三十九街，回到达门。这一次，我把特兰斯艾姆停在桥底下，然后走上人行道前往位于中间的废弃的吊桥塔。

好多年都没有人用过这个吊桥塔了。木板封住的窗户牢牢关上。小铁门上的锁锈得很厉害，哪怕有钥匙也打不开。有人说曾经在其中一面墙上见过疯狂的西班牙眼镜蛇，而另一面墙上则满满都是纳粹的卐字记号。

护墙也锈得很厉害。许多栏杆都变得松松垮垮。我没有冒险探过身子——失足就会让我的头先撞上绑在下方的木头堆。我在人行道上躺平，从底下往里窥视。

韦尔豪泽巨大的场院延伸到东方，周围还有一些废弃的场院。我身下就是从水域边缘长起来的肮脏树木。它们掩护了我视线范围内的大多数附近的屋顶，但是我能辨认出两个左边的屋顶上的字母，一个是A，一个是ND。不需要歇洛克·福尔摩斯也能推断出这三个字母是来自"钻石山"这个词。

如果我有艘船，我可以直接航行到它门前。可我没有，我得从陆地上过去。我走回桥底下，顺着一条狭窄的人行道穿过一排建在路旁的平房。这些房子看起来比桥古老得多。而桥就建在它们小小的屋顶窗上，阻挡了阳光。

人行道在运河边上的防风带到了尽头。我沿着防风带，试图绕过扔到这下面来的最脏的垃圾，但是好几次都被藏在这片大草原茂盛草丛里的罐头绊倒。在二十英尺左右的肮脏步行之后，我来到了一个混凝土围墙前。它右边是一个装卸货的码头，看起来就像是被绑在巨大的马厩里吃燕麦的马儿。

我眯着眼睛抬头看屋顶上那排字母。盖米奇电线。我沿着围墙绕着那个建筑物走了一圈，终于走到了钻石山。

发电厂的户外分隔间里只停了一辆卡车。我担心在南边的冒险让我来得太迟了，会找不到人，但是我还是走到卡车旁去询问。

一个穿着工作服的男人站在装卸货的平台底部，背靠在卡车上。他个子很高，脑袋比我五英尺八英寸的身高还要高出九英寸。柴油机还在运转，震动着卡车的车身，吵闹得让我很难引起他的注意。最后我碰了碰他的胳膊。他跳起来咒骂一声。

"你是什么人？该死的！你在这里想干什么？"发动机这么吵，我听不清他的声音，但是他吐字格外清晰。

他有一张又大又方的脸，一道伤疤长及他的左下巴。他的鼻子应该断过不止一次，从它扭曲着安置在脸右边的次数就能判断得出来。我退后一步。

"里面有人可以和我谈谈吗？"我大声说道。

他的脸低下来凑近我。"我在问你是谁，小姑娘，见鬼的，你在这里干什么？"

我膝盖后面一阵刺痛，但是我冷冷地瞪着他。"我是维·艾·华沙斯基。我想和你们的工会管事谈谈。你满意了？"

他眯起眼，从他下方的边缘探出身，准备发火。在他决定做些什么暴力事件之前，我闪到他身后，跳上平台。他跟在我后面，但是他的身材和他的工作靴限制了他的灵活性。

我四处看看，想找个人说话，但是平台上没有人。只有一个叉式升降机抓着一个货箱，说明大概有个人正在往卡车上装货或是卸货。

我没有等那人抓到我，沿着码头的边缘全速奔跑，直到我来到一扇打开的门前。门后是一个长长的走廊。我在这里找到了一群男人，都穿着衬衫打着领带，正在低声交谈。是老板们——正是我要找的人。

他们惊讶地抬头看我。其中一个年轻的男人向前一步，他一头短短的棕色头发，戴着龟甲似的眼镜。

"你迷路了？"

"不完全是。"我看见我右脚鞋舌上夹着一簇草，不禁想着我身上究竟带着多少残骸，"我想找人，有人会知道钻石山的老员工的事吗？工会管事或是工厂经理。"

正在这个时候，我那个卡车朋友闯进来。"噢，你在这儿。"他吼叫着，声音里充满了威胁，"她刚刚在后面鬼鬼祟祟地乱走。"

"是吗？"说话的那个人转回来看我，"你是谁？你想干什么？"

"我是维·艾·华沙斯基。我想和工会管事或是工厂经理谈谈。不管这位布鲁诺怎么说，我没有鬼鬼祟祟的。我只是花了令人崩溃的四十分钟才从路那边找到你们这里，最后我还得走路过来。"

大概有一分钟没人说话。接着第二个人开口了："你为谁做事？"这个人比第一个说话的人年纪大一些。

"我不是商业间谍，如果你是这么猜测的话。我几乎都不知道你们公司是做什么的。我是个侦探——"这话让那群人里的两个人勃然大怒，我举起一只手，"我是个私家侦探，有人雇我来找一个曾经在这里工作过的老人。"

年纪大一些的那个人严厉地盯着我看了约有一分钟。"我想最好和她在我的办公室里谈谈,汉克。"他对那个棕色头发的男人说道,"你回卡车那里去,西蒙。她走的时候我会确保她远离这里。"

他突然扭头向走廊尽头看去,厉声说道:"走吧。"

他快速朝走廊走去。我跟在后面,速度慢了很多,还停下来把那簇草从鞋舌里拔出来。当我站起身的时候,他不见了。我在走廊的三分之二处找到一个通向一个短通道的门。我的向导正站在里面,双手放在臀部,深色的眼睛严厉地看着我。当我赶上他的时候,他一言不发猛地转身,大步走向他用作办公室的一个洞穴。

"现在告诉我,你他妈的到底是谁?你在我们公司鬼鬼祟祟的想干什么?"我们刚坐下他就说道。

我在他的桌面上看了一圈,没看到名牌。"怎么称呼你?"我问道,"你在公司里是什么职务?"

"我问了你一个问题,年轻的女士。"

"我在外面的走廊里就跟你说过了。我没有其他可说的。但是如果你想好好谈谈,告诉我你的名字对我帮助很大。"我在椅子上俯下身,重新系好右脚的鞋带。

他凝视着我。我脱下左脚的鞋子,把里面的脏东西倒在地板上。

"我叫让法斯。我是工厂经理。"每个字就像是从玩具枪里射出来的一样。

"你好。"我从手包里拿出钱包,拿出一张私家侦探许可证的塑封复印件,出示给他看。

他看了看,轻蔑地扔到桌子上。"我不认为你会告诉我是谁雇你来的。但是我有自己的侦探。我可以很快就查出来。"

我做了个恶心的表情。"你花上两千美元查这个,不会比现在更明智。我知道这很奇怪,我在你的公司里乱走,但是我很容易就能解释。

你的伙计西蒙是我第一个看到的人。我试图跟他说话，他就有敌意，所以我为了安全赶紧跑了，结果找到了你。"

他怒视着我足有一分钟。"编个故事告诉我你来找我什么事吧。"

"我的故事——这是你说的——也很简单。我在找一个过去在这里工作过的老人。"

"我们炒了他？"

"不是。他退休了。"

"所以他没理由在这里。"他不相信我。他的音调和他卷起的上唇表达得足够明白。

"看起来是这样。但是我的客户最后一次见到他时是星期一，失踪的那个人说他要来这里见见老板们——他的原话。他脑子里想着钻石山。所以，因为从星期一开始就没有认识他的人见过他，我就希望他真的那么做了。我是说，他来了这里。"

"那这个前雇员的名字是——"他露出一个小小的微笑，以示他对我们这种把戏的欣赏。

我回给他一个微笑，但是很淡，还带着更多的轻蔑。"米切·克吕格尔。他来过吗？"

"如果他来了，永远过不了我秘书那一关。"

"那么我想和你的秘书谈谈。"

"这太无礼了。"他不屑地说道，"你装作没调查过我们公司，好像不知道我的秘书是位女士似的。安吉拉星期一上班的时候我会问问她。然后给你回电话。"

"让法斯，我告诉你一个小秘密。如果我真的在做商业间谍活动，你都不会知道我在这儿。我会让你的伙计自己说出来，知道你们的人事变化，然后在你周末离开这里之后开始行动。所以放松点儿。省下你的脑细胞和你的资金。我想知道的只是钻石山有谁最后一次见到我要找的人米切,以及是在什么时候。我弄清楚之后,我们就会永远地握手说再见了。"

我从他桌上拿起我的许可证,递给他一张我的名片。"如果你有我的电话号码,你打电话给我会比较简单,让法斯。而我,会拿到你的电话。"

我向桌子俯下身,在他能阻止我之前,抄下他的电话按键上方贴着的电话号码。"给我一个经过西蒙身边的安全通行权吗?"

他得意地一笑。"我们不需要穿过整个工厂,所以不要抱什么希望,小姐。我们会多花些力气。这个周末我会让我们的警卫人员加强警戒。"

我们回到走廊,走出一个面对着运河的大门。我们沿着门边的人行小径走去,一言不发。我们经过西蒙站着警戒的那个震颤不已的卡车,走到了大门口。一条蜿蜒的小路可以让我离开这里。

"我不知道你把车藏在哪里,但是最好别在我们的地盘上。如果西蒙发现你又鬼鬼祟祟地到这儿来,我不保证我能拦住他。"

"下一次我肯定会带一包生肉来,以防万一。"

"不会有下一次了。你最好牢牢记住,小姐。"

看起来不值得让矛盾加深。我给了他一个飞吻,朝车道走去。他双手叉着腰,看着我消失在他的视野里。

第十章 去找狗

当我终于来到我的特兰斯艾姆旁边的时候,已经六点多了。我一路从钻石山的小通行路走到桥港的边道,终于找到了路线。我的错误在于我从三十一街去工厂——我应该在三十三街下去,结果导致蜿蜒行驶上上下下好几次。

我大笑了一会儿,因为我遇到了让法斯。我这些年来办过不少商业调查,还这么笨拙地闯进去被人当成间谍,真是滑稽,也很尴尬。我应该等到周一早上,那时我就能以一种可以被人接受的方式和让法斯的秘书交谈。不管怎么说,我现在还得这么做,但是我得越过他们的怀疑这个大障碍。

我怀疑让法斯是不是真会让他自己的侦探调查我,或者只是阻止我进行所谓间谍活动的虚张声势罢了。我驶向肯尼迪大街的时候,快活地想着如果要调查我自己我要采取哪些步骤。要让我证明我不是间谍还挺难——他们核查过我的工作经历之后就会发现,我做过不少次间谍。他们会开始跟踪我,这会花很多时间和金钱。而我不必费力去想让法斯如何跟钻石山那些不知是什么人的董事解释这笔钱的用处。

我回到家,孔特雷拉斯先生从他的前门跳出来和我打招呼。"查到米切的事了吗,宝贝?"

我一只胳膊环住他的肩膀,温和地把他推进他的公寓。"我刚开始询问大家，但是我还要问很久。我要跟你说的话，就跟我和我所有顾客说的一样——我会写例行报告，但是如果我要写个上百份，我就会越来越没有效率。所以假装我们就是两个喜欢同一条狗的邻居吧，然后让我尽最大的努力进行调查。"

孔特雷拉斯先生选择了被伤害的心情。"我只是担心他。我不是要烦你或者批评你。"

我略咯笑了。"别这么想。你能给我克吕格尔的老地址吗？就是上周五他和你回来之前住的地方。"

"可以，可以。我有。"

他拉起起居室中央那张桌子的桌布。我从来都不明白为什么他要把桌子放在这儿，他一周中会撞上一百次。我也不明白他为什么觉得铺上桌布会是个好主意。桌子上报纸堆积如山，抽屉里也溢出不少东西，我觉得要从里面找到一张纸可不容易。我绕过他，去后面看看佩皮。

小狗一周之内长大了很多。它们柔软的皮毛开始露出清晰可辨的颜色。尽管如此，它们还是看不见，还很无助。佩皮站起来离开它们的时候，它们就会害怕地尖叫，不安地蠕动着身体。佩皮嗅嗅我的腿以确认是我来了，然后告诉我它想出去。

"好的，你带它出去，宝贝。我还在找米切的地址。"孔特雷拉斯朝我喊道。

佩皮不想在外面待很久。它绕着院子跑了一圈，查看它的地盘有没有什么变化，然后就直接返回厨房门。我们的快速旅程突然提醒我，我曾经疯狂地答应要在晚上照顾弗里泽尔太太的狗。

我们回到起居室时，孔特雷拉斯先生正在翻一本皱巴巴的地址簿。

"找到了，宝贝。"他叫道，"我这就写下来给你。"他去找纸笔的时候，好几页纸掉在地板上。

"告诉我在哪里就行了。"我建议道,"我能记得,上楼前不会忘的。对了,赫尔斯特伦太太有没有把弗里泽尔太太家的钥匙留给你?"

"啊?"他正在把米切的地址抄到一个旧信封上。因为不怎么写字,他写得很慢,"钥匙?哦,是的,我太担心米切了,差点儿忘了。在我这里,要给你的。等我一下。我还以为你不会再去管其他狗的。你不是这么说的吗?"

"我的嘴巴说不不不,我愚蠢的良心却说是是是。但我并没有同意扩充我们的小动物园。"

"好的,宝贝,好的。放轻松,放轻松。"他递给我写着克吕格尔地址的旧信封。达门大道西边的第三十五街。每个字母都是大写。从钻石山真的是只要几分钟就走到了。

"你也在那儿住过?"

"什么,宝贝?哦,你是说我们小时候啊。不,不。我家住在第二十四街,在奥克雷旁边,是小图斯坎尼的一部分。米切家更靠近加利福尼亚。我们总是说他会在县监狱里度过余生。就在那儿,你知道的。"

"我知道。"我在谋杀特别行动组工作的时候,很多时光都是在第二十六街和加利福尼亚之间度过。

"你明天要去他的老房子吗?"我准备上楼的时候,孔特雷拉斯先生问道。

我转身看着他,吞下好几种简短回答。他那温柔的棕色眼睛里的关心太过急切。"也许吧。反正,我会尽力的。"

回到我自己的地盘,我克制住想去洗澡再喝两杯威士忌的欲望。我花了足够的时间,把我的手提包倒出来整理,还查看我的短信。达罗·格里厄姆想要我的报告。洛蒂没打电话给我——也许我们还在生彼此的气。今天晚上我没精力去想这件事了。

当我来到弗里泽尔太太家时,房子很安静。狗不在那儿。我站在门廊里,蠢蠢地喊着它们,即使我知道房子里空无一人。然后,我干了件更蠢的事,我把房子里里外外找了一遍。有人来过这里,打扫过——所有的床上用品都洗过了,还放进了在卧室里刚刚抛过光的五斗橱里;楼梯和地板也打扫过,一尘不染;浴室也被擦干净了。只有起居室还是一团混乱,报纸散布其中。也许赫尔斯特伦太太继续做了个好邻居。她也许把狗也领走了。

我松了口气,朝我家走去。现在我可以洗个澡了,可以平静地观看芝加哥小熊队和休斯敦太空人队的比赛。我走到大门的门廊前,赫尔斯特伦太太喊住我。她那张圆圆的漂亮的脸涨得通红,一路追着我过来,正喘个不停。

"哦!年轻的女士!我很抱歉,我不记得你的名字,但是我在找你——因为电话响了,所以你过来的时候我错过了。我很高兴能看到你离开。"

我脸上涌起感兴趣的表情。

"是狗的事。哈蒂·弗里泽尔的狗。它们不见了。"

"消失到空气里了?"

她无助地摊开双手。"我可以肯定早上我把它们锁在房子里了。我是说,我不可能把它们留在院子里——那么大的院子会影响大家,而我自己也不喜欢那样。她不会承认它们做了错事,但是去年秋天那条狗挖出了我的鸢尾花,把球茎都吃了。然后,当我去和她说这件事的时候⋯⋯好吧,反正,我只是想说虽然有点残忍,但我还是把它们都锁在房子里了。我很肯定我锁了。我不认为我粗心到没关大门。但是当我从商店回来,想把它们放出来的时候,它们不见了。"

我用手背擦了擦眼睛。"你走的时候门开着吗？"

"门关着，但是没有锁。我就担心这个。你觉得它们会出什么事？"

"我不觉得布鲁斯能用它的下巴开门。你跟街上的其他人说过吗？也许有人闯进来，让狗跑掉了。"

入室盗窃的人就像圣诞老人一样，知道我们什么时候睡觉、什么时候离开家。而起居室看起来像是有人彻底搜查过。表面上看来，弗里泽尔太太不会有值钱的东西，但是她不是第一个坐拥不记名债券却住在邋遢地方的人。

"窃贼？"赫尔斯特伦太太灰蓝色的眼睛惊恐地睁大，"哦，亲爱的，我希望不是。这个街区一直住得很舒服，即使我们没有街对面或是其他新搬进来的人那么高档别致，我问过莫德·雷佐里——她住在我家另一边——但是她那会儿也出去了。我得告诉赫尔斯特伦先生了。他会生我的气，会气我答应照顾那些狗，但是如果有窃贼的话——"

她听着像是个为了鼠疫而悲痛不已的家庭主妇。尽管很累，我还是忍不住大笑。

"这不好笑，年轻的女士。我是说，这对你来说或许是个笑话，但是你住在三楼，而这不是——"

"我不认为窃贼是个笑话。"我匆忙打断她，"但是在我们讨论得太热烈之前，应该先看看有没有其他邻居看到有人进入弗里泽尔太太家。有可能是你忘了锁门，而抄表员进来了。任何可能都有。你在这里住了很久——你应该能告诉我这个街区里的居民的名字。"

我想做的只是洗个澡喝杯酒，而不是去做晚间调查。赫尔斯特伦太太详细讲述特茨家、奥尔森家和辛格家的情况时，我脑子里有个声音质问我：你为什么要给自己揽事？如果我要用我的生命为一个难相处的老太太照顾她的狗,而她和我根本一丁点关系都没有,那么我没法责备卡罗尔留在家里照顾她的亲戚吉列尔莫。

"好的。我会四处找找。如果有人知道点什么,我会告诉你的。"

我和她一起走回街上。赫尔斯特伦太太继续担心入室窃贼,说她女儿会怎么说,说赫尔斯特伦先生会怎么想,但是我其实没注意听。

第十一章 人吃狗

我首先去找了奥尔森家,因为他们就住在弗里泽尔太太家后面,也许看到过什么人从她家后门进去。不幸的是,他们早上的时候在起居室里看电视。我看得出他们脸上的失望——他们错过了一出真实喜剧的观察席位。也许窃贼是跟在一个邻居身后进去的,而他们不会多注意一个邻居。总之他们什么也没能告诉我。

接下来我去了特茨家。他们家的木屋在拉辛街的西边,面朝着弗里泽尔太太家,夹在皮奇家和另一个修缮过的房子中间。两边房子那绘制精良的蔓叶花样让特茨家的房子看起来有一点破破烂烂。但是他家的草地修整得很漂亮,这会儿还有一些早生的玫瑰花花蕾。

特茨太太肯定有七十岁了。我们大声喊着,声音穿过她锁着的前门,进行交谈,直到她满意地发现我不是要来骚扰她的。"哦,对,我在街上见到过你。你有一条很大的红毛狗,是吧?我以前从来没见过你到这附近来,所以我认不出你的脸。你是在帮玛乔丽照顾哈莉埃特·弗里泽尔的狗,是吗?"

我一直不知道赫尔斯特伦太太的名字。我把她十分钟的犹豫不定总结成了几句话。"所以我想也许她走开的时候,你看见有什么人进入那个房子。"

"是的,是的,我看见了,但是他们不是窃贼。玛乔丽把我当成什么了,我会让人闯进别人家,哪怕是哈莉埃特·弗里泽尔的家,而不报警吗?不,不,他们是和县里的人一起去的——我看到他们的面包车侧面上写着——库克县动物管理部门。我可以肯定玛乔丽知道这事。他们在十一点左右来的,而那个隔壁的女孩——"她突然扭头看着皮奇家的方向,"她叫克里西。克里西·皮奇,让他们进去了。"

"克里西·皮奇?"我蠢蠢地念了一遍。

"哎呀,是她。她经常到这附近来。"特茨太太微微笑了一下,"我想她是在为老年人服务,而我完全能够处理好我们家的事。在某些人眼里,因为钟走得稍微久了一点,就突然觉得它没用了。你瞧,这种想法让他生气。所以我通常都不让他知道克里西来过。但是我知道她是为了帮忙才会进哈蒂家,所以我就继续做我的事了。"

我没礼貌地凝视着她,几乎听不到她的喃喃自语。克里西·皮奇让动物管理部门的人进去了?她怎么会有钥匙?这个问题现在不重要。她和托德把我包围了。他们以某种方式确定我出门了,然后就让政府部门来带走弗里泽尔太太的狗。

特茨太太说到一半,我就离开了。我快速跑过皮奇家院子的时候,重重地踩倒了一些鱼尾菊。我使劲戳着他们家精致的黄铜门铃,手都在颤抖。托德·皮奇来应门。

"哦,是你。"他的嘴里闪烁着得意的痕迹,但是他看起来有点紧张,他的拳头在宽松的亚麻裤子里紧紧握着。

"是的,是我。虽然迟了九个小时,但还能查出痕迹。你和你妻子是怎么弄到弗里泽尔太太家的大门钥匙的?谁给了你权力让政府的人带走她的狗?"

"这关你什么事?"

"那天晚上你到我家的时候,这就开始关我的事了。你怎么弄到她的钥匙的?"

"跟你一样,我自己动手拿了起居室里的一把钥匙。而且我比你更有权力去管那房子里的事,比你有权力得多。"他的身体在脚掌上摇摆着,试图做出威胁的样子。

我没有后退,反而前进一步,鼻子离他只有一英寸远。"你在任何事上都没有权力,皮奇。我会打电话给县里,然后我要报警。你也许是一个律师,但是他们很乐意以强行入侵他人住宅的罪名逮捕你。"

他那得意的笑变得明显了。"你去干吧,华沙斯基。回家去干吧,或者更棒的是,你进来报警吧。我很乐于看见你那张自以为是的脸上满是尴尬的样子。警察来的时候,我要在第一排看着你。"

克里西出现在他身后,紧身牛仔裤勾勒出她匀称漂亮的屁股。"怎么了,托德?哦,街那头那个好管闲事的家伙。你告诉她我们是指定的监护人了吗?"

"监护人?"我的声音高了一个八度,"谁精神错乱到指定你们做弗里泽尔太太的监护人?"

"星期二早上我打电话给她儿子。他很乐意把他母亲交给一位能干的律师。她没法照顾自己,而我们——"

"她的脑子没有问题。她只是选择生活在另一个世界里,而不是雅皮——"

他反过来打断了我。"法庭不会认同。我们昨天参加了紧急听证会。城市紧急服务的人认为这些狗对弗里泽尔太太的健康造成了威胁,如果她还能继续生活在那房子里的话。"

我有一种强烈的冲动,想一拳头挥上他的脸。我只能在拳头接触到他之前撤回来。

"非常聪明,华沙斯基。我不知道你的警察联络人是谁,但是我不认为他们会放过你，不控告你伤人。"他脸色有点苍白，呼吸困难，但还能控制得住自己。

我一言不发地转过身。我感觉自己被击败了。我不打算再虚张声势，让自己更失败。

"祝你有个愉快的夜晚，华沙斯基。"托德嘲讽的声音跟着我往回走。

他怎么能这么做？我几乎不清楚库克县的遗嘱和监护裁判庭及监护体系如何运作。我所有的法律经验都是在刑事犯罪上，而不是在民事上，尽管我有一些客户需要和我一起安排孩子的监护权。有人能就这样去找裁判法官，要求照顾某个人吗？弗里泽尔太太并不是精神错乱又年老体弱，她只是不友好，避世隐居。或者，也许是她儿子——我气得想不起来他的名字——也许他所要做的就是找到某个人，把照顾他母亲的权力转交给那个人？他不能这么做。

我颈上的肌肉因为愤怒而僵硬无比。等我走到公寓的大门时，我激动得浑身颤抖。我给自己倒了一大杯威士忌，开始冲澡。当强尼·沃克①在我紧张的肩膀上施展魔法的时候，我打电话去动物管理部门。电话那头的人说话语调令人愉快，甚至是友好的，但是他让我等了十分钟之后，很抱歉地告诉我弗里泽尔太太的狗已经安息了。

我回想起弗里泽尔太太的样貌。当她知道她的狗死了，她那灰色的卷发散落在医院的枕头上，脸转向墙那边，濒临死亡。我能听到她嘶哑地低声呼唤着"布鲁斯"，还能听见赫尔斯特伦太太承诺会照顾她的狗。自从托尼告诉我加布里埃拉快要死了的那天起，我就没有这么无助过。

---

①联合酿酒集团(United Distillers)拥有的Johnnie Walker威士忌，是苏格兰威士忌中的典范。

水溅在瓷砖上的声音把我惊醒过来。浴缸里的水已经漫出来了,而我目光呆滞地站在那里。我打算让水自己找路流出去,因为水最后可能会流经维尼·巴顿的天花板。但我还是拿来拖把和水桶,把水清理干净。浴缸里的水这时已是微温,而热水器里的热水已经没了。我沮丧地吼了一声,把那杯威士忌扔到房间那头。

"很聪明,维艾。"我跪在地上捡碎片,自己对自己说道,"你证实了如果你很生气你能毁掉你自己——现在来想想看你能对托德·皮奇干点什么。"

捡完玻璃碎片,收拾干净地上的威士忌后,我打开了起居室的灯,在电话号码簿里找托德·皮奇的电话。上面没有他家的电话,但是有他办公室的号码,地址是在拉萨尔北楼。那地方我认识。

我在起居室里转来转去,找我的地址本。它一般就插在咖啡桌上的那堆纸里。我在疯狂打扫卫生的星期二早上,整理东西太过粗暴,结果现在找不到它了。我花了半个小时,把起居室里的抽屉挨个翻了一遍,终于在钢琴凳里面找到了它。打扫卫生真是浪费时间。

我拨打了理查德·亚伯勒没列在电话簿上的橡树河庄园的电话。是他本人接的电话。

"迪克,嘿,你好吗?……是我,你亲爱的老前妻,维克。"很明显他听不出我的声音,所以我又加了一句。

"维克!你想做什么?"他听起来很吃惊,但没有很明显的敌意。

我和他的正常交谈由冷淡的玩笑开场。但是我今晚太沮丧了,想不出聪明的句子。"你知道一个叫托德·皮奇的人吗?"

"皮奇?可能认识。怎么了?"

"我遇到的那个皮奇住在我家街对面。大概五英尺十英寸高,三十多岁,棕色头发,方脸。"我的声音渐渐变弱——我想不出能把托德从成千上万个年轻的专业人士里区别出来的描述方式。

"然后呢？"

"他的律师事务所似乎和你们公司在一个地址。我想他也许在你们这个红火的年轻律师迫不及待想要摆脱的公司里工作。"

"是的。我想我们有职员叫这个名字。"迪克不打算给我任何信息。

我在打电话之前没有深思熟虑。我今天晚上做事都这样。按皮奇家的门铃，喝一杯威士忌，都是冲动的，也许还很愚蠢。我勇往直前，但就像是在和流沙搏斗。

"他介入了业余法律工作。应该是外星球的法律事务。他让自己成为一个还住在医院里的邻居老太太的监护人，还让县里的人带走了老太太的五条狗，让它们长眠了。"

"这和我没什么关系，维克。而我也没发现这和你有什么关系。好了，很抱歉，我们今天晚上有招待会。"

"问题是，迪克，"在他挂电话之前，我飞快地说道，"那个女人是我的客户。我要调查皮奇成为她监护人的过程。如果有点什么，呃，有什么不寻常的地方——我是说，这事发生得太快了——那我就要给他发律师信。我只是想让你知道这件事，这样你就能准备接电话、接待电视台的人等事情。也许也可以警告你的晚辈们不要让他们的热情凌驾于他们的法律判断之上。别干这种事。"

"为什么你一直都要像个油罐车一样冲过来找我？你为什么就不能打个电话来说声嘿，或者干脆就别打电话来？"

"迪克，我很友好。"我责备地说道，"我只是不想让你被出其不意地袭击。"

我想我能听见他在磨牙，但是这也许是我的想象。"那个老太太叫什么？"

"弗里泽尔。哈莉埃特·弗里泽尔。"

"好的,维克。我会记下来。现在我要挂了。别再打电话来,除非你想再买一张票参加我们下一次赞助的活动。而且如果是那样的话,我希望你和我的秘书说。"

"我也很高兴和你交谈。代我问候苔莉。"

我听见他猛地挂上听筒。我挂上电话,疑惑我刚刚干了什么,为什么要这么做……所以弗里泽尔太太是我的客户?现在该怎么做?在我需要做有报酬的工作来买我的跑鞋时,我要浪费更多的时间在她身上?而我其实是在期待迪克对托德·皮奇做什么呢?去告诉他我是老虎,让他脚下留神,让他将那些狗复活?

现在九点了。我身上脏兮兮的,而且很累。我想吃晚饭。在星期五的晚上我没办法追查遗嘱和监护裁判法庭里发生的事。我在微温的水里用海绵擦洗全身,换上干净的棉布裤子,这样我就能去林肯大道寻觅食物了。

第十二章 布鲁斯指引了谁——欢迎来到你沾满血污的床上

我在床上度过了六个小时,多半只是把这当成等待早晨来临前消磨时间的方法,因为我睡不着。我不想负担照顾狗的重担,所以我先发制人,拒绝了孔特雷拉斯先生收养这些狗的建议。和他说这件事的时候,我还有点尖锐和傲慢。现在它们都死了。我试着不去想它们僵硬的尸体在某个垃圾场里,或是政府送它们去其他什么毁灭动物的地方。但我觉得不舒服,有点发烧,就好像我自己把它们在墙下排成一排,然后开枪杀了它们。

在无眠的夜里,天空仿佛会永远黑暗下去,只有睡觉才会让白天到来。我最后肯定睡着了一两个小时,因为我感觉房间突然就充满了光。这是一个灿烂的六月早晨,这天气正适合告诉老太太她的狗已经死去的坏消息。

我有一个大学时代的朋友,斯蒂夫·洛根。他在库克县医院工作,是个精神科的社工。我在公共辩护队工作的时候,曾经和他一起合作过很多次。甚至有一年我们以为彼此相爱了。虽然我们没法继续相爱,但是那段情事的记忆温暖了我们的友谊。

自从我们的工作不再有交集,我们一年总会聚上几次,他也许能安排我见到弗里泽尔太太。我等了长长的两个小时,到九点我才能礼貌地打电话给他。

接到我的电话,斯蒂夫似乎挺高兴。他一边听我叙述我的悲惨困境,一边安慰地咂咂嘴。他同意找到弗里泽尔太太的病房。如果我能在半个小时之内赶到的话,他会带我去见她。他今天休息,本打算带他的孩子去动物园。

我飞快地穿好衣服,偷偷溜出门,没让孔特雷拉斯先生听到动静。如果再跟他解释一遍这是怎么回事、再听他一顿愤慨,那实在是太痛苦了。

库克县医院位于我家西边,就在湖街旁边,在州立医院和长老会-圣卢克医院中间。后者是一家巨大的私立医院,拥有最先进的设备。这家医院还在盖楼,规模大得能把周围的社区都给吞下去。当地人称它为总统。它和县医院没一点关系,除非它的病人花光了钱,不得不卷铺盖走人,被送到旁边的这家由纳税人支持的机构。

县医院建于本世纪与上世纪之交。那时人们希望公共建筑长得像巴比伦庙宇。从它创立之后,公众不再进行更多慷慨的举措。我们继续把钱投进县监狱和法庭,建造更大的附属建筑来支持更多的法律行动。但是医院越来越衰败。每六个月左右,报纸就会警告说医院将要失去营运资格——同时也失去联邦财政拨款——因为时至今日,医院建筑已经不符合法律规定。但是之后联邦调查员心生怜悯,而这地方就继续维持原状。手术室里没有空调,而医院里没有自动喷水灭火系统。这些事实似乎都是微不足道的理由,不足以免除他们那少得可怜的成功医疗的业绩。

伊利诺大学在这附近有一个校区。大学和总统医院凑在一起,很多小而干净的小镇洋房就如雨后春笋般出现在医院周围。即便如此,我还是不愿把特兰斯艾姆停在街上。这辆车与我的社区和收入挺般配。

所以我把它停在那家私立医院的一个停车场里，希望它能开久一点。

我和斯蒂夫说好在哈里森路上的医院入口见面。这个入口大厅很奇怪，一个角落里摆放着一个裸体女人和两个孩子的雕像，头顶上是一个很大的四方形蓝色灯管。我在想这是不是一个电子杀虫器，或者是一个紫外线杀菌器。如果是那样，它们肯定打不过地板和墙上的污垢。

人们吃着薯条、喝着咖啡、在大厅里闲逛。等待区的椅子填满了几个壁凹，现在几乎都没人坐。周一到周五的时候，每张椅子都有人坐，大家就像是在门诊部等着看病似的。周六早上只有几个喝醉了的人伸长了腿倒在椅子上，周五晚上肯定是在这里过的夜。医院是个怪物，一共七层，盖得像是个巨大的字母E。无家可归的人被奥黑尔机场赶出来，从边门溜进来，蜷缩在长长的走廊里，度过漫长的夜晚。

我等斯蒂夫的时候，两个身材高大的警察带着一个铐着手铐脚镣的男人走进大厅。这个男人身材修长而单薄，浑身发抖，像是两根树枝中间不断摇摆的树叶。他的脸上盖着一个手术用面具。这面具就和他瘦瘦的双腿上的脚镣一样不协调。或许他得了艾滋病，还朝着政府官员们吐口水？

十点刚过，斯蒂夫从走廊跑过来。那时候我正在研究地板上镶嵌的图案。我研究了很久，都能背下来了。斯蒂夫穿着牛仔裤和帆布胶底运动鞋，头发长得能盖住眼睛。他看起来就像是享受户外活动的商人。我不敢相信，他居然在县里生活了这么多年，还没有发疯。但是他曾经告诉过我，在这里工作能让他感到自己很真实。

他单手搂住我的肩膀，在我脸颊上亲了一口。"很抱歉我来迟了，维克。我想着能不能发现你那位太太的事情。我们的工作积压了六个月，所以我什么也不敢期待。但是我发现星期四我们接到几个紧急电话。"

我做了个鬼脸。"是的,所以我才来这儿。我有个见鬼的雅皮邻居,不知道通过什么方法让自己成为老太太的监护人,而且这事办得非常迅速。"

斯蒂夫浓重的眉毛消失在他的头发里。"他可真急。她周一晚上才进来,对吧?听起来一点也不合理。她在遗嘱里给他留了什么吗?"

"狂犬病,如果她想要遗赠的话。这家伙让县里杀了她的狗,而她的生活几乎都以狗为中心。我不知道她要是知道狗都死了,会有什么反应。"

斯蒂夫看看表。"伊莱恩在给孩子们弄早饭,穿衣服。我给她打个电话,就告诉她我要迟到了——我想亲眼见见弗里泽尔太太。然后我们可以决定怎样告诉她狗的事最好。"

我们走回大厅。我身高有五英尺八英寸,斯蒂夫比我高五六英寸。他试着缩小步幅,但是我还是得小跑才能跟上。他突然闪进一扇门,开始爬楼梯。

他简短地说道:"大楼这边今天只有一部电梯能用。我想我们要爬五层楼。但是相信我,会挺快的。"

我们到他办公室的时候,我有些喘气。他给妻子打了电话,拿起一个有纸夹的笔记板,反手关上门。这些动作都是在一瞬间完成的。

"伊莱恩说她爱你。我们下两层楼,去整形外科的走廊。我打过电话给内勒·麦克道尔。她是那里的护士长,她很棒的,她会让我们和弗里泽尔太太说上话。"

我们在护士站见到了内勒·麦克道尔。护士站就在走廊尽头附近,那是个舒服的小地方。一个高大的黑人女性向斯蒂夫和我点点头,算是打招呼,但是继续和两个护士还有一个维护秩序的人说话。他们正在回顾前一晚刚住院的病人,力图均分工作量。我们在外面的走廊里等他们谈完。那个小房间只容得下他们四个人。

谈话结束之后，麦克道尔点头示意我们进来。斯蒂夫介绍了我。"维克想和哈莉埃特·弗里泽尔谈一谈。她现在的健康状况可以见人吗？"

麦克道尔做了个鬼脸："她现在不是病房里最清醒的病人。你们为什么想见她？"

我又说了一遍，说到周一晚上如何发现弗里泽尔太太，接着说到托德·皮奇，以及我为什么关心这件事。

麦克道尔打量着我，就像一位船长看着她那不可靠的新伙计似的。"你知道谁是布鲁斯吗，维克？"

"布鲁斯是——曾经是——弗里泽尔太太放在第一位的狗，一条大拉布拉多。"

"她一直呜咽地喊着这个名字。我还以为是她丈夫的名字，或者是孩子。但是，她的狗？"护士长噘起嘴，摇摇头，"她状况不好——她不回答任何问题，他们送她进来之后，她就只会念着那只狗的名字。星期一的晚上，他们没从她嘴里听到任何亲人的名字。医生最后只得替她签她的同意书。我们试过在市区和郊区找到布鲁斯·弗里泽尔。如果它是条狗的名字，那就解释了为什么我们一点运气都没有，什么也没找到。如果狗死了，她也会撑不住的。在能确认她的健康恢复到足以接受这个事实之前，我是不会告诉她的。"

"我想和她谈谈，内勒。"斯蒂夫说道，"我想做个评估。我们有个宝贝星期四的时候参加了律师听证会，但我想自己判断一下。"

麦克道尔向上抬起双手。"请自便吧，斯蒂夫。我一点也不介意这位侦探。但是别做任何会让她发疯的事情。如果你没发现的话，我现在告诉你，这边的病房人手不足。"

她拉出一张表，边上写着弗里泽尔的名字。"你也许能告诉我一件事——为什么急着给她找个监护人？以往我们需要一个指定的人做监护人，得花几个月的时间走完烦琐的程序，才能进行到上法庭这一步。但是星期四早上就有了一个监护人，还是专门指定的监护人，好像很了不起似的，一句'请勿见怪'都没有就要跟老太太说话。我喊来保安，可是直到我们从精神病科急急忙忙找来一个人，还有一个你们办公室的孩子跟着，他们才把他拉走。"——她朝斯蒂夫点头——"我都要气死了。"

我摇摇头。"我自己也不能理解这点，我只知道皮奇急着处理掉那些狗。我星期一晚上和她儿子谈过。他住在加利福尼亚。他对他妈妈的状况大概跟我对蟑螂的兴趣差不多。我估计皮奇打电话给他的时候，他极度兴奋，终于能把弗里泽尔太太变成另一个人的麻烦了。"

麦克道尔摇摇头。"我们这里的病人有各种各样的困难，但是我从来不记得有哪个病人的家庭会把病人像扔垃圾似的丢给一个陌生人……弗里泽尔太太就在前面的病房，那头的倒数第三个隔间。告诉我你的看法，斯蒂夫。"

我们离开了护士站。斯蒂夫解释说病房曾经是开放的，但是他们几年前在病床之间建了隔间。"这个系统不怎么样——墙与墙之间离得太近，我们都没法整理床铺。病人们如果需要帮助，根本就没办法立刻叫到人。但是县委员会下了这个命令，我们只能尽力做好。"

当我看见弗里泽尔太太的时候，我的心凉了，几乎要昏倒。哪怕是在星期一的晚上，她半裸着躺在她浴室的地板上时，她看起来还像个人。现在她的头被朝后弯折，躺在枕头上。她的眼睛空洞地睁着，嘴巴张开，憔悴的皮肤就像是一层微微的灰色紧紧地覆在她的骨头上。她看起来像一具尸体。只有那毫不停歇、没有意义的肢体动作证明她还活着。

我恐惧地看着斯蒂夫。他摇摇头,嘴唇紧紧抿着,但还是挤进病床和隔墙之间。我走到床的另一边。

我跪在床边。弗里泽尔太太的眼睛似乎看不见我和斯蒂夫。"弗里泽尔太太?我是维·艾·华沙斯基。你的邻居。你还好吗?"

这似乎是个愚蠢的问题,而她没有回答时,我觉得我的愚蠢受到了嘉奖。斯蒂夫做了个手势,让我继续说,于是我痛苦而艰难地继续说下去。

"我有条狗,你知道的,那条红金色的黄金猎犬。我们有时候早上会跑过你家,我偶尔会和你说说话。"偶尔她朝我咆哮——我在脑子里修改了语句。也许她从来没真的注意到我,"我星期一晚上发现了你。我和玛乔丽·赫尔斯特伦一起发现你的。"

我把这个名字重复了几遍,然后继续说话,但是我不能让自己提起她的狗,虽然那有可能唤起她的注意力。我的膝盖因为地板的寒冷坚硬开始疼起来,而我的舌头也变成了铃铛中间的毛皮铃舌。我开始让自己站起来,而她突然转动她混浊的眼睛看着我。

"布鲁斯?"她的声音嘶哑刺耳,"布鲁斯?"

"是的。"我说道,强迫自己露出微笑,"我认识布鲁斯。它是条好狗。"

"布鲁斯。"她看起来好像是在拍床,邀请一条不存在的狗跳上来陪伴她。

"我很抱歉。"我说,"他们不让狗进医院。你很快就会好起来的,然后你可以回家,和它在一起。"

"布鲁斯。"她又说道,但是她的脸上好像多了一些血色。几秒钟之后,她睡着了。

第十三章 孝道

我回到车上,把座椅拉开,尽可能放平,这样我就能有气无力地躺在上面。我一离开弗里泽尔太太的病房,就吐了出来。那是一种突然的冲动,想要吐出来,以清除我对弗里泽尔太太撒的谎。内勒·麦克道尔找来一个女人拖地。我想自己清理掉,可那个女人不让我动手。

"别担心,亲爱的。这是我的工作。能见到有人这么关心那个可怜的老太太,还会为她难受,我觉得很开心。你去给自己倒杯水,直立站一会儿吧。"

我竟在斯蒂夫和内勒·麦克道尔面前无法自制,不禁羞愧难当,拒绝了他们的帮助。"斯蒂夫,你要再晾着孩子们,他们会很生气的。你回家吧,我没事。"

我总算是好一些了。从昨天晚上按托德·皮奇家的门铃开始我就失去了控制。我已经身处城市的南边,离达门路有两个街区;再朝南面走几英里,我就可以开始查问米切·克吕格尔老家附近的酒吧了。但是我今天没办法再见识更多糟糕的人生了。

于是,我转向密歇根湖,朝北开去,驶过城市,开进高贵时髦的城郊。那里的私人土地上可以欣赏湖景。最后我开到城郊后面的一块空地上。这个时间下水游泳还太冷。一群群的人在湖前聚会野餐,但我还能找到一块没人去的河滩,脱掉衣服,穿着内衣走进水里。几分钟之内,我的双脚和耳朵冻得生疼,但我还是继续往前走,直到我的脑袋嗡嗡作响,而周围的世界变成一团漆黑。我踉跄着走回岸边,倒在沙子上直喘气。

我醒来的时候,太阳还没有升高。整个下午,我都成了路过的窥视者眼里的美妙风景。但是没人过来烦我。我穿上牛仔裤和衬衫,掉头回到镇上。

我没能帮到弗里泽尔太太。失败带来的抑郁让我那天晚上睡得很沉,以至于星期日早上我很晚才醒,觉得头很重,疲惫不堪。外面的空气也意外地变得沉重浓密,不适合跑步。六月初就有九十度①,而且闷热潮湿。这是不是意味着那可怕的温室效应已经开始了,而我应该把我那辆高性能的汽车卖掉,换一辆自行车?我不觉得我这个周末能同时担心弗里泽尔太太、米切·克吕格尔和环境问题。

我喝了一杯咖啡,开着高性能的汽车去我经常游泳的地方。星期天是家庭日,游泳池里一半是尖叫的孩子,一半是氯气。我退回到健身房里,在机器上度过了无聊的半个小时。在机器上锻炼很单调,而健身房里的人经常分享在镜子前打扮自己时会有的那种自我满足——天哪,我好漂亮,肌肉锻炼得这么棒,我想我爱上我自己了。

我尽力站久一点,然后闲逛到体育馆里,找到一个捡篮球的游戏。我运气很好。刚好有人离开去游泳池里接孩子。我们只能在球场上再玩二十分钟。到男人过来接管场地的时候,我已经浑身是汗,头也不再沉重了。

我去冲澡的时候,意识到把健身包落在健身房了。我回头去拿,意外地见到克里西·皮奇在我刚用过的拉力器上锻炼。我不是奇怪她

---

①此处为华氏温度,大约是摄氏三十二度。

会锻炼斜方肌,而是奇怪她会来这里。我以为她会去高级的林肯公园或是罗普体育馆。当认出我的时候,她脸红了。

"自从你和托德照顾弗里泽尔太太的狗之后,我就有时间锻炼身体了。"我真心地说道,然后捡起我的包。

她愤怒地绷紧了脸。"你为什么不管好你自己的事!"

"我和你一样——我喜欢帮助邻居。或者说,当你们冲撞弗里泽尔太太和特茨太太的时候,你就只管好你自己的事了吗?"

她迅速松开拉力器,砝码落下的时候发出巨响。"人都死光了,就你是上帝?"

我对她微笑。"古老而正确的真理,克里西。不要让砝码下滑得这么快——这样很容易撕裂肌肉。"我慢慢走出健身房,低声吹着口哨。"天哪,维克,你太机智了,我好爱你。"我对自己说。

回到家,我想起来要给弗里泽尔太太在加利福尼亚的儿子打电话。我本以为他周末不在家,结果铃响到第八声,他接起电话。我提醒他上个星期一我在他母亲的浴室找到她之后,我们交谈过。

"你有什么事?"

我解释了一下狗的事。"昨天我去看她,她状况不好。如果让她知道她的狗被杀了,这会害死她的。医护人员想先告诉你——他们不想在家人不知道的情况下冒险……我想你是她唯一的亲人吧?"

"我父亲可能还活着,他在我出生之前就跑了,大概在某个香格里拉吧。因为他们一直都没有离婚,理论上来说他还是她最亲近的家人,但是我不认为他会比过去六十年里更关心她现在的状况。不管怎么说,我授权给一个住在她附近的律师做她的监护人。你为什么不和他谈呢?"他的声音尖刻而寒冷。六十年来的怨恨和不满让他变得尖锐。

"这件事有点问题:他就是把政府的人找来杀死那些狗的人。他不怎么关心这会对你母亲有什么影响——他只想成为指定的律师，然后他可以解决掉那些狗。"

"我估计你夸大事实了。"他说，"你想在我母亲身上得到什么？"

只是一个关心她的邻居？一个没法不把鼻子凑近其他人生活的爱管闲事的家伙？"她是我的客户。我不能因为她头脑不清就放弃她。"

"客户？什么客户？每个季度我母亲支付银行账单以后，我会查看一次。我不记得见过你的名字。你是说你叫沙兰斯基？"

"不，我一直说的是华沙斯基。你不会找到账单的。我为她做事不收钱的。"

"好的，那么你为她做什么事呢？到处都有人折腾老年人。你最好把名字拼给我。我要让皮奇查一查。"

"你怎么知道他就不折腾老年人呢？"我问道，"你找人调查过他吗？既然现在你全权委托他管理你母亲的生活，你还会继续查看她的账单吗？"

"他给了我他工作的律师事务所的名字。我打过电话，他们向我保证了他有律师证书，并且公正无私。现在，如果你拼出你的名字——"

"但他并非公正无私。"我厉声说道，"他想让你母亲搬走。他想弄死狗。他说不定还希望她会死在医院里，这样他就能把房子卖给和他一样的雅皮——"

拜伦反过来打断了我。"我母亲是个很难相处的人。很难很难相处。我已经有四年没去芝加哥见她了，她那时候就已经很衰老了。当然，从我认识她起，她就是这么衰老的，但她那时至少还能保住她的财产。好吧，四年前我就见到她让那幢房子就这样破败损毁。"他把最后四个字重复了几遍，好像这是他创造出的说法，而且很喜欢听见它们在唇齿间回荡。

"如果不是为了把房子留给我,整个房子都会因为水灾在她眼前倒塌。她不肯花力气去找人修屋顶。她没法把人家扔在院子里的垃圾捡起来。当然她八十年来也没用过真空吸尘器。我想她该去养老院了,或是其他什么能照顾她的机构。"

他大口喘气。我想现在不适合告诉他,八十年前大多数人都没有真空吸尘器。

"而且那些狗死了一点也不会让我心碎。"他继续说道,"她一直都那样。我还是个孩子的时候,我不能带任何人回家,因为她养的那些动物在家里到处乱走。我像是住在动物园里,而不是住在一个家里,就因为她的梦想是做个兽医,但她不得不在制箱工厂工作。

"好吧,我们都得放弃自己的梦想——我想做个建筑师,可是没有那么多钱让我念书,所以我成为了一名会计。我没有把屋子里贴满蓝图。我调整我自己。妈妈从来不听我的劝说。她总是认为规则是针对其他人的,与她无关,而现在她得学会面对,现实不是她想的那样。"

我一直想读很多专业,但最终进了法学院。我拿到了奖学金,而且晚上和暑假都去工作,才能继续念书。我很难为拜伦失去的梦想哭泣,但我为弗里泽尔太太感到难过。

"兽医学院很难进。"我大声说道,"而我敢打赌六十年前女人几乎不可能被允许去学兽医。"

"而我也不想听见鬼的女权讲座。除非女人能好好地照顾她们的孩子,否则她们不配拥有任何权利。我都能想得出来她对我父亲做了什么才让他逃走了。无论如何,你他妈的是谁,你凭什么对我说教?你为妈妈做了什么事情?给她一份兽医学指南?"他野蛮地嘲笑着,"你是干什么的?"

"我是律师,也是个私家侦探。"

"如果你是律师,你为我妈妈做什么?"

"保护她的财产,先生。她担心它们。"

"我没看到——哦,是的。你宣称你为她无偿服务。好的,我会和皮奇谈谈你,看看他会说什么,华伦斯基小姐。"

"是华沙斯基。"我厉声说道,"你为什么不也记一下我的电话呢?把我的号码和他的放在一起,这样下一次孝心来袭的时候,你就能找到我。"

在我说出前三个数字的时候,他挂上了电话。

我坐在起居室的地板上,看着电话。我十五岁的时候母亲去世了,到现在我还会在夜里醒来;我非常非常想念她,想得隔膜那里都疼。但我宁可天天年年都这样疼着,而不希望到六十岁了还想咽下愤怒形成的肿块,却无法消化它。

我的胃打断了我闷闷不乐的思绪。它大概让我比原来更不开心了。我没有吃早饭,而午饭时间也过去很久了。厨房里没有任何本周早些时候还能引起我食欲的东西。我换上很轻的棉布裤子和T恤,开车去贝尔蒙特餐馆吃了一份火腿、莴笋、番茄三明治,外加薯条。然后我向南方驶去。

第十四章 路德再生

米切的旧地址在第三十五街，其实也是一个出租屋，但是这座房子比波尔特太太的房子要好得多。房子刷了白色的漆，外表破破烂烂的，但是从门廊到客厅都被仔细擦拭过，一尘不染。我和科廖拉诺小姐就在客厅里说话。这位约莫五十岁的女士解释说她是为她母亲管理这个地方。二十年前她父亲在搭脚手架的时候去世了。那之后她母亲就开始出租房屋。

"那时候靠社会保障过活很难——现在也不可能，妈妈有关节炎，她不能走路，不能再上下楼梯了。"

我同情地笑了笑，开始谈起米切。科廖拉诺小姐举起她的手。他在这里和她们住了三年，是这里的另一个租户杰克·索科洛夫斯基带他来的。杰克是多么负责可靠的人啊，当然她们很高兴地接纳了他的朋友，但是克吕格尔先生从来不按时交房租。哪怕一次都没有。而且他还会在深夜喝醉了脚步摇晃地回来，吵醒有睡眠障碍的妈妈。她还能怎么做呢？她一次又一次警告他，一次又一次让他继续住下去，但最后还是把他赶走了。

"他有一次喝醉之后，睡觉的时候把床单点着了。我们很幸运。那天晚上妈妈正好失眠。她闻到烟味，尖叫起来，我醒了，动手扑灭了火。不然现在我们都得躺在格兰特公园的长椅上睡觉。"

起火的第二天早上,她赶走了米切,之后她就没有再见过他。她很乐意让我和索科洛夫斯基谈谈。他正坐在很小的后院里,拿着周日的《明星先驱报》睡着了。三年前我见过他。他和克吕格尔、孔特雷拉斯先生一起保护过洛蒂的诊所。我喊醒他,他显然认不出我来。但是他和米切一样,很兴奋地记起了那次打架。

索科洛夫斯基不怎么担心米切失踪的事情。"也许在某个地方的长凳上睡着了。萨尔不该这么担心米切这样的人。他肯定是喝多了他那个格拉巴酒。"

我又问他,他才开始回忆最后一次见到米切的时间。经过几次内心争辩之后,他认为应该是在上周一的下午。米切经过他这里,想拉他一起去喝一杯。"但是我知道跟米切喝酒是怎么回事。然后你就发现他喝了十杯。你要么带他回家,要么替他付钱修窗户。"

跟泰西说的一样,米切有个固定去的酒馆,就在科廖拉诺家附近,叫作保罗之家,位于第三十六街和西利路的拐角。杰克很肯定米切星期一就是去了那个地方。我掉头回去的时候,他重新把体育新闻页盖在脸上。

我谢过科廖拉诺小姐的帮助,走去保罗之家。这家店里家具很少,比泰西的酒吧更具斯巴达风格。吧台后面的墙上挂着一台小小的彩色电视机。有六个人正在看芝加哥白袜队的比赛。卖酒的是个六十多岁的秃头男人,胳膊很粗,肚皮又大又圆,正咬着一根牙签。他背靠着吧台末端的墙,看着比赛,给他的常客添酒,但是没看我一眼。

我礼貌地等着奥兹·吉伦打了一个完美的双杀,才开始我乏味的问询。在这个大家都很了解米切的地方,我没再说我是他的侄女。我解释说我是孔特雷拉斯先生的朋友。他们都不认识他,但是他们都认识米切,卖酒的侍者也认识。

"我知道托妮亚后来把他赶出去了。"侍者说道,把牙签挪到嘴角,"他到这儿来转过,想要讨个房间住下。没人会上当,我们都太了解这家伙了。"

"你最后见到他是在什么时候?"

他们争论一番,还没得出结论之前白袜队就开始击球了。今天不是杰克·莫里斯的幸运日:白袜队送了七个人上垒,犯了一连串的错误。加上小熊队的巨炮索沙打了个双杀,白袜队一共只拿了四分。这半局打了很长时间,那些人忘了我和米切·克吕格尔。我把他们拉回来,问他们最后见到米切的时间。

"应该是星期一。"最后侍者说道,"他给每个人都买了酒。米切富裕的时候是个慷慨大方的伙计,所以我们问他是不是在霍索恩赢了一大笔钱。他说不是,但是他不久就会变成有钱人了。他还说他不是会忘记朋友的人。"

没人再补充了。他们低语表示赞同——米切有钱的时候很慷慨。一周过去了,他们不记得米切走的时候是朝着哪个方向,也不记得他说过他为什么会有钱。我待了很久,直到看到老虎队在第六场整齐地走出来,我才离开,上车驶向东北方的卢普区。

自从周五晚上给迪克打了电话,我就一直在想我能把托德·皮奇怎么样。不管怎么说,我告诉迪克我要查皮奇。我很难承认那只是愤怒的咆哮。而且,我确实想对那个小虱子做点什么。但是在愤怒和羞辱之下,我什么也想不到。直到后来我见到杰克·索科洛夫斯基用《明星先驱报》盖住脸睡觉。

南卢普还没有吸引那些周日下午还开着门的故作时髦的商店。我毫不费力就把车停在了普尔特尼大楼前面。大楼没有守门人,也没有保安,所以周末不开门。脆皮超人汤姆·扎尼克在周六中午锁上大门,周一早上再打开。偶尔他还会安排人把大厅的地板拖一拖。我在钥匙串里翻找那把宽阔的黄铜钥匙。它可以打开前门的锁定插销,还能和不灵活的锁搏斗。每逢周日来办公室的时候,我都会发誓说我一定要带石墨来润滑那把锁,但是我很少这么干。往返办公室的时候我就把这件事给忘了。

扎尼克关掉了电梯的电源,而且锁上了楼梯底层的逃生门。他这么做不是因为他很在意安全性,而是因为他对大楼里的所有租户都有一种尖锐的敌意。我早就弄到了电梯和楼梯井的钥匙,但是我还是选择了走楼梯;电梯太不安全了,而我不希望接下来的十七个小时都被困在电梯里。

我爬楼梯到了我的办公室,打电话给《明星先驱报》的记者莫里·莱森。他不在办公室也不在家。我在两处都留了言,然后拉掉我母亲那台旧奥利维蒂打字机的罩子。我用这个过时的机器打账单和信件。我母亲只给我留了几样摸得着的遗物。这台打字机是其中之一。我在芝加哥大学读书的六年里,它的存在一直安慰着我。即使现在我也没把它换成电脑,哪怕给我一台电子打字机我也不换。而且,用它打字让我拿枪的腕关节一直很有力。

在我开始打字之前,我细细思索了一番。

为什么克劳福德-米德-威尔顿-邓维尔特事务所的托德·皮奇会如此急着接受哈莉埃特·弗里泽尔的法律事务?他甚至催促遗嘱和监督裁判法庭的代表去库克县医院病床边见她?为什么他成为她的合法监护人之后第一件事就是让她的狗长眠?他唯一的目的就是成为她的监护人、拥有杀死她的狗的权力,还是说他对她的财产也有所图谋?克劳福德-米德事务所支持托德·皮奇的行为吗？如果支持的话，又是为什么呢？不断发问的大脑想要知道答案。

我签上名字，复印了五份。我对现代化的唯一让步就是一个台式复印机。我把自己那份放在写着"弗里泽尔"字样的文件夹里，然后放进客户文件里。我把另一份放在信封里给莫里。其他四份我打算亲自送去：三份送去迪克的公司———一份给迪克，一份给托德，第三份给我认识的一位高级合伙人利·威尔顿。原件送到《芝加哥律师报》。

我开车去拉萨尔大楼。克劳福德－米德事务所去年搬到这里。这是西卢普我最喜欢的地方之一。大楼琥珀色的正面呈弧线形，如同日落时天际线的侧面轮廓。我不介意在这里拥有一间办公室。它排在我的购物清单第二位，仅次于一双新耐克鞋。

大楼的保安正在看白袜队的最后一场比赛。他示意我填一份登记表，但是不怎么理我，只要我不打扰他看比赛结果。只有一台电梯可以用，里面的装潢是浅橙色的，和大楼琥珀色的玻璃表面很配。它把我送到十三楼，花了二十秒就把我倒出来了。

克劳福德－米德从他们的老总部搬来了雕花木门。你一看见那么多的门镶嵌在灰色呢料包装的墙里，你就会明白，你要一个小时花三百美元购买向这些高级牧师私语犯罪秘密的特权。

门锁着。我试着拿出我的撬锁工具，亲自把信放在目标人物的桌上。但是我从远处的门那里隐约听到了说话的声音。毫无疑问，新晋律师们正在努力工作，给事务所增添血液供给。他们得加班费。门前没有信箱。我把信封顶端弄湿，把它们塞进门里。信封上面写着迪克、托德和利·威尔顿的名字。名字加黑，还加了红色的下画线。我感觉自己有点像是在威滕伯格给教皇上书的马丁·路德。

《芝加哥律师报》的办公室关着门,我把原件放进他们的信箱里。之后,我就决定换换口味,去吃点真正的食物。我在一家超市前停下车,买了水果、蔬菜、酸奶和主食,还选了可以冷藏的鸡肉。超市的鱼类部分还有看起来很新鲜的三文鱼。我买了足量的两人份,还买了一些烧烤类的肉,这样孔特雷拉斯先生可以在我的微型后门廊里吃烧烤。

在告诉他寻找米切·克吕格尔的最新进度之前,我不得不告诉他弗里泽尔太太的狗死了。他既生气又痛苦。

"我知道你觉得我没法处理好佩皮的事,但是你为什么不把那些狗带来这里?它们可以拴在后院,不会碍着任何人的事。"

他说完的时候,我觉得自己是个浑蛋。我应该安排好它们的事;我只是没料到托德·皮奇动作这么快,又这么残忍。

"对不起。"我没什么信心地说道,"你会觉得我跟人渣斗了这么多年,我应该能防备他和克里西。虽然如此,但我就是没想到这种事会发生在自己的邻居身上。"

他拍拍我的手。"是的,宝贝,我知道。我不应该责备你。我只是想到那些可怜的无助的动物——然后我就会想,啊,这要是佩皮和它的小狗……但是你已经很责备自己了,我不想再打击你。你打算怎么办?我是说,皮奇那家子。"

我打算星期一早上第一站就去遗嘱监护裁判法院,但是在我的闹钟响起之前,迪克打电话给我。那时候才七点半。他用轻松的男中音厉声质问我,声音重重地砸在我的耳膜上。而我还不够清醒,没法理解长篇大论。

"等等,迪克。你吵醒我了。我能十分钟之后打给你吗?"

"不,该死的,不行。你怎么敢把信贴到我们办公室的门上?没有人告诉过你可以寄信的吗?"

我在床上坐起来,揉揉眼睛。"哦,你不是反对信的内容,而是反对把信贴在门上?我会带个清洗剂过来,把它们擦掉。"

"是的,该死的,我很反对信的内容。你怎么敢把彻彻底底的私事用这种方式公开?很幸运,我在你前面到事务所,拿走了他那份——"

"我亲自送过去很正确。"我打断他的话,"你会因为私自篡改他人信件的罪名被逮捕,而不只是被控拿走他人信件的粗鄙无礼。"

他打断我的话。"我打了电话给《芝加哥律师报》的奥古斯特·迪克森。他是我的私人朋友,我想我能说服他拒绝受理任何和托德·皮奇的私事有关的投诉。"

"你为什么就不能说成是'压下这件事'?"我愤怒地问道,"你还处在需要展示自己知道多少法律名词的年纪吗?你让我想起西北区的那些总是穿着白大褂过街去杂货店的医生……你真能让《芝加哥律师报》不把我的信印出来?那《明星先驱报》呢?马歇尔·汤利也是你的私人朋友,还是说他就是克劳福德-米德的客户?"汤利是这个报纸的发行人。

"你知道我不能泄露我们的客户名单。"他吐着气表示不耐烦。

我让声音保持谦逊。"事情是这样,我送了一份信的副本给我认识的记者。按照现在的情况,他也许什么也不会做。但是你不怕麻烦,想要让法律界的破布不发表——好吧,是个烂报纸,迪克。你应该告诉你的秘书,准备好接到莫里·莱森的电话吧。而我会再寄一份给利·威尔顿。也许你可以贿赂前台,让他们把信拿去给你。"

他最后对我说的话,并非是友谊长存的誓言。

第十五章 旁边去，西绪弗斯

清晨很快过去。我跑步回来，停下脚步和赫尔斯特伦太太说话。我发现我周五晚上太沮丧了，忘了告诉她那些狗的事。悲痛让她喋喋不休。当我打断她的话，告诉她弗里泽尔太太的健康状况时，她就更气馁了。

"今天早上我要去看望她，赫尔斯特伦先生不喜欢我管她的事。她在某些方面是个讨人厌的邻居，但是我们一起相处了这么久。我不能让她死在那儿。"

"在她好转之前，护士们不希望她知道狗的事。"我提醒道。

"说得好像我会做这么残忍的事似的。但是那个皮奇先生——你确定他不会说吗？"

这是新的担忧。我回家洗了澡、吃了饭，打电话给整形外科女病房的护士长内勒·麦克道尔。我解释了情况，问她能不能帮忙不让皮奇单独见弗里泽尔太太。她发出一串清脆的嘲笑。

"不是我不同意。我一百个同意。但是现实是我们这里人手不足，而且他是那位女士的法定监护人。如果他想来见她，我不能阻止。"

"我今天早上会去遗嘱监护裁判法庭，看看我能不能对这个监护关系提出申诉。"

"请便，华沙斯基小姐。但我要提醒你，弗里泽尔太太现在智力不健全。即使你安排一场准备充分的听证会,而不像我们上周参加的那场那么仓促,也没有人会认为她能照顾自己。"

"是的,是的。"我不满地挂上电话。唯一有法律地位提出抗议的是拜伦·弗里泽尔,而他同意了对皮奇的任命。我开车去市中心,来到戴利中心。民政法庭设在那里,但是我并不乐观。

遗嘱监护裁判法庭对我的问询无动于衷,毫不同情。一位州里的助理律师带着敌意和我打招呼,因为他们这些官僚的决定受到了挑战。他很年轻。我念法学院的时候,他还在参加少年棒球联赛。他的下巴高傲地侧过去,告诉我弗里泽尔太太监护权的听证会遵循了"正确的程序"。要想推翻皮奇的监护权——特别是在拜伦·弗里泽尔的支持下推翻的话——需要不容置疑的证据证明他想要剥夺那处房产。

"等她去世了,他对她的房子干什么都不重要了。"我野蛮地说道。

律师抬起傲慢的眉毛。"如果你有任何证据质疑皮奇先生的正直,你可以回来找我。但是我会把你的问询报告给他。作为监护人,他需要知道谁对他的被监护人有兴趣。"

我觉得我的眼珠子因为挫败而肿胀起来。但我还是挤出了一个亲切的微笑。"我很高兴皮奇会知道我对此事有兴趣。事实上,你可以告诉他,我会像他的内衣一样黏着他。他总是有很微弱的机会保持他的诚实的。"

为了让这个早上变得更加一无所获,我去了街对面的公共事业部,想弄明白他们为什么认为弗里泽尔太太的狗威胁了她的健康。这里的官僚不那么有敌意,只是懒洋洋的。当我证实自己是个律师,而且对弗里泽尔太太的事情有兴趣的时候,他们翻出一份报告。报告和上周一救护人员送她去医院的紧急服务报告放在一起。显然孔特雷拉斯先生没有擦干净前厅。报告上说,其中一个医护人员曾经在她出门的时候踩到一脚动物粪便。

"那是因为弗里泽尔太太失去意识在地上躺了二十四小时。她没法让狗出去。房子的其他地方是干净的。"

"根据我们的报告，房子的其他地方也很脏。"柜台后的女人说道。

我脸红了。"因为她最近没有吸尘。狗只会在门边大小便。她很注意让它们出去。"

"我们的报告不是这样说的。"

我们这样争论了几个回合，但是我没有让她改变主意。无助让我变得野蛮，但是尖叫着说些污秽的话只会起反作用。我最终让那个女人给了我写这份报告的人的名字。但是如今找出这个人已经没有意义了。

我徒步穿过卢普区，回到我的办公室。我在想我是否能就弗里泽尔太太的利益开始一场几十万美元的诉讼，控告皮奇和市政府。最好的方法是找出托德和克里西的某些真正令人恶心的事情——除了他们的人格之外，能恶心到法官和陪审团的事情。

汤姆·扎尼克在普尔特尼大楼的门厅等着我。他今天没刮胡子。下巴上胡子拉碴，双眼因愤怒而通红。他看起来像是《叛舰喋血记》的临时演员。

"你星期天来这儿了吗？"他质问我。

我微笑。"我付我的房租。我可以高兴就来，高兴就走，不需要你的许可。"

"有人走的时候没锁上楼梯间的门。我知道是你。"

"你从积满灰尘的楼梯上追踪我的足迹？也许我可以雇你。我可以用一个眼神很好使的助手。"我转向电梯，"今天电梯能用吗，还是我又得爬楼梯？"

"我在警告你，华沙斯基。你妨碍了大楼的安全，而我会报告给大楼的房主。"

我按了按电梯的呼叫按钮。"你要除掉一个付钱的房客,而他们会更乐意把你处以死刑。"这些日子普尔特尼有一半的办公室都是空的。能付得起房租的人都搬到北边的新大楼去了。

电梯嘎吱作响地到了一楼,我走进去,关门时的尖厉声音淹没了扎尼克的告别诅咒。我们按了键,叮当一声在四楼停下了。接着我就发现了扎尼克孩子气的报复:他用他的万能钥匙打开了我的门,用一块铁砝码顶住,让门大开着。

我检查了一遍电话机的留言,发现莫里回了电话。马克斯·勒文塔尔也来了电话,问我今天晚上要不要去他家喝一杯。他儿子和奥尔·尼维茨基明天早上要去欧洲。还有一则留言来自位于绍姆堡路的一家公司,他们想知道是谁把他们的产品秘密透露给他们的竞争者。

我打电话给马克斯,愉快地接受了他的邀请。他位于埃文斯顿的房子十分宁静,能让我从最近去过的地方、见过的人里解脱出来。接着我打电话给绍姆堡路的公司,安排下午两点会见他们的执行副主席。我还找到莫里,他正在办公室。他同意在报社附近的一个地方和我一起吃三明治,但是他对我说的这件事不怎么热心。

经营卡尔之家的老板露西·穆瓦尼昂把我们从门边的长队里拉过来,领我们走到她给常客预留的位子上。她在底特律长大,是个顽固不化的老虎队的粉丝。所以我得等她和莫里仔细分析完昨天的比赛,之后我才能告诉莫里弗里泽尔太太和她的狗的故事。

"让人难过的故事,维克,但这不是一个新闻题材。"莫里嘴里塞满了汉堡,"我不能让我的编辑写出来。他想知道的第一件事是,你对亚伯勒的憎恨在多大程度上推动你介入这件事。"

"迪克和这件事没关系,除了他和皮奇在同一家事务所工作。你不觉得他找到《芝加哥律师报》的人压下我的信这件事很有趣吗？"

"坦白说，不。我想他是在保护克劳福德－米德的好名声。任何人都会这么做。给我一些实际的肮脏事，我会为你去搏斗的。这件事就不一样了。你奉献爱心，要帮那位老太太，因此扭曲了你的想法。"

"这是个题材。因为雅皮硬挤进旧社区，整个林肯公园周围都有这种事发生。人们被迫离开住了一辈子的平房，给神圣的中产阶级让位。但是这个案子里，皮奇还加入了对一个老太太的私怨，就因为他恨她的狗。"

莫里摇摇头。"你不应该向我推销这些，维艾。"

我从钱包里抽出一张五美元的钞票，拍在桌子上，气得吃不下东西。"以后不要来找我帮忙，莱森，因为我帮不了你。"

我冲到门前的时候，看见他把我的火鸡三明治拿起来吃。很好。他给糟糕透顶的早晨画上了完美的句号。

在去绍姆堡的路上，我在一家快餐店停下，买了杯奶昔。我不能一直这么愤怒下去。我要向我未来的客户展示我专业的一面。幸运的是，我今天的衣着很成功，一身褐色的西装裤，一件黑色棉布上衣。而且从我开始用吸管喝奶昔开始，我就没有洒出一丁点，没有弄到身上。

这次会面持续了整个下午。五点半我离开时已经有了一份计划书，然后我加入了二九〇州际公路上的停车场。这些人都在缓慢地开回芝加哥。想从西北郊区开到埃文斯顿，没有什么好的路线可走。每天的这个时候也没什么好路线去西北部的郊区。我在高尔夫路下了公路，直接向东驶去。走这条路不会比留在高速公路上更慢。

芝加哥小熊队在费城打比赛。我打开收音机,看看比赛有没有开始,但只听到那个蠢到极致、满嘴胡话的哈里·凯利在表演他的赛前秀。我换到芝加哥"世界最佳电池"台听新闻。世界上并没发生什么我很关心的事:西南区温度高得如烘焙,储蓄和贷款的紧急援助现在被评估为五千亿美元。

"惊喜,惊喜。"我轻声低语,又换到国家广播电台。所有的高速公路上交通状况越来越糟,因为人们和我一样,在郊区玩完了,开始回城。虽然直升机里的男人没提起,但高尔夫路上也是一样。一辆褐色的本田汽车从路边一条商店街里开出来,进入车流之中。我使劲按喇叭。蠢货。他在我后面开上高尔夫路,要是我突然刹车,距离近得足够追尾。

今天早些时候在芝加哥环境卫生和航行运河的斯蒂克尼段附近发现了一个年老男人的尸体。没人能认出他的身份。我们从艾伦·科尔曼这里得到了一份激动的现场报告。她和她的丈夫弗雷德在运河边上散步,在垃圾里找硬币的时候,发现了尸体。

"我跟弗雷德说,'见过那些碎肉之后,我想我今天晚上没法看见烘肉卷了。'"我野蛮地模仿了一遍,转回哈里·凯利。

我到达埃文斯顿的外围时已经六点了。我那件亚麻布的外套被汗湿透了。我在后视镜里检查自己的模样,结果看见脸颊上一道黑色的污迹。我那深色的卷发汗湿了贴在前额。我在小提包里找到一包舒洁纸巾,喘着粗气擦干净脸。其他地方我就没办法了。

马克斯的家位于一个小街区。这里拥有埃文斯顿南端的一个私家公园和海滨。我把车开进车道时,马克斯从他二楼的门廊一边探出身子。

"大门开着,维克。你直接上来吧。"

矮矮的台阶指向柱廊下的大门口。里面的空气轻柔凉爽。我没法想象摆放在壁龛里和放置在楼梯井边上的中国瓷器上会充斥着热气和汗水。站在马克斯家里，置于干净整洁之中，我感觉自己很邋遢。我那蒙上了一层灰尘的黑色高跟鞋和楼梯上的红色波斯地毯很不般配。

红色地毯一直铺到楼上的门厅里，指向门廊的门。门廊装上了推拉式的纱门，现在打开着，那样马克斯、迈克尔和奥尔可以看到日落时的光辉倒映在湖面上，湖面染上了一层橘色和粉红色。马克斯上前和我打招呼，牵着我的手领我到旁边的椅子上坐下，还给我倒了杯酒。我要了一杯碳酸金酒，感觉肩膀不那么紧张了。

和屋子的其他地方一样，门廊很干净，家具很漂亮。躺椅是深色的木头制成，经过了抛光处理，上面放着绣着花纹的厚垫子。临时摆在上面的桌子不是大多数门廊上选用的玻璃家具或是铁制桌子，而是和躺椅相同的木头桌子，上面还镶嵌了瓷砖。花朵盛开的中式花盆放在周围的花架子上。

房子前一直向南，有一排刚刚萌芽的红杉树，遮住了门廊前的空间。其他房子的大门更在后方远处。尽管邻居家孩子的尖叫声飘来飘去，我们还是看不见任何人。

洛蒂几分钟之后到达，而谈话转到了音乐和奥尔与迈克尔的夏日计划上。奥尔在坦格尔伍德做指挥，而迈克尔在远东地区旅行。他们会在秋天会合，一起去东欧旅行。但他们两个都担心那里的反犹太暴力行为。洛蒂似乎把她对卡罗尔的怒气放到一边去了，亲吻了我打过招呼，兴致勃勃地加入了谈话。

七点半的时候，我起身回去。他们去饭店吃晚饭，但我今天太累了。我只想上床睡觉。

迈克尔和我一起站起来。"我们明天飞回伦敦。我和你一起下来去说再见，维克。"

我谢过马克斯的热情好客。"再见,奥尔。很高兴认识——很高兴听到你的音乐。"

作曲家挥着手臂道别,那姿势就像是给管弦乐队发信号。她没有离开她的椅子。迈克尔拉上他身后朝向门厅的纱门时,我听见她在评价马克斯和洛蒂都很熟悉的《赛里尼四重奏》。

迈克尔为我拉开通向特兰斯艾姆的门。我从车窗里伸出手,和他握手道别。

"去伦敦的路上一路平安。我希望你不会介意上周为那些音乐白痴演奏。"

他立刻笑了。"那会儿我都打算把我的大提琴砸在他们脑袋上了。唯一阻止了我的是大提琴的年纪。现在我能充满感激地耸肩忘记他们。奥尔和我今年冬天会在阿尔伯特大厅演奏她的协奏曲。那时候她就会得到她应得的回应。我们给'芝加哥安居'攒了很多钱,我一直让自己记得这是我们这么做的唯一理由。"

"如果我事先知道我前夫会和律师与大亨们一起出现,我就能提醒你观众们会是什么样子。至少我可以向你保证,他不会去伦敦。"

他大笑起来,一直等到我把车退到车道边缘开回大路上。他长得不怎么像马克斯,但是继承了他父亲的良好风度。

我朝一辆突然从车道转入大路的褐色本田按喇叭。我及时打开收音机,听见艾伦·科尔曼又在叙述她在卫生大运河上发现浮尸的恶心作呕。我满心都在担忧哈莉埃特·弗里泽尔,今天根本就没想过那个失踪的操作工。

斯蒂克尼。克吕格尔在达门附近最后出现。斯蒂克尼在西边,离那里只有几英里。不可能是他。但是那个老人可能会喝醉了四处游荡,失去了方向,然后掉进水里。我不知道运河里有没有水流。从最后有人见到克吕格尔到现在已经过去一个星期了，尸体在运河里能漂多远？

我在谢里登路转向湖滨大道。我周围的车速很快上升到六十码，比限速高了十五码。但我在右手边的小路上慢慢开，试图计算这里离斯蒂克尼有多远，而水流需要多急才能把尸体冲到那里。但是这条路不可能平坦。尸体可能会被河道的拐弯处堆积的东西拦住，在那里停留几天。

我意识到我没有任何数据能拿来分析。我看了下交通状况，把特兰斯艾姆换到高速挡。一辆本田在我车后左侧相距两个车身的位置徘徊不定；其他人都飞速超过它。我观察了一下那辆本田，确定它不是想跟着我。我闪了闪信号灯，留给那辆车一些尾气。

买一辆巡航速度只有一百二十码的车开在限速五十五或是更低的地方，是非常愚蠢的事。小心翼翼地开到最高速度而没留意路上的交警则是更愚蠢的事。其中一个交警把我带到贝尔蒙特北边、离贝尔蒙特好几个街区的地方。我把车靠边停下，拿出我的驾照和信用卡。

我眯着眼睛打量他的警徽。卡沃警官。我没听过他的名字。他五十多岁，眼睛周围纹路很深，做事则是交警支队惯常的慢吞吞的节奏。他皱眉看着我的驾照，然后专注地看着我。

"华沙斯基？和托尼·华沙斯基有关系吗？"

"他是我父亲。你认识他？"托尼十三年前去世了，但警队里还有很多他的同事。

在我爸爸念警校的时候，卡沃警官和他，还有很多新手一起受训过四年。卡沃和我花了十分钟追忆我爸爸。他拍拍我的胳膊，说我爸爸去世了他很难过。

"那你就独自一人，嗯？我一直没见过你母亲，但是每个见过她的人都会为她疯狂。好了，你知道你爸爸如果知道你开着那辆跑车做短程赛车，他会说什么吗？"

我确实是这么干的。我十八岁的时候就被禁止超速行驶。托尼曾从扭曲的车子里拖出过太多尸体，他无法容忍愚蠢的驾驶。

"所以你要小心。这次我不给你开罚单了。但是下一次我再拦下你，我就会开了。"

我承诺会好好开车，乖乖地把特兰斯艾姆重新上挡，开到贝尔蒙特的出口，时速是温和的四十五码。我在百老汇路的信号灯前停下时，我又看见了那辆本田。它在我后面，隔了两辆车。路灯下我辨认不出那辆车是不是褐色的，但看起来像。

当然，本田车多得很，褐色也是它们最流行的颜色之一。可能是巧合。我亮起右转灯，慢慢开上百老汇路，往前继续开到阿狄森路，然后突然飞速转到设菲尔德路，没打信号灯。我把车停在设菲尔德路上的里格利棒球场旁边。

我快步走到售票亭，装作查看球场开放的时间，然后转到左边。本田车在克拉克路的远端靠边停下，我没有盯着那车看，免得让车里的人发现。我转而快步走回特兰斯艾姆。不管怎么说，他有麻烦了。我可以在设菲尔德路上朝前开进黑夜之中，而他不能把我怎么样。

我飞快地右转到韦夫兰路，然后从霍尔斯特德路向下开到戴弗西路，然后开回家。我花了点工夫才想起我星期五在钻石山公司遇到的那个男人叫什么。他说过他要调查我，而且似乎他已经这么干了。

第十六章 在 OK 的太平间一决胜负

我得和孔特雷拉斯先生谈谈,但是我想先洗澡。我向良心之神保证:简单地洗个澡,睡上一小会儿,然后我就会回到已经约好的工作中去。我泡澡的时候喝了一杯威士忌,这是个错误,电话把我再度吵醒的时候,已经九点半了。

我伸出胳膊去拿电话,但是当我拿起话筒的时候,电话断了。我在床上翻个身,没有了疲乏和强尼·沃克带给我的麻痹,我想起了米切·克吕格尔和卫生大运河里捞起来的不知名尸体。我在床上坐起来,按摩脖子。因为之前一整天都太生气,脖子僵硬得很。

我无精打采地慢慢挪到厨房,泡了一杯咖啡。我大口大口地喝着咖啡——很烫,还狼吞虎咽吃完了包着洋葱和菠菜的肉馅煎蛋饼。我一边吃一边穿上衣服。晚上还是闷热而潮湿,所以我穿了宽松的棉布裤子和衬衫,下楼的时候把盘子丢在门口。孔特雷拉斯先生还没睡。我按响门铃的时候,还能听到门的那一边传来电视机的微弱声音。

"哦,是你,宝贝。"他穿着一件无袖背心和旧工装短裤,"等我穿下衣服。如果我知道你要来找我,肯定不会这样没穿好衣服。"

我想告诉他我能忍受看见他的胳肢窝,但我知道他要是没穿上衬衫,和我说话会感到不舒服的。我在门前的过道里等他裹好自己。

"你要跟我说米切的事吗,宝贝?"

"我能进来吗?我不是要说他的事。至少我希望我不是。我今天耽误了。"

孔特雷拉斯先生花了几分钟听我大肆渲染了一番托德和我前夫的所作所为,最后毫无想象力地沉吟,说他看不出我为什么要生迪克的气。"而且莱森不肯帮忙,我一点也不惊讶。他们只关心自己,我跟你说过几百次了。我明白你为什么没时间担心米切了,而且反正你昨天去过他的老房子了。我想我跳进了深渊,这么担心他。烂钱总会回笼,他总有一天会出现的。"

"这话很难说出口。"我笨拙地说道,"我回来的时候听收音机,里面报道说在运河里捞起一具尸体,是在斯蒂克尼那里,所以我想那不可能是你朋友。但是我忍不住怀疑。"

"在斯蒂克尼?"孔特雷拉斯先生重复一遍,"米切怎么会去那里?去那里做什么呢?"

"我也这样想。我很肯定我错了。但是我想也许我们应该去看一眼那具尸体。"

"你是说,现在?"

"我们可以早上再去。如果不是克吕格尔,我今天晚上也没法再去找他。如果是他,好吧,他明天早上会在太平间里。"

孔特雷拉斯先生搓着脸。"好吧,如果你这么决定,宝贝,我想我现在就要去赶紧把事情弄明白。"

我点点头。"以防万一,我把车钥匙带来了。你可以出发了?"

"是的。我想可以了。也许我应该先把公主放出来。"

我等着孔特雷拉斯先生费力检查完他大门的安全问题,突然想起吵醒我的那个电话。如果我没接到来自我密切注意之人的电话,那么我要做的就是打电话到他的基地,看看他是不是会接电话。如果我的

"同伴"又开始干活了，他们是否跟着我去太平间有什么关系？如果他们是钻石山的人，他们肯定不会感兴趣的。

"收音机里说了什么让你觉得有可能是米切？"当我们坐进特兰斯艾姆、系上安全带时，孔特雷拉斯先生问我。

我摇摇头。"我不知道。只是听起来有可能。我星期五去看过卫生大运河，就在钻石山公司对面。波尔特太太的出租屋离那里不远。我能想到这事怎么会发生的。他喝醉了，想要去钻石山公司的地盘，结果走到了河边。"

"我不能说你不对，但是米切和我在那里工作了四十年——大约四十年。他知道那地方。"

"你是对的，我可以肯定你是对的。"我耐心地克制自己，不去提醒他，他们已经辞职十年了。过了这么多年，我没法喝醉了之后，还能在黑暗中找到公共辩护队的办公室。也许没喝醉我也找不到。

我没打信号灯就右转到戴弗西路，然后看着后视镜。几秒钟后，另一辆车的车灯跟着我转过拐弯处。那不是本田车。也许另外有人从拉辛路去戴弗西路，或许是他们发现我认出了本田车，所以换了辆车。在阿什兰路，第二辆车让几个人在他前面转弯，但是当我开过四个街区、在达门路上朝南开的时候，它还是跟着我。

孔特雷拉斯先生正在漫谈他在钻石山工作时喝醉后的历险记，想证明你即使炖熟了也不会掉进汤里。我挣扎着要不要告诉他后面有尾巴——这会让他忘记担忧，如果要打起来的话，可以让他准备好战斗。尽管我的朋友们跟踪得不怎么谨慎，足以引起我的对抗，但是我还不想打起来。过去四天里屈服于我愤怒的冲动只带给我痛苦和烦恼。我不打算在自己体力和脑力都不在最佳状态时和那些暴徒流氓正面交手，免得让我的烦恼更多。我让孔特雷拉斯先生继续说故事，自己定时检查，以确定他们不打算撞我们的车，或是朝我们开枪。

太平间令人生厌地离库克县医院很近。它们都在达门路上，太平间在路的另一边。它本来是手术室，很容易就变成了太平间。当我把车停在那个给死人提供住处的混凝土立方体外面的停车场时，我瞥了一眼街那头，在想弗里泽尔太太在做什么。她还是像尸体一样躺在床上吗？还是她正努力着恢复健康，以便回家看布鲁斯？

我关掉引擎，但一直等到尾随着我们的那辆车继续向西开往哈里森路才下车。在黑暗中我没法辨认那是什么车型——相对小而现代的车，从丰田到道奇都有可能。

一辆救护车停在巨大的金属门外，那些门上写着"交付"字样。这里真像我上个星期五在钻石山和它附近的工厂里见到的进料台。这里交付的不是汽车，而是尸体，但是工作人员还是以相同的随意和轻慢对待他们的货物。

我和孔特雷拉斯先生等人让我们进入大门。这地方哪怕是白天也大门紧锁。我不知道是因为需要从那些刚刚丧失亲人的疯子手里保护病理学家，还是因为县里害怕有人会拿着谋杀案的证据逃跑。最后，一个保安终于听见了门铃声，打开了锁。

我们走到紧挨着入口后面的高台。尽管值班的接待员已经透过强化玻璃看见我们足有五分钟，但他还是继续和两个穿着实验室工作服的女人说话。那两个女人懒洋洋地倚在旁边的过道。

我大声清清嗓子。"我是来辨认尸体的。"

接待员终于抬头看我们。"名字？"

"我叫维·艾·华沙斯基。这位是萨尔瓦托雷·孔特雷拉斯。"

"不是你的名字。"那个男人不耐烦地说道，"你们来认尸的那个人的名字。"

孔特雷拉斯先生刚要说"米切·克吕格尔",我就打断了他。

"今天早上从卫生大运河捞起来的那个男人。我们可能认识他。"

接待员怀疑地看着我。最后他拿起面前的电话,开始低声交谈,手还窝成圆形凑在嘴边捂住嘴角。

他打完电话之后,指了指墙边一排塑料椅子。"坐吧,马上有人来带你们去。"

"马上"变成了二十分钟。孔特雷拉斯先生在我身边烦躁不安。"怎么回事,宝贝?为什么我们不能就这么去看看?这么等着让我精神紧张。让我想起克拉拉在医院生鲁蒂的时候,他们就让我在一个像太平间的地方一直等着。"他局促不安地大声笑了起来,"其实,那就是个太平间。和这里一模一样。等着好消息或是坏消息。我让她怀孕,而她没渡过那个难关,我接过重担过完下半辈子。"

他紧张地东拉西扯,直到接待员再次打开门,两个警局的警官走进来。我的胃开始抽搐。和芝加哥的警察打交道很痛苦,但是绝大多数时候他们是专业的警察。县里的执法人员中有很多是拿了双份钱的暴徒,好让他们在搜索真相和正义时变得好相处一些。

接待员猛地转头看着我们,而警官们也走了过来。他们俩都是年轻的白人,普通的方脸,看得出精力充沛。我看了看他们的警徽:亨德里克和贾沃斯基。我分不清谁是谁。

"是说你们两个认为你们认识那个人?"说话的是亨德里克。他那不善的语气让我有了心理准备。

"我们也不知道。"孔特雷拉斯先生怒火中烧地说道,"我们只想有个机会看看那具尸体,而不是一整夜都在这里坐着,等某个好人注意到我们。我的老朋友,米切·克吕格尔,失踪一个星期了。而我的邻居在帮我找他。她在收音机上听到那个消息,她觉得有可能是他。"

他几乎是和盘托出。我在这种情况下不会说这么多，但我没阻止他。我想做的最后一件事是表现出我和孔特雷拉斯先生有事瞒着他们。我继续一脸严肃而真诚。我只是一个帮助邻居老人找到他们老朋友的好心人。

警官目不转睛地凝视着我。"你填了失踪人口报告单吗？"

"我们通知了第十九街区的警察。"在孔特雷拉斯先生脱口说出没有之前，我答道。

"你最后一次见到你朋友是在什么时候？"贾沃斯基问道。

"我刚刚告诉过你。一个星期了，我们还要怎么样才能见到你们放在这里的尸体？"

两个警官的脸都绷成了不友善的表情。"别给我们惹麻烦，老头。我们提问，你们回答。如果你们肯合作，我们会让你们看尸体。这对你们来说可是件好事。"

太平间接待员背靠在墙上，等着看这场战争会走向何处。"孔特雷拉斯先生七十七岁了。"我说，"他年纪大了，很疲倦。失踪的那个人是他仅有的老朋友。他不想惹麻烦，而且他也不会惹麻烦。他只想让他的大脑休息。我想你们不会愿意看见你们的父亲或是祖父身处这种困境吧。"

"你为什么对这件事感兴趣，宝贝？"

说话的又是亨德里克。只要他们把警徽正对着我们，我就知道说话的是谁。我忍住一脚踹上他胫骨的冲动。

"只是帮帮我的邻居，宝贝。要我打电话给维什尼科夫博士，让他允许我们去看尸体吗？"维什尼科夫是助理验尸官之一。我在公共辩护队时就认识他了。

"穿好你的裤子吧。你回答完问题，我们就进太平间。"

外面的门再度打开。我从贾沃斯基的左肩看过去,微微松了口气。进来的是泰利·芬奇利,一区的刑事案件侦探。

"泰利。"我叫道。

他走到柜台那里和里面的人核对事情,但是听到我的声音就转过头来。"维克!"

他走过来说:"你怎么在这儿?"

"我来认尸。这些警官今天从大运河里捞起一位老人。我朋友和我想来确认一下是不是我们认识的人。亨德里克警官、贾沃斯基警官,这位是芝加哥警局的芬奇利侦探。"

他们不喜欢这样,一点也不喜欢看到我和一位芝加哥警察喊出对方的名字,而且还是个黑人。他们交换了一记眼神,下巴扬得更高了。

"我们要问这女孩和老先生一些问题,侦探,所以你干吗不走开,别管闲事呢?"他们一起转向芬奇利,所以我没法分辨是谁在说话。

"我可不能不管。"芬奇利轻松地说道,"他们要是来认斯蒂克尼捞起来的尸体,我就不能不管了。上头刚派我来看看那个尸体。他们好像认为那个人是芝加哥人,而不是县里的。"

警官们的表情比原来更不友善了。我在想他们是不是打算先揍我或是芬奇利一顿。他们身体里的敌意扩散到整个屋子。柜台那儿的男人感觉到,就过来走到前面。我们身后倚在墙上的接待员停下他们轻松的聊天,也走近我们。

亨德里克和贾沃斯基看他们走近,彼此愤怒地看了一眼。因为三个接待员都是黑人,一旦打起来的话,很容易推测他们会站在芬奇利这边。

"那就去看吧。"亨德里克怒冲冲地说道,"反正我们有比照顾一具死尸更重要的事要做。"

他和贾沃斯基同时转动脚踝,大步朝出口走去。我想我听见他们其中一个在走出去的时候小声抱怨了一句"黑货",但是我不想把事情闹大。

第十七章 另一条芝加哥的漂流鱼

"谢谢你，泰利。"我感激地说道，"我不知道他们抡起胳膊是不是就为了好玩，还是那个死人真的有什么问题。"

"都有。"芬奇利说道，"他们喜欢挺起胸脯，让自己看起来像突击队员。而且他们捞起的那个人在掉进水里之前就死了。你认为你认识他？"

"我们还没有确定。我们想看看尸体。"我努力表现得不那么尖刻——芬奇利拯救了我们，不然我们可能得因为下巴上被挥了一拳或是被逮捕而痛苦万分。

"你朋友是谁？"

"萨尔瓦托雷·孔特雷拉斯。我们正在找的那个人和他关系最近。"

孔特雷拉斯先生主动向芬奇利伸出一只手，但是他说："严格来说，你知道不是这么回事，宝贝。他有个妻子和孩子在亚利桑那州，至少我最后听说他们的时候，他们在那里。三十五年前，她离开了他，如果她丈夫每个星期五都把工资喝光、让她和孩子衣衫褴褛的话，换作我是那个敏感的女人也会这么做的。但是米切和我有交情，他身边确实没有其他人了，警官，啊，是侦探。"

芬奇利在枪林弹雨中眨着眼睛。"我想我们不需要去亚利桑那找下一位亲属。去看看尸体吧。"

他朝入口右边的解剖室走去。我把一只手放在他胳膊上。

"也许让孔特雷拉斯先生在屏幕上看比较好。他没你这么麻木。"

如果你直接看尸体会呕吐的话,县里就会在尸体上面放一个摄影头,这样你就可以在冰箱外的一间小屋子里看屏幕。那样的话,你就像是在看电视秀,而所有的死人都会重新站起来走路了似的。

"别担心我,小甜饼。"我解释了一下程序,孔特雷拉斯先生让我安心,"也许你忘了,我在安奇奥①待过。"

一位接待员把尸体从冰箱里推出来。一个黑色的塑料袋包住尸体,一直包到颈部。我们还能看清楚头部。

尸体在运河里泡了几天,而上周天气很暖。脸部膨胀发紫。即使那是我爸爸,我也没法辨认出来,更别说是一个我只见过三四次的男人。头发看着像克吕格尔,头部虽然布满伤痕而且已经膨胀,但整体的形状也像。

我有一点恶心,我不如以前在县公共辩护队谋杀组时那样习惯看见死尸了。孔特雷拉斯先生脸都绿了,同样也失去了五十年前他在意大利战场上得到的免疫力。

他清清嗓子,喉咙发干地说道:"看着像米切。我没法确定。这脸——这脸——"他摇摇手,双腿弯曲。

接待员在他倒下之前扶住他。我在墙边找到一张椅子,推来给他。接待员扶着他坐下,把他的头按向他的大腿。我忙着照顾他,给他找来一杯水,让他喝下去之后,我自己的恶心也过劲了。

几分钟之后,孔特雷拉斯先生坐直身体。"我很抱歉,我没想到我会这样。我不知道这是不是米切。很难辨认。你能看看他的左手吗,

---

①意大利中部的城市,位于罗马东南偏南的第勒尼安岸。二战中盟军军队于一九四四年一月二十二日在安奇奥登陆。

小甜饼？大概三十年前，他下午工作的时候喝醉了，削掉了中指顶部。他经常喝醉。我当时在场，我应该能想到会发生什么事，把他从机器上拉开，但我没想到会这么危险。"和旧伤完全不相干的泪水滑下他的脸颊。

我强迫自己回到膨胀的尸体旁。接待员把塑料袋往下拉，这样我就能看到他的左手。手指也都失去了颜色，膨胀臃肿，但中指很明显失去了第一个指节。

芬奇利从轮床那边朝我点点头。"这足以让我继续查下去了。我得问你们两位一些问题。你觉得你朋友还能再坚持几分钟吗？"

孔特雷拉斯和我一起保证他很坚强。芬奇利领着我们来到一间没人的休息室，就在冰箱旁的角落。孔特雷拉斯先生的步伐不像平常一样活力充沛，但当我们坐下的时候，他的脸恢复了一些血色。

"今天不走运。"芬奇利说道，"我被派过来看尸体，结果发现你和他有关。"

"你应该说今天是你的幸运日。"我纠正他，"首先，没有我你就不会知道这具尸体的身份；其次，你会高兴有我帮忙的。我可以专职调查这件事，而你手头上还有一堆其他的事情……也就是说，他是被杀的，还是说他的头撞到什么东西上，然后掉进河里了？"

芬奇利从外套口袋里抽出一张字迹潦草的纸。"他的后脑受到过严重撞击。而且因为他在掉进水里之前就死了，那么有可能是在他去运河的路上撞到的。有可能是某些低等生物发现他死了，就把他拖进水里——运河附近有很多贩卖毒品的家伙。那些朋克不会为了一具尸体费力去报警的。如果是这样的话，我一点也不惊讶。"

我表示赞同。"或者，米切步履蹒跚地在那附近走动，然后打断了一次交易。某个家伙就为这个把他敲昏了。然后他慌张地发现他死了。

这很有可能。"

"但是他为什么会在运河里?"芬奇利问道,"那附近都是工厂——不管你多么酩酊大醉,半夜都不会去这种地方散步。"

我看向孔特雷拉斯先生。他似乎没有在听我们说话。

"他曾经在钻石山发动机公司工作,那家公司在三十一街和达门路之间。他可能去那里找工作——大家都说他很穷困。"

芬奇利膝盖上放着一张皱巴巴的纸。他把钻石山几个字写下来。"那么你在这儿干什么呢,华沙斯基?你知道这是头儿会问我的第一个问题。"

他的头儿是鲍比·马洛里中尉,现在对我没有以前那么有敌意了,但还是对我视为生命的工作不怎么感冒。"纯粹是运气不好,侦探。孔特雷拉斯先生和我是邻居。他雇我找他的朋友。这不是我进行专业服务的最好方式——维什尼科夫认为他在水里待了多久?"

"一周。你们俩最后一次见到他是在什么时候?"

我温和地摇摇我邻居的手臂,向他再问了一遍。这把他猛地拉回到现实中,他磕磕绊绊地描述着他和米切度过的最后一个周末,还不断地责备自己把朋友赶出去。芬奇利问了他一些温和的问题,然后让我们走了。

"不要不先和我说一声就去南边调查这件事,好吗,维克?"

"如果米切是打扰了某些贩毒的人,那全都是你的事。我不认为我能找到那些常抽鸦片的家伙,虽然我很想那么做。但是有什么东西告诉我,这个没有什么亲人和朋友的死去的老人也不会要求一区二十四小时有人调查他的事。"

芬奇利的肩膀垮了下来。"别给我上警民关系的课,华沙斯基,我不需要。"

"只是说说现实生活,泰利。我不是在侮辱你。"我站起来,"谢谢你从警局的橡皮管手里拯救了我和孔特雷拉斯先生。"

芬奇利很少见地笑了。"为人民服务,保护人民,维克。你知道的。"

我开车回家,开得很慢。孔特雷拉斯先生一言不发。我筋疲力尽,车子朝北开的时候,我几乎没法把注意力集中在变来变去的信号灯上。如果有人想再次跟踪我们回来,我很欢迎。

这一天从迪克开始,结束于一具腐烂的尸体。只有中间去了一趟绍姆堡算是一点安慰。我渴望去某个白雪皑皑的山坡,向往那片完美的宁静,但我明天得起来,准备好继续战斗。

我和孔特雷拉斯先生一起等他打开他的大门。"我和你一起进去。你需要加很多奶和糖的热茶。"

他不怎么认真地抗议。"我也要喝一杯。"我告诉他,"今天晚上不能喝威士忌和格拉巴。"

他厨房的挂钟上的指针指向午夜。没有那么迟,真的没有。我显然还没有到在抽屉和碗橱里找茶叶都会手抖的年纪。最后我找到了埋在一些油腻的布垫下面的一盒古老的立顿。闻起来一股霉味,但是茶永远不会变质。我用了两包冲了满满一壶红茶。加上糖和牛奶,它就很能让人恢复精神。

当孔特雷拉斯先生喝茶的时候,我观察着他。他的脸庞少了一些茫然,而他想要说话。我听他说起他和米切少年时代的故事,他们在教堂的集尘袋里放了一只青蛙,他们是怎么在同一天早上签了学徒合同——他们绕路去见了资助他们的泰德·巴尔比尼——然后孔特雷拉斯先生怎么应召入伍,但米切四项检查都没通过。

"那时候他就已经喝很多酒了,但却是他的平足害了他。他心碎了。我出发去胡德堡的时候,他没有去送我,愚蠢的老山羊。但是战争之后,我们又联系上了。我一回到家,钻石山就让我去工作。那时候还是由一家子公司经营,而不是现在那些住在郊区、根本不管你死活的老板。"他停下,喝完自己的茶,"你必须做点什么,宝贝,查出是谁杀了他。"

我惊讶地坐直身体。"我不认为警察把它当成谋杀案。你听见芬奇利说什么了。他喝得东倒西歪,摔倒了,然后有人把他扔进了运河里。我猜那些朋克在拖动他的时候杀了他。"我努力设想地毯式搜索青少年毒枭的事,然后颤抖了一下。

"该死的,不是这样!"孔特雷拉斯先生喊道,"他干吗去河边散步?一点道理也没有。那里没有让人走路的地方——到处都是工厂的码头、带刺的铁丝网和垃圾。你要是跟警察一样认为他的死是事故或是自杀,就赶紧抬起屁股滚蛋。"

我被他粗野的话弄得大吃一惊,看见泪水再次滑下他苍老粗糙的脸。我在他椅边蹲下,一只胳膊环住他的肩膀。"嘿,嘿,别这样。明天早上我会找维什尼科夫谈谈,看看他怎么想。"

他紧紧地攥住我的手,下巴一抽一抽地抖动。他正试图控制住情绪。"对不起,宝贝。"他哑着嗓子说道,"对不起,我失控了,还把情绪发泄到你身上。我知道他尾巴上着了火,一直那么喝酒,但是如果那是你认识最久的朋友,你会原谅他的。"

他把手从我手上拿开,崩溃地捂住脸,啜泣起来。"我应该永远都不让他走。为什么该死的我要对小狗的事情那么大惊小怪?小狗不会注意那种事的,它们不会在意人打呼噜的,对它们来说都是一样的。为什么我不让他在家里再住几天?"

第十八章 不是皇冠上的珠宝

第二天早上出去跑步时,我从后面溜出去。平常我会跑到港口再回来,但今天我沿着街道朝西跑,一直跑到河边。我保持着缓慢的步伐,倒不是因为要留心跟踪我的人以保护自己不在粗糙不平的路面上摔倒而小腿骨折——开车的人很难跟踪走路的人。我不认为让法斯会选择在跟踪的时候对我进行身体伤害;我只是讨厌任何人探听我的去向。

洗澡之前,我去看了看孔特雷拉斯先生。他恢复了一些平常的活力——气色好多了,步态也比昨天晚上自然很多。我告诉他,我要去钻石山,问他有没有认识的人还在那里工作。

"从我那会儿开始就都是新人了,小甜饼。可能流水线上有一两个认识的,但我要看见他们才能认出来。老板们都是新来的;工会管事和工头,我甚至都不知道他们的名字。你要我和你一起去吗?"

他的声音里充满了热切。我咯咯一笑。"今天不了。如果我没有任何进展,也许下次带你一起去。"我计划偷偷摸摸地接近工厂。我想我独自一人做这件事会运气好一些。

如果昨天跟踪我的人今天不跟我去那里,我会更加成功。而那意味着抛下我的汽车。我的特兰斯艾姆和马格纳姆公司的法拉利一样容易跟踪,容易得就像歇洛克·福尔摩斯给托比买亚麻籽油一样。

洛蒂是我熟悉的人当中唯一适合一起跟踪车的人。因为她的车总是会在买来一个月之内出现凹痕，我不想让她开我的宝贝。但是客户应该优先，我严肃地告诫自己。不管怎么说，我每个月支付两百五十元的保险金是为了什么呢？

当我穿好衣服，就打电话去诊所找洛蒂，说了下我的麻烦。她很乐意让我开她的克里西达。

"自从一九四八年我开过一辆摩根之后，我就再没有开过跑车。"

"我就担心这个。"我说。

洛蒂认为自己受到了伤害。"在你出生之前我开过，维多利亚。"

我咽下了毫无新意的反驳。不管怎么说，她是在帮我的忙。我告诉她在哪里可以找到我的车，卡罗尔会在回家的路上把它放在我家。在我去贝尔蒙特的路上经过我的车。我吻了吻特兰斯艾姆，和它说了再见。"只有一天。勇敢点，别让她剥光你的衣服。"

我换了几趟车到达诊所的时候，很肯定没有被跟踪。即便如此，我还是开着洛蒂的克里西达在北边绕了几个圈子。当我认为我身后干干净净没人跟踪时，才开向肯尼迪路，然后转向南边。

这辆车不仅在挡泥板上不可避免地出现了凹痕，挡位也很难找，轴承似乎在离合器上。我希望我不需要匆匆忙忙地离开某个地方。至少这辆车很适合皮尔森。

钻石山在一个死胡同的尽头。我不想开到大门。在那儿我不但容易被发现，还会陷入困境。我把车停在第三十二街，走过工厂北边的几条街。

半挂拖车不断震动着街道，把附近工厂的货拖来拖去，把坑坑洼洼的沥青路面上的那些小洞弄得更深了。我远离车道，徒步走进杂草丛的边缘，偶尔翻过藏在高草里的小丘。等我走到钻石山的入口时，已经挥汗如雨，并且不断诅咒自己穿了那双平底便鞋，而没穿那双破旧的耐克鞋。

入口旁边的沥青广场上停着几辆车。其中一辆是最新型号的绿色尼桑，其他则更像是行路工具——几辆福特，几辆雪佛兰，还有一辆棕褐色的本田车。我走过去看，但是没法辨认出它是不是昨天一直跟在我屁股后面的那辆车。

旧砖楼里的空气清冷而安宁。我在小门厅里站了几分钟，让自己从炎热中恢复过来。我前面有一个打开门的走道，笔直地朝向一些老旧的铁楼梯和金属双开门。

门和内墙肯定盖得很厚。我要很费力才能听到另一边人走动的声音。钻石山制造一些有特殊用处的发动机，主要生产控制飞机机翼的发动机。我一想到工业化的工厂，就会想到那些轰隆隆的机器。但也许钻石山的产品和那些没关系。

我努力把入口和上周让法斯带我去的地方联系起来，确定一下方位。我正处在建筑物的南端，而送料台在东边。上次我来的时候，是在北端。让法斯的办公室肯定是在正对着我的铁楼梯的另一边的某处。我要在这个地方兜上一圈。

沉重的金属门紧锁着打不开。我两边都试了几次，努力压榨出肩部肌肉的力量，但是我不得不放弃。我可以回头，然后重新找寻上次那丢脸的路线，从送料台进去。或者我可以看看铁楼梯是不是能领我去某个有前途的地方。

我开始爬上那个楼梯，然后注意到楼梯后面有一个正常大小的门。门上没有刷油漆，走道的光线黯淡，所以我之前没有看见。我从楼梯上走下来，尝试这道门。我很轻松就打开了门，然后走到让法斯的办公室所在的走道里。

走道左边的墙里嵌着六七扇办公室的门。门上还装着六角格子的窗玻璃。而在我右手边，就在我曾经走过的入口前面，是另一套金属双开门。出于好奇，我试着推开它们，然后发现自己正看着一个深长的装配室。装配室的门开着，里面有十几个女人站在高高的桌子边，把螺丝钉一类的东西装进她们面前的机器里。只有一个男人，正在和她们中的一个人检查机器。这个房间可以轻易地容纳下比现在多五倍的人。看起来钻石山似乎陷入了艰难时刻。

我关上门，继续往走道里走去，试图找到让法斯。或是说，真正要找的是他的秘书。我一点也不想看到那位工厂经理。我用手指拨弄了一下头发，希望让自己看起来更专业一些，然后把鼻子探进我遇到的第一扇门里。

这个房间和大多数工作区域开凿出的办公室一样，是个小小的立方体，只够放下一些文件柜和一张歪歪斜斜的办公桌。一个中年男人左手抓着电话，好像电话会从手里溜走似的。他面前堆着一堆隆起的文件。几缕棕色的头发梳到往后倾斜的发际线前面，但是他还是放弃了，放弃了努力让头发配上他泡泡纱的裤子。我认为他不是我周五遇到的和让法斯在一起的那群人之一。

我打开门的时候他没有抬头，而是继续皱眉看着他面前的文件。最后他说："当然不付给你们钱。那是因为你们没有关注我们最新的支付政策。每件事都要由博林布鲁克的加菲尔德经手。"他又听了几句，然后说道："不，他们也不会认为处理这些订单是合情合理的。他们怎么会知道我们的要求呢？如果你们星期五前不把铜线运过来的话，我会和联邦公诉人谈谈的。"

他们来来回回地讨论要不要把联邦政府扯进来。我毫不惭愧地偷听着。我面前的这个男人显然赢了，因为他挂上电话的时候，得意扬扬地掸了掸手。到这时，他才看见我。

"我来找你们的福利经理。"我说。

"你找他做什么?"他在铜线供应一事上的胜利让他凶狠野蛮。

"因为我有关于福利的一些问题要问他。是为了我的父亲。他几个星期之前被解雇了。他不得不去医院。"在装配室里放上没人坐的长椅,看起来像是一根安全带。

他皱起眉,不打算向任何人泄露任何事,但最后还是把他身后大厅数过去的第三个门指给我看。

当我找对门的时候,好运结束了。小小的办公室里的那个男人,在四天前我不光彩地进入公司时,就在现场的那群人里。一开始他没认出我,但是我一提起米切·克吕格尔的名字,他就想起了星期五的那段故事。他愤怒地皱起眉,还拿起了电话。

"米尔特?我是德克斯特。你知道那个女侦探又来了吗?上个星期来过的那个女人?你不知道?好的,她现在在我这里。"

他摔下话筒,抱起双臂。"你就是不吸取教训,是吗,姑娘?"

"学什么,猪排?"我看见他的档案柜旁边有一个折叠椅,就过去拉开椅子坐了下来。

"管好你自己的事。"

"我正是为此而来。回答几个关于米切·克吕格尔的简单问题,你就不会再见到我了。"

他一句话也不说。显然我们都在等米尔特·让法斯。工厂经理几秒钟之后来了,他的领带结一直打到喉咙那里,还穿着外套。这会是一次正式会面,而我穿的是长筒袜,而不是袜裤。

"你在这儿干什么?"让法斯质问我,"我跟你说过,让你滚开。"

"和上周一样的事——看看有谁见过米切·克吕格尔,什么时候见过,在哪里,还有所有那些五要素问题。你在新闻业和侦探学校里都学过的东西。"

"我不知道谁是米切·克吕格尔,更不用说在何时何地见过他了。"让法斯用愤怒的假声模仿我说话。

"那么我就要和工厂里的每一个人谈谈,直到我找到见过他的人,是不是?"

"不,你不能这么干。"他厉声说道,绷紧薄薄的嘴唇,直到它们消失在下巴里,"这里是私人财产,如果你不立刻离开,我可以把你扔出去。"

我在折叠椅上朝后倾斜,直到椅子碰到文件柜。我微微一笑。"现在是谋杀调查,小家伙。我会把你交给警察,你可以向他们解释为什么米切·克吕格尔的名字让你如此愤怒。"

"我不会让任何人在我的工厂周围探听窥视,装作是来寻找失踪的人,其实是在进行商业间谍活动。如果警察想要我谈谈某个二十年前在这里工作过的老人,我会和他们谈,但不会告诉你。"

"那么我就不得不从另一个方向来了解。你这里管理人员这么多,工人却那么少,不是吗?"

让法斯和福利经理交换了一个眼神,眼神里充满谨慎和小心——我没法识别清楚。然后让法斯说道:"你还是要我相信你不是为什么人来做间谍的吗?你到底为谁工作?"

我站起来,严肃地看着他。"洛克希德①,小家伙。保守这个秘密,别说出去。"

我们走了一长段路到大门那里,路上让法斯又是一直跟在我胳膊肘边。在我们分开之前,我说:"你想我告诉跟踪我的那家伙,我的车

---

①世界著名航空与宇航公司,美国最大的航空航天及国防承包商之一。

停在哪里吗？"

他皱起眉，脸色立刻变了。他很惊讶。是惊讶于有人跟踪我，还是惊讶于我知道有个尾巴？我沉思着这个猜不透的难题，忘了挥手说再见。

我沿着路走下去，走到高高的草挡住了建筑的地方。我在那里盘坐下来等着。刚刚到十二点。也许让法斯带了三明治，但我宁愿相信他会去四条街外的一家意大利饭馆。那个饭店就占了一个小街区。我还把他和那辆新型的尼桑联系起来了。

我隐藏在草丛后面，让路上的人看不到我，但是并不能使我免受太阳的炙烤。这里也是苍蝇和蜜蜂最喜欢转悠的地方。过了一会儿，我热得浑身是汗，苍蝇和蜜蜂在我胳膊上着陆时，我不再试图把它们挥开。我又被苍蝇咬了一口，恶心得很。终于，将近一点时，一辆尼桑从我身边开过，还愤怒地碾过砾石。我估摸着让法斯会做这样的事。

我沿着草地的边缘走回工厂。另一辆车从柏油广场朝我这里开来——是那辆褐色的本田，开车的人是福利经理。我多等了几分钟，但现在似乎是他们第一次换班。

我走回建筑里，走到楼梯井后的门边，再度走进那间机器装配室。这时我发现自己看起来像是一个整个早上都在道路上工作的链锁囚犯。高处的窗户顶部用铰链拴着打开了一部分，好让空气进来，但是这里还是比外面要冷。穿着大圆领女式背心或是T恤的女人们看起来朴实无华。

有六个人坐在门边吃三明治，还用西班牙语轻声交谈。其他人站在窗户下，或是独自一人，或是成双成对。她们不是神情茫然地发呆，就是东拉西扯地聊天。远处角落里的两个人正在激烈地交谈。这次她们都看见了我，除了远处角落里的那两个人以外，都停下了交谈。

"我来找领班。"我说。

"他在吃午饭。"其中一个说西班牙的人用口音很重的英语说道,"你来找工作?"

"不是。我只是来找领班。他在大楼里吗?"

其中一个女人沉默地指了指房间尽头的一扇门。那扇门上有一个六角网格玻璃,霓虹灯管微弱地照亮了玻璃。我穿过装配桌,朝那扇门走去,但是我马上停下了脚步。

"其实,我是来找上个星期可能见过我舅舅的人。"她们茫然地看着我,"那之后他掉进运河里淹死了。他们昨天刚找到他的尸体。"

我身后响起一阵西班牙语的嗡嗡交谈声。窗边的那群人像是被引力拉过来似的聚在一起。几分钟后,其中一个问我想知道什么。

"我希望有人见过他。"我尴尬地伸出手,"他是个老人,是个酒鬼,但他是我母亲的兄弟。她想知道他有没有和什么人说过话,或是有人见过他。警察不关心这个案子,但是她想知道他是什么时候死的。他在水里待了太久,医生已经没办法判断死亡时间。"

嗡嗡声似乎在赞同我的话。"你的舅舅长什么样?"一个年龄和我差不多、体格魁梧的女人问道。

我尽力描述了米切的长相。"他曾经在这里做过机器操作工,做了很多年。"

"哦,机器操作工,他们在另一边工作。"说话的是一个站在窗边的女人。她大概五十岁,头发烫成暗淡的黄色。当她看到我茫然的表情时,她补充道:"你得走过所有办公室,然后左转,你就能走到机械工厂了,宝贝。"

我转身走向门边,她思考了一下,又说道:"我可能见过你舅舅,你是说,上周一?但我不认为是那时候。是他在这附近的时候,还没到周一。我们刚刚换班，你瞧，我们能听到走廊另一端传来什么喊声。然后，这个老人家就从拐角那里走过来。他拖着脚走，自己对自己笑。有个老板出现在他身后，还在大喊大叫。"

"你知道那是谁吗？是哪个老板？"我试图说话慢一点。

她摇摇头。"我其实没多留心。你知道，我在琢磨晚饭，想我要做什么饭，想我在店里能买到什么，宝贝。"

"你不记得他说了什么，是吗？"

她咬着下唇细想了几分钟，试着回忆。"那件事过去一个多星期了。我当时没太注意。"

站在她身旁的一个年轻些的女人开口说话。"我记得，因为他看起来很像我叔叔罗伊。"她略带歉意地看着我，似乎不想暗示我有一个和罗伊一样糟糕的舅舅，"我不知道是谁在喊，因为他身后有灯。我只能看见他的体形，但是他就只是喊着让他滚出钻石山。"

走廊尽头的门打开了，领班走了出来。"到工作时间了，姑娘们。你们在跟谁说话？"

"一个女孩子。"

他怀疑地看着我。

"她以为你或许会招人，但是我们告诉她我们幸运地还能有这份工作。"说话的是罗伊的侄女。她用这种方式来保护我，也许也是这样保护罗伊的，还有她母亲，可能还包括她自己在内。

"你不能到工作场所来，姑娘。"他对我说，"你来找工作，应该去办公室。这里标示得很清楚，不是办公室。所以赶紧走吧。"

我没说出任何我正在想的事情。他是那种我一关上门就会迁怒到那些女人身上的人。

我迅速走向走廊另外一头，不想在这个时间遇上德克斯特或是其他人。他们可能从办公室出来,或是从餐厅回来,或是从这个时间的日常活动里回来。我按照装配室里的女工给我的指点,一直走到大楼的另一边,来到另一扇高大的金属双开门前。门前方有一个很显眼的机械工厂,里面摆满了巨大的机器。

机器大得令人震惊,我没法想象出它们有什么功能。巨大的钢制卷曲物躺在我脚边的地板上,就像是我叔叔伯纳德给架子刨木板时掉在地上的木头卷。

迷失在一排排机器里的是十几个男人。他们都穿着长罩衣或是工作服。使用工具的那些人还戴着护目镜。我看见身边有火星飞过,就紧张地退后。我需要找一个不会放火烧了我的人,或是某个不会被陌生人吓到失去一条胳膊的人。最后我暗中发现角落里有一个人坐在制图桌前。于是我走向他。

"我来找领班。"

他迅速扫了我一眼,没开口说话,只是指了指对面的角落。我穿越机器走回来,停下脚步看着一个巨大的钻头在一块厚厚的钢条的一边钻进钻出。另一边,有个人正在把更多的钢卷耙到地上。操作机器的人完全没注意到我。

最后我移动到了地板的远端,在那里找到了另一个非常小的办公室。一个大约五十岁的男人坐在房间里的办公桌后面,正在通电话。他的衬衫袖子卷了起来,露出巨大的前臂。我得小心点儿,不能让他发起疯来捡起其中一个印刷机砸向我的脑袋。

当他终于结束交谈——谈话的内容大多数是一连串不满的哼声,他还说十五号是不可能的。他抬头看着我,又哼了起来。我滔滔不绝地说了一遍我那烂掉的米切舅舅的故事。

"他在这里工作的时候,你认识他吗?"

领班缓缓摇摇头,那双缺乏热情的蜥蜴似的眼睛没眨一下。

"我想和那些工人谈谈。有几个看起来年纪很大,也许他们在一起工作过几年。他一周前或是十天前来过这里。肯定有人和他说过话。"

他又摇头。

"你知道他们不会和他说话?"

"我知道你不属于这个车间,小妞。所以你为什么不在我动手之前自己把你那漂亮的屁股挪出去呢?"

我看了看他没有感情的、蜥蜴似的眼睛,又看了看他巨大的前臂,心怀感恩地离开了。

第十九章 回头的浪子

我坐在洛蒂的车里,手指在发烫的方向盘上敲着,思考接下来该做什么。我觉得好像在过去的几天里芝加哥的每个人都在欺负我,从托德·皮奇到县警局的警官,现在又是钻石山的员工。是时候反击了,或者至少证明不是因为他们朝我皱眉毛,我就穿着被汗湿透的衣服躺下来等死。

在我那封投给《芝加哥律师报》的信失败之后,我不知道我还能对皮奇做什么,但是对付钻石山最简单的办法应该是等到这一班工人下班,等他们走到路边开自己的车,或是坐公交车的时候逮住一个。还要等上足足两个小时。我可以在这段时间里弄一张米切的照片来给他们看。不管怎么说,如果我要在达门大道桥下那排平房进行地毯式搜索,照片都是很必要的。我不认为泰利·芬奇利有这个热情在他的调查里加入这些调查。

我不想开车回北边问孔特雷拉斯先生有没有照片。他也许会翻出地方分会拍的某张旧集体照,但是我怀疑他是否有什么能够帮助辨认的东西。虽然这么说,但真正的绊脚石是他会想要过来亲自找那些老板。我不是说我在做多么了不起的工作,而是那个老人以为自己是铁骨游龙,但我还没准备好在这方面和钻石山发生冲突。

我想我记起波尔特太太家的克吕格尔的房间里有一些文件,里面有一张证件照。她家近得我完全可以走过去，但是我的时间都在大太阳下消耗掉了，我开着洛蒂的克里西达前往阿彻路。

波尔特太太独自一人守在她的战斗台上。让她苦恼的那些人肯定在下午找到了什么更酷的娱乐方式。两个男人从泰西酒馆出来。除此之外，街上很安静。

我爬上快要散架的台阶时，看见波尔特太太用一个皱纹玻璃杯喝着什么棕色的浑浊液体，也许是速溶冰爽茶。她还是穿着褐色的条纹家居服。安全别针两边的织物磨损得更厉害了，所以她的低领遮得更好了，但是两边开始出现不祥的洞。

"你在找的那个老人——他死了。"她突然说道。

"哦，是吗？你怎么知道的？"

"他儿子来了，告诉我他来拿走老人的东西。"

"从亚利桑那来，嗯？"如果孔特雷拉斯先生和克吕格尔的家人联系上了，他应该会告诉我。是泰利·芬奇利通知的吗？如果是的话，小克吕格尔到这里真是快啊——从我们确认尸体到现在才十五个小时。

"他没有提起亚利桑那。他只是想要他父亲的东西。我不是说他拿走了所有的东西。我想既然你付了这周的房钱，我或许应该让那些东西留在那儿。"

"我想我可以拿走他剩下的东西。从你这里接手。"

她喝完棕色的黯淡液体，从椅子的左边拿起一个大水罐。"我会给你倒水，但是我只有这一个杯子。你看起来很渴。"

我迅速做了个拒绝的手势。我没那么热。

"我想把他的衣服给友好的人。"她又说道。

意思是说她想她能卖掉它们，卖给她的老租客。"如果你觉得他们会想要他的衣服，那就请便。让我确认一下这个儿子没有遗漏什么值钱的东西。"

当然，任何值钱的东西早就没有了，但是米切·克吕格尔没有股票或是不记名债券可担心。没理由对提出建议的女士进行不必要的攻击。波尔特太太和蔼地同意我再一次搜查米切的房间。

我扫了一眼街道，就没法在没开灯的楼梯间里看见物体。我小心翼翼地感受脚下的楼梯，不想在油地毯任何一个松掉的部分摔一跤。没有其他住户在走廊里游荡，但是一股新鲜的培根味盖过了空气中陈腐的油腻味和卷心菜的味道。有人在吃一顿迟来的午餐，或是一顿非常迟的早餐。我的胃表示支持似地咕咕叫着。我想等我结束这里的事，看能不能在泰西的酒馆里买到一份奶酪三明治。

当我爬到顶的时候，我的眼睛已经适应了昏暗的光线。我找到了米切的房间。在波尔特太太和那个儿子扫荡之后，没剩下多少东西。当然没有克吕格尔的工会会员证和他的退休文件——甚至也没有剪报。我没怎么留心过他的衣服，所以我不知道女房东是不是已经搜刮过一遍，但是那个便携式黑白电视机不见了。如果我到处闲逛，直到我找到波尔特太太的房间，我也许能在那里发现它。很有这种可能，但我不想和她为这个起冲突。

当我原路返回时，我忧郁地想着如果我活到那么老的话，我的老年，我可能会有的结局，会像这样吗？住在一个废弃的出租屋里，什么东西也没有，只有一台旧电视机和一些磨得很旧的牛仔服可供毫不悲伤的女房东挑挑拣拣？我甚至都没有孔特雷拉斯先生会为我哭泣哀悼。当我的幻想到达了可悲的、孤独的最糟状况，我一脚陷在油地毯下一个松动的部分，双手和双膝接触地面。我咒骂一声，掸去身上的尘土。我没受伤，但我的骄傲受损了。如果我不做着白日梦到处走动，而是一直保持着机智，至少孔特雷拉斯先生还能活下来为我哀悼。

"你在那儿摔跤了?"当我回到门廊那边,波尔特太太问道,"我听到砰的一声。"

"但是不值得浪费你的时间来问我。你应该把那个油地毯修补好。如果你的房客们绊倒了哇哇乱叫,你很难把他们的身体拽开……米切·克吕格尔什么时候死的?"

她耸了耸雄伟的肩膀。"不能告诉你这个,宝贝。但是他的儿子今天一大早就来了。事实是,那时候我还没起来。他见到我的时候,我头发上还夹着卷发夹子。"

那肯定是令人惊叹的风景。"他的儿子长什么样子?"

她又动了动她的肩膀。"我没有他的照片。他是个年轻的小伙子,也许就你这么大,也许还比你年长一点点。"

"他有给你电话号码,让你可以找到他吗?"

"我没有电话可以打给他,宝贝。我跟他说的话,就跟我告诉你的一样——房间是付了钱的,想拿什么走就拿什么,因为这个周末我会把其他的东西转给友好的人。"

我很难放弃这个房间,放弃米切和人世最后的关联。我思考着要不要再扔下五十美元,再租一个星期。而且,也许我能在这里找到点什么呢?

我穿过马路到泰西酒馆,还是心神不宁。泰西立刻就想起了我,还想起了我喝的东西。

"你今天看起来真时髦,宝贝。再来一杯?"

我滑坐到凳子上。薄酒抚慰了我刺痛的喉咙。她的酒吧里没有空调,但是也没有阳光的照射。柜台的电风扇吹干了我的汗水,给了我清凉的错觉。

"我没时间吃午饭。你这里卖三明治什么的吗?"

她歉意地摇摇头。"我能给你的最好的东西就是一袋薯片或是椒盐卷饼，宝贝。"

我就着第二杯啤酒吃着椒盐卷饼。吧台就剩下我们两个人。威士忌的酒瓶底下挤着一台小黑白电视。她在看《多纳休》。电视机太干净了，不可能是克吕格尔的。

广告暂停时间，泰西开口说话，眼睛没有看我。"我听说他们找到了你上周寻找的那个老人，在运河里淹死了。他们昨天捞起了尸体，我听说是这样。你的舅舅，你是这么说的吧？"

我大口大口地吃着东西，不表态。

"小波尔特说你是个侦探。所以他是你舅舅，还是逃账的人？"

"都不是。他和我一个老朋友从小一起长大。他失踪以后，我朋友很难过。"

她用吧台的毛巾拍走一只苍蝇。"我不喜欢被人欺骗，特别是在我自己的酒吧里。"

我的脸颊在晒伤下红了起来。"我以为如果我到这儿来宣称自己是个侦探，也许有人会把一瓶老奥弗霍尔德砸在我头上。"

她突如其来地笑了，眼睛都皱了起来。"我也许还会这么做。特别是，如果我发现你这次还在跟我撒谎的话。那个老兄出了什么事？"

我摇摇头。"我知道的和你一样多。他掉进大运河里，但是他掉下去之前就死了。我去波尔特太太那里想找张照片，但是有人早上来过，说自己是他儿子，然后拿走了工会会员证和可能有照片的东西。"

"说是他儿子？"她重复道，"你认为他不是？"

我以为他不是。我所做的只是提问。我不知道芝加哥这里有人有他儿子的地址，就算他们有，他也来得太快了。或者，也许他做了噩梦，这个梦警告他父亲死了，然后他很偶然地到镇上来。你没见到那个人，是吗？波尔特太太没法描述他。"

"我开门没那么早，宝贝。但是如果我听到什么，我会告诉你的。也许我爸爸看见了什么。他中风了，但是他喜欢早上和晚上坐在外面看街道。七十年来一直这样。"

我给了她我的名片，还有啤酒和椒盐卷饼的两美元。我走向门边时，泰西又说道："你看起来不像是那种会让喝醉的老舅舅在这里乱走的女孩。因为你的姿态，宝贝。你说你是个侦探的时候，我知道你说的是实话。"

那听起来像是恭维的话，足以让我的脚步少了一些疲倦。我随意挥了挥手，走回太阳之下。

差不多是时候回工厂了，在机器操作工人下班的路上截住几个人问问。但是我的心脏一点也不为这个主意雀跃。在太阳下晒了一天，又空腹喝了两杯啤酒，让我渴望体力活动之外的事情。比如睡上一小会儿。不管怎么说，以我现在的状况，我怎么能有效率？如果有人斜眼看我，我会绊一跤。我的机智没灵活到足以问出让人无法不回答的问题。

我哄着克里西达进入三挡，朝北开上了霍尔斯特德路。这个时间，远离高速公路才能开得快一点。哪怕是霍尔斯特德路也很拥挤。我一直在交通灯下重复启动停下。明天我要把克里西达还回去，再租一辆运转正常的车。

我需要的是从另一条路去钻石山。我正在用自己的脑袋去撞一个跟岩石一样的墙。我需要有个人给我打开门。我在芝加哥给工业组织做过很多工作。可能有哪个心怀感激的老客户正是钻石山的董事会成员之一。甚至工厂的主人，不管是谁，都很有可能和我曾经服务过的某个公司的老板是一个人。孔特雷拉斯先生一直说钻石山有新老板，我所需要做的就是确定他们在那里。而我那位让人信任的律师能为我做到这些。他有电脑，还能连到雷克西系统。而我不能。

我在杰克逊路那里开下了霍尔斯特德路。芝加哥余下的希腊人社区就在那里。我只能转到那里，因为从杰克逊路可以直接到我的办公室，但是拐角的饭馆里传出的气味实在太诱人了。现在已经快五点了，不管怎么说都太迟了，不能让弗里曼·卡特在这个时候开始搜索。我坐下来点了一份希腊鱼子泥色拉和一盘烤鱿鱼，把这一天的炎热和沮丧丢在身后。

第二十章 法律企业

第二天早晨,我很费力才拨通弗里曼办公室的电话。前三次,我一直等到铃声响了二十下才挂上电话。他们的电话系统究竟出了什么问题?电话应该会转到留言中心才对。第四次我打通了另一个电话,但那个人不知道弗里曼在哪里。他不愿意给我转话,于是我决定亲自去一趟。

自从克劳福德-米德把他们的新婴儿床搬到瓦克尔旁边,我就没进过他们的办公室。但是那个胡桃木的镶板、挂在入口右方的赤褐色波斯挂毯以及两个超大号的唐代瓮都和他们在南萨利路时一模一样。如果你出三倍的价钱只是要把那些旧的东西照搬过来,那为什么还要搬家呢?

在迪克进入这家公司之前,莉亚·考德威尔就已经是这里的接待员了。她一直很喜欢我。我和迪克分开的时候,她就认为我是受害的一方。我不怎么想鼓励她相信迪克身上的各种伤痕是赡养费的替代品,也就从来没有直接反对过这个看法。

我走向接待柜台,嘴角挂着欢快的问候微笑,但是我看见了一个比莉亚年轻三十岁的陌生女人。她瘦得跟铅笔似的,穿着紧身的绿色编织衣,口红抹得过浓。

"莉亚今天生病了吗?"我问道。

年轻的女人摇摇头。"我们去年十一月搬家的时候她就不干了。我有什么能帮你的吗？"

莉亚离开都没通知我一声，让我不可理喻地觉得很受伤。我有点粗鲁无礼地把我的名字告诉她，还说我是来找弗里曼的。

"哎呀。你和他约好了吗？"

"没有。我打了一早上电话都没打通，所以我想我亲自来见他会比较容易。尽管如此，我还是会和他的秘书先谈一谈。我的需求不用和他本人谈。"

"哎呀。"她无助地重复了一遍，摇晃着她那头羽绒般的卷发，"好吧，也许你和凯瑟琳谈会比较好。如果你愿意坐一会儿，我就呼叫她。你说你叫什么？"

凯瑟琳·吉特里是弗里曼的秘书。她既然没接听他的电话，那么我就不知道她是否会回应呼叫。接待员的态度很明白地告诉我弗里曼有状况，但似乎不可能让她告诉我任何事。我递给她一张我的名片，然后走向波斯挂毯下的赤褐色扶手椅。十四年前迪克刚进这家公司时充满敬畏地告诉过我，那张挂毯投保五万美元。我猜它现在翻了三四倍，但是估计迪克的敬畏也相应地减少了。

我等了十分钟，翻看《华尔街日报》的过刊，一个很粗壮的女人走进来，对接待员耳语几句，然后走向我。

"你是华沙斯基小姐吗？我是薇薇安·科普利。我是律师助理之一。我最近为卡特先生处理很多事。你因为什么事需要见他？"

"只是一些你也能帮助我的事。但是弗里曼怎么了？我有一阵子没和他说上话了。"

她把一只手放在嘴上，紧张地咯咯笑。"哦，亲爱的，我不喜欢……我不知道我们能不能……但是反正这事会见报的。"

"什么？"我尖锐地质问道。我已经受够了办公室职员的无助和紧张。

"他周五宣布从公司辞职。他们要求他在有人在场的情况下收拾东西。凯瑟琳今天来拿他的文件，但是她明天就要走了。我们正在把他的顾客重新分配给其他的合伙人，所以如果你告诉我你为了什么事要见他，我们可以为你选出最适合帮助你的人。"

我研究了一阵我的指甲，思考着是找迪克还是托德·皮奇。效果可能使人震惊，但我从中能得到什么呢？

我站起来。"弗里曼已经为我处理事情很多年了，换一个人合作我会感觉不舒服。你为什么不带我找到凯瑟琳就好呢？"

她用手指绕着一缕头发。"我们真的不能——"

我坚定地微笑着。"你为什么不带我找到凯瑟琳就好呢？"

"我想我要先告诉老板。"她飞快地走回通往办公室的门里。

我等了三十秒，然后跟上她。我从来没来过这里，所以我不知道弗里曼的办公室在哪里。我随意选择了右侧的走廊，走过能没过脚踝的地毯，把脑袋探进办公室和会议室里。我经过很多只知道遵守主子指示的追随者。这些人因为文件和电脑打印件负重累累，但是没人知道弗里曼·卡特的事情。

克劳福德-米德租下了这个大楼的四层楼。我在某个地方来到一处连接着内部楼层的私人楼梯间。和其他地方一样，这里也穿着木头和长绒棉的外衣。这让我觉得很古怪——你在最现代的玻璃塔里买下了一块地方，然后把它包上木头和天鹅绒，让它看起来就像是古代的法院大楼。

走到二楼的时候，我终于找到了一个能领我去弗里曼办公室的助手。不许向客户泄露信息的正式禁令显然只发布给了锋线部队。弗里曼是在——或者说曾经是在我们所在这层楼的尽头办公。我按照那个女人所指的方向走去，只走错了几步路，终于找到了凯瑟琳·吉特里。她正在把文件塞进打包盒子里。

"维克！"她放下手里的东西，双手在牛仔裤上擦了擦。我从没见过她不穿精心裁制的衣服。她认为她的工作就需要穿那种衣服。她也从不会让头发垂下一缕来，挂在脸边。如果在街上看见她现在的样子，我会认不出她来。

"凯瑟琳！出什么事了？他们表现得好像弗里曼卷走了公司的养老基金。"

"他们表现得很卑鄙。我一直就知道他们是这种人。我没法告诉你离开这个蟑螂坑让我有多高兴。我甚至不介意自己做这些打包的工作。好吧，几乎不介意。管他呢。你和弗里曼约好了吗？我以为我通知到每个人了。"凯瑟琳在密西西比的杰克逊长大，从来都没有努力让自己的口音变得和她周围的扬基们一样。

"没有。今天早上我打电话给他，打不通，所以我就自己过来看看。你需要帮忙吗？"

她露齿一笑。"我需要，宝贝。但是这些是机密文件，我得自己来收拾。我们能为你做什么？弗里曼今天在家里，但是如果你被逮捕了，或是有其他事，他会很乐意立刻行动的。"

"不是那么有趣的事情。我只是想在雷克西系统上查点东西。可以等你们搬进新家再做。"我还可以开车去斯普林菲尔德，手工查找资料。虽然不是我最喜欢的做法，但是会比干坐着等到下周再解决问题要强。

凯瑟琳不满地嘟哝着："你为什么不把你需要的东西写下来给我呢？我在这个大鼠洞里还有几个朋友。他们要是不太嫉妒我跳槽的话，会有人为我做这件事。"

我写下钻石山公司的地址和业务范围。"我只需要公司的拥有者和董事会成员。我不需要任何财务报告,至少现在不需要。你们要在哪儿开业?"

"哦,弗里曼给我们在南克拉克路找了一个不错的小地方。面积九百平方英尺。我们只需要把桌子搬进去,插上机器的插头,不像这里,他们还要在墙上画画,贴墙纸。我们来这里的前六个月根本不知道脚底下是什么东西。我们要先休息一周,而我等不及了。"

"莉亚·考德威尔现在在做什么?"我问道,同时递给她一张纸。

她面露不悦。"大约十八个月前,也许差不多两年前吧,我们刚开始有很多生意——我不能说她不可能掉以轻心——但是那时候不像过去了。以前她认识每一个客户,而他们也会在圣诞节的时候问候她和其他员工。后来有了一些新客户,而且很无礼。她不喜欢那种气氛。所以我们搬家的时候,他们建议她不用再来了。我真为她感到难过,但是我能做什么?……你得原谅我,维克,还有三个小时搬家工人就来了,我得把所有东西都打好包。这是我们的新地址,你一定得来看我们。"

她递给我一张名片。弗里曼的名字以浮雕图案的形式漂亮地印在上面。他一直等到他的新地方弄好了才离开——名片上列出电话号码和传真号码。我已经打算破产了,要去弄个传真机——如果没有传真机,做生意很困难,尤其是我这样的小生意。哪怕是我最心爱的露普熟食店也不能在午饭的时候接受电话订单了——你得在午间高峰期之前发传真订餐。

我深思着我和现代科技之间的鸿沟,想得太过入神,都没注意到身边站满了人,直到有人抓住我的胳膊。

"就是她!"一个声音尖叫道。

是那个年轻的接待员。抓住我胳膊的是大楼的一个保安。当我试图挣脱的时候,他抓得更紧了。

"抱歉,女士。他们告诉我你未经许可就闯进公司,而且他们让我看着你离开。"

"我是这里的客户。"我抗议道,"至少,在你抓住我胳膊之前还是。"

我们堵住了楼梯。身后的楼梯聚集了一群人。其中一个男人开口提问,想要知道发生了什么。我转过身,感激地笑了。说话的是人是利·威尔顿,高级合伙人之一。虽然我们从来都不是朋友,但他也不像他的同伴们那样鄙视我。

"利,是我,维·艾·华沙斯基。我到这儿来想找弗里曼。我不知道你们要分裂公司,你这里的接待员认为我是个拦路抢劫犯。"

"维克!你好吗?看起来不错。"他拍拍保安的肩膀,"你可以放开她。还有,辛迪,在你放狗咬我们的客户之前,先和我说一声,好吗?"

接待员脸红了。"皮奇先生来过。我向他解释了情况,他喊了保安。我只是跟着一起来认人。我不是想——"

"我知道你没有,宝贝。但是公司里做决定的不是皮奇先生。所以,你为什么不回你的办公桌前呢?而你——"他转向保安,"你需要我向你的上司澄清事情吗?"

保安摇摇头,快步跟着辛迪走向门口。利觉得我差点儿被抓了,真是个很棒的笑话,所以他坚持要我去他办公室喝杯咖啡。他打电话给皮奇,让他加入我们。我邻居的懊丧弥补了一些我最近遭遇的耻辱。

"我打算做一份客户的照片集,这样的话,你们这些热情的拼命工作的年轻人就不会把他们都送进监狱了。"利又说道。

"我和托德相互认识。"我说,"我们是因为狗认识的。其实,他很有社会公德心,他现在正在照顾我们整个街区。"

托德涨红的脸变成了黯淡的桃红色。"关于亚伯勒先生这件事,阁下,他会向您解释。我能离开一下吗?您打电话来的时候,我正在接待一个客户。"

"啊,这些年轻人,都开不起玩笑。狗是怎么回事,维克?"

我简单地跟他说了说,中间他还接了一连串电话。在我说完之前,他的注意力早就飘远了。"我会为你查一查这件事,维克。如果有消息我会告诉你。很高兴见到你。下次来之前提前跟我打个招呼吧。那我就能让警察待命了。"

我挤出一个笑容,回自己的办公室了。我一个下午都在做奇怪的工作——打印发票、为我周一见过的绍姆堡公司准备展示文件、补发邮件。

一天结束的时候,凯瑟琳那里没有任何雷克西搜索的消息。在她和弗里曼下周开始上班之前,我没法找到她。为了有备无患,我在他们新公司的答录机上留了言,但看起来我明天得开车去一趟斯普林菲尔德。

六点的时候我打电话给洛蒂,看看我们今天晚上能不能换回车子。有特兰斯艾姆在手,我才能在五个小时之内完成这趟往返旅行。她同意了,但是不怎么热情。

"怎么了?你很忙吗?"

她不自然地大笑起来。"没有,只是为我自己感到难过。今天是卡罗尔在诊所的最后一天。我感觉自己像是失去了一个亲人。马克斯一直让我理智一点,但那只让我变本加厉地不可理喻。"

"好吧,我还是很爱你,洛蒂。想我和你一起出去吃晚饭吗?你可以尖叫,可以大喊到心满意足。"

听了我的话,她笑得自然了一些。"医生就是这么命令的。是的。好主意。我这里还在忙。七点半在波波利见如何?"

我欣然同意,开始在办公室搞晚间卫生。电话再度响起时,我刚刚走向门口。我想也许是弗里曼打来的,就走回办公桌前。一个声音很平稳的女人问我是不是华沙斯基小姐,然后要求我等一下,亚伯勒先生要和我说话。

"维克,见鬼的今天早上你在我们办公室探头探脑的干什么?"他一上来就质问我。

"迪克,这个问题已经让消极的孕妇负担过重了。你怎么说话这么轻率,你究竟是怎么处理你那些重要客户的事情的?"我拿起一支钢笔,在我面前的一张信封上随手画了一排参差不齐的牙齿。然后我在上面加了一个点着的火球。

"你不能否认你去了。有两个人都告诉我了。"

"你的男孩们在工作时闲聊吗?我很高兴提醒你,我的律师在星期五之前都是你们公司的一员。而且,如果一个客户既不知道他辞职了,也不知道他从天堂里戏剧化地离开,就意外出现在你们的办公室里,法官大概会认为这是一个诚实的错误吧。连利·威尔顿都认为这是一个大笑话,法官就更会这么想了。"

"但是如果那个法官知道你早就知道这个消息,而且你曾经违反我们的信件规定、在我们的私有办公场所打听窥探,他也许就不会这么想了,哪怕利支持你。"

迪克的声音紧绷得变成了嘶嘶声。我在涂鸦旁边加了一条蛇,还画了一副底部长出两条胳膊的拳击手套。"你干了什么令人毛骨悚然的事,那么怕我过去?"

"我们没有任何要隐瞒的事。"迪克的声音恢复正常,重新变得怒气冲冲,"但是知道你和我们的一个员工有私人恩怨,我会立刻反应过来,以防你有机会破坏他的文件。"

"我知道那个男孩害怕我打断他的膝盖骨,但是他的妻子看起来很健康,而且她比我年轻十岁——告诉他,我会害怕他妻子的报复。"

"维克,我知道你喜欢把我说的每一句话都当成是笑话,以此来激怒我。我确实很生气。每一次,见鬼的几乎每一次我都会生气。但是我打电话来是提醒你管好自己的事。把这当成是好意,行吗?"

我惊讶地凝视着电话。"迪克,你到底在说什么?我想让弗里曼帮个忙。我有权利得到他的帮助,而不需要经过你的同意。"

"他不再是公司一员之后,你需要我的同意。不幸的是,在你走之后,我们调查了你。凯瑟琳·吉特里守口如瓶——我一分钟也不会忘记她的伶牙俐齿——但是从她那里拿到你的搜索请求的女孩不会害怕履行她的责任。"

"你的意思是说她害怕被解雇。而且,除非你们违反了童工法,我想你说的是个女人,而不是女孩。"

迪克宽容地大笑起来。"如果你觉得舒服点的话,好吧,是个女人。尽管如此,你不能使用克劳福德-米德的资源。句号。"

"哎,哎,船长。只是出于好奇——为什么弗里曼走得这么突然?"

"公司内部的事情,维克,和你没有他妈的任何关系。只管好你自己的事情吧。你一直做得很好。为什么你要掺和我的事情呢?"

"哦,你知道我们许过的那些誓言——直到死亡将我们分开。那些旧日的情分还很顽固。"

"如果你十四年前关心我的事,我们现在还是夫妻。当你勉强拼凑出你的房租时，请记得这一点。"

他没给我机会说出最后的话，就挂了电话。所以他还怨恨不已，怨恨我缺乏雌鹿的奉献精神。旧日的情分确实已经彻底消失无踪。

第二十一章 把朋友扔向狼

我比洛蒂早到饭店。波波利是一家位于林肯路上的轻松明快的海鲜饭店。店里有一座小花园,夏天的时候我喜欢坐在花园里,哪怕下午时浓重的雷雨云进了城。看起来这热得不自然的天气要结束了。我挑了张室内的桌子。

我等了半个小时,估计洛蒂被晚上突然来的急诊病人拖住了。我点了一杯朗姆奎宁来淹没自己,坐在吧台尽头靠窗的位子,看着街道。雨开始下了,又大又重的雨滴像是打碎的鸡蛋一般溅落在人行道上。当我喝完朗姆酒的时候,雨滴已经搭建出了密密的水幕。

我开始怀疑洛蒂是不是开着特兰斯艾姆撞车了,而她胆小得不敢告诉我。当然,那不是洛蒂的个性。她不怕冲突。此外,她一直把自己看作那些鲁莽的疯子制造出的受害者。如果我试着问她为什么我的车从来没有经受过这种破坏,她会以锐利的目光瞪着我,然后转移话题。

我到饭店后面打电话给她。无人接听。诊所和她的公寓都没人。但是当我离开小隔间的时候,她正站在房间中央。水在她周围滴成一摊。她正在找我。我走到她身边才看见她受伤了。她前额上有擦伤和紫色的肿块。我还看见她左臂上有一道血水混在雨水里。

"洛蒂!"我把她拉向我,"你出什么事了?"

"有人打我。"她的声音很平淡。她在我的怀抱里僵硬地环抱着自己。

"打你？你是说，打车？"

"你知道的，维多利亚，我想我希望躺下来。"

她那精确的表达和僵硬的姿势，和那些伤口一样吓坏了我。我在想是不是要把她送去医院，但是我决定送她回家，再找人来看看。也许她需要拍个头部X光片，但是医院急诊室对受到冲击的人来说太过冰冷。在医生决定下一步要怎么做之前，我最好让她暖和起来。我笨拙地从包里翻出钱来付账，结果翻不出来。最后我只得在吧台上扔了一张二十美元的钞票。

我一手环住洛蒂，半拖着她把她带到外面。她把特兰斯艾姆随便停在路边。尽管雨水让天空变得漆黑，我还是能辨认出挡风板被撞坏了。我领着洛蒂坐进她自己的车里，就立刻去检查左边的挡泥板。顶灯裂开了，散热器的护栅和散热器翻转了个。我压下强烈的愤怒。洛蒂受了重伤。好在汽车只是一堆玻璃和金属，毕竟还是可以修复的。

我的办公室就在饭店拐角那边，但是洛蒂在自己家里会感觉舒服一些。我一边诅咒着克里西达的挡太滑，一边在倾盆大雨中开向她在设菲尔德的家。我们开了十五分钟。她一直没说话，只是凝视着前方，偶尔按按她的左臂，就是流血的那只胳膊。

我给她换下衣服，把她塞到床上，再拿了杯热牛奶给她，然后就立刻打电话给马克斯。我描述了她的伤口，他质问我为什么不带她去医院。

"因为……我不知道……我不喜欢医院。我曾经像她这样满身瘀伤和裂口地坐在急诊室里，而那里只让我感觉更糟糕。你能找个人来家里给她看病吗，让他们决定她是不是需要用到机器？"

马克斯不喜欢这个主意。作为一个医院主管,他眼中的医院和我不一样。但是他同意既然她已经到家了,那么现在再移动她是个错误。他自己过来,但是他说会先把阿瑟·焦亚叫过来,他是贝斯以色列医学中心的内科医师。

"你不知道发生了什么事吗?"

"她没说话。我想先让她睡下。"

他终于挂上电话了。我回到洛蒂身边。我拿了一块海绵和一碗温水,清洗她前额和左臂上的血迹。她已经喝完了牛奶,闭目躺下,但是我觉得她并没有睡着。

我在她身边坐下,开始清洗她的伤口。"马克斯快过来了,他很担心。他会找个医生来看看你。"

"我不需要医生。我就是医生。我知道我没什么事。"

听到她开口说话,我松了口气。"你记得事故是怎么发生的吗?"

她不耐烦地皱起眉。"这不是事故。我在饭店就告诉过你,有人打了我。你能给我的脑袋拿点冰块来吗?"

我用厨房的毛巾包了一包冰块,温柔地放在紫色的肿块上。"你报警了吗?"

"警察来了。他们想把我送到医院,但是我知道我迟到了,而我一定要见你,维多利亚。"

我温柔地握住她受伤手臂的手指。她静静地在床上躺了几分钟。

"瞧,我认为他们想找的是你。"

"警察要找我吗?"我谨慎地问道。

"不是,维克。打我的人。"

天旋地转。"洛蒂,亲爱的洛蒂,我知道你很痛苦,也许还有脑震荡,但是你能告诉我发生了什么事吗?我以为你是出了车祸。我知道特兰斯艾姆被撞坏了。"

她点点头,然后畏缩了一下。随着她的动作,包着冰块的毛巾从她的脑袋滑到枕头上。当我重新拿起冰块时,她已经召回她的理智,告诉我事情的经过。她从诊所回家、洗澡、换衣服,然后出门来找我,就在她从设菲尔德转向艾迪逊路之前,另一辆车凭空出现。她经常认为车子都是凭空出现的。这辆车就这样撞到特兰斯艾姆的车头。

她皱起眉。"我的脑袋肯定撞到挡风板了,但是我想没撞坏。然后他们开始用棒子击打车子,打碎了挡风板。不管是怎么回事,我很愤怒。我无法容忍这些不计后果的驾驶员。伦敦从来都不会这样,而和伦敦的交通相比,芝加哥就像是个牛仔小镇。所以我下车告诉他们我的想法,还要求拿到他们的保险号。然后他们就从车里爬下来,开始打我。我太过震惊,无法回应。而且,我不像你,我没有在穆罕默德-阿里手下受过训。

"我大喊救命,但是开始下雨了。街上没人。所有经过的司机都只注意到自己。那些男人重重地打我,说我敬酒不吃吃罚酒,只有这样才能学会不管闲事。后来有辆警车经过。他们一看见警察就跑走了。有一个警察下车来追他们,但是没有追上。他们把车丢在那儿。在坐车回来的路上我在想,他们肯定是把你和我弄错了。因为我开着你的车。"

她说得对。她一告诉我那些男人跳下车袭击她,我就知道她是对的。我想问她有几个人、长什么样,但是她现在的状态不宜接受询问。而且这也解释了为什么她处在如此特殊的状态:不是因为惊吓,而是为我陷她于险地而生气。

"对不起。"我说。我想不出其他的话。

她一直闭着眼,但是她的嘴唇扭曲成一个滑稽的笑容。"我也很抱歉。别怀疑，我比你还感到抱歉。"

"所以你来饭店？拿着把刀子扭到我身边？"

她闻言睁开眼，从冰袋下看着我。"不，维多利亚。我去找你，是因为我这辈子从没这么害怕过，至少在来美国之前没有。而且这似乎是你的麻烦。你也许能解决这件事，为我搞定它，这样，我就不用在每一次走出家门坐进车子时胆战心惊。"

我双膝着地坐了下来，张开手臂环住她。"我会尽我所能，首长。"

她再度闭上眼，躺在那里，轻轻地呼吸着。她抓着我的手，和我一起等马克斯和阿瑟。我暗自颤抖，想象着她受到攻击的样子，希望我能注意到最近这几天的情况，改变现实，变成是我一直开着特兰斯艾姆，那么我就是那个被拦下的人。如果警察没有出现，他们会干出什么事来？把她打到骨头断了几根才丢下她离开？也许是脑部受伤、失去意识地躺在街上，或者是被打死了？

我没法让自己跳出这个思路，越想越可怕。马克斯按下门铃的时候，我真的感到解脱，哪怕那意味着我和他之间艰难会面的开始。他没有找到阿瑟·焦亚，但他带来了奥德丽·詹姆森，她是贝斯以色列医疗中心前途无量的内科住院医师。我认识她，因为她一周有十五个小时在诊所帮洛蒂的忙。

马克斯直接去见洛蒂，但是奥德丽在去看病人之前先停下来和我交谈。我告诉她发生了什么，她不耐烦地哑哑嘴，跟在马克斯身后，走进洛蒂的卧室。我坐在洛蒂起居室的火红色的油画下面，翻动着《国家地理》杂志的过刊。几分钟之后，马克斯加入了我。

"我不敢相信你对洛蒂做了什么。你用这种方式置她的生命于危险之中。"

我靠后仰倒在沙发上，左手揉捏着前额。"我不想听到这种话，马克斯,至少不是这种气话。你应该知道,如果我知道会有人身危险,就不会和洛蒂换车。而如果你认为我会做这种事,那么我们谈下去也没意义。"

"那你为什么这么做?"

"我被跟踪了。我想自由行动。洛蒂同意和我换车。现在我知道我不该这么做,但是我之前并不知道。"

跟踪我的人没有见过我的样子,不然他们不会跳向洛蒂。让法斯是用了他自己的人马,没有找侦探吗?我想到上周在进料台上遇到的那个家伙。我称呼他为布鲁诺。让法斯喊他什么?我想不起来——我脑子的边缘刮伤了,就像是放在唱片上的唱针,没法清晰地发出声音。

"洛蒂十五岁的时候,我就认识她了。"马克斯陡然说道,"她有时候会是世界上最愤怒的人。但是我无法想象没有她的世界。"

"我只认识四十岁以后的她,但是我也不能想象没有她的世界。反正,你不可能比我更责备我自己。"

马克斯最终动了动脑袋,给了一个不怎么赞同的类似点头的动作。他走去洛蒂放白兰地的橱柜,倒了一些酒。我从他手里拿过一杯酒,但是把杯子放在身边没有喝。我们坐在那里,没有交谈,直到奥德丽出来。

"她会好起来。我想送她去拍 X 光片。我想她的胳膊骨头裂了,需要打上石膏,为了保险起见,她需要做一个脑部 CTA 扫描。但是要等到早上。我包扎了她的胳膊,给了她一些药物让她入睡。只有一件事——她非要我保证维克会在这里过夜,才肯吃药。你可以吗,华沙斯基?"

我点点头。洛蒂没有选择他,马克斯觉得挺受伤。他主动提出和我一起留下来。

"我也可以。你可以睡那张空床。我把这个两用沙发拉出来当床垫,睡在她房间的地板上,以备她需要我。"

奥德丽哼笑一下,顷刻间露出白色的牙齿,映衬着她红褐色的皮肤。"没必要把她看成是维多利亚时代落难的女子。她真的会好起来。你不需要用海绵沾上薰衣草水给她擦身,也不必给她用上那个年代治疗高烧的其他方法。"

"不是那样——她只是吓坏了。她如果醒过来分不清方向,我希望我能在那儿帮上她。"至少我能做到这个。

"不管你想怎么样……在我掉头回到雨里之前,喝一小杯白兰地如何?"

第二十二章 表的旁边

奥德丽离开之前,提醒我她要报警。她的语气很挑衅,好像希望我会说不要报警。

"我同意。"我说,"事实上,我想打电话给当地的警察局,看看他们知不知道这件事。你想等我这么做吗?他们也许会派人过来。"

奥德丽去厨房泡咖啡。她和洛蒂一样,在喝酒方面有节制。一杯白兰地能让她过一个月。马克斯开始喝第二杯,但是洛蒂只给他买了"蓝绶带"。

我打电话给区警察局的时候,运气不错。我认识并且挺喜欢的一个警长康纳德·罗林斯正好当班。他从下午四点一直值班到午夜。他保证查一查他们在袭击事件上的记录,还会派人来找我跟奥德丽谈谈。半个小时之后,当奥德丽、马克斯和我正在进行困难的交谈时,康纳德来了。他身后还紧跟着另一位警官。那是一个脑袋只到他胳肢窝的年轻女人。如果洛蒂能起来陈述事情经过,女警官就能派上用场。

"当然不能。"奥德丽坚定地说道,"她现在睡着了,而我希望她能一直睡到早上。"

"斯科尔尼克和沃茨,就是那两位赶到的警官,从她那里拿到了一份简单的口供。"罗林斯说道,"所以我想我们可以等到明天。但是她不让他们带她去医院,她一直告诉他们她是个医生,她能够为自己的健康负责。他们认为她在惊吓中保持了很好的状态,也许有一些脑震荡,但是她的车还能开,而且她能开车,所以他们没有强迫她。"

他朝那个年轻的女人挥了挥手臂。"这位是高尔维警员。她会在我们谈话时做记录。既然我们不能询问医生,你可以告诉我们发生了什么,以及为什么会发生,华沙斯基。"

奥德丽拿来了她在厨房煮的咖啡。除了我之外,每个人都拿了一杯。我只是觉得洛蒂还躺在床上承受那些本该落在我身上的重击,我无法咽下任何东西。

我告诉了罗林斯我知道的每一件事:五天前我去拜访让法斯,码头工人布鲁诺,跟踪的事,以及和洛蒂换车的事。"我认为他们是想袭击我。因为他们跟洛蒂说,这也许能教她学会管好自己的事。她说他们丢下了车——那车是谁的?"

罗林斯露出不开心的表情。"我们知道这件事。它属于一个叫埃迪·摩尔的人。他今天早上报警说车被偷了。他住在南边,靠近克得齐。"

"随便谁都能报警说车被偷了。"我说。

在罗林斯回答之前,马克斯问我为什么。

我耸耸肩。"你就打个电话,说车被偷了。可以在任何地方被偷——你可以把车推进沙砾坑里,或者给你的朋友用——也可能是你自己用——用来袭击人。"

马克斯难过地微笑,为我这种人性观感到抑郁。他什么也没说,就走开去看洛蒂。

"给我点时间,华小姐。"罗林斯抗议道,"我一开始也这样想。但是那个人七十二岁了,退休在家照顾他的秋海棠,要不就是他种的其他什么花。汽车肯定是用高压电线绑好的。不,他们肯定是意识到你对跟踪很敏感。他们想再次找到你的时候,用一辆你没见过的车。但是他们不认识你。所以这就不可能是你提到过的布鲁诺。"

我不耐烦地耸起肩膀。"他不认识我,我对他来说只是愚蠢的婆娘。虽然我比洛蒂高八英寸,但是跟他比起来,我们两个都是小虾米。我不会不考虑他。"

奥德丽用力点头表示同意。高尔维警官在我们说话时一直都没说话,这时她忍住笑,写下记录。所有的女人都认识这种把我们当成衣服的男人。

"最近几天还有谁找你麻烦?"罗林斯问道。

我大笑出声。"啊,有,我前夫。他很生我的气,但是他一直都这样。"

毕竟,迪克今天下午严厉地指责过我。他还让我管好自己的事情,跟那些人对洛蒂说的话一样。我一瞬间邪恶起来,想向罗林斯报告他干的讨厌的事情,就让警察在他周围转上几天,给他制造一点不便。但是,我并不真的恨他,不至于、也不值得如此居心不良。

"你知道他们在学校里教我什么,华小姐?除非完全无法避开,不然别介入家务事。你还没告诉我你做了什么激怒了那个让法斯。"

"哦,是因为孔特雷拉斯先生。"我解释了他和米切的事情,"一区的泰利·芬奇利正在办这个案子。我几天没和他通过气了。也许他找到了某个见到米切走到运河边的人。"

"如果芬奇利在查这个案子,你不觉得你应该把事情交到他手上吗?"罗林斯冷冰冰地问道,"你知道的,他很能干。"

芬奇利和罗林斯两人在非裔美国人警察兄弟会中都很活跃。他们两个都把彼此视作达达尼昂和阿多斯。①

---

①三个火枪手中的两位,是很好的朋友。

"饶了我吧,警长。我知道芬奇利是个好侦探,但是我怀疑他会在一个生活多变的醉鬼身上花多少时间进行调查。而且恐怕他的部门也是这么认为的。"

"你不这么认为吗?"罗林斯尖锐地问道。

"我没有任何证据,警长,任何事情任何方面的证据都没有。"

但我有一些让我自己不安的问题。第一桩就是洛蒂遇到的袭击。我很绝望地发现我找不到任何杠杆可以撬开让法斯的嘴。那家公司里有人见过米切,有人知道他嘴里嘟嘟囔囔地说着什么。他们不想我发现某些事情,因此雇了流氓来打我?有什么很要紧的事让他们敲了米切的脑袋,把他扔进了运河里?

我抬头看见罗林斯眯缝着眼注视我。"你最好不要隐瞒任何我想知道的事。"

"我很了解你,也挺喜欢你,警长,但是还没了解到能知道你想知道什么。"

"好啊,用你那浅蓝色的眼睛电我。我想我去问问芬奇利,看看他在克吕格尔身上查到了什么就行了。"

他忙着弄他的衣襟麦克风。几分钟之后,洛蒂家的电话响了。马克斯正要返回卧室,过去接了电话。罗林斯迅速过去抓过他手里的话筒,他脸上充满恼怒之色,但他什么也没说就朝奥德丽走去。

罗林斯在那边告诉芬奇利洛蒂遇到的袭击,而马克斯和奥德丽一直在低声交谈。高尔维警员起身去看洛蒂的书。罗林斯的注意力放在电话会上时,她就不那么僵硬了。她看起来挺年轻,身上绑着仪器带子,显得身体很单薄。

我烦躁不安地走到卧室,自己去看望洛蒂。她呼吸很平稳,每次都很深。我碰碰她,她的皮肤感觉有些热度了。当我回到起居室时,罗林斯还在通电话。

"所以你想去查那个家伙,那个西蒙?华沙斯基不知道他的姓。你查出了什么?"

接下来的几分钟是一连串的嘟哝。在他挂上电话之前,我轻拍他的胳膊。

"介意我问个问题吗,罗林斯?"

他用一只大手掌捂住话筒。"我会乐于传话的,华小姐。"

哪怕是好警察也喜欢玩权力游戏。我皱起鼻子,转过身去。"我早上再问。告诉他我向他问好。"

罗林斯拍拍他的肩膀。"别这么骄傲,华小姐。今天这里已经足够糟糕了……泰利?维克·华沙斯基想和你说句话。"

"嘿,泰利。怎么样了?你找到米切·克吕格尔的儿子了吗?"

"你今晚过得好吗,维克?我让,我请求你别去调查那个案子。既然赫切尔医生已经受伤了,你还不能明白是怎么回事吗?"

我浑身僵硬,但说话时没流露出愤怒。"我没有授权任何人袭击她,泰利。你改变了对米切一案的看法,他终究不是喝醉了掉下运河的?"

"我跟罗林斯说了我们调查上的进展。如果他想告诉你,那是他的决定。"

"一位市民受到袭击,而你们对我有敌意。我想这有关联,但并不特别吸引人。在你又气又烦地挂上电话之前,你找到克吕格尔的儿子了吗?"

芬奇利重重地呼吸一声。"已经是三十五年前的事了。我不认为我们需要花费资源去找到他的下落。你是认为他回到芝加哥,出于很多年来受到的伤害愤怒地杀死了他的老父亲?"

我没法不大笑出来。"天哪,我不知道。这编得太像了,我喜欢。

如果是罗斯·麦当劳，我甚至会相信这个说法。我只是好奇。你想在我挂上电话之前继续跟你的伙伴说话吗？"

罗林斯很快从我手里拿过电话。几次嘟哝之后，他讲了一句："你说得算，芬奇利。"然后挂上电话。

"警察在米切·克吕格尔的案子上查到了什么？"我问道。

"他们在跟几条线索，华沙斯基小姐。给他们时间。"

"哦，看在上帝的分儿上，罗林斯。我不是本地新闻记者。如果他的死没有什么重要的地方，他们不会做这么多事。为什么你能说出来交流一下？他们地毯式搜查过附近邻里了吗？"

他棕色的眼睛眯起来，但是没说话。

我微笑着说道："拿我一周的收入和你来打赌，他们还没有询问邻居。"

他的面容放松下来，露出一个不情愿的微笑。"别怂恿我。泰利和你说的那个让法斯谈过了。让法斯承认米切去过他那里。他想要讨个古怪的工作。但是让法斯说他自己从没见过米切，他只是从领班那里听说过这个人。哪怕他们雇了米切，让法斯说他也不会接纳一个那么老、又来乞讨的酒鬼。芬奇利打算跟踪那个对你怒气冲冲的码头工人，但是他看不出医生遇到的袭击和工厂之间有什么关联。"

"那他为什么要对我絮絮叨叨的？"我质问道。

"也许因为他不喜欢你抢他的活儿。我们警察没人喜欢这种做法。"

"好吧，我只有一个人，而你们有上万个。所以我想你们可以固执己见。"

高尔维警员在我们身后轻轻哼了一声。罗林斯转过身问："你需要什么吗，警官？"

她摇摇头。我以为看到了一丝窃笑，但那张椭圆形的脸上什么表情也没有。我都觉得那只是我的想象。

奥德丽拍拍马克斯的手,到我这边来。"我想你们都能照顾自己。维克,你能在早上带洛蒂去贝斯以色列中心做 X 光检查吗?"

"她还好吗?我感觉她在发烧。"

"她也许有一点发烧。如果她晚上体温上升了,或是睡得很不安稳了,就打电话给我。不然我们就明天早上再见了。十点左右?"

我同意了,送她去门边。马克斯决定护送她坐进车子。洛蒂家所在的街道不适合独自一人在黑暗中待着。

我看着窗外,什么也看不到,想着是谁去了波尔特太太家,自称是米切·克吕格尔的儿子。即便芬奇利没试着去找,但他的儿子还是有可能从某个途径听说了米切的死讯。也许是从杰克·索科洛夫斯基那里听说的。因为杰克和米切最近住在一起,杰克也许知道如何联络米切的家人。即便如此,那个儿子还得创造出旅行的奇迹,才能如此迅速地到达波尔特太太家。

"你在想什么,华小姐?"罗林斯突然问道。

我摇摇头。"没什么。说实话,我想睡一会儿。"

他哼了一声。"说出来做个交换。我跟你认识了很久,足以分辨出你什么时候突然感觉有一只兔子在你的帽子里扭来扭去。你不能等着自己处理,所以你可以把它拉出来,看看它。如果你愿意和我分享你那小小的魔法诡计,早上给我打电话。高尔维——收拾东西。"

他和警员离开之后,我突然感觉筋疲力尽。马克斯帮我把床垫从坐卧两用沙发上拖到洛蒂房间。

"如果有什么事,你会喊醒我?"他质问道。

"当然,马克斯。"我温和地说道。毕竟,他只是太过担心才会这样。

他用宽厚的手摩挲着她的前额,然后去了空置的房间。

第二十三章 被科技耍了

洛蒂安全度过了这个晚上。八点左右,她痛苦地醒来,一肚子脾气。我把床垫挪回起居室,再来帮她穿好衣服。马克斯给她买来咖啡和吐司面包。一开始,她说她太虚弱不肯吃,过了一会儿她说太苦了,还是不肯吃。

马克斯在她颈边吻了吻。"我一晚都没睡,洛蒂,我太担心你了。但如果你这么无礼的话,我知道你肯定没事了。"

她给了他一个扭曲的微笑,伸出一只手。我不觉得她需要我,接下来的事情不需要我,之后也不需要我送她去医院。很显然,马克斯渴望承担这个责任。我跟洛蒂说迟些会和她联系,就从她的手提包里拿走我的车钥匙,然后走了。

我今天没耐心为了省钱坐公车。我在欧文公园路上挥手叫了辆出租车,回家去。我没怎么睡。每过一两个小时我就想象洛蒂会大哭,于是我醒过来坐在我睡的床垫上。我刷了牙洗了澡,很想爬到我的床上好好睡一觉,但我还有很多事要做。

我打电话给卢克·爱德华兹。他为我保养车子。他是个很厉害的机修工,却有殡葬礼仪师的观点。在他对我的特兰斯艾姆说葬礼悼词之前,我打断他阴郁的预言,告诉他我一个小时之内要拿到车。"我需要一个代替品。你能给我一辆吗?"

"我不知道。只要不是你把特兰斯艾姆开到树上去,我不是不能给你。"

"好吧,其他人开的车,而且撞我车的人是蓄意的。你有什么能借给我的?"

"我想想。我有一辆旧因帕拉。你开过那个小庞迪克之后,因帕拉对你来说会像一艘船的。但我跟你打赌,引擎比庞迪克还好。"

"我毫不怀疑。"我匆匆同意道,"一小时后见。"

接下来我向我的保险经纪解释了我悲惨的遭遇。她告诉我在他们授权我进行修理之前,他们自己的调查员要先看看我的车。我不想浪费时间跟她争执,就把卢克的地址给她,然后挂了电话。

我缺乏睡眠,而要办的事情又多到让我狂乱。我从一件事忙到另一件事,开始做那些我没完成的事情。我查找埃迪·摩尔的资料。他被偷的车撞了特兰斯艾姆。在打电话给他之前,我想起我要找弗里曼,然后扔下城市电话号码簿去找我自己的地址簿。我一边搜索,一边想是不是应该去看孔特雷拉斯先生,让他去核查一下杰克·索科洛夫斯基有没有惊动米切·克吕格尔在亚利桑那的儿子。

而我的枪呢?如果我触怒了什么人,他们要撞我的车,袭击开车的人,我不应该不带武器出门。我在卧室里安了一个保险柜。我去拿出了我的史密斯威森手枪。这样也可以一直保持干净。这是一把自动手枪,要是被脏东西堵住了,开枪的人会比被击中的人受到更大的伤害。为了保险起见,我拆开它,开始用破布擦拭枪管。有条理的事情能帮助我狂乱的脑子稳定下来。

电话再度响起时,我正在重装手枪。我小心翼翼地把弹筒滑进去,身体探过床接起电话。

"维克!我是弗里曼。我在你的答录机上留了言,你收到了吗?"

"抱歉,弗里曼。我还没有查看。"在他规劝我改掉凌乱的工作习惯之前,我解释了洛蒂的事故。"你肯定会读心术——我刚要给你打电话。你在哪儿?"

"在北布鲁克处理我自己的事。你究竟为什么要找钻石山的老板?"

我接起电话的时候,就四肢敞开躺在床上,但听到他激烈的语气,我又坐直了身体。"我正在做的一个调查需要这些资料。你为什么关心这个?"

"你别想不告诉我你的游戏规则,就把我使唤得团团转。"

"我没在玩,但听起来你觉得很好玩。我不知道你的伙计们在你身后锁上了门,就跑到你办公室去。我见到凯瑟琳,她主动提供要给我查查。告诉我你是怎么团团转的。"

"是时候买个电脑了,华沙斯基。我不打算给你干那种活。我们没按照我最喜欢的方式分开,但是我也不会参与针对我合伙人的仇怨——我是说从前的合伙人。"

我紧紧抓住我的头发,努力稳定脑袋的颤动。"为什么为我在雷克西上查个东西就是仇怨,我是说,让你查一查。"

"我希望能看到你的脸,维艾,我只是不能确定……"

"什么事不能确定?"

"不能确定你的心思是否纯洁。你不总是像律师会希望的那样对自己的律师顾问那么坦白。弄个自己的电脑吧。"他又说了一遍,"这是我今天能给你的最佳建议。"

我还在思索如何回答时,他挂上了电话。我大吃一惊,呆呆地看着电话,都忘了生气。迪克肯定打过电话给他,念了反骚乱法给他听,弄得他要对我来这么一次激烈的长篇指责?迪克以前说过或做过的事情能对他有这种效果。离开克劳福德-米德肯定让他格外痛苦。

我在想哪一种方式会需要更多时间——是开四百英里到斯普林菲尔德再回来查看公司文件的复印件；还是买一台我自己的机器、弄清楚怎么登录到雷克西系统。我打电话给《明星先驱报》的莫里。

"你知道洛蒂·赫切尔昨天晚上被打了吗？"我开门见山地说道。

"上帝啊，维克。我很好，谢谢。你怎么样？很高兴你没有因为那天的事情怨恨我。"

"我应该怨恨你。你吃掉了我的三明治，饲料槽的猎狗。你关心洛蒂吗？"

"很关心。她怎么样？她怎么会被打？在哪儿被打的？"他的声音听起来像是一边咽下炸面圈一边说话。

"等你吃完嘴里的点心我再告诉你整件事。我只想需要到你那里去，在雷克西系统上查个东西。"

"你从来都是无事不登三宝殿，华沙斯基。你总是有目的的。"

我脑子里的嗡嗡声开始集中起来，成为我右太阳穴的抽痛。"过去几年里我每次处在千钧一发的时候，要是你没有在我床边直流口水，我们说话的时候，我会觉得你像是我的朋友，而不是烧烤架上的肉。"

他停了一秒，试图想明白这是不是一个公正的抱怨。"告诉我你想知道什么，我会替你查。"

"不，不。你不会为了皮奇和弗里泽尔太太的事情给我一点时间。我会告诉你洛蒂出了什么事，但是我的事还是我的事。"

"我可以让我的办事员去问洛蒂的故事。"

"是的。"我说，"但是他们不会知道内里的细节。比如她怎么会开我的车这一类的事。"

"哦，你去死吧，华沙斯基。洛蒂是很重要，但她不是城市里的大新闻。而且我知道你们两个都不会让我带相机去。但是到我这里来吧。

赶快把事情做完。"

"谢谢你,莫里。"我温顺地说道,"两个小时后见,好吗?"

他嘟哝一声。"我不在办公室,但也许没关系。我会安排你见莉迪亚·库柏。你到二楼的时候,找她就行了。"

让职业关系变成私人关系很难,尽管反过来更糟。大约十年前,我和莫里初次相识。我们相互吸引,一度成为情人。但是我们两个的工作都涉及经济犯罪,竞争让我们的私人关系变糟。而现在我们爱情故事的记忆让我们的工作来往也变得糟糕。也许我得请他吃顿晚饭,好好谈谈。那肯定是成熟的做法,但是我还有一年就四十岁了。我不用成熟。

我把枪塞进肩膀上的手枪皮套里,下楼去孔特雷拉斯先生那里。他听了洛蒂的事情,很是惊愕气馁。我和他详细说了几次事情经过。在第三次叙述的时候,他突然意识到我也许会有危险。

"而你只想没人照顾就在街上乱走。"

"没人可以照顾我。"我说,"如果有人决意要对付你的话,就是保镖也不能保护你。来看看这个题目:犯罪集团成员在林肯伍德被枪决。"

"阿兰·多尔夫曼。"他补充道,"但是即便如此,宝贝——"

"即便如此,我也看不出你跟我去一起受伤有什么意义。就因为你和我的麻烦靠得太近,你脑袋上受到过重击,肩膀上中过一枪。下一次有人袭击你,我会上交我的执照,重新找个工作。"

"我只是讨厌在旁边坐着。"他喃喃道。

我用一只胳膊环住他,安慰他。我完全理解那种感受。"有你能做的事。"我告诉他有个人去波尔特太太那里,自称是米切的儿子,"你能和杰克谈谈这件事吗?"

他恢复了一些活力。虽然不如拿根扳手把人狠揍一顿,但至少他能发挥作用。我告诉他我整天都会在外面,但我五点会跟他联络。

"做事的时候小心,宝贝。或许你可以一点左右给我打电话。我不想一整天都在担心会不会有人带你去坐推土车。"

正常来说,他的保护意识会让我像刺猬一样,但是洛蒂受到的袭击让我动摇了。我能理解一个人坐在那里担心你所爱的人是什么感觉。我应承下来,亲吻了他的脸颊,然后离开。

卢克结束关于特兰斯艾姆受损坏程度的葬礼演说已经过了午间十二点。因为他不可能在讲完他想讲的事情之前把因帕拉的钥匙交出来,我只好尽力满怀着感激听他说完。他的主题是现代汽车制造业的普遍现状,主要是庞迪克,而我的车也是个特别的例子。

关于因帕拉他说得很准——开过特兰斯艾姆之后,再开它就觉得是在坐公交。但是它的引擎如绢丝般顺滑,易于操作。我谨慎地把它开到路上,渐渐有了感觉,还注意观察有没有不请自来的客人。我不想让人跟着我到车库,但是我又不想鲁莽行事。

我想起我对孔特雷拉斯先生的承诺,就在《明星先驱报》的大厅里给他打电话。他没接电话,我想他带佩皮出去了,于是就上楼到这家报纸所在的楼层,去和莫里分配给我的那位年轻的记者谈谈。

莉迪亚·库柏是莫里的办事员,看起来像是刚从新闻学校毕业似的。其实,她那红润又圆润的脸庞和毛茸茸又齐整整的黑色刘海让她看起来像是要去高中上课的女学生。她有很重的中西部鼻音。她露齿一笑,说她来自堪萨斯。

"请你不要问托托①的事,也不要问那里的每一样东西是不是黑白色的。相信我,我已经听过几十万次这种问题了。我刚来芝加哥才

---

① 出自著名的儿童小说《绿野仙踪》。故事的主人公多萝西出生在堪萨斯,她的小狗就叫托托。

十一个月。"

显然莫里已经没有任何废话地把我的要求告诉了她。我们一寒暄完,她就很高兴地安排我登录雷克西系统。

我告诉了她洛蒂受到袭击的细节。莉迪亚尽责地站在我身旁记笔记,而我就打电话给马克斯,了解一下洛蒂的检查有没有做完。和奥德丽想的一样,洛蒂的左臂有极细的裂痕,但是CTA扫描没有显示出她头部有血块,也没有其他问题。卡罗尔被这次袭击惊到了,一天来诊所几个小时,但是洛蒂很烦躁,说自己不想回去工作。

莉迪亚很尽责地问了许多问题,但是她还需要在刺探答了一半的回答上学习很多。她问完之后,带我去了一台有调制解调器的电脑前,为我连上雷克西系统。

"莫里说我要提醒你,我们可能不会刊登这个故事。"她慢吞吞地说道,"但是谢谢你跟我说这么多。你用完退出系统就好,你走之前不用告诉我。"

拿到钻石山的档案时,我感到很烦乱,还有一股席卷而至的、令我失去理性的愤怒。唯一得到的名字是他们注册的代理人,乔纳斯·卡弗,地址在南迪尔伯恩。他们不是一个公众持有的公司,这些资料显得完全光明正大。但是我还期待从电脑里能查到更棒的东西。我指望我能找到一些和达罗·格里厄姆有紧密联系的事。若是如此,他很快就能向让法斯施加压力,让他和我谈谈。

技术没能达成我的要求。我打算以旧式风格进行我的侦探工作——强行入侵他人住宅。

第二十四章 赫丘利斯的劳动力

在我离开报社之前,我在莫里的办公桌前又给孔特雷拉斯先生打了一通电话。我努力不去担忧他到底有什么状况。但是他让我在一点给他打电话,而且不管怎么说,他不会让佩皮长时间独自待着。也许他跟我说话的时候忘了他已经约了医生,也许佩皮要去兽医那里看急诊。他不会是脚下一滑摔倒了吧,像弗里泽尔太太那样无助地躺在浴室的地板上。肯定不会。我两步并作一步走下密歇根路的台阶,走上下面的便道。

我之前把车非法停在瓦克尔的地下停车场,希望这个地点离交警足够远。我从因帕拉的雨刮器上拿下城里的新款橘色公文,我意识到我应该考虑得更周到一点——骰子若和你对着干,交警就总能找到你。我还得为此付账。

我发动我那辆不幸的车子,开上车道回家。只要身后没有交通骑警让我靠向路边,我能把它开到贝尔蒙特。因帕拉没有特兰斯艾姆那么惹人注目。一开上贝尔蒙特,交通状况让我开得顺畅了。等交通灯的时候,我不耐烦地敲着方向盘,而且在经过并排停放的送货卡车时愚蠢地冒险开过。

我到拉辛路之后才想起来要看看有没有尾巴。这时我不能确定没有人跟着我,尽管我不认为有人跟着我去了卢克那里,也就不会在城里跟上我。我肯定不能把车停在我家附近,让他们轻轻松松就知道我开的是什么车。我在巴里路上找了个地方,疾速跑了两个街区回到家。

我按响孔特雷拉斯先生的门铃。佩皮从门后发出尖厉的吠叫,但是那个老人没出现。我顿时迟疑不决,咬住了嘴唇。我要求我自己的隐私权,他同样也有这种权利。不幸的是,洛蒂遇到的袭击让我很容易为了朋友的健康幸福心惊肉跳,以至于没有给第九修正案留下辩论的空间。我跑上楼回到我自己的房间,从我大门旁东西乱堆在一起的篮子里挖出我最新的开锁工具,然后犯下了我今天第一次非法闯入的错误。

我开锁的时候,佩皮一直都在非常激烈地吠叫。我希望它是在恐吓真正的闯入者,因为尽管孔特雷拉斯先生有两道锁,但都可悲地很容易打开。它一意识到是我,就敷衍地摇摇尾巴,回到它那些尖叫了许久的孩子身边。

老人不在房子里。我找了屋后,以防他在屋后照顾他的西红柿,而我把自己变成了一个蠢货。但是他也不在屋外。我查看的时候,佩皮和我一起来到后门。

"他去哪儿了,嗯?我想他跟你说了。"

它不耐烦地叫了一声,我就让它出去转一会儿。他没有遇到袭击,没有被人强行拖出房子。这里没有打斗的痕迹。我放弃了。肯定有事发生,而到时候我一定会知道。我检查了佩皮的水碗,然后在他的电话上面留了个条子,告诉他我来过,而且晚上会来找他。

我重新锁好他的房门,回到我自己的地方喝了一杯水,吃了一个三明治。我还留下了史密斯威森。我不认为有人会在拉辛朝我胡乱射击。

玛乔丽·赫尔斯特伦正在她后院的玫瑰花丛里忙活。除了我和弗里泽尔太太，这个街区四处可见狂热的园艺家。我没法在窗台上的花盆箱里养活香芹，而弗里泽尔太太的院子已经回归为自然的大草原——充满了车轮盖和啤酒罐的大草原，就和印第安人住在那里时一样。

赫尔斯特伦太太来到分开她手动修剪的草皮和垃圾堆之间的篱笆前。"你要去哈蒂家吗，小姐？呃？我昨天洗了几件她的衣服，拿去医院，但是她认识我。我不觉得她买了这些衣服之后曾洗过。赫尔斯特伦先生不喜欢我洗这些衣服，他担心我接触之后会传染上什么。但是你不能让你的邻居身处困境，毕竟我们在她隔壁住了三十年。"

"弗里泽尔太太看起来怎么样了？"我打断她。

"跟你说实话吧，我不觉得她能知道我去过。她只是躺在那儿，眼睛半睁半闭，似乎是在嘟哝着什么，但其实什么都没说，除了时不时地喊着狗的名字。所以，如果你想拿点她的东西，我不会介意……呃，小姐？"

"华沙斯基。你可以喊我维克。我不想拿她的东西，我只是想确定一下她的文件都合乎程序。"

赫尔斯特伦太太皱皱眉。"那不是克里西·皮奇要做的事吗？她和她丈夫不是接管了弗里泽尔太太的事吗？虽然我觉得他们不必这么急着处理掉那些狗，但他们这么做真是太慷慨大方了，他们自己还有事呢。至少他们应该先和我说一声，他们应该知道我在照顾它们。"

"是的，我同意。我有托德和克里西缺乏的经济专长。我觉得我对弗里泽尔太太有责任——我应该做点什么来保护那些狗。"

"我知道你的感受，亲爱的。你是说，你叫维克？因为我和你一样。你进去吧，但是也许你想开扇窗。尽管我试着把地板清洁过一部分，好吧，坦白说，亲爱的，那个地方有臭味。"说到最后，她压低声音,像是自己在礼貌的交谈里说了什么令人讨厌的字眼。

我煞有介事地点点头,从后门进去。我想托德和克里西换掉锁的几率有一半,所以我带了我自己的开锁工具,但是他们肯定觉得这里没有什么东西需要看守。所以技术上来说,我没有强行闯入,我只是进来了。

赫尔斯特伦太太说得没错,这里果然很臭。养了这么多年的狗,没有洗过的盘子以及没有扫过的地制造出一股让我都要昏倒的浓重气味。

我推开厨房和起居室的窗户。这其实挺难做到。绳索和滑轮因为许久不用而僵硬了。然后我快速查看了一遍房子。似乎没有现代科技,弗里泽尔太太也过得挺好。她有一个小收音机,但没有电视,没有CD,甚至没有电唱盘。她只有一台相机,是一台在街上连五美分都卖不掉的旧式柯达。

我回到起居室,在写字台前拉出一张摇摇晃晃的椅子。写字台是件古老的深色家具,中间是一个拉盖写字台,上面是书架,下面是抽屉。拉盖在报纸堆到它的边缘之前很多年就被塞满东西关上了。报纸塞在书架的菱形玻璃门边,还塞在抽屉里。每样东西上都覆盖了一层厚厚的污垢。

如果我不是极度厌倦了托德、迪克、莫里甚至还有弗里曼的话,我也许会关上窗户回家。觉得这个垃圾场里可能会有什么有价值的东西,简直是滑稽可笑;但是我需要某个东西,需要能把托德·皮奇从弗里泽尔太太身边撬松开的铁撬棍。而我已经无计可施了。我想要的是某个能给我带来帮助的东西——如果不是铁撬棍,至少也是个楔子的公文。

我审视了面前的恐怖场面之后,无法不怀疑我的决定是出于关心弗里泽尔太太,而有多少是因为我自己愤怒的情绪。我是个痛苦的失败者,到目前为止,托德还有迪克在每一个回合都击败了我。

"你不是受到复仇的驱使。你为真相、真理和美式生活而战斗。"我露齿一笑。

假设弗里泽尔太太按照后进先出的习惯整理她的文件,那么办法是挪开书架和写字台最上面那一层,而不打扰到下面的古生代区域。

尽管赫尔斯特伦打扫过起居室的地毯,那条或许曾经是褐色但现在是破旧的灰色的毯子还是积满了厚厚的灰尘。我上去找,找到了一条她洗过的床单。我把床单摊在地板上,开始仔细小心地把文件从写字台上搬下来,放在床单上。

在厨房污垢的中间部分,我注意到一堆巨大的纸袋子。弗里泽尔太太从来不扔掉纸袋子,我把它们拿出来,在写字台旁摆成一排。我做了一个主观的决定,只检查一九八七年之后的东西,而把之前的文件按照年份放进纸袋子里。

五点的时候,我装满了两个袋子。我身下的床单因为我从文件上抖落的污垢而变成了黑色。弗里泽尔太太的名字列在北美每一家动物护理产品公司的邮件名单上,而她保留了所有那些产品目录;她还保留了一九三五年到现在的兽医账单——目前为止,那是出现的最早年份;她还收了详细描述残忍对待动物的简报。我没找到任何和她儿子有关的东西,但是我找到的大部分东西的年份都只到七十年代末期。

她自己的财政文件都胡乱塞在兽医账单和剪报中间,也没有多少。她每个月取一次社会保障支票,但显然她工作的箱子工厂不属于当地工会。或者,至少看起来没有提供任何美国政府提供的养老保险之外的养老金。湖景银行为她交地产税,并且照管她不怎么多的存款。显然他们还给她付水电费的账单。我找到了一些季度结算表的副本。他们把正本寄给旧金山的拜伦·弗里泽尔,详细列出替她转账的明细。

社会保障没有电子转账系统。他们只能把支票寄给弗里泽尔太太本人,而她要负责把支票拿去银行。她显然有足够的智力来做这件事,因为她的银行存折上面记录着常规的每个月进项。我在一份一九七二年的珠宝广告传单下面找到了存折。那个传单上面有十美分一磅的宠物食品广告。

这是一根可以抓住的、软弱无力的稻草,可以证明我自己任命的这个客户智力上足够清醒,能把钱存进银行。而这不能帮助她解决如今的痛苦处境。显然没人能说她现在还足以处理自己的事。

仔细检查的话,这份存折也不是多好的盟友。弗里泽尔太太十八年来在每月的十号带着她的支票去湖景银行,但是在二月份,她突然不这么做了,而余额停留在一万元多一点。那之后她怎么处理支票的呢?我要在这片纸海里找出漂浮在某处的四张支票吗?

我用脏兮兮的手指揉揉后颈和肩膀。我感到空虚而抑郁。我没找到弗里泽尔太太精神状态富有活力的证据。也没有找到她诱人犯罪的资产藏在何处。

我去厨房,在水龙头下洗一洗。虽然昨晚的暴雨过后,天气放晴了,我还是因为在垃圾场里的工作而浑身僵硬,汗如雨下。水槽脏得我不想喝水龙头里流下的水,但我口渴至极。我应该想到从家里带一瓶热水来。我又干了半个小时,然后把找到的东西打包。

当我在起居室以清醒一些的眼睛检查那团混乱时,我一看见那些东西就想放弃,但是我讨厌花了这么多时间却一无所获,于是又推动自己继续。当然,这也是让生意破产的经典错误——我们已经在这个没价值的产品上投入了五年和五百亿,我们不能现在放弃。但是冲动把你推向泥沼深处。

这个房间朝西。已经落下的太阳比弗里泽尔太太唯一放在这里的四十瓦的灯泡还要亮。我拉开窗帘,继续搜索。目前为止,我只查看了中间这堆,还有装了玻璃的书架。怀着最后的热情我祈祷我能打开下方的三个抽屉。我蹲下来,开始挪开那些信封。我找到湖景银行的来信时,肯定已经快七点了。

三月十五日

亲爱的弗里泽尔太太,

　　按照您的指示,我们已经卖掉了您的存单,关闭了您的账户,把余额放进了您在美国大都市银行和信贷组织的新账户里。我们很高兴在过去的六十年里为您的金融需求而服务,我们很抱歉您不再需要我们的服务。如果您在将来改变主意,请不要犹豫,打电话给我们。我们会很乐意免费为您重开账户。

信上有一位银行高级职员的个人签名。

　　湖景银行是一家小型的社区机构。他们处理我的按揭,给了我大多数银行留给他们大公司客户的关心和关注。他们肯定是这座城市里唯一还在办理小额存折账户的银行。写一封私人的信件给弗里泽尔太太完全是他们的典型风格。

　　奇怪的是,她把钱转到了美国大都市银行。我没找到这家银行的存折或是其他文件。它们要不是滑到了侏罗纪层,要不就是她收在了其他地方。但是和一个更大的问题相比,这只是一个小细节——为什么她会把账户转到市中心的银行呢?而且不是任何一家老银行,而是一家每周都因为主管们在这个领域的政治联系而见报的银行。杜佩奇县委员会是唯一一家对美国大都市的无息账户里存入活期存款扬起眉毛的传媒组织。

我抓住了一根稻草,而我知道这一点。也许美国大都市有什么市场推广的活动让弗里泽尔太太抵制不住诱惑。我站起身,腿部肌肉因为蹲太久而僵硬疼痛。我不知道该拿我在地板上制造出的这团混乱怎么办。我无法想象把它们再塞回去。同时,我也不能让它们就这样躺在地板上,证明我干了什么。尽管克里西或许会认为这是赫尔斯特伦太太干的,前提是皮奇夫妇知道她来洗过衣服。

我用一把钥匙打开了大门,解决了我的难题。我把银行的来信折起来放进我的后口袋,下一秒克里西和托德就跳了进来。他们看起来容光焕发。克里西穿着床垫布质地的背心连体裤;托德穿着棕黄色的短裤和一件保罗的 T 恤。我甚至都不想去想我的外表——我腋下的气味已经足够令人不舒服了。

"你在这里干什么,华沙斯基?"

"清理脏到死的马厩,托德。你可以叫我赫丘利斯[①]。虽然我想他很厉害,但某个方面来说我比他更强。"

"别想说成是个笑话,因为这一点也不滑稽。赫尔斯特伦太太告诉我们你在这儿找财产记录,我第一个念头就是报警。我能让你被逮捕,你知道。这地方是私人财产。"

我揉揉后颈。"但是,我想,这儿不属于你。除非你用你的监护权签字移交房地契!"

突然,我领悟到这是弗里泽尔太太拥有的一份有价值的文件。也许它就在下面的抽屉底下。或者,也许托德和克里西已经拿走了。我不想破门闯入他们家看看,至少不是今晚。

"你为什么不从这儿出去呢?"托德厉声说道,"从我们找到老太

[①] 罗马神话中的大力神。

太的那天起,你就铁了心要暗中破坏我对她的照顾,甚至还打电话给她儿子——"

"什么照顾?"我打断他,"你们俩做的第一件事就是杀死她的狗。那是弗里泽尔太太在这世界上唯一所爱之物。上周五以来你们所做的每件事也许是合法的,但是我都不会拿着驳船撑杆去碰一下。皮奇,你比地板上弗里泽尔太太没打扫的任何一坨狗屎还要臭不可闻。"

"够了!"他咆哮着,"你以为你的道德优越感给了你违法的权力吗?我有公文证明我有权控制谁能进入这里,而这个城里的每一位法官都会赞同。"

我大笑起来。"你有文件?你听起来像是一条纯种狗。虽然你说到了文件,弗里泽尔太太的房地契在哪里?她在美国大都市银行的存折在哪儿?"

"你怎么知道——"克里西刚一开口,托德就打断她。

"所以你有她的银行存折。"我说,努力让声音变得意味深长。我想着这和平常说话有什么不同,走出了大门。

第二十五章 撑满肚子

孔特雷拉斯先生显然在找我——我打开门厅的门,他就站在房门外。

"你去哪儿了,宝贝?你看上去像是输掉了一场泥巴地摔跤比赛。"

我下意识地拍拍汗湿的卷发。"我要问你同样的问题。我以为我们应该在一点钟的时候通电话确认没有人袭击我。"

"是的,我以为以牙还牙不会有什么坏处。我是说,不是那个时候,而是之后,我自己去见他的时候我是这么想的。我想,好吧,维克打电话来而没人接的时候会担心的——如果她打来的话。但是我没有办法给你打电话,而我想,每次你总是一个字也不提就让我等着,这点小小的烦恼不会让你受伤的。"

"好吧,我很高兴你过得很好。"我太累了,无力反击,"顺便问一句,你出去多久了?我一点钟回来的时候,佩皮似乎急着想出去。"

这是一记不正当的攻击;话一出口我就感到抱歉了。孔特雷拉斯先生嫉妒地守着的特权之一就是我总是外出,没法成为一个合格的主人,而狗能和他生活在一起。

他棕色的眼睛因受伤而黯淡下来。"这不公平,宝贝,你知道我日日夜夜都陪着公主。我不会出去一整天,丝毫不会想起它的需求——好吧,反正,我不会让它处于困境。"

他也停住自己的重击。他突然住口,没有对我周期性离开进行全方位的攻击。我拍拍他的肩膀,转身上楼。

"你都不想知道我发现了什么吗?"他质问道。

"是的,是的,我当然想知道。但是让我先洗洗。"

"我在烤肋排。"他在我身后叫道,"要我给你留一点吗?"

胆固醇和结肠癌的新闻不会改变孔特雷拉斯先生的饮食。事实上,也许吃了很多年的排骨让他现在精神矍铄,身体健康。肋排当然比我计划吃的低卡路里高营养的晚餐更能安慰度过了一个阴沉郁闷的下午的我。我谢谢他,但是提醒他,在我弄好之前,他要等一个小时。

我刚踏进浴缸,浴室就变黑了。我没法泡在这种脏污之中。我没入水中几秒钟,清洗头发上的汗水。然后我爬出来,放掉浴缸里的水。水开始往下退的时候,我擦干净浴缸上的那圈脏东西。我打开淋浴,但是我放满浴缸又清洗了一遍,就用光了热水器里的水。

等热水器重新烧满热水的时候,我无声地吼了一声,用一条毛巾裹住身体,去打电话给洛蒂。没人接电话,于是我又拨了马克斯的号码。结果她是去了埃文斯顿和马克斯一起住几天。她现在不错,或者说和预期的差不多,但是我们之间有些紧张。我感到歉疚,她感到恐惧。我试图尽全力解决问题,但是我们分开时就没有了相互之间常有的和谐。

挂上电话的时候,我在颤抖,然后开心地发现水又热了。我站在蓬蓬头下,直到水又开始变冷。那时,弗里泽尔太太家的最后一丝脏污也早已从我的头发里离开了。是托德和克里西在又一次遭遇战中击败了我,还是因为其他事?美国大都市确实不是什么很棒的银行,但是弗里泽尔太太四个月前转移了她的账户,那之后很久,托德和克里西才进入她的生活。

也许克里西在那儿工作。我想象她到处去找附近的老人,让他们把钱转到美国大都市的无息账户里。我意识到我不知道克里西是不是在外面工作。说起弗里泽尔太太家里失踪的房地契,也许房地契放在了某处的保险箱里。或者在楼上她的床里。既然她和狗一起睡觉,也许她认为她的卧室是保管值钱东西最安全的地方。

我把头发擦干,躺下来休息一小会儿。在这个入室盗窃的日子里,我还要干第三次,但是不能以现在的状态去做。电话在九点半吵醒了我——孔特雷拉斯先生问我是不是因为生气了,所以躲在楼上来惩罚他。

我头昏眼花地坐起身。"我睡着了。"我打断了他的道歉,"我很高兴你打电话来——我得起来了。五分钟内下来。"

我套上牛仔裤和一件白色长袖棉衬衫。虽然夏天的夜晚很温暖,但我还是觉得冷。我又看了看表,决定直接从孔特雷拉斯先生那边走。我把腋下手枪套固定好,又把驾照和钥匙塞进不同的口袋里,撬锁工具推到大腿处。我把它们拿出来,贴在牛仔外套的口袋里。我穿好外套,以掩盖腋下的枪套。现在我觉得很热,但那没有什么帮助。

当我到楼下时,孔特雷拉斯先生已经为我打开了门。"你还没吃,是吗,宝贝?我正在把你的肋排放进我的烤面包机里加热。"

他朝我摇了摇一瓶瓦尔波利塞拉葡萄酒,但是我婉言谢绝。如果我晚上还想能够迅速移动,就不能在这么晚还喝酒。他匆忙奔到厨房。

我走去母子天地,之前没时间跟小狗们温柔可爱地说说话。它们已经能睁开眼,而且正试图从佩皮身边离开。当我抱起它们摇晃的时候,佩皮紧紧地盯着我,但是没有它们刚生下来时那么让他不悦。

孔特雷拉斯先生带回来一盘肋排和一些蒜香面包,还考虑到我的饮食习惯,拿了一盘卷心生菜。他为我拉开了一张电视椅,拿着酒坐下来。一看见肋排，我就意识到我有多饿。

"跟我说说你今天的收获。你去找杰克·索科洛夫斯基了？"我嘴里塞满了东西说道。

"没有。我只是在托尼亚·克里奥拉诺的地方打电话给他。我没发现他知道米切儿子的事。我们都不知道。他们母子俩三十五年前离开时，米切没有在乎罗西和那个孩子会不会和他保持联系。"他沉思着吞下一口酒，"也许他只是因为自己不能像个男人一样照顾他们而太过羞愧，才没有联系。别跟我说女人们可以照顾自己。你娶了一个女人，让她生了一个孩子，你就有义务照顾他们。"

他凝视了我一分钟，看我会不会回应他话里的挑战，然后继续说道："不，我想见的人是埃迪·摩尔。"

"埃迪·摩尔？"我重复了一遍。

"车子被偷了的那个人。他们就是用那辆车去撞医生的。"

"我不知道你认识他。"

"唔，我不确定我是否认识，直到我问过杰克之后。我是说，这不是一个常见的名字，但是也可能不止一个人叫这个名字。"

我放下肋排，忍住朝他大喊的冲动。有热门新闻的时候，他都是断断续续地说出来，而且总是滞后。

"我要生气了！埃迪·摩尔是谁？当然我是说，除了他是死亡之车的车主之外。"

"他曾经是我们当地工会的主席，比杰克和我年轻几岁，也许刚刚七十岁，所以他在我们之后才开始进入工会，而不在我们这群人里。但是，我当然知道他，所以我去见他。他在第四十街上有一个不错的小房子，在克得齐路东边，他和妻子一起住，还有一辆不错的别克。我是说在被偷的那辆车之外。别克是他妻子的车，瞧，奥斯莫比是他自己的。"孔特雷拉斯先生因为能报告重要的新闻而面露喜色。

"我想我明白了。他说了什么吗?"

"哦,他非常震惊。我只是想确认一下,你知道,确认他和跟踪你的车以及撞医生这种事有何关系。"

我也想知道这些事。我愿意自己去问埃迪·摩尔。我要亲自去跑腿的一个原因是人们的反应会比说出的话能告诉你更多的东西。当然,我明天可以去见他。在警察和孔特雷拉斯先生之后,我会是第三个询问他的人。到明天他肯定还能记得所有的回答。

我开始问摩尔把车停在什么地方——街上还是车库里?偷车贼偷了那辆奥斯莫比是不是符合逻辑?虽然看似无关,但在我试图调查一位钻石山公司的老员工的死因时,钻石山公司的本地工会主席牵扯进撞翻洛蒂的事里来,是不是一个奇怪的巧合?但是孔特雷拉斯先生没法回答这些问题。

"他见到你惊讶吗?"相反,我这么问。

"唔,很自然。十二年之后,我出乎意料地出现了,他当然惊讶。"

"你认为他惊慌吗?"

他喷了下鼻息。"我不知道你究竟想问什么。你是说,他是不是表现得像是他有良心上的负疚感?是的,他有。我告诉他医生是谁、她被伤得多重的时候,他觉得非常内疚。但是,当然他不可能知道他的车是怎么被偷的,更别说被偷去袭击她了。"

"他为什么有两辆汽车,而你搭公车?"

他惊讶地睁开眼睛。"你是在暗示他拿到的钱比他应得的更多吗?如果我想要车的话,我也可以拥有一辆——我当然不需要两辆——但是我要车做什么呢?浪费钱,要交税,买汽油,交保险,还要担心停车的问题,担心卖旧汽车的人会偷了它。你认为一个人把生活献给了工会他就买不起车了吗？"

我羞愧地摇摇头。"当然不是，只是抓根稻草。"

我拿起卷心生菜。"你知道，泰利·芬奇利没有去找米切的儿子。杰克也没有。但是有人自称是小克吕格尔，尸体被发现的第二天就去波尔特太太那儿彻底搜查了米切的房间。要不就是没人知道这个人到镇上来了，除了米切之外；要不就是有人非常想要米切的东西，否则就不会有所谓的儿子出现。我是说，不管是哪一种原因，这个人知道米切住在哪里。这意味着米切告诉过他们，因为只有你和他还有杰克，是知情人。"

孔特雷拉斯先生竖起一只聪明的耳朵。"你想让我去问杰克有没有打电话给他试图寻问米切的新地址？"

我不耐烦地耸起肩膀。"我猜的。我想带点照片去，可以给街上的人看。我们不知道米切的儿子住在亚利桑那。见鬼，他跟我差不多——或者比我老。他可以在任何地方。你记得他的名字吗？"

"小米切。"孔特雷拉斯先生迅速答道，"我总是记得我讨厌米切有个小米切的事，因为我只有鲁西。这很蠢，也不意味着任何事情，我现在能明白，但是那时候……哦，好吧，你不想听这些。"

我在他给我的湿纸巾上擦擦手指。寻找一个可能在任何地方的人不在我的能力范围之内。这意味着要去找州机动部门，写信给五角大楼，以及所有我没有时间或是金钱去承担的活动。但是，一张小米切的照片还是会非常有用的。

"既然你不想在车上浪费钱，那你想出资做广告吗？我们可以在这附近和所有亚利桑那州的报纸上登广告。你知道，如果以米切·克吕格尔的名义去登寻人启事，留下他在芝加哥的确切地址，那么登启事的人就能得到有用的消息。"

孔特雷拉斯先生揉搓着双手。"就像歇洛克·福尔摩斯。好主意,宝贝。好主意。想要我去做这件事吗?"

我感激地表达了我的赞同,然后站起来。"我要去城里,我想从后门出去。以防偷你伙计的车的家伙们在门外的另一辆车里等着我。你能让我从你的厨房里出去吗?"

"城里?"他的眼睛飞快地移向我的左腋下,"你去城里做什么?"

我微笑道:"一些办公室工作。"

"所以你需要枪?把一封信打穿,然后希望它能消失?"

我大笑。"我以死发誓,我不是要去暴力对峙。我希望不会见到一个鬼。但是你知道我的办法,华生说过:'伙计们开始朝我开枪,或是朝我的朋友开枪。我不会没一点保护就走过破旧的街道'。"

他很不高兴,他甚至不确定能不能相信我。但是他打开了后门的锁定插销,陪我走到小巷子里。"我会为你提供警察们能提供的帮助,所以如果你有麻烦,你可以给我一个信号。"

想到我和老人之间二十四小时都有脐带连着,我就大口大口地吸气。我尽快走进小巷,像是要逃离带有这种暗示的气氛。

第二十六章 坏女孩很晚还在外面

晚上的南卢普是座鬼城。晚高峰结束后，酒吧都关门了。尽管东部边缘有大礼堂和剧院、南部边缘有迪尔伯恩公园纷纷涌现，但从这两处一直延伸到北方的议会高速公路都很少有夜生活。这些都让人半信半疑地认为很有可能遇到一个真正的鬼。

乔纳斯·卡弗的地址被证实就在范布伦北边。这个人是出现在雷克西系统上的钻石山公司的注册代理人。我把因帕拉谨慎地停在远处，等一个醉鬼或者是个常吸鸦片的人飘过街道，然后走进门厅。

这是一座古老的建筑，只做过表面的修复。它只是上过足够的油漆，以证明它拥有和迪尔伯恩公园的新建筑相配的房租增长速度。其中一个装点门面的特征就是双层锁的沉重玻璃门——你得同时插进两把钥匙才能打开门。这对我的撬锁工具的试用范围是个很好的测试。它们花了我七百美元，应该能胜任这种工作。

我还苦涩地发现，大门外的电话旁边列着租户的地址，但都是代号。毫无疑问这对私人住户来说很有用，但如果你想来找人谈生意，比如乔纳斯·卡弗，你怎么会知道要去哪层楼呢？幸运的是，大楼只有十一层高，这能大大地缩短我的探索时间。

为了保险起见，我按了卡弗的代号。没人接电话。不管怎么说，谁会半夜来这儿呢？

我四下看看，确保没人在观察我，便开始对付那些锁。半个小时之后，我开始疑惑我是不是应该去因帕拉里睡一觉，第二天早上再跟在第一个到达的人后面进去。我还很想拔出史密斯威森，把门射倒。我不认为噪音会惊醒任何人。

我精密的探查器终于拨开了上面那把锁的弹簧，让我能飞快地打开下面的锁。我的后背有小部分因为弯得太久而疼起来。我揉了揉，靠着墙舒展了一下身体，尝试缓解后背的抽筋。

小小的夜间手电筒刚好能提供足够的光亮，让我看清电梯里的按钮。门厅很小，大概够四个人一起在这里等。我拿出一枚二十五美分的硬币，抛起来。如果是正面，我就上到顶楼，再往下走直到找到卡弗；如果是背面，我就从二楼开始往上走。在微弱的光线里我只能看清华盛顿的轮廓。我按了电梯。

电梯门立刻打开了。这意味着最后乘坐过它的人是朝下走的，虽然我不怎么真的认为会遇到人，但这也是个好兆头。门要关上时，我看见面前的墙上有一个地址板。我伸出一只脚，让门打开，探出身子找到了乔纳斯·卡弗的套间号码。他在六楼。不管我从底楼上去还是从顶楼下来，都没有分别。也许我的运气好转了一点。

卡弗办公室的锁比门厅的锁好沟通得多。这是件好事，因为当我弯下腰开锁的时候，我的背部抗议了。我跪下来，试着找到一个舒服的工作角度，并且在五分钟之内成功把插销拨开。

卡弗的办公室朝着大楼通风的一面。路灯的光照不到这里。房间里唯一的光亮来自中间频频闪烁的光标。我摸索着前进，找到光标所在的桌子，四处乱摸，直到我找到了一盏台灯的开关。我不知道为什么身上没带个手电筒。

房间在黑暗中显得十分空旷，在台灯的光线下变得狭小而朴素。

除了放着电脑的金属桌子，房间里还有两个文件柜和一个放着电子咖啡机的小桌子。远端的一扇门引向第二个房间。我推测是卡弗先生的个人总部。这里的办公桌上镶嵌了仿木的胶合板，一块仿制的小块中式地毯覆盖了地板的一部分。卡弗也有一台电脑。

卡弗管理的公司的信息毫无疑问就在闪烁着的光标后面等着，如果我正确操作，电脑就能把信息泄露给我。电脑技能不是我的强项；找到正确的指令是一项繁琐的工作。因此，我转而试着在文件柜里找到某个纸质副本，但文件柜似乎贡献给了税法书和关于如何运营股东人数有限的公司的政府指南。我还找到了一份电脑使用指南。我咬紧牙关，打开活页封面，开始阅读。

大概半个小时后，我至少知道怎么开始了。我对电脑礼貌地鞠了一躬，向它要一份目录。机器迅速满足了我的请求，而且做得很彻底。但我被彻底弄糊涂了。最下方有一行字问我想要做什么——浏览，创建，编辑，保存，退出。当我犹豫的时候，这行字沉着地闪烁着。

我最终弄明白哪个功能键可以让我浏览。机器对我的迟钝很不耐烦，在得到文件名之前只让我想揍它。我输入"钻石山"。它吐了出来，"找不到文件"。我试过各种名字序列，但是机器都不喜欢它们。

最后我找路回到目录，仔细研究。有一个叫作"顾客.Exe"的东西似乎有用。我瞎捣鼓了不同的字母，然后在许多次错误后成功地打出了电脑喜欢的组合。光线闪了几次，然后客户文件夹躺在我面前。当然，不是以分类账目的形式出现，而是出现了另一组菜单选择。

我看了看表。快三点了。弄清楚怎么使用这台该死的电脑比从大门进来花的时间更久。在另一轮尝试和错误之后，我找到了钻石山的记录。

我一看到董事和高级职员的列表，就意识到弗里曼今天早上为什么这么生气。杰森·费利蒂是主席，彼得·费利蒂是副主席，而理查德·亚伯勒是秘书。我非常吃惊。我不知道杰森是谁，但是我在迈克尔和奥尔提供门票的音乐会上见到过彼得。他是迪克的岳父，也是联合运输的主席。

我大笑出声，有点歇斯底里。是的，我认识能为我给让法斯施加压力的董事中的一位。天哪，难怪弗里曼认为我想把他拉进我和迪克的私人战争！虽然还是不能为他的粗鲁无礼找借口，但是至少我能理解他的想法。

我马马虎虎地扫过剩余的文件。现在过了四点，而我的眼睛很难集中在微微发亮的绿色字母上。我希望我知道怎么打印文件，但是我太累了，没法弄明白更多的电脑诡计。我不想被早到的人发现我在做什么。

如果卡弗保留钻石山的文书，他们会放在一个单独的分类文件夹里，而我也不知道怎样才能找到。这里显现出的概要数据表明钻石山被大量融资了。事实上，债务大约以一比二的比率超过了留存盈余。而公司和联合运输有关联，联合运输是它的大债主。这很轻松，钱都进了家里。

此外，钻石山和百利宫钢铁有关系。卡弗的文件没告诉我为什么，但是百利宫为钻石山的现金流动负责。百利宫钢铁，这么大的一家联合大企业会参与进钻石山这种小公司里，这毫无道理可言。我揉了几次眼睛，以确保我没看错。

百利宫是几家十五年前见证美国钢铁工业建立的公司之一。它们重组过，因此它们能在资金周转很紧张的情况下生产相对小型的各种特殊等级的钢材。它们大规模地进入了塑料市场。而它们也是在里根防御体系期间仅有的几家像强盗一样勉强糊口的伊利诺伊州的公司之一。

《华尔街日报》大概在一个月前给他们做过专题报道。这就是我脑子里这些细节还很清晰的原因。我能明白百利宫拥有钻石山——后者制造的小发动机刚好适用于他们的防御运作。可是百利宫给一家小公司提供一连串的现金？我摇摇头，但是时间过得飞快。我明天再思考这个问题吧。

我在卡弗的办公桌里翻找出一个法律便签本。我撕下一张纸，这样我的笔迹就不会在下面留下能泄露秘密的凹痕，然后草草记下重点。现在我不能再做其他事了。不管怎么样，我渴望睡觉。

幸运的是键盘给我提供了退出的选择。我退出了，更多是因为幸运而不是技术。我发现自己回到了黑色的屏幕和闪动的光标前。我仔细地四处看了看两个房间，确定我没留下什么痕迹。

下楼时，我感到一丝微弱的良心不安。乔纳斯·卡弗对我做过什么，我要入侵他的办公室？如果他到我的地方翻找我的文件，我会打断他的膝盖骨。他对我有同样的权力。

加布里埃拉肯定不赞同。她严厉的表情伴随着我入梦，告诉我，我是个坏女孩。

第二十七章 在晚饭时间到街上去

睡觉前,以防万一,我在孔特雷拉斯先生的门下塞了一张条子。我不想他在刚破晓的时候就热切地按我的门铃,把我吵醒。我拔掉了电话。因此,我睡了将近六个小时,足以让我继续行动,尽管没有十足的热情。

我好几天没去跑步了,非常需要运动。这更多地是为了我的脑力健康,而不是身体健康。我背上的那一小块不再疼了,但是我做热身运动的时候感觉身体僵硬。我得在那些打了洛蒂又试图找我的家伙身上冒险。

我把枪留在家里。在汗衫下面带着个腋下手枪套跑步太困难了,枪会很不舒服地戳进胸部。我沿着小巷跑,而不是更舒服地走大路,然后我回到了家。洗了个澡,吃了顿迟来的早餐——水果、酸奶和烤过的奶酪三明治——简直都能算作是午餐了,我努力想接下来要做什么。

我得和让法斯谈谈洛蒂遇到的袭击。警察宣称他们会调查,而他干净得像是手洗过的钞票,但是我想亲自听他说。我还需要去一趟公共图书馆,在电脑上搜索杰森·费利蒂。我猜他是迪克岳父的兄弟或者是叔叔,但我想得到更多的信息。我在想湖景银行有没有人可以和我谈谈弗里泽尔太太。也许没有,但值得一试。

我看看我的手表,所有那些事都得往后排。我要做的第一件事是看看百利宫钢铁有没有人能和我说上话。

决定穿什么衣服很困难。我需要在和百利宫的经理们会谈时看起来很专业。我想变酷,我还需要带上我的枪,如果有必要的话,我还要能奔跑。最后,我决定穿上牛仔裤和一件犬牙花纹的丝质外套。在加利福利亚这一身看起来很专业。那就应该准备充分了。

在离开之前,我找出我的地址簿,拨打弗里曼·卡特家里的电话。我很开心他在家,他可以很轻松地在乡下度过周末。

"维·艾·华沙斯基,弗里曼,我希望我没有打扰你的午饭。"

"我正要出门,维克。你能等等吗?"

"不行,不能,但我会简短点儿。到今天早上四点之前,我都不知道迪克和他的岳父与钻石山公司有关。我想你欠我一个道歉。"

"今天早上四点?"弗里曼捡起我的评价中最微不足道的一部分,"早上四点你在干什么?"

"费了很大的劲找出你可以告诉我而不必让我流一滴汗的答案。你认为我把你拉进我和迪克的战争中?这种事,先问一下比较有礼貌。"

"费了很大的劲,嗯?好吧,我从没有想过这个会害你为了生存而努力。"

"但你认为我在试图把你绑进我和迪克的僵局吗?"我坚持问道。

"这个想法曾经滑过我的脑海。"停顿过后,弗里曼说道,"而且不容易离开。你对钻石山感兴趣,这是个令人难以置信的巧合。"

"哦,我不知道。克劳福德-米德肯定和芝加哥附近的很多中型企业有关系。那些也如同我工作的公司。我们只是……在利益方面有所重合。就是这样。"这个说法来自一门古老的政治史课程,完全取悦了我,而弗里曼什么也没说,显然没我这么开心。

漫长的沉默之后,我艰难地推进谈话:"你瞧,我在思考。我是说，思考你和克劳福德－米德。我没法不去怀疑他们是不是在德雷克塞尔的光荣时代就开始收购兼并了。我记得在音乐会上，你说过公司在做你不喜欢的生意。我不认为如果他们在做彻底不道德的事情，你会继续留在董事会里，比如为洗黑钱做掩护。但是兼并——很多公司都发现他们这么干的时候，开始摇摆不定，所以似乎这就是你脑子里想的事。既然彼得·费利蒂是迪克的岳父，也许你认为处理那个特别的转账有利益上的冲突。"

弗里曼发出一声尖锐的大叫，有可能是一声大笑。"到现在我应该更清楚地了解到，不再在你面前说任何话，以免日后会被你用在法庭上。你自己想出了这么一套说法，还是你已经跟别人说了？"

"我正在想。你知道，我就是靠这个吃饭。我的很多工作就是找出人们为什么这么做。钻石山有巨大的债务负担——这听起来像是垃圾融资。迪克的名字在董事会里，似乎他在负责那个生意。你很生气，这似乎说明你知道这件事，并且觉得我离核心太近了。"

"好吧，我还是不打算和你讨论公司的业务，维克。你可能是正确的，或者你也可能是在幻想。我所能告诉你的只有这些，但是该死的我可以肯定我希望你能办钻石山以外的案子。现在我得走了。我要失约了。"

"还有一件事。"在他挂上电话之前我飞快地说道，"我真的需要人能让钻石山的工厂经理和我谈谈。两个星期以来，他都拒绝和我谈话。所以我才想要董事会的名单。我认为我可能会认识其中一个。"

"你认识——维克，你认识理查德·亚伯勒。我一直告诉你，你对迪克的评价是错误的。如果你自己以一种友好的方式去找他，他也许会回应你。"说完他就挂了电话。

弗里曼会为冤枉我而感到惊愕，但他帮我见到让法斯的机会微乎其微。那会要求他假装自己还在克劳福德－米德，而他太过正直，不会耍那种诡计。

"此外，艰难的工作塑造人的性格。"我大声说道。

在外出工作之前，我打电话给洛蒂。她还在马克斯家，但她认为她已经好转到足以早上去诊所工作半天了。我问她有没有和警察谈过。

"是的，罗林斯警长昨天下午开车来过这里。他们什么也不知道，但他似乎认为你妨碍了他们的调查。我想他是这么说的。维克……"她停顿了一下，寻找字眼，"如果你有什么事瞒着警察，请你告诉他们。除非打我的男人被抓起来，我不可能做到每五秒钟不朝左右看看就能正常开车。"

我肩膀垮了下来。"我告诉警察有人威胁要跟踪我，但是他们认为那个人与此无关。我不知道我还能做什么，除了试着继续进行我自己的调查。"

"你一直都是这么说的。我看着你工作已经好几年了，而我知道你经常保留重点，也许，或是其他能让他们做出和你一样的判断的小事。"

她的声音缺乏往日清脆的活力，比她的话语更低沉抑郁。我试图回想我和康纳德·罗林斯以及泰利·芬奇利的谈话。我没有告诉他们有个人冒充米切·克吕格尔的儿子从波尔特太太那里拿走了他的文件。也许我应该告诉他们。洛蒂突然因为恐惧而变老了。我无法忍受这种想法，特别是这种恐惧还是因我而起。

我沉默太久，她便尖锐地说道："你真的有没说的事，是吗？"

"我不知道有没有。对我来说没什么关联，但是在我出门之前，我会打电话给芬奇利侦探，告诉他。"

"去做，维克。"她说，声音颤抖，"假装我很要紧，装作我不是你那不按计划进行的游戏里的一小部分。"

"洛蒂！这不公平——"我刚开始说，但是她在我听见她的哭声之前挂掉了电话。

我真的缺乏感情吗？我爱洛蒂。比我任何能想到的活着的人都爱。我把她当作小棋子吗？我没有游戏计划，这是另一个困难。我漫无目的地从这个行动走到另一个行动，不知道前进的方向是什么。虽然如此，昨晚闯入卡弗办公室之后我有种强烈的厌恶感，现在那种感觉又回来了。自我厌恶在我的胃里扭成一团。

我突然感到一股灭顶的冲动。我想回到床上睡觉。我的眼皮像灌了铅似的沉重，我几乎没法睁开眼睛。我朝后仰倒在沙发里，让抑郁的潮水冲刷着我。过了一阵，我并没有感觉好一点，但是我知道我得行动了。我打电话到一区找芬奇利。他不在办公室。我留下我的名字和号码，让他晚上给我电话。至少没有人在我说到一半的时候挂电话。这比我前两个电话有了显著的改善。

我闷闷不乐地挪下楼梯。在我上街之前，我敲了敲孔特雷拉斯先生的房门。如果我甚至能在出发之前接受他煮过头的咖啡，这就是我孤注一掷时的征兆。今天下午这个老头几乎有两个人的能量，甚至是四个人。他一大早就在起草我们的广告，还打电话去亚利桑那问到他们最大的日报的名字和价格。他急于向我展示他的手工。我试图振作起来表达我应有的热情，但他立刻注意到我没他这么有精神。

"你在烦什么呢，宝贝？昨天晚上不开心？"

我发出不自然的大笑。"哦，我只是觉得我让洛蒂过了段苦日子，而没法帮助她。"

孔特雷拉斯先生用一只粗糙的手掌拍拍我的膝盖。"你帮助别人的方式和大多数人不同，维克。因为你没有围着花和一桶汤转并不意味着你没有在帮她。"

"是的,但是她觉得我应该和警察多合作,而她是对的。"我喃喃说道。

"是的,和他们合作。"老人嘲笑道,"百分之九十的时间他们不会听你说话。你和那个黑人侦探说话的时候我在场。他叫什么,芬奇利,我看得出他是怎么听你说话的。警察认为米切撞到了头,掉进运河里。米切了解水岸的每一寸土地!他们肯定没有注意过在那些被人雇用的暴徒袭击你的车、打伤医生之前,你被人跟踪了一个星期。我看不出你为什么要责备自己,一分钟也不必,宝贝。你只要重新振作起来,去找上帝让你擅长做的事吧。"

他再度拍拍我的膝盖,以示强调。我拍拍他的手,谢谢他这番鼓舞士气的话。奇怪的是,我真的感觉好多了。我在广告的复印件上匆匆写了几笔改动之处,但没有改变信息的要点。我赞同邻居的看法。我们应该让小米切联系他,而不是我。万一他和他父亲的死有关——如果是这样的话,他也许从钻石山的某人那里听过我的名字。

"你还想做其他的事吗?"我问道,站起身准备走,"和街上的其他人谈谈,比如赫尔斯特伦太太,或是特茨太太。看看你能不能发现克里西·皮奇靠什么赚钱。"

孔特雷拉斯先生热情地表示赞同,为我最终把他当作羽翼已丰的搭档而激动不已。他送我出门,热切地和我说话,直到我听不到他的声音。

我和洛蒂的谈话让我对可能会跟踪我的人感到心神不安。他们可能会纠缠她。我在想我们是不是都弄错了。也许她是被病人的家属袭击。他们认为她误诊了病人。我得和罗林斯谈谈,看看他有没有查出这种可能性。我肯定不会跟洛蒂提起这个,除非我想让特兰斯艾姆的另一边也瘪下去。

走到街尾的时候,我改变了主意。我离开我家那幢房子的时候,有两个人坐在一辆新型的斯巴鲁里。其中一个人从车里爬下来,跟着我上了街。我左右看看,那辆斯巴鲁从路边离开,跟在我们身后闲晃。我从拉辛继续走到贝尔蒙特,我的朋友还和我在一起。斯巴鲁紧紧跟在半条街后。我考虑坐火车去城里,然后从卢普区折回来,但是似乎又不必这样费事。我走进贝尔蒙特快餐店。

这时已经过了午饭时间。这地方几乎空无一人。女侍应生正在抽烟看报纸放松,以他们对待常客的态度问候我。"火腿莴笋番茄三明治加薯条,维克?塔米刚刚从油锅里炸出一锅。"说话的这位是芭芭拉。她一直招呼我,而且知道我的嗜好。

"我今天要带走吃。有两个家伙对我有点兴趣。我能从你们的后门离开吗?"我左右看看,看见我的跟踪者开门进来,"事实上,他们中有一个现在进来了。"

"没问题,维克。"

芭芭拉催促我朝后面走去。那两个人开始跟着我,这时海伦在他面前掉了一罐冰茶。在芭芭拉打开后门把我推进小巷时,我还听见她说:"哦,宝贝,我很抱歉……不,不,别动。我马上就把你这漂亮的裤子上的茶擦干净……"

"非常感谢。"我感激地说道,"我会永远记得你们。"

"快走,华沙斯基。"芭芭拉说道,潇洒地在我肩胛骨之间推了推,"省下你的马屁吧。我们都知道你没有遗产可以留给我们。"

第二十八章 德行的典范[1]？

我竭尽全力穿过小巷子跑到神学院，然后在拉辛路上兜了一英里的圈子，从西边到因帕拉那里。我在驾驶座上放松下来，我大口喘气，右肋骨下突然感到一阵剧痛。当我沿着巴里路往西开到河边路的尽头时，我的腿一直在踏板上颤抖。那之后，我从边巷里蜿蜒朝肯尼迪路开去。

芭芭拉和她的朋友显然让袭击我的人脱离轨道。在想到下一步要做什么事之前，我只是开车闲逛，平复呼吸。我需要去图书馆搜索杰森·费利蒂。在我昨晚的搜查中，他的名字作为钻石山的拥有者出现。我还想要会见把现金流进钻石山的人们，就是百利宫钢材的管理层。我轻弹起一个金属硬币——结果是我可以在星期六去图书馆。我转向北方，开上高速。

百利宫过去曾在市中心有他们自己的摩天大楼，但是十五年前他们缩减成本的时候卖掉了。他们现在的总部在林肯伍德一座中型塔楼群里占据了五层。综合大楼的室外停车场停满了车，所以我只能在第一座建筑入口的一条街外停下车。

我站在停车场的边缘，从这里可以看见阿兰·多尔夫曼咽下最后

---

[1] 此处的"典范"一词，和"百利宫"在英文中是同一个词（Paragon）。百利宫取其音译，典范是意译。此处是双关语。

一口气的紫色凯悦大楼。我锁上因帕拉的门,想到那个司机一点头就能炸死匪徒的枪手。这提醒了我自身的弱点。为了再次确定,我摸摸自己的枪,然后昂首阔步地走进大厅。

没有保安或是接待员在此引导。我四处转转,想找一个标识牌。显然我是从后门进来了。我穿过几个走廊才找到指引目录。它向我指出下一条线上的大楼。百利宫拥有那座大楼的四楼到八楼。

整个综合大楼奇怪地没有人,好像停车场里的那些车把他们的主人倾倒进外太空了。大厅里没人从我身边经过,而我独自一人在电梯外等着。当我到达四楼时,我面对着一面浅绿色的墙,上面有一个小标志指引我去接待处。我猜在百利宫资金短缺的时候,他们决定不在大号字母上浪费金钱。

这个地方空无一人,我开始怀疑接待处是不是会有一个闪着光标的电脑屏幕向我问好。当我看到一个真人的时候,我大为欣慰。那个女人和我差不多大,有一头及肩的卷发,穿了一条棕色的、像烤过的土豆皮似的裙子。裙子松松垮垮,因为穿了多年而褪色。我开始对我的蓝色牛仔裤更有自信。

我露出微笑,旨在传达我的共鸣和自信,然后告诉她我要找主管,她亲切地拨了个号码,然后把手掌放在嘴边。

"我能问一下是谁找他吗?"

"我叫维·艾·华沙斯基。"我递给她一张名片,"我是个经济调查员。"

她转达了信息,把我的名字念错了一点。接待员们经常如此。然后她回复我说:"他们不雇人。"

"我也不是来找工作的。我直接和主管解释会简单一点,而不是通过你告诉她的秘书。"

"是他。洛林先生。你要和他说什么？"

我掰手指数着。"六个词。钻石山发动机公司和负债融资。"

她把我的话重复了两遍。当我点点头，她又对电话说了一遍。这次她似乎要等。她回答了打进来的电话，把它们转接到别处，然后检查她自己闪个不停的电话指示灯，又开始等。五分钟之后，她告诉我可以坐下等，苏吉会下来找我。

等待延长到二十分钟。苏吉出现了。她是个瘦高女人，穿着强调她臀部和骨盆骨瘦如柴的紧身裙。她苍白的脸上坑坑洼洼的，是粉刺留下的伤疤。但是当她让我跟她走的时候，声音低沉而甜美。

"你说你叫什么？"当我们走进电梯里，她问道，"莎琳在电话里说得不清楚。"

"华沙斯基。"我又说了一遍，递给她一张名片。

她严肃地研究着那个小小的长方形卡片，直到门在八楼打开。我们一走出电梯，我就发现我找到了百利宫员工的秘密藏身处。这个地方是斗室的迷宫，每间小屋子都有两三台电脑工作台以及照顾他们的员工。当我们走到八楼的尽头，斗室让位给了办公室，里面也装满了电脑和它们的照顾者。

我们最终来到一小块开放区域。苏吉的办公桌立在一个开放的角落。标签上写着本·洛林的窝，但是他不在家。苏吉领我到一张泡沫椅子上，然后敲了敲隔壁的门。她把头绕过侧柱，探进门去说话。我听不到她在说什么。她消失了一小会儿，然后返回送我进去。

会议室里全是男人，大多数穿着衬衫，所有人都面带着怀疑和轻视地看着我。没人说话，但是其中两三个人都朝我左手第二个人投去目光。那是个身材魁梧、有着一头浓密灰发的男人，五十多岁。

"洛林先生？"我向他伸出一只手，"我是维·艾·华沙斯基。"

他无视我的手。"你为谁工作,华沙斯基?"

我不请自来地坐在椭圆形会议桌离我最近的这边。"萨尔瓦托雷·孔特雷拉斯。"

这次他们七个人都在交换视线。当然,正常来说我会为客户的身份保守秘密,但是我想观察他们都试图找出孔特雷拉斯先生所代表的巨大金融收益的样子。也许他们还认为他和黑手党有关。

"那么他为什么关心钻石山?"最后洛林问道。

"这样如何,洛林先生。你告诉我百利宫和钻石山的关系,我告诉你我的客户是干什么的。"

这话一出,房间里就传出一片噪声。我听见洛林右边的人低语:"我告诉过你这是浪费时间,本。她只是来查我们的。"

洛林把头摇得像是投出一记坏球。"我不能告诉你,除非我知道你代表谁。这里有大量的资料濒于险境。如果你为——唔——某个人工作,那么你就已经都知道了,而我们的法律人员也会提交文件,解决你这个看起来似乎很幼稚的间谍尝试。而如果你的客户——孔特雷拉斯,你是这么说的吗?——居心叵测,那么我不会给你爆炸性消息作为礼物。"

"我明白了。"我一边想着,一边研究着我的指甲盖,"那我问你另外一个问题。两个问题。这个房间里有多少人知道百利宫在给钻石山提供资金?而你们中有多少人知道这是为什么?"

这次噪音变成了咆哮。洛林让大家吵了一分钟,然后重新把会议纳入控制之中。

"你们有谁知道钻石山吗,还是知道提供资金的事?"他的声音里微带嘲讽。

房间里的人回应了他的声音。人们挤出大笑以表达否定,拿拳头猛击彼此的胳膊，悄悄向我投来神秘的目光，看这场秀如何收场。

我等着他们享受完。"好了，你们向我证实你们太过天真，不足以管理多国企业。尽管如此，我确实觉得很好奇，你们同意见我就只是因为我提到了钻石山和负债融资的关联。而且不只是你，洛林——所有这些人一起保护你这个傻瓜。"

"我同意见你是因为我以为你要为我们提出生意提案，而不是指控。"

"真的呀！"现在轮到我淡淡地讽刺了，"这就是《华尔街日报》几个星期之前八卦你们的原因了，因为每次有陌生人走进你们公司的大门，没有介绍信，也没有提前给材料，你都会为此打断你的工作，就是希望可能会有一个生意上的提案。"

洛林右边的男人开始说话，但是主管朝他挥挥手让他安静。"你想要什么，华沙斯基？"

"我们一个下午都可以跳这个探戈。我需要信息。你们的和钻石山的。"

"我想我们说得很清楚，我们没有任何事情可以告诉你。"洛林右边的男人无视了主管"安静"的手势。

"说吧，伙计。我知道你们给钻石山提供资金。我看见了他们的现金结算单。"

"那么你看见的东西与我无关。我无法发表评论。"洛林说道。

"那我可以和哪一位与之有关的人谈谈呢？你们的首席执行总监还是首席运营官？"

"他们都不会告诉你任何事。而且他们不会像我这样允许你和他们会面。"

"那我要去和联邦政府谈这个吗？"

会议桌周围再次发出嗡嗡的响声。我右边的男人是个有着一头浓密白发的瘦子。他一巴掌拍在桌子上。"本，我们要核实她的诚意。而且要弄清楚她真正想要什么。"

我赞同地朝他点点头。"好主意。你打个电话给大陆湖岸的达罗·格里厄姆，很容易就能知道我是谁。他是那里的主席。我为他做过很多工作。"

洛林和刚刚说话的那个男人交换了一个意味深长的眼神，然后洛林微微摇摇头。"我会这么做的，华沙斯基。如果我去做了，我会再找你。但你还是要把你为什么问这些问题的原因卖给我。"

"我觉得我是想知道你们在钻石山的决策上有多少决定权。因为如果你们和他们内部的工作有利益关系——好吧，那么我就有很多问题想问。"

洛林摇摇头。"你不是在卖给我东西。你在反销售。而正如你迅速指出的那样，我们很忙，我们得继续工作了。"

我站起来。"那么我就要继续挖掘了。而我永远不会预先保证我的铁锹会不会装上一堆正在腐烂的混合肥料。"

没人再对我说话，但是在我离开房间之后，里面响起了一阵咆哮声。我想把耳朵贴在侧柱上，但是苏吉从她的办公桌后看着我。我走向她。

"谢谢你的帮助……你的声音很美。你唱歌吗？"

"我只参加教堂的唱诗班。我有这个——"她指指她脸上的粉刺疤痕，不开心地红了脸——"没人想听我在台上唱歌。"

她办公桌后的房间发出很响的嗡嗡声。本·洛林让她进会议室。我在想我能不能趁她不在的时候看看她的文件柜，但是如果她突然出来，抓个现行，我就没法解释了。此外，现在快三点了。我正好有时间去市中心,在图书馆关门之前检索杰森·费利蒂。

经过二十年的讨价还价,芝加哥正在建一个新的公共图书馆。还在建设中的纪念图书馆以哈罗德·华盛顿来命名,很不幸地拥有维多利亚式陵寝的外观。在它对市民开放之前,它收集的书籍都放在一些偏远地带。他们最近从密歇根大道旁边的一个营房搬到卢普区西部边缘更加偏远的垃圾场去了。

不幸的是,那个角落也是城市最火的新画廊和零售区域。我得到地下街道去找没被人占用的计时器。即便我很自信甩掉了尾巴,我还是觉得火车道和送料台的迷宫让我心神不宁。别人可以在这里冲向我,而没有人会注意到。这些可怕的想象让我的脚踝因为紧张而刺痛起来。我迎着日光跑到肯齐路上,双腿移动的速度比我想得要快。

我和图书馆的电脑专家在一起待了一个小时,增强了我买台自己的电脑的愿望。不是说那个专家帮不到我——她帮了大忙,但是电话线那端的信息量太过巨大,而我的需求如此之强,光靠图书馆开放的几个小时毫无意义。

我拿着一捆打印件到期刊室一张拥挤的桌子前。在这个建筑里,这是少有的几个能真正坐下来阅读的地方。我临时的同桌是一个小个子的灰衣男人,嘴上留着薄薄的小胡子。他正在仔细阅读《科学美国》,而且一直在低声地发表评价。我听不清他是在回应某一篇文章,还是泛泛地评价生活。我的另一边是个高一些的男人。他正在读《明星先驱报》,一次只读一个词。他嘴唇嚅动的时候,手指也在句子下面不断移动。我希望新图书馆的休息室里能淋浴。那会是很大的帮助,即便不能帮到我的同桌,至少也能帮到任何一个将来坐在他身边的人。

我尽我所能抹去那股气味,开始阅读钻石山发动机公司的拥有者杰森·费利蒂的资料。他是彼得的弟弟,比彼得小三岁。他出生于一九三一年，在西北大学念商科，后来涉足政治和企业。一份剪报上提到彼得也是念的西北大学的工程专业。杰森一直都没有结婚，住在内珀维尔的老家。而彼得在一九六八年带着妻子和两个女儿搬到了橡树河。那一年对全世界来说都是不祥的一年。为什么对迪克的岳父来说不是呢？

联合运输是家族生意，一八八八年由蒂耶波洛·费利蒂建立。开始的时候运作很简单，只有一个把垃圾运走的手推车。一九一八年流感蔓延时，蒂耶波洛去世。那时联合运输已经成为这个地区最大的运输公司之一。

第一次世界大战大大帮助了他们的铁路运输线。在三十年代，他们预见了未来的发展趋势应是长途卡车运输。他们是最早建立车队的运输公司之一。二战以来，他们的多样化业务进入了煤矿和熔炼产业。一开始取得了巨大成功，之后就变成了与成功同等的巨大灾难。

一九七五年彼得的父亲去世，他卖掉了亏本的煤矿公司，将生意尝试着和它最初的使命靠拢——运输。一九八五年彼得买下了一家刚刚起步的全天候传送服务。这个业务似乎做得还不错。联合运输仍旧是一个由家族牢牢控制的公司，所以关于它的信息都很粗略。

父亲去世的时候，杰森继承了在联合运输中的股份，但是掌管公司的是彼得。事实上，杰森还只是董事会成员之一时，彼得就已经在管理委员会的位子上干了多年。我在想是不是杰森一早就被贴上了"能力不足"的标签，或者家族是不是严格规定只有长子可以管理公司。在这种情况下，既然杰森没有孩子，而彼得只有女儿，彼得去世的时候，会发生什么事呢？迪克是那个耀眼的骑士，还是说其他的女婿要为了战利品和他争斗？

多年来杰森的主要精力放在了杜佩奇县的政治活动上。他曾经是水利专员，做过深沟工程，最后在县委员会干了十二年。在最近的一次选举中，他决定不再寻求第四个任期。

根据《明星先驱报》都市版一个只有几行字的讲话来看，杰森宣称他要把自己全部投入到商业中去。雷·吉布森认为杰森担心他的政治对手会挖出什么故事来，还担心他作为县政府专员的身份和他在美国大都市银行和信贷公司的职位有冲突。但是吉布森总是把伊利诺伊选出来的官员们想得很糟——这并不是说他们总是让他失望。

去年杰森获得了钻石山。这个故事不值得在商业书里写多于一个段落。尽管《太阳时报》暗示彼得也许通过联合运输提供一些支持，但粗略的新闻报道里没有什么其财政状况的消息。似乎没人知道联合运输有多少可用的现金，也没人知道他们是否在煤矿生意的惨败中背上了沉重的债务。我一直以来都以为迪克通过婚姻成为一个巨大的商业帝国家族的一员，但似乎并不是这样。

"美国大都市。"我大声说道，忘了自己在图书馆里。

小个子的灰衣男人被我吓了一跳，杂志从他手中掉了下来。他瞪了我一眼，自己嘀咕两句，接着快跑到远处的桌子，那本《科学美国》还留在地板上，我捡起来放在桌子上，以一种让人放心的方式拍了拍。他拿起一份报纸，从报纸的边缘望着我。当他意识到我在看他的时候，他举起报纸遮住脸。他把报纸拿反了。

我把剪报折成整齐的正方形，塞进我的肩袋里离开。我没法忍住不去回头看看那个人有没有回到他的杂志那边，但他还是藏在《太阳日报》后面。我希望我对迪克也有这么大的影响力，或是对监视我家的暴徒们也能有这种威慑力。

我慢跑回肯齐路，上了因帕拉的时候，已经过了五点。这时候再去拦截让法斯已经太迟了。我坐在汽车里，按摩着我背部那一小块地方。我在查资料的时候,那个地方痉挛了。杰森·费利蒂是美国大都市银行的董事之一,而且可能来负责杜佩奇县的基金。三年之后的现在,弗里泽尔太太关掉了湖景银行的账户,在美国大都市开了一个户头。

"你只是想让他们之间有个联系。"我厉声对仪表盘说道,"但是杰森·费利蒂和托德·皮奇之间的联系太薄弱了。"尽管这种联系要通过理查德·亚伯勒。也许弗里曼是对的,我对迪克心怀怨恨。他非常成功,而我还挣扎着力求收支平衡。或者是因为他喜欢了一个比我更年轻更漂亮的女人?

我不认为我介意苔莉。和我相比,她是那么适合迪克的野心和弱点并存。但也许我确实怨恨不已,因为我曾经是一个很有前途的研究生,我是班上的第三名,手里有一打工作录用通知,而现在我却没法负担一双新跑鞋。我做出了自己的选择,但是一个人的憎恨很少出于理性。无论如何,我不想就迪克做的生意冒险和他开启一场私斗,就为了证明弗里曼是正确的。

我得出这个充满道义的结论,发动了汽车,加入到离开卢普区的拥挤交通状况中。直到我发现自己在斯蒂文森路的出口朝西行驶时,我才弄明白我要去哪里:内珀维尔,费利蒂的老家。

第二十九章 和无所事事的富人喝酒

内珀维尔在距卢普区西边三十英里的地方，是芝加哥发展最快的郊区之一。这里环绕着上流社会占地面积很大的房子和相当大的空地。这里是芝加哥中层经理们的家，也是令人抑郁的大量混凝土建筑的家。强大的收费公路建成之后，就在西南郊区形成纵横交错的网，吃掉了耕地，留下了陡峭且缺口参差不齐的关隘。

在混凝土支柱和没有尽头的一连串购物广场里面，这个小镇的其他地方则是快餐店和汽车交易场所。一百年前，这里是安静的农场社区，和芝加哥没有多少联系，位于城市和密西西比河之间进行货运的一条河流上游。很多不是因为土地就是因为水运而富有的人们在这里给自己盖了结实的维多利亚式的房子。其中一幢就属于蒂耶波洛·费利蒂。

我在图书馆停下来打听，很容易就在麦迪逊街上找到了那幢房子。蒂耶波洛是内珀维尔杰出的创建者之一，他的家是当地的地标。那是一幢浅暗蓝色的建筑，门前有一个小匾额诠释它的历史价值。此外没有什么显著的特征。小小的前门廊有一个条凳秋千，但是房子没有装饰那些让维多利亚式房屋变得有趣的空格很大的玻璃或是彩色玻璃。前门本身是一块厚厚的未经装饰的木板，漆成了白色来搭配其他的装饰风格。

这所房子伫立在内陆小镇很典型的一小块空地上。我能明白彼得为什么搬到橡树河。那里能为积累财富提供更大的余地。如果苔莉的爸爸还留在这个不炫耀招摇的地方，迪克还会爱上她吗？

"但是，如果没有苔莉，也会有某个很像她的人。"我大声抱怨，走去按门铃。

"你说了什么吗？"

这个声音让我小小地跳了起来。我没听到有人跟在我后面走路。他那张营养充足、仔细刮干净的脸看起来是芝加哥政治家的化身。我不知为何总是把他想成是民主派的感觉，但是意识到那是因为我缺乏乡村生活经验。

"费利蒂先生？"我露出一个我希望是令人愉悦的微笑。

"正是本人。度过漫长又艰难的一天之后，发现你站在我门前的台阶上，是个令人开心的惊喜。"他看看表，"等很久了吗？"

"没有。我想和你谈谈。"

"进来，进来告诉我你喝的是什么。我先去见妈妈，再来安排你。"

我没想到他会这么生机勃勃。这让我的工作变得更困难了，也更容易了。

他为我打开门。内珀维尔还没发展到他需要锁门的地步。我一阵羡慕，还带着一些愤怒。竟有人可以生活得这么幸福快乐，不需要在他和世界之间设两三个门闩。

杰森领着我走过一条很长而且没有放家具的走廊。墙上有褪了色的金色墙纸，显然从房子建成之后就没有换过。他领我去的那个房间是展露出这个家族金钱实力的第一个标志。这是一个书房，可以瞰视小小的后花园。抛光的木地板上有一块色彩鲜艳的红色波斯小地毯，还有一块浅金色丝绸毯子挂在墙上，小雕像点缀在书籍之间，看起来像是一个博物馆。

"好了,你不是那些只喝白酒的时髦女孩子,是吗?"

我的微笑有点僵硬。"不,我是个时髦的女人,我喝不掺水的威士忌。如果你有的话,请给我强尼·沃克黑牌。"

他大笑起来,好像我说了什么很讨人喜欢的话。他从丝质挂毯下面的一个柜子里拿出一个瓶子。"黑牌。好了,你请便。我去看看妈妈。"

"她病了吗,费利蒂先生?"

"哦,她几年前中风了,不能走路。但是她的头脑还很清楚。哦,是的,就像大头钉一样锐利。还能跟彼得和我说一两件事,我说的是真的。而且教会的女士们很好,常常过来,所以不要认为她会寂寞。"

他又大笑起来,返回走廊。我悠闲地研究那些雕像来取悦自己。有一些微型的青铜雕塑看起来像是可以追溯到文艺复兴时代,肌肉雕刻得很完美。其他的雕塑都是非常棒的现代作品。我在想如果我有几百万美元可以撒的话,我会做什么投资。

杰森离开五分钟之后,我忽然想到,我也许能在这个房间里找到让法斯的房间号码。这个很大的皮桌有诱人的一排抽屉。杰森回来的时候,我刚打开中间那个。我假装在研究微型地球仪。这个模型错综复杂,上方雕刻着猩猩,而奇特的海怪从海面上露出头来。

"皮耶罗·达勒桑德罗。"杰森开心地说道,向吧台走去,"这个老人疯狂地热爱任何意大利文艺复兴时期的东西。他是在新世界完成了这个作品,而他对旧世界来说是个很有价值的继承者。我觉得那听起来不错,你说呢?"

我麻木地点点头。

"那为什么不把它写下来?"他给自己倒了一杯马蒂尼,很快喝完，又给自己倒了一杯。

"这句话很容易记住。我想我能背下来。"我怀疑他见到陌生人时那开心的样子是不是精神病或是酗酒的征兆。

"我打赌好记性来自烂笔头。如果你不把每样东西写三遍，就会在五分钟之后忘掉。来，拿张板凳坐下来，告诉我你想知道什么。"

我被逗乐了，在他指给我的绿色皮革扶手椅上坐下来。"是关于钻石山发动机公司的事，费利蒂先生。或者说得更具体点，是米尔顿·让法斯。我两周以来努力想见到他，但是他不打算和我交谈。"

"让法斯？"他浅蓝色的眼睛似乎微微睁大，"你想谈谈让法斯？我还以为你要谈我的事。还是说你想让我谈谈公司的收益？我不能那么做，因为是家族生意，而我们不会和公众讨论我们的生意。当然，我们有公债，但是你不会和银行家说起那些。我并不想让一个像你这样漂亮的女孩儿失望。"

所以他没发疯。他以为我是个记者。他说出最后一句话的时候，我打算要让他醒悟。我和旁人一样爱慕虚荣，但是我比较喜欢在适合的场合里对我容貌的恭维，而且要说得更机智一些才好。

"我很愿意尽我所能了解你的方方面面。"我低声说道，"而钻石山是你第一个私人商业冒险。你可以和我说说这个而不会违反家族拒绝做证的规矩，对吧？"

他再度大笑起来，声如洪钟。我开始明白为什么没人嫁给他了。

"好姑娘！你说意大利语吗？还是说你从特殊场合里学来的？"

"我母亲是意大利人。所以我的意大利语很流利，至少有青少年的词汇量。"

"我从来没学过。当我们还是孩子的时候，我的祖母和我们说意大利语，但是她去世之后我们就忘记了。当然，爸爸没有娶意大利人——费利蒂奶奶发了疯,你知道那个年代人们是什么样子,总而言之,妈妈拒绝学习那个语言,以此怨恨老太太。"

他又大笑起来,我不由自主地畏缩了下。

"是什么让你买下钻石山,费利蒂先生?"

"哦,你知道这些事是怎么弄的。"他含糊地说道,看着他的玻璃杯,"我想拥有自己的生意,你们这一代会说成做自己的事情。"

我让自己从那快乐的洪亮声音中振作起来,但他这次收住了声。我并不真的关心他为什么买下这家公司——我在寻找方法扯到让法斯身上,而对放出的诱饵没有多少想法。

"你很幸运,能让百利宫钢铁公司对你的公司有兴趣。"我最后主动说道。他从杯子的边缘研究我的脸。"百利宫钢铁?我猜他们是我们的债主之一。不会有很多人知道这个。你肯定做过功课了,年轻的女士。"

我露齿一笑。"当我终于谈到……呃……主题的时候,我喜欢充分了解背景知识,来让事情更有趣一些。"

他的大笑又来了,但是这次有点勉强。"我崇拜彻底性。但是那个老人一直告诉我说我不具备这点。所以我得忏悔,我把生意上的细节工作都交给别人去做。"

"这是不是在说你没有和百利宫接触过?"我让笑容紧贴在脸上。

"我想是的。我以为这次会谈是关于个人的事,我已经准备好谈那些事了。"他夸张地看看手表。

"好的。如果我们要谈人,而不是谈金钱,那么谈谈上个星期在钻石山公司附近被杀死的那个人如何?没有比死亡更个人的事了,不是吗?"

"什么?"他一直朝后仰着头,为了喝光杯子里的最后几滴酒。他的手晃动了，杜松子酒溅到了衬衫前襟上。"没人告诉我那里有人死了。你在说什么呢？"

"米切·克吕格尔，费利蒂先生。这名字让你想起什么来了吗？"

他挑衅地凝视着我。"我应该想起什么？"

"我不知道。你一直告诉我你没怎么参与那边的生意。但是那边的人事呢？既然那是你的特长，那么是你指使他们雇用调查的人吗？指使他们袭击医生？指使他们把一个老人像丢垃圾一样丢进运河吗？"我想我太累了，没法保持优雅。

"不管怎么说，你是谁？"他质问道，"该死的，你肯定不是《芝加哥生活》的。"

"袭击赫切尔医生是怎么回事？是让法斯组织的吗？你事先知道吗？"

"我从来没有听说过那个什么医生。越来越见鬼了，我肯定从来没有听说过你。你叫什么？"

"维·艾·华沙斯基。这让你想起什么吗？"

他的脸涨红了。"我还以为你是杂志的那个女孩子玛奇。她今天下午要过来。该死的，我很肯定我要是知道你是谁，绝不会让你进来。"

"你知道我是谁会有帮助的，费利蒂先生。因为那意味着让法斯和你说起过我。那也意味着你在干涉你的公司在做的事情。我只是想和让法斯谈谈——谈谈克吕格尔。既然你是董事，你可以非常容易地为我安排。"

"但是我不想为你这么做。该死的，滚出我家，在我报警强制你离开之前。"

至少他不再笑了，这让我感到欣慰。我喝完威士忌。

"我会走。"我说道，站起身来，"哦，还有最后一件事。关于美国大都市的事。你们提供了什么,会让一个老太太关掉她家附近银行的户头,转到大都市去?你们因为无利息账户而臭名昭著,但是你们肯定跟她说了什么。"

"你简直是疯了。我不会报警,我要让埃尔近的小伙子们穿着紧身衣来。我不知道美国大都市的任何事,我也不知道你为什么闯进我家跟我说这些。"

"你是董事,费利蒂先生。"我斥责道,"我很肯定哪些保险公司会愿意认为你知道银行在做的事。你知道,因为董事和高级官员的责任要求你知道。"

他脸上的红色减少到了正常水平。"你找错人了。谁都知道,我没有聪明到会去思考银行的市场营销计划。但是别在我家里跟我说这些。"

我不认为我留下来还能有任何进展。我把空的玻璃杯放在办公桌上。

"但是你知道我是谁。"我又说了一次,"而那意味着让法斯很在意,打电话告诉过你。那就意味着我的怀疑是正确的。米切·克吕格尔确实知道钻石山的某些事。至少我知道要把精力放在哪里了。谢谢你的威士忌,费利蒂先生。"

"我不知道你是谁。我以前从来没有听说过你的名字。"他已经没有后退的余地,再次朝我咆哮,"我只知道本来应该是一个叫玛奇的姑娘来我这里,而你的名字不是玛奇。"

"很不错的说法,费利蒂先生。但是你我都知道你在撒谎。"

我在他面前大摇大摆地走回走廊。这时门铃响了。一个小巧的年轻女人站在台阶上。她一头卷曲的黑发。

"《芝加哥生活》的玛奇?"我问道。

"是的。"她露齿笑道,"费利蒂先生在吗?我想他在等我。"

"就在我后面。"我在手包边上翻出一张名片,递给她,"我是个私人调查员。如果他说了什么有关钻石山的有趣的话,打电话给我。当心他的大笑——那能杀人。"

说出最后这句话,我果然感到情绪上的满足,但是这对调查毫无帮助。我在内珀维尔毫无目的地开车乱转,想在回芝加哥之前找到一个地方坐下来喝杯饮料。我没看见任何像咖啡馆的地方。最后我把车停在河岸边的公园,我经过带着小孩子的女人们、搂着脖子亲吻的年轻人和各种各样归心似箭的上班族。最后我找到一座有乡村特色的桥。桥上空无一人。

我从杜佩奇河上的木质扶手看过去,努力不带太多主观意愿去分析我和费利蒂的交谈。我相信我最后跟他说的话——他知道我是谁。让法斯和他联系过。那意味着我真得关注钻石山。

另一方面,我相信他说的关于美国大都市的事。问他市场营销的事是找错了人。他表述这点的方式让我明白我应该找他的哥哥彼得谈这个:你问谁都知道,我不够聪明。即使他的语调不是很苦涩,这也是一个经常被人认为愚蠢的人会说出的话。毕竟,彼得是家族企业所信任的人,而从来没人邀请杰森参与其中。

在我找杰森资料的同时,我也应该找一找彼得的资料。我对他知之甚少,但是我敢打赌他也是美国大都市的董事之一。

第三十章 寄宿公寓来了

我从达门路下来,上了斯蒂文森路,然后开向县医院。我的骨头因为筋疲力尽而疼痛不已。我全靠意志力从车子走到房子,然后走下它那没有尽头的走廊。尽管已经过了七点,内勒·麦克道尔还在护士站。

"你什么时候下班?"我问道。

她做了个嘲讽的鬼脸。"我们这里人手不足,我一周能工作一百六十个小时,而这也不会引人注意。你来这里看老太太吗?你们这些邻居能彼此关心、一直保持联系,真不错。我知道她有个儿子在加利福尼亚,而他都懒得给她寄张卡片。"

"她现在能说话了吗?"

麦克道尔遗憾地摇摇头。"她一直喊那只狗,我猜就是布鲁斯。我不知道别人和她说话的时候,她能理解多少,但是我们给每一班护士都下了严格的命令,不得提起任何关于狗的事。"

"托德·皮奇或是克里西·皮奇有来过吗?这对夫妻自称是她的监护人。"我担心他们幼稚的残忍会让他们为了加速她的死亡而告诉弗里泽尔太太狗已经死了这件事。

"急性子的年轻夫妻吗?他们昨天晚上来过,挺晚的,大概十点。我那时候已经离开了,但是值夜班的护士桑德拉·米洛告诉了我。似乎他们对她的资产文件感到绝望。房子的房地契之类的。我猜他们发现需要那个来支付她的医药费,但是她现在这种状况,他们实在是太粗鲁了——他们摇晃她的肩膀,试图让她坐起来跟他们说话。桑德拉很快就把他们赶了出去。此外,还有一个邻居女士来过。我没法告诉你她的名字。"

"赫尔斯特伦。"我说道,"玛乔丽·赫尔斯特伦。"

所以,托德和克里西没有拿到她关键的文件。我只是猜测它们在那个古旧桌子的侏罗纪层里,但是皮奇夫妇可以在闲暇时搜索整个房子。如果他们没找到房地契,它会在哪儿呢?

"你们要留弗里泽尔太太住院多久?"最后我问道。

"她现在不宜挪动。髋部恢复的速度不快。如果监护人能找到一家她负担得起的养老院,你知道的,最终她会去那里,但那只是未来的一个选择。"

她送我走过走廊去弗里泽尔太太拥挤的小隔间。老太太脸上的死亡阴影比以前更重了,她的双颊凹陷,弄得她的脸像是骷髅上蒙着一层灰色的油灰。她的右嘴角淌着口水。她呼吸的时候鼾声很响,而且一直不停地摇晃着床。

我的胃开始痉挛。我很高兴自从六个小时之前吃了奶酪吐司之后就没有再吃过东西。我强迫自己跪在她身边,握起她的手。她的手指像是几根易碎的细树枝。

"弗里泽尔太太!"我大声喊道,"我是维克。你的邻居,维克,我有一条狗,记得吗?"

她躁动的动作似乎减缓了一些。我想她也许试着专注在我的声音上。我重复了几遍,特别强调了"狗"这个词。她听到这个,眼睑微微颤动。然后她喃喃低语:"布鲁斯?"

"是的,布鲁斯是一条很棒的狗,弗里泽尔太太。我认识布鲁斯。"

她干涸的嘴唇极轻微地朝上弯了下。"布鲁斯。"她重复道。

我温柔地抚摩着双手中她那脆弱的手指,想让她从布鲁斯转到银行业务上,看起来没什么希望。但是不管怎么样我还是试了下。我讨厌自己撒谎说布鲁斯需要进食,因此它就需要钱。但是她还不能回应今年春天决定换银行这么复杂的事。

最后她说:"喂,布鲁斯。"她的精神状态很有希望恢复。这表示她把我说的话联系到正确的神经突触上。但是这不能帮助我了解她的财产问题。我最后一次拍拍她的手指,站起来。让我惊讶的是,卡罗尔·阿尔瓦拉多正站在我身后。

我们齐声叫起来。我问她在整形外科这层楼做什么。

她微微一笑。"也许和你一样,维克。既然我帮忙找到她,我就觉得我有责任。我时不时就来看看她怎么样了。"

"但是穿着制服?"我问道,"你直接从洛蒂的诊所过来的吗?"

"其实,我在夜间事故部找了份工作。"她不自然地大笑,"我一直都待在艾滋病房陪吉列尔莫,当然也会和当班的护士说些话。这儿总是缺人,所以这听起来是个很不错的机会。吉列尔莫回家之后,我还是能在白天的时候照顾他。"

"那你什么时候睡觉?"我认真地问道,"这不就是从煎锅跳进火坑里吗?"

"哦,我想,某个角度上说是的。我只在洛蒂的诊所待了几个下午,直到她的新护士觉得能接管所有的工作。但是……我不知道。你在这里能做真正的护理工作。在大多数医院里,你就只是填写表格,表现得像是医生手下的大兵。但这里不同。在这里,你和病人一起工作,而我能看到很多不同的案例。在洛蒂的诊所,大多数都是婴儿和老女人,她们想来把身体重组一遍。总之,我刚来了两个晚上,发现我热爱这个工作。"

她检查了弗里泽尔太太的床单。"你到她这里来说点其他的,说点另一个世界的东西,很好。你应该更常来,能帮她恢复。"

我揉揉后颈。这听起来像是那种能让天堂里的天使欢欣雀跃,却让干活的人受累的好事。

"嗯,我会尽力常来的。"

我解释了我正在跟进的事情以及原因。"我不认为你能想到一个让她谈谈她的银行账户的办法。"

卡罗尔谨慎地看着走廊,确定没人能听见。"我可以,维克,我能帮上点忙。但别抱太大希望。现在我得回夜间事故部了。和你一起走到楼梯那儿?"

电梯再一次停止了运行。这里和我自己的办公室实在太像,我都没法抱怨了。下楼的时候,我问卡罗尔是否已有清晰的计划。"我在想她还有些钱的时候把那些钱找出来。"

"什么?你认为你的邻居们想要骗她的钱?你有证据吗,还是因为你不喜欢他们?"卡罗尔嘲弄地说道。

我忘了卡罗尔见到过我攻击托德·皮奇和维尼。我脸红了一下。解释的时候,我有点结巴。"也许我正在发动家族仇怨。这是因为那些狗。对我来说,皮奇抢先拿到监护权就是为了杀死那些狗,这样他们就能保证他们财产的价值。也许他们没有私心。但是我不明白为什么他们要强行这么做,非要在她离开家一周的时候就杀掉狗。"

我的声音犹豫着传开。我应该把我的精力放在杰森·费利蒂和钻石山身上。看上去我似乎是跌跌撞撞地查他们身上某个热门的问题。我不应该再成为邻里中令人讨厌的人,就让托德和克里西去做他们选择去做的事情吧。毕竟，弗里泽尔太太不是我应该花时间的最佳典范。但是我威胁自己要把精力放在主业上，却无法让脑子里无休止的唠叨停下来：我应该做点什么，不只是保护老太太。我现在还应该来照顾她。

卡罗尔抱了抱我的胳膊。"你太紧张了，维克。你做每件事都太认真了。即使你不拯救你道路上每一个受伤的动物，这个世界也不会停止围绕太阳的转动。"

我朝她一笑。"离开了洛蒂那里的高强度工作，来库克县医院夜间事故部上这个轻松的班之后，能听你给我上课真好，卡罗尔。"

她大笑，暗淡的楼梯井里，她的牙闪着白光。"听你这么说，我最好是回到那儿。我走的时候还很安静，但是现在太阳要出来了，病人们快要扔进来了。"

我们彼此拥抱，走向我们各自的方向。我把因帕拉停在医院西边隔着几个街区的街上。开着一辆车身生锈的老车有个好处，就是不用担心陌生人会不由自主地去开它。当我发动引擎，我听见了远方的汽笛声。救护车载着夜里的第一批病人进来了。

现在是晚饭时间和小睡时间，但是我这会儿还不打算回家。我想到我可以在开斯巴鲁的家伙们意识到我的行踪之前再次自由进入那个建筑。我不想把时间浪费在吃晚饭上。

我把车停在贝尔蒙特和谢里登路旁边的小巷子里，然后爬到后座上稍微休息了下。昨天晚上去拜访乔纳斯·卡弗位于卢普区的办公室让我一整天疲倦而勇敢。此外，我还艰苦跋涉到了北边和西边的郊区。更别提从某个丑陋的权力人物那里筋疲力尽地逃出来。

我蠕动着身体找一个舒服的姿势。这时我就想到了因帕拉的另一个好处。我的特兰斯艾姆从来都不能以它迷你的后座容纳我五英尺八英寸的身材。

我真的睡了一个小时。明亮的灯光照进我的眼睛里,以令人心惊的速度惊醒了我。我拿起我的枪,坐起身,害怕我的追踪者找到我。结果是一辆试图和我的车平行停在窄小路面的车。它已经成功地以准确的角度掉头了。它的前灯直接照着我的后座。

我觉得自己非常愚蠢,就把枪放回肩袋。我从包里翻出一把梳子,尽全力在黑暗中做出个发型来。等我从因帕拉里爬出来的时候,我对面的人们还在困难地操纵他们的车。卡罗尔说错了,我会无视陷入麻烦的人们。于是我径自离开了。

多特蒙德饭店是我和洛蒂最爱去的地方之一。它离这儿只有几个街区。它位于切斯特顿旅店的地下室,在美好的小酒窖的包围下卖三明治和丰盛的晚餐。通常我喜欢买一瓶贵的酒,比如圣艾米隆之类的葡萄酒,但是在回去工作之前,这里绝对是我的加油站。

我在饭店大厅的休息室里洗了脸。我穿着牛仔裤和针织棉上衣,而不是优雅的晚宴装束,但也没有因为在车里睡了一觉而弄得一团糟。只是衣服闻着有点味道。

多特蒙德的员工热情地问候我,想知道医生是不是要一起来。当我解释说医生前几天在一起车祸中受伤了,他们都适当地关心了几句:车祸怎么发生的?她怎么样了?当我大致说了说情况的时候,我的良心触痛了我。

丽莎·韦泰茨是店主的孙女。她领我走到角落里的一张桌子前,给我点单。他们在为我用享有盛名的匈牙利腊肠做三明治的时候,我打了三个电话给孔特雷拉斯先生。他接到我的电话,松了口气。

"大约一个小时之前有人来这里找你。我告诉他你不在家,但是我不喜欢他的模样。"

我问孔特雷拉斯先生来客长什么样。他的描述太过简略，但是我想可能是今天早上跟着我到贝尔蒙特快餐店的那个人。如果他急着要见我，我们的对抗只是时间问题。不过，我也可能是选择时间和地点的那个人。

当我思考问题的时候，我用手指的关节敲着我的门牙。"我想我要搬出去一两天。我花一个小时收拾一些东西就行了。我想从小巷子回家。我快到的时候会打电话给你。如果你让我进来，也许他们不会知道我回来了。"

"但是你能去哪儿，宝贝？我知道你总是跟医生在一起，但是……"他怀着不寻常的体贴停下不说了。

"嗯，我不能再把洛蒂卷进来了，即使她让我这么做。我刚想到，我或许可以在杰克·索科洛夫斯基住的地方弄一个房间。"

他不喜欢这个主意，不为什么特别的理由，就只是因为他不喜欢我从他的轨道里搬出那么远。这不是说他多想控制我。我最近想明白了，这只是因为他需要能接触到我，这让他有安全感。最后他同意了我的计划，前提是我会打电话给他——"定期打电话，宝贝，不要良心发现才一周打一次电话"——在我做出承诺之后，他挂上了电话。

我的三明治和咖啡在等着我，但是我在电话簿里查找托妮亚·科廖拉诺的名字。当我的咖啡冷掉的时候，她毫不吝惜地向我道歉，说她没有空房间了。通常她会满足住户朋友的请求，会让他们在起居室的沙发上睡一晚，但现在沙发也被人占据了。

丽莎朝我挥挥胳膊，指了指我的桌子。我点点头。绝望的时候需要绝望的措施。我开始找波尔特太太的名字，而不知道我若是发现她的名字列在电话簿上，是该感到安慰还是失望。

响到第九声，她接起电话。"嗯？你想要什么？"

"一个房间，波尔特太太。我是维·艾·华沙斯基，最近去过你那里的侦探。我需要一个地方过几晚。"

她发出一声刺耳的笑。"宝贝，我的房子里只住男人。当然，我除外，但是我可以照顾自己。"

"我也能照顾自己，波尔特太太。我会带自己的毛巾。最多三个晚上。相信我，你的住户里没人会来烦我。"

"好的，但是——啊，见鬼的。你给那个老家伙付过房钱，而他从来没用过那个房间。我想如果你想的话，可以睡在他的房间里。但是，别超过两个晚上，听到了吗？我要考虑我的声誉。"

"遵命，女士。"我机智地说道，"我十点半左右到，放下我的物品，拿走钥匙。"

"十点半？你以为这里是什么，豪华旅馆吗？我要关门——"她再一次打断自己的话，"哦，这能有什么不同呢？反正，我总是要照看该死的管道，得到一点才睡。到时候来吧。"

当我回到我的桌边，丽莎给我拿来一杯新鲜的咖啡。照常客价付钱。

第三十一章 渗透进一家公司

我在波尔特太太身后爬上漆黑窄小的楼梯，脚在磨坏的油毡布上前进。为了尊重我记忆中的气味，我带来了自己的床单和毛巾，但是记忆敌不过浓重的油腻与陈腐的汗渍。哪怕是一个便宜的汽车旅馆也比这里干净十倍，比这里更有私密空间。

波尔特太太的胳膊蹭过楼梯的墙。她不断停下来喘气。她巨大的身体颠簸前进。当她第一次停下休息时，我和她在彼此之间隔开了三层台阶。

"好了，宝贝，就是这儿。如我所说，不要在房里做饭。电线无法支撑。也不要在房间里抽烟。不要把收音机和电视机开得很响。你可以在早上七点和中午的时候自己做饭。你很容易就能找到厨房，就在楼下走廊的尽头。不要在早上独占浴室——男人们在上班之前要刮胡子。这个是大门的钥匙。你拿好了，弄丢了就要买一把新的锁。"

我认真点点头，炫耀地把钥匙系在我腰带的环上。她奋力斗争后才决定给我一把钥匙。当我告诉她在给我钥匙和我半夜喊醒她之间做个选择，她开始让我到别处去。争到一半，她突然停下凝视着我，然后就忽然同意给我钥匙了。她分明很反对我在这里出现，但这是她第三次战胜自己的反对。我在这里，同时不利于我们两个的判断。这就给了我们谈话的共同基础。

她打开光秃秃的四十瓦灯泡,明显很不情愿。为了省电,她尽量在黑暗中移动。她在走廊边缘徘徊不去,盯着我的行李箱看。箱子上有一个数字锁。

"你想让我告诉你密码组合?"我爽朗地问道,"或者你自己找出来?"

她生气地嘟哝着,拖着巨大的身体走出房门。我听见她慢慢地在楼梯上踏着步子,然后我锁上门,检查房间。除了给我的枪支重新填上弹药,其他也并没什么不能给她看见的。我这里没有东西会泄露我的地址和我的收入。替换的内衣是朴素的白棉布质地,不是我那高价的丝绸内衣。我还带了一罐子浴室清洁剂和一块破布,这样我就能把洗脸池擦洗干净,好让我能刷牙。

我装好弹药,把枪放进我的外套口袋里。从现在开始,它会待在因帕拉放手套的隔层里。我把最上面的床单从薄薄的床垫上扯下来,塞进床底下,然后铺上我自己的床单。这有点好笑,我这么一个懒散邋遢的人居然会投入如此多的精力去打扫其他女人的屋子。

这个房间展示了一个古老的胶合板办公桌。桌上布满了早至一九六六年的报纸。我很感兴趣,在士兵栏目里读到了一部分马丁·路德·金的文章。我记得那个演讲:我是成千上万个聆听他的人之一。

今晚不是回忆的正确时间。我把眼睛从满是灰尘的报纸上移开,手滑向抽屉,看看米切有没有留下能泄露秘密的文件。我的全部所得就是从堆积的沙尘中获得的污迹。我决定把我的衣服——其实只是一件干净的T恤和内衣———起放进箱子里。

我仔细检查屋子里有没有能藏东西的地方,把松松垮垮的油地毡拉起来,窥视脆弱的百叶窗的边缘。似乎没有一个地方可以遮掩住比舒洁纸巾更大的东西。米切认为重要到必须随身带着的那小捆文件肯定是他神圣不可侵犯的财产之一。而这些东西不见了。应该是到了他儿子手里，或是他儿子的模仿者手里。

我结束检查的时候，箱子就搁在那里，没上锁。我知道我一走，波尔特太太就会上来翻个遍；我不想让她弄开数字锁翻到里面的东西。那罐清洁剂和抹布，我就留在了地板上。

这层楼上有四间客房。苍白的灯光从一间门下软弱无力地露出来，而一个调到西班牙语台的收音机轻轻地发出声响。有人在第二间房门后面大声地打呼噜，但是第三间似乎是空的。也许就是因为现金不足才促使波尔特太太让我留下——我一出现在大门的台阶上，她就在我为米切付过的房钱之外又收了我二十美元。

我到楼下去，我的女房东正在起居室里看电视。大彩色电视机调到了职业摔跤节目上。屏幕的光线大大胜过了房间唯一一盏台灯的惨淡效果。

波尔特太太从电视机里的尖叫声中还能察觉到我的靠近。她转身看着我。"你要走了吗，宝贝？"她不想费力调小音量。

"是啊。"

"你去哪儿？"

我说出了脑子里立刻想到的东西。"去守灵。"

她眯起眼睛。"宝贝，这个时候去守灵，有点奇怪吧，嗯？"

"他就是那么个奇怪的人。到你见到我之前，别期待我回来。"我转身离开。

她努力把自己从扶手椅里拉起身。"如果有人来这里找你，我应该怎么说？"

我感到头皮底下一阵刺痛。我转身朝着起居室说："好吧，为什么有人会来这里找我呢,波尔特太太?"

"呃……你的朋友,我是说。像你这样的年轻女孩肯定有很多朋友。"

我倚在墙上,双臂抱胸。"我朋友知道在我工作的时候最好不来打扰我。谁会来呢?"

"任何人。我怎么会知道谁来找你?"

"你为什么答应让我来这里?这违反你的规矩。"我得大声喊,才能让声音盖过电视机的声音。现在我的声音又抬高了一个分贝。

她那黄褐色的脸颊颤抖起来——是因为愤怒,还是恐惧?我无法分辨。"我是一片好心。也许你没有在工作中遇到过好心人,所以遇见的时候你也不知道。"

"但我确实听到过非常多的谎言,波尔特太太,而我可以肯定当我听到谎言的时候,我能辨别出来。"

电视机上方的门打开了,一个男人大喊:"你还好吗,莉莉?"他的声音震天响。

"是的,我很好。但是我能喝杯啤酒。"她朝声音的方向眨眨眼睛,然后转向我,"是萨姆。他是我最老的住户,对什么都有兴趣。如果你还在这里晃荡,说一晚上的话,你会赶不上守灵。你进来的时候,别把门弄得砰砰响。我睡得很浅。"

她坚定地回到电视机前,用遥控器调大音量。我看着她肩膀上厚厚的褶痕,努力想着有没有什么东西可以迫使她说真话。

在我想到任何法子之前,萨姆拿着啤酒拖着脚走进来。他穿着睡衣裤子和一件褪了色的打着补丁的浴袍。他脸上完全没一点好奇心。他只看了我一眼,把啤酒递给莉莉,然后拖着脚走回他住的地方。波尔特太太一口气就把啤酒喝完了,然后用手掌心捏扁了罐子。我知道现在啤酒罐子都是用轻薄不结实的材料制成，但我还是觉得她这是在暗示我。

我把因帕拉停在了街道尽头。在坐进车子里之前，我转身走回房子。小小的前窗上的窗帘突然移动了。波尔特太太正在观察我。她这么做是为了谁？

也许米切的儿子真的回来过镇上。我想象他一个人长大成人的儿子，充满怨恨，不能原谅被抛弃的侮辱，而且得了强迫症，于是他想报复。试着和米切说话，然后被他专注于酗酒的样子激怒了。他打了米切的头部，把他扔进了运河里。

我开上达门路。如果真是那样，为什么让法斯不肯和我谈谈呢？是谁袭击了洛蒂，又是为了什么呢？而今天早上是谁跟在我屁股后面？一个得了强迫症的儿子不符合上述描述。

晚上这个时候街道几乎空无一人，尽管头顶上的斯蒂文森高速公路还是不断有车呼啸而过。一旦离开达门路，我就有路可走了。三十一区有足够的地方让我停下一辆又大又旧的因帕拉，而不需要用到动力方向盘。

我操纵着车停到路边，从车厢里拉出一根设备带。我检查了两次手电筒，确定撬锁工具安全地待在带子上，然后把一顶古柏斯的帽子拉下遮住我的前额，防止光线反射到我脸上。

我的心脏在怦怦直跳。达门路上的街灯发出强光，一直照射到运河沿岸长满杂草的空地上。我从路灯的光中溜出来。丛生的杂草让我后颈的汗毛都紧张得竖了起来。这次差事可没有要求我这么紧张——尽管从思考这件事变成真正去做它的时候，开始的那个瞬间总是会让我的胃上下翻腾。

我尽可能少用手电筒，选择沿着把我和运河分隔开的坏篱笆走。

事实上，钻石山离波尔特太太家很近，我可以走过来。而当米切走上她家门前的台阶时，说不定也是这样想的。

斯蒂文森路在我身后。水泥桥桩似乎放大了卡车的噪音，让空气随着他们的轰鸣变得凝滞，盖过了我胸口里心脏发出的巨响，和我那因为紧张而变得迟缓的双脚踢到瓶瓶罐罐的声音。我手里一直抓着史密斯威森手枪。我没有忘记芬奇利侦探的话——这个区域遍布吸毒者。

我没有发现任何吸毒的人。高速公路的车辆之外唯一的生命迹象就是草丛中被我打扰的青蛙和经过的驳船偶尔发出的光线。我从钻石山发动机公司最近的邻居盖米奇电线公司后面溜到连接运河的水泥地狭窄的边缘。

盖米奇的后门入口有一个夜灯亮着。我从他们紧锁的门前缩回身体，以免被照到留下影子。高速公路和运河上的噪音能淹没我在这个狭长的突出部分制造的任何声音。但是我发现我是踮着脚的，抓着盖米奇墙上波浪形的金属部分。在我右边，一艘驳船忽然拉起汽笛。我跳下来，绊了一跤。我能看见操舵室里的人们在大笑，还挥舞着手臂。如果有人在角落里等着，我想他们会认为这个信号是发给我的。

我的脸颊烧了起来。我继续沿着运河边缘鬼鬼祟祟地接近钻石山。当我走到盖米奇和钻石山中间的空地上时，我在浓密的高禾草丛里弯下身子，朝角落周围看去。

钻石山的三个送料台上都停着卡车。车子的引擎还在转动，但是它们后面的隔间关上了门。里面没有灯。我谨慎地躺在潮湿的地上，从草丛里眯着眼睛往门缝里看。这样的距离，再加上没有充足的光线，我看不到任何人的腿或是其他人类的身体部件。

自从上个星期我第一次拜访这里，我就没有在这个地方看到过卡车。既然我对钻石山的商业运作流程一无所知，我就不能推测这是不是意味着订单来得很缓慢,而我也猜不出这些烧柴油的车子为什么还开着——是准备着装载早上的货物,还是等着什么人来搬空车上的货物?

我很想把自己拉到装料平台上,希望能找到一个进入房间的办法。但我想到了波尔特太太。这让我谨慎起来。很显然,她为某个人监视我。如果那个人是让法斯,那么也许他承诺只要我出现了她打电话给他,他就给她一辆完全属于她的消防车。他可以让上周五追我的那个大汉在某辆卡车的后面等着抓我。虽然那个大汉没有让我觉得他有足够的耐心做监视的工作。我想象他们的一个经理和巨汉坐在卡车里,用皮带抓着他:"坐下,先生。我说,坐下!"这幅画面没让我像想象中笑得那么大声。

那些泥泞的草弄湿了我的双膝和胳膊。我看着运河四周——我不想让谁把我惊得掉下去,运河沿岸的水泥墙是很难爬上来的。我放低身子蹲下来,从草丛里移动到钻石山公司的背后。没有人看见我,更不会有人叫出来。

后门一般会打开让驳船进入。但现在后门用非常复杂的锁锁上了。我不打算花时间破坏它:在这地方站上一个小时或是更久,很容易暴露自己。而高速公路的声音也没有大到能遮盖入室盗窃发出的响声,而不让等在里面的人听见。

我放轻脚步,快速沿着通道走到建筑物的另一边,从边缘往里窥视。装配室的窗户还是开着的,窗玻璃在黑暗中闪着黑色的光芒。窗户底部还是比我的头高出五英寸。

我用铅笔形的手电筒查看下面的地形。工厂的这一面朝西,远离运河。太阳能把这里烤成更为坚实的土地。覆盖住这个区域的高草丛稀疏了一些,也更偏棕色一些。我小心翼翼地选择了离我最近的窗户下大约一码宽的路,移动那些空罐子和瓶子,把它们堆在建筑的角落里。

当我以为我拥有了一块没有障碍的区域，我把手电筒重新挂在我的腰带上。我研究了那扇窗户，试图用尽腿部肌肉的力量达到我想跳到的高度。这大概是迈步上篮的距离，而我上周证明了我还能打篮球。

我的手指在刺痛，而我的掌心很潮湿。我在牛仔裤上擦干了手。"好了。"我对自己低语，"这是你的路，维克。一二三。"

我无声地数到三，然后在我清出来的路上跑了起来。只有短短四步，我就开始起跳，伸展开胳膊，把我自己拉向空中。我的手指抓住了窗台板的边缘。尖锐的金属边缘割伤我的手掌心。我疼得嘟哝出声，乱摸到一个手柄，然后吊起我自己。让位吧，迈克尔·乔丹。这里是空中飞人华沙斯基。

第三十二章 摇荡的夜晚

　　我坐在窗户边缘危险的金属滑道上，用手电筒大概照了一下，确定我不会掉在纺锤上，或是会致死的机器上面。除了墙上的散热器，下面的地板上没有东西。我转过身，尽量不把自己弄疼地抓住手柄，把腿放到屋子里，然后跳下去。

　　我落地时不算撞得太重，只是膝盖受到了震动。我揉揉疼痛的手掌心，在一个高大的工作台后面蹲下身体，直到我确定我来时制造的噪音没有惊到任何人。

　　装配室的门只有一个简单的碰锁，从里面打开。我出去的时候，把挂钩又推回去了：如果我需要一条快速逃跑的路线，我不想挑一个有锁的，哪怕是最简单的锁。走廊里没有人。我站在门边等了好长一阵，尽力去听呼吸声，或是水泥地板上的颤动。在我和卡车之间，就是整个工厂的宽度。建筑物里一片凝滞，我能听见他们的引擎在微微地震动。此外，一切都很平静。

　　宽阔的区间里摆放着射灯，感觉这个地方尽管是在水下，也看起来有一点点浅绿色的光芒。环境的昏暗扰乱了我的场所感，现在我想不起来装配室是怎么连接到工厂经理的办公室的。我走错了方向，走到一个连接的走廊那里。突然传来很响的柴油机声：我走到了通往送料台的走廊。

我立刻停下，蹑手蹑脚地走到角落里。我看向直接朝送料台打开的水泥大洞穴。结果，也是只有两个绿色的消防通道里发出了一些光而已。我看不清楚，但我不认为里面有人。

尽管波浪形的门遮掩住了送料台，柴油机的烟还是渗透进去。当我想要忍住喷嚏的时候，鼻子皱了皱，那是被压制住的爆炸。

就在那个时候，另一次爆炸在我头顶响起。我的心脏在肋骨里怦怦直跳，而我的腿肚子也颤抖起来。我强迫自己站稳，不要因为跳出来或是逃跑回走廊里而暴露我的存在。然而下一秒我就觉得自己是个笨蛋：操纵起重机的发动机突然活跃起来，齿轮叮当作响，就像是全力开工的铸造厂。

起重机在房间顶上的天花板上留下了十字形的轨道。房间里搭建了一个宽阔水泥架，有墙的三分之二高。这些水平的轨道跟水泥架与通往送料台的门是平行的。两道垂直的轨道则各有一个巨大的起重机在吊起东西，最后和水平的两道连起来。也许这个水泥架通往储藏区。

我之前来这里的时候，注意到主入口通往二楼的铁质楼梯，也许那个地方也是起重机提供的。工作在下面的楼层，而沉重的材料都放在二楼，我觉得这没什么效率。但是，也许由于场地限制，这是他们最好的办法了，运河周围的建设工程太过密集，他们不能向两边扩张。

我在暗淡的光线里跟着起重机的路线窥视过去，我注意到我头顶上方的移动。有人从上层昏暗的甲板上冒了出来，正在爬下嵌在墙里的钢质梯子。他没有四下张望，而是直接朝送料台走去，打开门。

我开始不安地以为自己要暴露了，就往后撤回走廊。我刚从门道那里移动，正在装货的起重机陷入了一片光亮之中。

我紧张地从肩膀往后看去。没人在我后面。我转过身，疾速跑进走廊里，抱住南边的墙，尽可能远离别人的视线。

当我回到大厅的时候,我停下来喘气,再次找到方向。朝右拐,会带我去T形路口;在那儿拐个两次,我发现我回到了主管的办公室。或者我可以左转,那会让我回到前门的入口。那里的铁质楼梯能把我带到楼上去。

麻烦在于,我两边都想去。三更半夜在应该没人的工厂里卸货,这就值得细细查看。如果我先选了办公室,他们会在我返回之前就做完正在做的事情。而另一方面,如果有人发现我在观察卡车,我就得逃跑而没法去让法斯的办公室。我选择了左转。

地板很厚,没有什么噪声能穿透。我听不到上面的声音,但是没几分钟就有一次沉闷的重击,像是有人扔下来一个沉重的物体。我快速移动,不担心上面的人会注意到我的声音。我甚至打了喷嚏,没憋回去。

一道门隔开了我和主入口。我谨慎起来。坚实的金属墙,颜色和地板的红色很配。上面甚至没有一个锁孔,我没法撬开。它的门闩是从外面锁上的,但是在我这边可以用手推开。我无比小心地推开了门闩……然后数到十。没有人喊叫,也没有人过来抓我。

我缓慢地拉开沉重的金属手柄,把门打开一道缝,宽到足以让我看看里面。这地方建造得很不适合偷窥,因为把手有我胸口那么高,挡住了视线。我尽力朝四处看去。海岸那里没有人或船只。我听到的那些噪声似乎只是从楼上传来的。

我把门再拉开一些,从里面挤进去,再用手使它滑动让它轻轻关上。门锁发出一声轻响,锁上了。我呆住了。我以为我把门锁弄开了,但是显然我一松开大拇指它又弹了回来。现在我被锁在远处这边,而上面还有人在等着我。虽然这个敞开的入口对开一把复杂的锁来说太过可怕,我不得不尽力而为。在这种时候最糟糕的做法就是责备自己。你犯了错，你必须放过自己，然后继续，而不是指责得自己迷迷糊糊。

因为楼梯间后面的门开着，我无法辨认楼梯里有没有人。现在我能听见她的声音了，就只是嘟哝声和微弱的喊叫"抓住它"或是伴随着一声重击巨响的"该死"！

我从我的避难所爬出来。前门半开着。我能看到两三辆车，但是这个角度太差，光线又太暗，我没法辨认之前有没有见过他们。

我上一次来的时候，楼梯最上方的门是关着的。现在它大敞着。我从底下能看到门外一码左右的地方。似乎最近的入口那儿没有人。我紧靠着楼梯的边缘走，尽我所能安静地上去。

我手脚并用爬上最后几级台阶，在最上面那层躺下来，窥视上方。门前是一个没有开灯的走道，前门是一块灯光明亮的开放区域。嘟哝声和重击声就来自那里。我还能听见起重机发出低沉的金属声。几个男人缓慢地经过入口处，手里操纵着一个巨大的线圈。

走道自身就是从一个小储藏间挖出来的。我的身体两侧都隐约出现了奶牛大小的巨大影子。它们也许是旧机器，但是楼上房间的灯光在它们身后投下难看的影子。不是奶牛，而是产生了芝加哥的原始沼泽里的怪兽。

我等着前面的四双腿挪完他们的线圈，然后起身，掠进附近的阴影里。我前方的巨大物体绝对是金属质地，而非肉体，上面还有一层厚厚的灰尘。我使劲捏住鼻子，阻止了另一次喷嚏。

我的眼睛已经足以适应昏暗的环境，因此我能辨认出大体的形状，但是认不出散落在地板上的那些残骸的小碎片。这地方似乎多年来都是钻石山的垃圾场。我谨慎地穿过地板，一直会遇到管子和小块电线，其他的东西我只能靠猜测。最后我走到一个能看见一大块光亮区域的地方。

我正看着装货甲板上方的大架子,它通向一个主要的储藏区域,但是在我视线之外。那边似乎有四个男人在用手工操作的升降机把巨大的线圈移到边缘去。边缘地带也在我视线之外,但我猜起重机正在把它们搬到下面的码头上。在那里,这些货物能被装到卡车上去。

从他们推着的线圈的尺寸来看,我不相信一辆卡车上能放进两个线圈。事实上,这种货通常都是搬到有平台的卡车上的。我不知道他们怎么会提议把东西搬到拖车上去,也不知道他们要怎么捆好东西。我也不知道上面是什么东西。什么东西要打包成那样?似乎是某种盘成一团的金属。

我伸长脖子,努力看看边上有没有印着"百利宫"三个大字,我一开始没有注意到。主管不愿意谈论钻石山的那家钢铁公司。也许是因为他知道发动机公司拿了百利宫的产品卖到黑市上去。

毫无预警——我一直压抑着的喷嚏就像机关枪喷射一样强烈地打了出来。我希望传送带的噪声能淹没我的声音,但是有两个男人显然是在入口的另一侧。他们朝彼此喊话,两个人的声音我都听得见。他们在简单地争论:他们有没有听到什么声音,还是说他们产生幻觉了?

我在一个巨大的金属刨子后面蹲低身体。鸵鸟来了。如果我看不到他们,他们也不会注意到我。

"哦,上帝啊,格利森。这儿还有谁?"

"我告诉过你,老板打电话来警告我们,说有一个侦探在附近乱逛。他收到风声,她今天晚上就在附近。"

第一个说话的人发出一阵大笑。"一个女侦探。我不知道谁更蠢——是你还是让法斯。如果这能让你高兴的话,我们就去看看。想要抓着我的手吗?"最后几个字含着难听的嘲讽意味儿。

"我一点也不在乎。你打电话给老板,告诉他你是个胆小鬼,害怕窥探者。"

我把手滑进外套里去拿枪。一个工业用的手电筒发出光束,刺穿了储藏室里的阴暗。脚步靠近,走开,扬起尘土,让我的鼻子刺痛难忍。我屏住呼吸,流下了泪水。我忍住喷嚏,但是他们的脚步又让我的脚踝震动不已。我拿着枪的手掠过金属刨子的边缘。

手电筒的光束指向我。我脸上的皮肤刺痛起来,胳膊上的汗毛直竖。我注视着地板,等着那双脚出现,宣告袭击开始。他们从我左边过来。我飞奔到右边,跑进装货区。

一开始,明亮的光线让我无法睁眼,没法辨认出任何东西。这里的声音响到足以淹没我身后男人的喊叫声。我滑向百利宫的线圈周围,几乎撞到了另外两个男人。他们在平台边缘稳住第二根线圈,没有往上看,而是要在线圈上面装吊索。当我跳到甲板上,认出那个东西,我注意到线圈上的标签:铜线。工业用材。

"拦住她,该死的你们两个!"

冲向我的两个男人想要击败我。前面的两个人捆好了他们的货物,发了个信号给房间另一边的起重机操作员。他们慢慢转过身,惊讶得很,不相信真的有人在后面的房间里。

"现在,再等一分钟就好。"其中一个冷静地说道。

一只手从后面抓住我的外套。我反射性地踢出一脚,争取了一秒钟,猛地一扭身体,获得自由。我对着前方的两个人挥舞着我的史密斯威森。当我后面的男人又要抓住我的时候,前门的一个男人伸出一只胳膊。"现在,宝贝,拿到那支枪,然后停止游戏吧。"

我朝前面的人开火,那两个男人跳到边上去。我转过半个身子,又狠狠地踢了一脚正在抓我外套的那个人。

线圈离平台边缘大约四英寸的距离。我把枪塞进外套的口袋里,猛地跳起来。我用全是汗水的手滑过去抓住吊索的钢铁和帆布带。我奋力踢出一记剪刀腿。结果太用力了,双腿在身后大幅晃动,我的背疼得弓了起来。我让自己放松,让双腿朝前晃荡,等着重力把它们拉下来。在最高点,我把一个膝盖钩在了穿过线圈的杆子上。

我的大腿在颤抖。我无视微弱的抗议,让自己起身。我抓住吊索的时候,潮湿的双手也在颤抖。我看不到身后的一切,不知道我那四个伙计在做什么。我不认为他们有枪,至少不会带着枪到平台上来。

我不能跳下去,下面的地板离我有三十英寸高。我看看上面的起重机。如果我爬上起重机钢索的速度比他们卷起钢索的速度要快的话,我也许能爬上去,沿着轨道爬到墙那边。现在我颤抖得这么厉害,我不觉得我能完成这个体操动作。

控制间在下面甲板远端的房间。我下来的时候,得比控制间里的男人跑得快。而两个男人在其中一个开放的送料台上目瞪口呆地看着我。他们两个看起来都很巨大,像是我第一次过来时追我的那个巨人。

线圈因为我那一跳而微微摇摆。突然它开始剧烈地摆荡。起重机的操作员疯狂地笑着。我抓住帆布条。摆荡的弧线越来越大,我的五脏六腑也开始有恶心的感觉。我们朝着建筑的边侧移动。这是个旧的起重机体系,一小时只能移动五英里,慢得足以让我弄清楚他们的计划:他们想让货物突然转向,把我撞进墙里。

送料台上的两个巨人都在抬头看。我听不到他们的声音,但是能从他们的肢体语言中猜出他们正笑得很欢。

当我们到达墙那边时,起重机的操作员尝试性地轻拍了一下,让货物斜向一边移动。我们从墙边荡开,又以更大的力道撞回来。就在我们撞上去之前,我猛地从帆布吊索上拉开一只手,抓住我身后的墙。我抓住了金属物体,从上面跳下来,获得自由。为了这个惊险的瞬间,我的左手开心地握了起来。深色的斑点在我眼前游走。我摸索着抓住墙。在我的脚碰到房梁之后的刹那，铜线圈猛烈地撞击着建筑物。

这一击震动了房梁。我拼死抓住那个金属物体，金属边缘刺进我的掌心。我闭上眼，从金属钩子上解开一只手，弯起那只手，把它放下，再把右脚挪下来，摸索下一个小立足点……再解开左手，放低。我的三头肌都在颤抖，但是我的重量训练让我站稳了。只要我一直闭着眼，不去想下面有什么在等着我，我就能继续抓放金属叉条的节奏。

每二十秒左右房梁就因为操作员把钢卷撞过来而震动一次，而我就一直沿着轨道往下走。钢索上都有内置的制动器，可以防止货物下滑得太快。即便知道这点，我还是在最后六英寸的时候跳了下来，尽我所能在离起重机和巨人们最远的一处着陆。

那些人来追我，我拿出了枪。他们挥舞着巨大的扳手，但是当他们看见枪的时候，退后了一点点。我从眼角看到另一些人正从上方的平台上爬梯子下来。七个人，八发子弹。我不会有时间重新装子弹。我不可能把他们都打倒。

巨人们在我和装货的码头之间。他们中有一个人突然把他的扳手滑过地板以求增援，而他自己在外面消失得无影无踪。另一个来追我，把他的扳手像火把一样挥舞着。我朝他开枪，但没打中，然后又开了一枪。他靠近我的时候绊了一下。我跳着避开他抽过来的扳手，从他身边跑过去，没有停下来看我有没有击中他。

在我的追捕者意识到发生了什么之前，我跑到外面。我从平台上跳下来，朝建筑和路面前方全速奔跑。我绕过拐角的时候，汽车前灯亮了起来，晃得我什么也看不见。

那个巨人去取车了。他上了车，引擎就轰鸣起来。我的腿几乎是在我的大脑知道要去发动车之前就知道该怎么做了。我发现自己正紧靠着工厂的地基。

史密斯威森掉在我前方八英寸的地方。我喘着气,浑身被汗湿透了,开始爬向那把枪。而在这时,车倒退了。巨人再次开动车的时候,我也拿到了枪。我看见另一对车灯加入了第一组车灯时,只能感觉到其他那些人在我身后。我没法在卡车后面奔跑:这伙人的剩余几个能把我像掉入陷阱的老鼠一样压制住。

我的手臂颤抖得非常厉害,我几乎抬不起枪。我大胆地等着车靠近,朝两个挡风玻璃各开了一枪,然后把枪放进肩套里,朝着运河跑去。我激发出全身的力量,从没有电缆塔的地方一头扎进污浊的水里。

第三十三章 回忆午夜游泳

"你很幸运,华沙斯基,真他妈的幸运。要是驳船没有正好经过,你要怎么办?"康纳德·罗林斯吼得很大声,足以让我清醒。

"我不会淹死的,如果你担心的是这个的话。我的肩膀有足够的力气让我爬到岸边。"

"你只不过是他妈的运气好。"他重复道,"那个河岸是坚硬的水泥。那不是让你爬的。"

"出于好奇,你早上三点在运河边上做什么呢?"那是泰利·芬奇利,他一副在聊天的语气。

我身上盖着警察给的毯子。我从毯子的保护下朝他眨眨眼睛。桑塔·露琪亚看见我在达门大道桥下的水里挣扎,他们把我捞上来,打电话给警察局的水上巡逻队。我那时两眼一抹黑,无法看清钻石山的那些伙计是不是在远处的岸边苦恼得上蹿下跳。

等警察来的时候,拖船上的工作人员把我包在毯子里,给我喝热汤。河上巡逻队来了,工作人员就把毯子拿回去,警察又给我一张挺好的蓝白色毯子。看起来就像是那些马上巡逻队放在他们训练有素的马匹上的毯子。

河上巡逻队的警察很和气,和气得让我在疲倦的迷雾中突然意识到他们以为我想要自杀。他们从我身上拿走了史密斯威森,还一直努力找出他们应该通知的人。

"一区的泰利·芬奇利。"我轻声低语,每次他们问话的时候我就醒来一下,"他可以告诉你们要找谁。"

他们重复了三四次我才听明白,他们想找到我丈夫或是姐妹或是别的什么人,好把我移交出去。我筋疲力尽,但我还没有丧失心智。我知道我不在状态,不能就这么出现在任何可能在等我的人面前,无论是家里还是波尔特太太那里。通常遇到这样的危机,我会打电话给洛蒂,但是今天晚上我也不能这么做。反正,她和马克斯在一起。我只是一直嘟哝着芬奇利的名字,然后昏睡过去。

当其中一位巡逻警察摇晃我的胳膊时,估计已经快四点了。"起来吧,宝贝。我们为你找到了泰利·芬奇利。"

"她没有鞋。"我听到有一个警察说道。

"她很坚强。"芬奇利的声音从几英里外传来,"她的脚能踩几个碎片都不会破。"

我在喊醒我的巡警身后跌跌撞撞地走着。我们走到舷门的时候,他转过身,把我举过跳板,送到芬奇利的司机旁边。我不习惯被人当作一个无足轻重的货物那样搬来搬去。这让我的疲惫里又多了一层无助。

"她当时拿着这个东西;我不知道她有没有执照。"巡警把我的枪递给芬奇利。

"它需要清洁,"我听到自己在说,"还要上油。你瞧,它泡过水了。"

"她需要医生和一个热水澡,但是她不告诉我们要找谁。"巡警说起我的方式,就好像我正死气沉沉地躺在隔壁。

我轻轻拍了拍毯子下的自己。他们给我留下了肩套。我的腰带和价值七百美元的撬锁工具不见了。我只记得在水下的时候我努力挣脱了它。那时我还脱下了外套，踢掉了鞋子，努力减轻身上的重量。我的钱包还在我的后口袋里。警察可以很轻松地拿出它，找到我的地址，但是他们最关心的是我不会把自己再扔进运河肮脏的水里。

"想谈谈吗，华沙斯基？水上巡逻队的克利姆恰克说你坚持要见我。我起床来见你，如果你现在拒不开口，我就不会是一个快乐的警察了。"

芬奇利尖锐的口吻把我带回光秃秃的一区审讯室。他穿着浆挺的衬衫，刀尖一般的裤子褶痕让他看起来不像是刚从床上爬起来。他在路上给罗林斯打了电话。这位看起来更像是凌乱的T恤和牛仔裤的一部分。他双眼通红，看起来很生气，或者说暴跳如雷，或者是两者的结合体。我一直难以保持清醒，无法从他们的话里辨别出微妙的意味。

"我担心我要得霍乱了。我是说，在河里染上霍乱。但是我没有任何选择。如果我不跳进去，他们就要追上我了。"毯子下我的头发像是缠着污物。

芬奇利点点头，好似我的话很有道理。

"谁？"罗林斯怒道，"谁要追上你？该死的你到底在那里搞什么？克利姆恰克担心你是要自杀，但是我告诉他那根本不可能。"

"搞定它，伙计们。"我缓缓说道，声音像是来自远处。我没法让自己说得更快，"你知道钻石山里发生了什么，是吗？我是说，对你来说，没什么。那里什么也没发生。对我来说，在那儿有个人被杀了。可是那家公司的头目不肯和我谈。杰森·费利蒂，公司的拥有者，还把我扔出了他家。所以我就过去亲自看看。然后，瞧，就这样了！"

我像漫画书里喝醉的人一样挥挥手。我好像没法控制那么大的动作。

"瞧，怎么样了？"芬奇利刺激我。

我猛地抬高下巴，我不知不觉又睡着了。"他们在半夜把百利宫生产的铜线装到卡车上去。"

"你想让我逮捕他们，华沙斯基？"罗林斯质问道。

我表情严肃地看着他。"有这个想法。很明确的想法。为什么他们会从成卷的百利宫出产的铜线开始？不，那不是一个简单的问题。我猜，他们是买来做小发明的。为什么他们把东西运出去？大晚上秘密地运走？那是个复杂的问题。"

"你怎么知道他们是秘密地进行的呢？积极的生意人可以在任何时候运货。"芬奇利叠起双腿，抚平衣服上的折痕。

"他们把东西装到封闭的卡车上。反正，他们看见我在观察他们了，他们为什么不报警呢？为什么他们反而要把我追到运河里呢？"

一抹微笑飞快地掠过芬奇利乌黑的脸。"如果是你抓住了什么人，我怀疑你的第一反应会不会是报警，维克。我猜你会非常生气，自己击退他们，如果你能做到的话。"

我没法促使我的大脑组织起令人信服的语言。"我朝他们开了枪。我想我击中了其中一个。有人报告过吗？也许可以改变思路？"

芬奇利的眉毛扬起。他朝角落里做了个手势，我看见一个穿制服的女人站起来，轻轻走出门外。直到这时，我都没有注意到她。

"玛丽·路易丝·尼利。"我大声说道。

"是的，那是尼利警官。"芬奇利说，"她会去核实你说的那个受伤的男人。所以，重点在哪里，华沙斯基？你正在试图建立一桩针对钻石山的案子，但是这站不住脚——原谅我的措辞。一个喝醉了的老人撞到了头，然后死了，接着掉进了运河，或者是被人推下去的。这太糟糕了,但是这不意味着芝加哥的每一家公司都会因为你对它很生气而翻跟头耍诡计。"

他话里的刺把我的脸抽出了血,也立刻让我的脑子清醒了。"是的,芬奇利。今天晚上我想打电话给你是因为你,不,罗林斯在这里,所以我想你已经知道了——打电话给赫切尔医生,向她抱怨我有话没告诉你们。你听懂了?"

他使劲点头。

"我想告诉你的是,有人去过那个老人住的地方,卷走了他所有的文件。那个家伙宣称是他的儿子。他为什么要这么做?一个无家可归的人带着的文件没有用处。然后当我再去寄宿屋的时候,女房东打电话给钻石山的工厂经理,告诉他我回到那附近。我晚上在那里的时候,听到工厂的那些人说的。我知道那家大钢铁公司正在泄漏现金,而我看见铜线圈的一边印着这家钢铁公司的名字,在半夜里消失了。"

我把毯子猛地拉下眼睛,然后转向罗林斯。"而同时,埃迪·摩尔的车星期天被讨厌鬼偷了。他是之前的工会主席。偷车的三个人猛烈地攻击了洛蒂·赫切尔。那是你管辖的范围,罗林斯,记得吗?所以你们来告诉我重点在哪里!"

"你怎么知道那不是他的儿子?"罗林斯跳过所有和百利宫钢铁有关的事情,来问些不要紧的东西。

"我不知道。但是他儿子在亚利桑那长大,他和老父亲三十五年没有联系过了。这位芬奇利没有试图联系他。他怎么会突然出现呢?再说了,他怎么会找到仅仅八天前克吕格尔紧急之中找到的寄宿屋呢?"

我停下一分钟,在我困乏的脑子里深度搜索一则非常重要的信息。尼利警官回到房间凑到芬奇利的肩膀边说话时,我想起来了。

我转向罗林斯。"我们早上确定了米切·克吕格尔的身份。那个所谓儿子星期二就去了波尔特太太那里。即使有人打电话给他亚利桑那的儿子，他怎么会来得这么快？"当然，除非他一直在这里，并且谋杀了他的父亲。

"放松，华小姐，放松。"罗林斯过去加入挤作一团的芬奇利和尼利。

他们说话的时候，我突然爆发的精力耗尽了。我重新缩回毯子里，胳膊上的皮肤因为疲惫而颤抖。芬奇利修长又有力的轮廓像雕像一样静止不动，像是艺术机构里的一尊佛像。

我六岁的时候第一次见到佛像。那时妈妈带我去市中心看意大利文艺复兴的杰作。他们就在主展览馆外面坐着。他们的脸庞如此平静，和善得无法动摇，我想抚摸他们。加布里埃拉没法理解我对他们的迷恋：我们去那里是为了感受她祖先的光荣，而不是呆呆地看着低层次的艺术形式。

佛像变大，向我招手。我松开加布里埃拉的手，爬上他的膝盖。一张凉凉的石手轻轻地抱着我，而他令人宽心的声音说出了伟大的真理。

"当你醒来，你会记起所有的事，我的女儿，所有重要的事。"他一直用他凉凉的手掌轻抚我，重复着咒语，直到我意识到罗林斯的胳膊环住我，而他低沉的声音要求我醒来。

"你要去床上睡，华沙斯基。你这样对谁都没有帮助。要我开车送你回家吗？"

"把我送到汽车旅馆去。"我嘟哝着，"你不相信有人跟踪我，但是他们今天早上来抓我了。昨天早上。去问贝尔蒙特快餐店的芭芭拉——她会告诉你真相。"

"你知道哪家汽车旅馆会让你这样住进去？你连双鞋都没有。你最好让我送你回家,神探南茜。如果你非常担心,我会让人每二十分钟就去你家附近巡逻。"

我觉得很虚弱而且很无助,被佛抛弃了。我强忍住倒在地上崩溃成碎片的冲动。"你最好看着我回到公寓里。我今天晚上没法应付扑向我的任何东西。"

"好的,女孩,好的。警察亲自护送。二十四小时保护,至少到你能再次离开饲料槽。现在,回家吧。芬奇利侦探会去做思考的事情。这是个难看的工作,而他不喜欢有观众在场。"

我看着芬奇利。"那你相信我吗?尼利跟你说了什么?"

他允许自己露出一个小小的微笑。"基督医院来了一个二三十岁的男人,左大腿上有枪伤。他说他在清洁手枪的时候,枪突然走火了。可能就是你说的人,或者——就像他自己说的那样。

"至于你故事的其他部分——这不是一个故事,维克。这只是看待一家公司和一起死亡的另一种方式。但是我会再思考一下这个案子。现在,让康纳德送你回去。从他听说我们把你从河里捞起来,他就吓得魂不附体。"

看同一个故事的另一种方式。罗林斯不是为我疯狂。他只是担忧。也许佛终究是照顾着我的。

"我想要回我的枪,泰利。我有执照。"我让给马用的蓝色毯子滑落,从我的后口袋翻出钱包。钱包里全都是黏糊糊的泥和水。我撬开钱包,试图从泡透了的狭槽里分离出各种证件和信用卡。

芬奇利看我笨拙地摸索了一两分钟,然后发了慈悲,把史密斯威森递给我。"我会找弹道专家检查你的子弹和基督医院里取出来的那颗子弹。然后我要以袭击那个家伙的罪名逮捕你。"

"然后我会进行一次大审判,证明我是自卫。而他的六个伙伴就会是唯一的目击证人。"

"这很吸引人，维克，非常诱人。我打赌头儿会让我在这个基础上跟进的。以后你再开枪的时候要小心谨慎。"

"是的，侦探。"我温顺地说道。在我把枪放回肩套里之前，我拿下别针，塞进牛仔裤里。一把生锈的枪会以难看的方式显得很没礼貌。

罗林斯捡起毯子，披在我肩膀上。在我走出门口的时候，我感激地依靠在他强壮的臂膀上。

第三十四章 法律强壮的臂膀

我太过疲惫,拿钥匙徒劳无功地摸索了几分钟才意识到有问题:"有人试图闯进来,但他们只把锁弄坏了。"

我的嘴唇肿了,还很累,说话变成了难以理解的咕哝。罗林斯看了眼门框,立刻就发现了损坏。在我反应过来之前,他已经通过他衣领上的麦克风大声下达命令。

我一只手盖住麦克风。"现在别,警长,请别。我需要睡觉——我今天晚上没法面对仆人或是保护人了。我们可以去后门看看能不能进去。而如果不能……我会睡在孔特雷拉斯先生的沙发上。"和米切·克吕格尔的幽魂分享剩下的地方。这念头让我发抖。

罗林斯怀疑地看着我。"去看看到后面能发现什么吧。"他敷衍道。

我的双腿似乎从躯干上分离了,它们以沉重得好似机器人的步伐移动着,但是还令人悲痛地现出没有预兆就会弯曲变形的倾向。罗林斯右手拿着枪,在我第一次摔倒之后就一直用一只胳膊环住我。他看到我是多么虚弱无力,他快步跑过街道,进入小巷。

在进入院子之前,他点亮明亮的聚光灯,照着了台阶和所有的角落。我听见孔特雷拉斯先生的门后传来佩皮微弱的叫声。维尼所在的北边角落里,窗帘猛然一动。

过去的那些年里,因为工作,我闯入过他人房屋很多次,所以我给我的公寓包裹了一层不锈钢。大门除了有三道锁之外，还镀了一层不锈钢。后面就是带有常规格子的门和窗。这些都没人动过，但是现在我已经无力去和锁沟通了。我把我的钥匙圈递给罗林斯。他在找需要的钥匙，而我就沉重地背倚着窗户栅栏倒下来。

我只想自己一个人待着，那样我就能沉入睡梦中。罗林斯坚持要搜查我家的时候，我几乎要在筋疲力尽中尖叫起来。

"这里没有人，康纳德。他们试了前门，进不来，然后就认为后门很容易受到攻击，方便闯入。请……我只是需要睡眠。"

"是的，我知道你需要，华小姐。但是如果不快速检查一遍，我自己就没法睡着了。"

我倒在餐桌上，用胳膊肘把昨天的报纸挥到地板上。我立刻就睡着了。罗林斯强制地把我的脑袋从前臂之间抬起来，我才醒过来。

"我讨厌对你这样，维克，但是除非你的家务活能达到最低标准，必须有人在这儿。"

我的大脑都成了大团糨糊，我甚至没法想到怎么回答他，更别说强迫我肿胀的嘴唇去说点什么了。我沉默地跟在他身后进了起居室。

有人打破了朝北的一扇窗户，爬进来，把这里撕成了碎片。他们做得不怎么巧妙。碎玻璃躺在窗台下的地板上。有一片还移到了钢琴凳旁边。凳子被打开了。所有的乐谱躺在地板上，或是钢琴上，书脊坏掉了，书页只靠一根线连在一起。房间里的每本书和报纸都像是遭到了同等待遇。

"我要找人来。"罗林斯突然说道。

"这里可以保持到早上。"我尽量说得有力，"今天晚上我不会篡改证据。但是如果我不睡觉，你就要把我打包送到埃尔金去了。我现在没有能力应付这些。"

"但是那个窗户——"

"我有锤子和钉子。地下室肯定还有一些木板。"

"你不能这么做！这里也许有指纹。"

"然后呢？我从来都不知道你们什么时候有多余的人力去追踪一起住家被强行闯入的案子。让我休息一下，罗林斯。"

他揉揉眼睛。"哦，真是疯了，维克。我可以睡在你的沙发上，但是我要为发现现场而不立即找人来而在警察局付出见鬼的代价。更不用说我为什么要在这里过夜了。我要找人来。你不是说你可以在你邻居那里应个急吗？"

"我是这么说的，但是我不想这么做。喂，你要是真的这么做，就把警察找来吧，但是让我睡觉。"

他检查过房间之后同意了。我的衣服都被从抽屉里翻了出来，但是家具没有破损。我看看衣橱。他们匆忙翻找了衣服，但是漏掉了衣橱后面的那个安在墙里的小保险箱。真业余，而且，对此很生气。

"你是不是知道点什么，华小姐？为什么有人要费这么大力气这么做？你知道，如果他们只是街头的朋克混混，他们在发现无法破坏大门的时候就会放弃了。"

"我的大脑现在不工作，警长。如果你需要叫你的伙计们来，请让我自己待着。"我的声音现在很沙哑，但是我已经无力去在意。

罗林斯久久地看着我，似乎在判断揍我一顿是不是就能从我这里问出更多的事情。他走回走廊，进入起居室。我能听见他一边走，麦克风一边发出噼啪声。

即便如此，我还是得站着洗二十分钟的淋浴，把运河里带来的脏污从我的毛孔里清洗出来，才能上床。当我回到卧室时，警察们来了。我夸张地甩上门，然后坠入了深沉的梦中。我梦到巨人在卡车中追捕我,而我自己在爬墙,试图到达佛身边,但总是够不着。我一度滑了下来,从高高的脚手架上摔下来。就在我撞向水泥地之前,我惊恐地醒来。十二点半了。

我用了一半的力气站起来,但是我的腿和胳膊都沉重得无法移动。我又沉入床垫里,看着阳光的光斑在窗帘和天花板之间跳舞。

如果有人让我现在推荐一个好的私家侦探,我会让他们去大的乡村公司之一。我努力为一个陷入老年期的女人辩护,她疯了,生活变得非常糟糕。我花了一周促使钻石山发动机公司给我米切·克吕格尔的消息,但我辛苦所得的只是酸痛的肌肉,一把生锈的手枪,一间被破坏的公寓。哦,不,还有特兰斯艾姆的两万美元的修理费。而且洛蒂·赫切尔受了伤,受了惊吓,生气地去了埃文斯顿。

"真是只老虎啊。"我大声说道,苦涩地自嘲,"你是他妈的多么浪费时间啊。你应该回去送传票。至少你知道怎么送传票。虽然如此,你还是要用双脚走路干活,而且会在上楼的时候摔断脖子。"

"你总是大声跟自己说话吗,华沙斯基?怪不得邻居会抱怨。"康纳德·罗林斯出现在门里。

我一听到声音就从床上跳了起来,疯狂地在卧室里找攻击性武器。当我看见是谁,我的脸颊烧红了。我随手从地板上抓起一件汗衫和一条短裤穿好。

"你总是不说一声就走进别人的卧室里吗?如果我的枪不需要清洁,你也许就死了。我应该拖着你的屁股上法庭。"

罗林斯大笑出声,递给我一杯咖啡。"法律保护和服务部的官员,华小姐。虽然昨天晚上你回来之后不能合作,但我不觉得麻烦。"

"不能合作?我毫无保留地把事情告诉了你们,而你们所做的就是为了一个愚蠢的破窗户来骚扰我……你在这里过的夜,还是早上一起床又回来的?"

他坐在床尾。"我们七点左右检查完这里。我看你有一套备用钥匙。我借走一套,这样我就可以锁门了。而你楼下的老先生在我出去的时候拦住我。他盘问得很利索。他弄明白我不是个朋克混混之后,告诉我他对这些事的看法。我们认为我应该回来。我睡在沙发上。没有很不舒服,真的。此外,在芬奇利吵醒我之前,我睡了四五个小时。稍后你可以谢谢我给你拿报纸刷盘子。"

我盘起双腿,放在身下的床上。"我会在你的薪资信封里多放五美元。我想你们没找到什么东西?"

他做了个鬼脸。"进来的人戴了手套,穿着十号的锐步——他们在窗户的灰尘里找到鞋印。也许可以说说糟糕的卫生状况。"

我报以亲密的微笑。"我不需要评价,警长。邻居们怎么说?他们应该看到有人爬梯子。"

他摇摇头。"这么做有风险,但风险不大。你几点走的?昨天晚上十点?那么,十点之后,四点之前。这个街区很安静。不管怎么说,从街上看不到这一侧——北边有树遮住你家,如果有人正好走过,假的大门会掩护他。他们在找什么,维克?"

"我希望我知道。"我慢慢说道,"我没有线索。我在找一些文件——米切·克吕格尔在寄宿屋的时候手上有的文件,但波尔特太太说他儿子第二天来拿走了。任何一个和她说过话的人都知道我没有拿。"

当然,我还在弗里泽尔太太家里找文件,而托德和克里西并不知道我有没有找到那些文件。他们要知道我不在家很简单,但是他们有谋划要闯进来吗?

"那梯子呢?"我问道。

"也许是新的。它的安全踏足留下了很好的印迹,而且上面还有沟槽——用得不够多,所以还没磨掉。"他喝完咖啡,把杯子放在地板上,"我会叫一辆巡逻车时不时过来转转,确保你的访客不会再来。"

"谢谢。"我犹豫了一下,试图捡起我的话题,"我很感激——我真的很感激。你待了一整晚而我睡得不省人事。但是,好吧,我并没有要个保镖,我不认为我需要。等到我不能照顾自己的那天,我就退休去密歇根。"

他镶金的门牙闪闪发光。"也许我就是喜欢你这点,华小姐。因为你脾气太坏了。我就是爱看你让其他人恼火。"

"上周在洛蒂的事情上你似乎没这么喜欢这点。"

"我说的是其他人,华沙斯基,不是指我自己。"

我忍不住大笑。"那是你的嗜好?"

"是的,但是我最近没有多少机会来实践。"

我把咖啡杯放在床边的桌子上,朝他伸出一只胳膊。我的肌肉突然没有十分钟之前感觉那么沉重。

"我想你永远都不会问,华小姐。"他倾身越过床,强壮的手指滑进我的运动衫里面,"我想这么做,已经三年了。"

"我从来都不知道你是个害羞的家伙,警长。"我沿着他身体上一道长长的伤疤摸索到他的背上,"你没有我应该要知道的妻子或是女朋友什么的,是吗?我想你见过很多苔萨·雷诺兹。"

苔萨是我们都认识的一位雕塑家。

康纳德做了个鬼脸。"那有一段时间了。在马尔科姆死后,她需要一个可以依靠的肩膀,而我的肩膀就在手边上。我不知道,也许一个警察对一个女艺术家来说不够优秀吧。你呢?我经常看到你和那个做新闻的男孩在一起,你们之间怎么样了?"

"莫里·莱森？我和他只是在那段时间里说说话。不，我见过两个，但是没一个特别的。"

"好的，华小姐，听起来我可以接受。"

我们越靠越近，亲吻彼此。我们好一阵子都没有说什么话。我伸出一只胳膊，在我的床边小桌上摸索着避孕用的子宫帽。之后，我在罗林斯的臂弯里打起瞌睡。我的梦肯定还在缠绕着我，因为我突然叫了出来："你不是佛，你知道的。"

"是的，华小姐。有人这么跟我说过了。"

他的手轻抚着我的头发。那是我暂时能记得的最后一件事。当我再次醒来，已经快两点了。罗林斯已经走了，但是他在咖啡壶边上留了一张字条，解释他是去工作了。"我把你的备用钥匙还给那位老先生了，所以不用担心我会不请自来。我已经让巡逻车在附近不断寻找你提到的那辆斯巴鲁。在打电话给我之前，不要和任何团伙碰面。附言：明天一起吃晚饭如何？"

穿好衣服的时候，我发现我在无声地哼着莫扎特。这是斯嘉丽综合征。白瑞德来了，度过了一个夜晚，然后突然你就唱起歌来，又开心起来。我对着镜子里的自己做了个鬼脸。私家侦探不应该和警察发生亲密的纠缠，但是这个想法没能如意料中的让我败兴。从另一角度来说，如果我的母亲没有爬上一位警长的床，我会在哪儿呢？如果对她来说很棒，那么对我来说应该也是如此。

我一边清洁史密斯威森，一边继续哼"我的上苍，虽然他背叛了我"。虽然歌词很绝望，但是旋律很轻快，所以我总是会想起这个咏叹调。尽管如此，之后当我用力擦洗手指上的油污时，我在想这个讨厌鬼会是谁呢。肯定不是康纳德·罗林斯，也不是孔特雷拉斯先生。但是这个人选的范围很广，包括杰森·费利蒂、米尔特·让法斯，还有我那位很好的旧识——我的前夫迪克。和莫扎特的女主角不同,我不会对钻石山的职工有多少同情,但是某些多愁善感的火花让我希望迪克不会眼睁睁看着他们做这种肮脏的事。

第三十五章 艰难一日的夜晚带来的后遗症

等我擦干净枪穿好衣服的时候,已经四点多了。我打电话给拉利。遭遇洗劫之后,他能把我的公寓恢复原样。我向他解释了我的困难。他下周三之前都没时间来,但是他告诉我一个紧急镶玻璃工人同意早上给我修窗玻璃。

争论一番之后,我决定打电话给报警设备公司,让他们把我的窗户和门都装上电线。我拿到他们的机器,还有星期一早上打回去给他们的指示。我讨厌住在堡垒中间。虽然报警系统或许可以让我关掉硬件,但每天晚上都要把住处封锁起来的感觉非常糟糕。可我无法再承受有人在我身后从窗户里爬进来了。

下午的其余时间我都用来在坏掉的窗户上把木板钉成十字,在其他窗户上粗略地加工了一下。之后,我觉得焦虑不安,而且让我难过的是,我还觉得孤单,感觉被抛弃了。独处通常会带给我平静,但是现在我觉得被围困了。我不觉得我能在钉着木板的窗户下忍受一个晚上。

我可以打电话给康纳德,但是在依赖状态下开始一段关系是个错误。我犹豫了几分钟,找到了在马克斯那里的洛蒂。

"我想我找到了袭击你的人。"我突兀地问候她,"或者说,他们找到了我。"

"哦?"她的语气很谨慎。

我解释了昨天晚上发生的事,强调我已经告诉了芬奇利和罗林斯我所知道的每一件和米切·克吕格尔以及钻石山公司的事。"但是我不认为他们很在意。他们觉得我被追着跳进运河里是对我闯进那个公司的惩罚。"

我深深吸了口气。"洛蒂,我知道你对我很失望,因为你代替我被袭击了。我不会责备你,但是……我只是今天晚上不能自己一个人待着。有太多——有太多人想要——"让我沮丧的是,泪水让我哽咽,我说不下去了。

"维克,不要!"我畏缩于她声音里的尖锐,"我现在帮不了你。我很抱歉。你昨天晚上那么糟糕,我真的很遗憾。我希望我能帮你重拾信心,但是我自己也崩溃了,我没法帮助你。"

"我……洛蒂……"但是她把电话交回给马克斯。

马克斯接过了电话,他的声音意外地温柔,甚至还为洛蒂被袭击那天晚上的严苛而道歉。"你们两个都希望自己战无不胜,不是这样的时候你们都很痛苦,"他又说道,"洛蒂……好吧,她现在状态不好。她不生你的气,但是她需要生气,来让自己运行起来。你能理解吗?给她一点空间,一点时间?"

"我想我会的。"我苦涩地说道。

我们挂上电话。我站在房间中间,双手按住我的头,试图不让脑子里的沸腾从太阳穴里飞溅而出。我不能再在这个公寓多待一分钟了,我非常确定这一点。我胡乱地把衣服塞进一个过夜行李包里,多拿了一个夹子,然后走下楼去。我要找辆火车去奥黑尔机场,坐上我能找到空位的第一架飞机。

我想过出去的时候从孔特雷拉斯先生的住处偷偷溜走,但还是认为那对老先生很不公平。我其实不必为此担心：在我走完楼梯之前，他的门就开了。

他双手放在屁股上，审视着我。"所以，你去了，还把自己掉进了运河里，嗯？在让我认为你只是出去过几晚之后。我受不了再来几次昨天晚上那样的情形了，这是真的。别以为我会为了放罗林斯警长去你的房间而道歉，因为我没有。如果你不能和任何人分享你的计划，我至少能找警察来照顾你。"

"谢谢你。我很感激你的关心。虽然我一直睡到中午，并不知道有个警察在我的沙发上，我很肯定是潜意识让我休息。"

他恼怒地嘟哝着："见鬼，别用你时髦的词语跟我说话。我知道你只在生气的时候才会这么说话，但是你不需要这样。我是那个早上五点突然发现你几乎被人杀了的人。而且是再一次。"

"别！"我的叫声比我意料中还要尖锐，"我现在只是受不了任何骚扰。"

他开始规劝我。在我注意到他的感受和担忧之前，我没有学会听进去他的劝告。但是我的悲痛肯定清楚地表露在脸上。一分钟之后，他住口了，问我怎么了。

我试图挤出一个微笑。"昨天晚上太糟糕，而现在太多人盯着我。"

"如果我知道你打算做什么，想要我不成为他们中的一个，就会容易一些。"

我闭上了眼睛，仿佛这就能让整个世界消失。但是我越快开始我的报告，我就能越早摆脱。"我闯进了钻石山公司。为了进去，我得从高于地面十英寸的窗户里飞进去。然后我挂在起重机钩着的摇摇晃晃的一卷铜线上面，沿着起重机的支架爬下来，这样才不会被撞进墙里，然后跳进运河里躲避一辆小轿车的撞击。我知道你是个很好的人，你对我绝对是非常好,但是如果我告诉你我的计划,你肯定会坚持跟我一起去。而你不适合做这些。我很抱歉,但是你不能做这些。"

他的双眼毫无预兆地涌出泪水。他转过头,这样我就不会看见他抹去泪水。很好。现在我认识的每个人都一起哭。包括我在内。

"啊,你不明白,宝贝。我关心你。啊,怎么会这样,你知道我爱你。我知道我有鲁蒂和外孙们,但他们不是我每天生活里的一部分,而你才是。"他一边说,一边转过头去,我得很努力才能听清他的话。

"我生长的时代和你不一样。我知道你喜欢独立,但是等我明白我不能照顾你,不能跟着你跳进窗户,让我很受伤。二十年前——但是,哦,抱怨有什么用。总有一天会出这种事的,而你知道我的意思。至少你要保证不让别人先击倒你。"

我温柔地引着他走进起居室,让他在芥末黄色的扶手椅里坐下。我在他身边蹲下身,把一只手放在他肩膀上。佩皮察觉到他的悲伤,暂时离开它的宝宝,过来嗅嗅他的双膝。他心不在焉地轻抚着它。安静了几分钟之后,他带着令人心痛的礼貌微笑站起来。

"所以,你在起重机上荡秋千,嗯?希望我不会看到那一幕。谁在那儿?你为什么这么做?"

我极为简略地描述了一下那个夜晚。"为什么他们要把那么多的铜线运出去?芬奇利说这是'正常的生意',但是我不这么想;他们没有实行夜班制。而他们装载的应该是漂亮的小发动机,而不是大卷的铜线。"

"是的,是的。不管怎么说,他们用不到那么多铜线。听着像是有人在那里弄了个仓库。你知道,他们找到你的那个又大又旧的支架,从战后就已经没有用过了——二战以后,我是说——那时候他们三班倒来保证进度。任何一个知道那家公司的人都知道上面那层可以用作仓储。你知道,如果他们偷了什么东西,还想安静地守住一阵子的话。"

我咬着手指关节。这和我想的那些事一样有道理。"那些铜线圈上面有'百利宫'的标签。你觉得这些材料会是从哪儿来的?"

"百利宫?"他浓密的花白眉毛竖起来,"百利宫曾经拥有过钻石山。就在我退休的时候,他们买下了公司。然后他们在一年前把公司卖给了某人。我记得我在《太阳报》上读到过这个消息,但是这些对我来说都没有意义了,所以我没有记下买方的名字。"

"杰森·费利蒂。"我呆呆地说道,但是我的眼睛燃起愤怒的火焰。他们曾经拥有那家该死的公司,但是本·洛林告诉我他不知道百利宫和钻石山之间的关系。我愤怒地捶了下椅子。

孔特雷拉斯先生担忧地看着我,于是我解释了一下我和钢铁公司主管之间失败的会谈。"你知道钻石山的哪些人参与了骗局吗?我可以肯定在甲板上说话的那些家伙参加了。你也许也听说过什么。"

他抱歉地摇摇头。"你知道,宝贝,那是很久以前的事了。而且如我所说,百利宫是在我退休的时候插手的。"

我们都安静地坐了几分钟。佩皮回到它的孩子身边。它们现在已经有两周大了,开始能探索世界了。它找回在餐厅走丢了的两个孩子,用它柔软又强壮的下巴把它们带回窝里。

"哦,宝贝,我忘了告诉你。我确实问过几位女士克里西·皮奇的事,问了她有没有工作。"

我把思路从本·洛林的极不公正上拉回来,努力思考托德和克里西·皮奇:"那她有吗?"

"就她们所知,没有。但是特茨太太和奥尔森太太说她非常好心,愿意帮她们做投资,所以她们在想她是不是在结婚之前做有关方面的工作。"

我凝视着他。"真的啊!帮她们投资?我希望她们没有冲动。"

他耸耸肩。"关于这点我无话可说。但是我认为很有趣的是,猜猜谁和她一起来和她们谈的。"

我摇摇头。"从你的口吻里我知道不是她的丈夫,但是——肯定也不是第一位华沙斯基先生。"

"第一个?哦,我明白了,你是说你的前夫。不是。是住在我走廊对面的那个孩子。维尼·巴顿,他总是让你难过。"

我坐回我的脚踝上。银行经理维尼。我总是这么想他的。我从来没有费力去想过是哪家银行。肯定是在美国大都市银行和信贷公司。我从齿间吹了声口哨。维尼和托德以及克里西有联系。因此把他们都和银行联系起来。

当然,我得打电话去确认。但我是对的,美国大都市和钻石山确实有关系。杰森·费利蒂拥有钻石山,而他也是美国大都市的董事会成员。我能感觉我的两个半脑正在努力合到一起,努力把克里西、维尼和弗里泽尔太太及钻石山发动机公司组织起来。我做不到。

我坐直身体。

"你要去哪儿,宝贝?想去和维尼谈谈?你认为也许他是个偷他们钱的骗子?"

我大笑。维尼就是个经济拮据又紧张的美国南部小傻瓜,很难把他看成是一个罪案策划者。不管怎么说,在我没有攻不破的事实可以拿来吊他胃口之前,我是不会去面对他的。我已经厌倦了手里没有弹药还要去要求他们开口。

我向孔特雷拉斯先生解释了一下。"我正要去奥黑尔机场。我得离开镇子。"

"你要去哪里？回匹兹堡？"

"我不知道。芝加哥小熊队这个周末在亚特兰大比赛。也许我会去南部，看看我能不能拿到票。"

他不喜欢这个主意。他讨厌让我离开他的视线。但是如果我待在镇上，警察的记录上也许会至少多出一具尸体，或者更多。

第三十六章 临终遗嘱

和里格利棒球场相比，福尔顿县体育场更大，而且没有多少粉丝来给勇士们加油。周日那天我没费什么力就买到了一张票。小熊队赢了，对它来说，这是个奇迹。这个夏天男孩们很难弄明白他们适合什么样的比赛。

我虔诚地前去朝拜马丁·路德·金的出生地，然后在布伦南酒馆喝了一杯拉莫斯杜松子汽酒。把我自己和芝加哥分开两天，对我有所帮助，但是我没法走出洛蒂的痛苦带给我的痛——被她疏远就像是失去了我身体的一部分。

星期一我坐中午的航班飞回芝加哥。坐火车回镇上的时候，我努力把思绪拉回到眼前的工作上。

我敲响了孔特雷拉斯先生的房门，让他知道我回家了。但是他不在家。我从我的厨房窗户看到他出去照料他的西红柿了。我已经忘记了紧急安装玻璃的工人，但是我慷慨的邻居咽下了他受伤的感受，让修玻璃的人进来了。新窗户上贴着的便笺告诉了我这些。

我胡乱拨弄着没用完的一份嵌装玻璃用的油灰。我唯一知道的将抑郁封锁住的办法就是工作。我需要拜访湖景银行，努力找出弗里泽尔太太从那里移走账户的原因。我还想要给百利宫钢材的本·洛林施加一点压力。虽然如此，我还是先找了警报安装公司。当然，我在他们关门前联系到他们,但是他们只能安排到明天一早来安装。

现在去银行太晚了,但是毫无疑问,本·洛林肯定在林肯伍德和百利宫的主管扭打。我拨打他们的电话,然后被转到苏吉那里。我听着她深沉甜蜜的声音,想起我还不知道她姓什么。

"我是维·艾·华沙斯基。星期五下午我来和本·洛林还有他的伙计们谈过话。"

"哦,是的,华沙斯基小姐。我记得很清楚。"

"我有另外一个问题要问他,关于在我离开之后了解到的事情。"

"我很抱歉,他特别交代过不想接你的电话。"她深沉的嗓音传达了她个人的歉意。这会儿肯定有人在旁听她的电话。

"好吧,我不会强行要你通报。但是你能告诉他我现在知道钻石山的人正在半夜运出百利宫出产的铜线吗?问问他有没有觉得好奇,或者这只是他们生意中正常的一部分?"

她让我等等。五分钟之后本·洛林朝我发出刺耳的声音,质问我他妈的怎么会知道这些事,我为谁工作,见鬼的我想要什么。

"为了和你分享消息。你听到这个很惊讶吗?"

他略过这一点。"你怎么知道的?你有照片吗?你有什么证据?"

"我亲眼所见。我挂在你们的一个铜线圈上,当时起重机正吊着它。事实上,它或许救了我的命。所以,我出于感激才打电话给你。"

"别对我耍这种花招,华沙斯基,你没这个本事。告诉我一些细节。告诉我你为什么要打电话来。"

我简洁地描述了一下我所见的画面。"我已经厌烦了被和钻石山有关的人浪费我的时间了。如果某个人不快点开始跟我谈,我就要和联邦调查局分享这些消息了。也许还有报纸。"

我听见他低声咒骂"他妈的",但是他没再说什么。"我们需要谈谈,华沙斯基。但是我得先和我的管理团队说一声。你什么时候可以再来公司,明天早上?"

我想起明天要安装报警系统。"我很忙。要不你来找我?"

"明天早上我不能离开公司。我会打给你。但是在那之前,别和其他人谈这件事。"

"啊,疯了疯了,洛林。我永远都不会再为你吊在铜线圈上了。"

"我没有让你这么做,华沙斯基。就两天。我也许今天晚上就能去找你。给我你的号码。"

"明白,明白,船长。"我们挂上电话的时候我机智地致敬,但他当然不会听见。

那么现在呢?他涉足其中,并且打算赢得几个小时,不是努力遮掩就是要打爆我的头?至少罗林斯的巡逻车能让后者变得不那么可行。

今天下午我没有足够的精力担心这事儿。我需要拿回因帕拉,在波尔特太太把我的东西卖给消防员之前拿回来,然后回家。

我出门的时候,敲了敲孔特雷拉斯先生的门。他再度回到屋内,见到我很是安慰。他的话像潮水,讲的都是安装玻璃的人。我让这潮水冲刷一遍,然后在间隙谢谢他,然后解释说我要出去。"我会在八点左右回来。"

"我可以做晚饭。"他试探地提议。

我匆匆抱了他一下。"楼上有鸡肉,我今天晚上要煮鸡肉。为什么不让我也做点什么来作为交换呢?"

他陪我走到门口。"这次远离运河,宝贝。我知道你喝了很多水,但是那对你不好。"

我离开的时候,维尼正走进来。孔特雷拉斯先生和我都凝视着他,努力把他想象成一个招摇撞骗的人。他穿着浅灰色的夏天正装,领带系得很紧。他看起来太像一个古板的企业人,我不得不放弃了我的想法。

"晚上好,维尼,"我欢快地说道,"有没有什么适合我们的投资建议?"

他冷冷地看着我。"卖掉你在消费合作社的股份,华沙斯基。这附近发展得很快,你会负担不了你的税单。"

我大笑起来,但是我能察觉孔特雷拉斯先生要发怒了。我出门的时候,听到以"年轻人"开始的讽刺。孔特雷拉斯先生可以在任何时候开始讽刺。

我走到贝尔蒙特路和霍尔斯特德路交界处去坐火车。似乎没有人跟着我。我爬上通往平台的楼梯时,双腿疼痛。孔特雷拉斯先生是对的:岁月不饶人,我不能再在枝形吊灯上摇荡,我几乎能感觉到它在我的肌肉上投下的阴影。

我坐的火车里空调不工作,窗户也不开。短袜队正在主场打比赛。快乐的粉丝们把牛仔裤剪成短裤穿在身上,加入了人挤人的通勤人员中,让这次路途变成了令人窒息的不幸之一。

我在三十一街下车,为到了户外而感到高兴,于是我决定走路去因帕拉那里。公交车离开站台的时候,我胡乱朝它挥挥手,为我不再是如此闷热夜晚中站着的沙丁鱼之一而感到颇为欣慰。

我的耐克鞋沉在了运河河底。我穿着的轻便运动鞋不能给我多少支撑。我走到一半,双脚就开始疼了,但依然沉重地向前走着,没有在汽车站停留。夜晚的天空又开始积满雨云。我走到达门路的时候,第一滴雨下了下来。我快步跑过半个街区,到达我停车的三十一街。似乎没人肆意破坏它。在我朝南走的路上,我一直担心如果卢克自己珍贵的宝贝受损,他还会不会费心给我修特兰斯艾姆。

我去喝酒的时候,钥匙还在我的牛仔裤口袋里。钥匙环生了锈,但是点火没有一丝拖沓。我还抢救出波尔特太太的大门钥匙。我在腰带上打的结经历了周五的旋转之夜还没有松掉。

当我到达她位于阿彻路的房子时,雨下成了厚厚的雨幕。我全力跑上快要散架的台阶,穿着我的轻便平底鞋滑过破旧不堪的木板。我跑到顶上的时候全身都湿透了。我因为湿透而冷得沉重无比的手指笨拙地摸索着她的大门锁。

我打开门的时候,波尔特太太在门另一边等着我。门廊非常黑,看不清东西,但是我身后的夕阳映照得她对着我的灭火器闪闪发光。我缩起头,前臂护住眼睛,从她伸出的手臂下突然冲向她的腹部。这像是把我的头撞到床垫上。我们都嘟哝着。我在她腋下转身,把灭火器从她的掌控下抢了出来。

"波尔特太太。"我喘着气说,"你亲自来迎接我真是太好了。"

"你淋湿了。"她说,"你把油布都弄湿了。"

"是运河。你的伙计们把我推进去,但是我成功地爬出来了。想谈谈这个吗?"

"你无权闯进这里袭击我。我要报警。"

"去吧,波尔特太太,请自便。让你和我去跟警察谈谈对我来说是再好不过的了。事实上,我期待他们会来找你。你听说过一区的芬奇利侦探吗?"

"就是那个黑鬼警察?是的,他来过。我没话可以对他们说。"

"黑鬼还是警察?"我努力放轻声音,但是康纳德·罗林斯古铜色的身体压着我身体的情景在脑海里闪现出来,让我窒息。我努力克制我的愤怒——她肯定不会欣然同意听我进行种族主义之恶的演讲。

"两者之一。我告诉他想要和我交谈,他必须拿到搜查证。我知道我的权利，我告诉他，他不能牵着我的鼻子走。"

"那是什么？你不想打电话给当地的警察局投诉我来这儿了吗？还是你想让我叫芬奇利拿着逮捕证回来？"我的牙齿开始因为寒冷而打战。这让我更难专注在谈话上，反正这个谈话也不像是会有什么进展。

波尔特太太突然转过身来说道："你为什么不上楼去换衣服，宝贝？上面有你的干净衣服，你可以换上。然后你和我可以谈谈。不用把警察扯进来。"

我手里还拿着灭火器。在走进黑暗的楼梯之前，我把灭火器递给她。我不认为她这个时候会要袭击我。

在米切旧房间的四十瓦灯泡下，我脱掉自己的湿衣服，从我的箱子里拿出一条毛巾，把自己擦到暖和起来。我的箱子里一片混乱，可见我的女房东已经翻找过一遍了。

我穿上干净的T恤和运动裤，在想我的枪该放在哪儿。能掩盖我的肩套的外套太湿了没法穿。最后我把枪用皮带贴身捆好，它摩擦着我的皮肤，很不舒服。

房外的楼梯吱嘎作响。我快速走过去打开门。和我住在一起的某个借宿者正从钥匙孔里对着我流口水。

"好吧，我有乳房。现在你有机会看看了，去别的地方玩吧。"

他提心吊胆地朝我眨眨眼睛，快步走下走廊。我关上门，但没费力去做点什么阻隔视线。我真正不想让别人看见的是枪，但是现在再去藏已经太迟了。

我有一双替换的袜子，但是没有鞋。我的轻便鞋湿透了，没法再穿。我决定在开车回家的时候再穿上那双干净的袜子。我光着脚放轻脚步走下楼梯。我走得很慢，以免被油布上的钉子或者不牢固的边缘割伤脚。

我的房东正在看克林特·伊斯特伍德和一只猩猩的高速追踪。她的老房客萨姆正坐在沙发上喝啤酒，朝着那只猩猩大笑。波尔特太太看见我，就朝萨姆努了努下巴。他恭顺地站起来，解开他那件旧衣服上钩着的沙发弹簧。

她从沙发那里朝我挥挥手。除了她那张过大的塑料扶手椅之外，这里就只有那一个地方可以坐了。我迟疑地看着沙发。纺织物包裹着弹簧，但是上面散布着饼干屑。我坐在其中一个扶手边缘。那个扶手在我身下危险地颤动着。

波尔特太太充满歉意地关掉电视的声音，那时克林特和猩猩刚刚把第二辆车推出街道。换作是我也更愿意去看电视，而不是跟我谈话。

"听说你掉进运河里了，嗯？"

"你的伙计们没告诉你吗？我们在一起过了一晚上。他们想要把我的身体当作路的一部分来用，我决定拼死抗争，为了能逃出来继续活着。"

"谁想撞倒你？"她喃喃低语，眼睛盯着屏幕。

"米尔顿·让法斯，波尔特太太。你认识他——你一有我的消息就打电话给他了，告诉他我回到附近了。"

"我不知道你在说什么。"

"你知道，波尔特太太。"我从沙发扶手上站起来，从她手里抢过遥控器，"我们为什么不迟点再去看克林特？我周五晚上的冒险比他的还要刺激。如果你听我说，我保证描述得绘声绘色。"

我按下电源键，那个巨大的三菱电视上一片空白。

"嘿，没人叫你——"她叫起来。

"莉莉，你还好吗？"萨姆在门道里紧张地转圈。他肯定已经朝黑暗的走廊里挪了几步，好准备冲过来保护她。

"哦,去吃你的晚饭吧,萨姆。我可以看住她。"

他试图给她做手势。她没有改变主意,他就悄悄走进房间,俯身朝向她的椅子。"罗恩说她有枪。她换衣服的时候他看见了。"

波尔特太太发出一串大笑。"所以,她有枪。她还有一个加农炮可以穿透我的身体。别担心这个,萨姆。"

他再度消失在阴暗中,她朝我眯起眼睛。"你来这里向我开枪?"

"如果我想这么做,你朝我挥舞那个该死的灭火器的时候我就会拔枪了,而警察会认为是自我防卫。"

"我不知道那是你。"她愤愤不平地说道,"我听到有人在我门边。我也有权利保护自己,和你一样。而在这一带你再小心都不为过。然后你就像个疯牛一样冲向我,你觉得我会怎么做?把市长请来,再给你办——欢迎晚会?"

我听到最后一句话,朝她露齿一笑,但是继续我的攻击。"让法斯星期六打电话给你了吗?告诉你我死了?"

"我不认识叫让法斯的人。"她大叫,"忘了这个!"

我一掌拍在电视机上。"别跟我鬼扯,波尔特太太。我知道你打电话给他了,星期五晚上在工厂里,他们告诉我了。"

"我不认识任何一个叫这个名字的人。"她固执地重复道,"而且你不能拍那个电视机。我花了很多钱买的。你弄坏了,就要给我买个新的,不然我要把你告上法庭。"

"好吧,你打了电话给某个人。是谁?"突然灵光一闪,"不,别告诉我你打电话给米切·克吕格尔的儿子了。他来这里拿米切的东西的时候,给了你一个电话号码。他告诉你,一有人找来这里问起他父亲,你就要打电话给他。你肯定提醒过他我来过这里,而他说得很清楚,如果我回来的话,他想要立刻知道。"

她非常吃惊。"你怎么知道的？他说过没人会知道他来过。"

"你告诉我的。你记得吗？上周二我过来找米切的文件的时候？"

"哦。"昏暗的灯光中很难看出她的表情，但是我想她看起来很懊恼。"我保证过我不会说的。我忘了……"

我蹲在积满灰尘的地板上，就在灯下，这样我们能把对方的脸看得更清楚。"到这儿来的那个人，说他是米切的儿子，他有我这么高吗？胡子刮得很干净，棕色的短发朝后梳得很整齐？"

她谨慎地看着我。"也许吧。但是很多人可能长那样。"

我同意。很难想到一个公司经理的外表会有什么特征能让他在人群中很显眼。"告诉你吧，波尔特太太，我敢跟你打赌，就一百美元吧，那个说他自己是米切儿子的人其实就是米尔特·让法斯，钻石山公司的工厂经理。你知道吧？就是三十一街上运河边的发动机工厂。你愿意早上开车和我去见见他吗？证明我是正确的或是错的？"

她纽扣般的黑色眼睛贪婪地闪烁了一分钟，但是她想清楚的时候，眼里的光芒消失了。"就算你是对的吧。不是说我相信你了，而是姑且当你是对的。他为什么要这么做？"

我深吸一口气，谨慎地挑选词语。"你不知道米切·克吕格尔，波尔特太太，但是我可以肯定你过去见过很多像他这样的人。总是想不劳而获。"

"是的，我遇到过几个这样的人。"她不情愿地说道。

"他认为他搞明白了钻石山的某件事。别问我是什么事，因为我也不知道。我能说的就是，他去那边转悠了，暗示那些家伙他了解了他们的骗局，然后他就死了。让法斯也许认为米切真的有某个非法事件的证据。所以他的尸体一被发现，让法斯就来这里，装作是米切的儿子，这样他就能拿到他的文件。"

看起来，米切似乎不可能有与铜线有关的盗窃集团的书面证据。尽管如此，但谁知道呢，也许他去翻过废料箱，寻找能给他用作勒索材料的文件。我想象不出他能做这么多事，但我只见过他几次。

"好吧，就算我周五确实给他打电话了。"波尔特太太打断我的思路，"不是说我真的这么做了，就是猜测。那又如何？"

"两周以前我努力想和这个人谈谈米切·克吕格尔的事，但他不肯见我。我周五晚上去了工厂，希望能找到某个方法，可以让他跟我谈。他那里有七个人在等着我。我们就开始打斗，但是他们人太多了，就如我所说，当他们想要撞倒我的时候，我跳进了运河里。"

我不想告诉波尔特太太铜线圈的事。毕竟，如果她要以盗窃集团的事情勒索让法斯的话，她也许就会是下一个出现在斯蒂克尼河段的浮尸。

"七个人对你一个，嗯？你带着枪？"

我笑了。她真的想要彩色电影画面。我给了她一个图片式的描述，包括让我没藏住的喷嚏，也包括了那些人说"老板"警告过他们我在附近。我搪塞了卡车和铜线的部分，只让她以为在他们开起重机的时候我跳了上去。

她重重地叹息了一声。"你真的爬下了起重机的架子？真希望有人拿着相机拍下来了。当然，我也年轻过。但是我不认为我能从横档跳到起重机上。我恐高。"

她沉默了几分钟，陷入沉思。"他肯定愚弄了我，那个家伙，自称是米切·克吕格尔儿子的那个人。当他给了我那么多钱的时候我就应该想到的……"她眼神飘忽地看着我，但是我没有朝她尖叫，她就放松下来。

"这是我的一个弱点。"她庄重地说道，"我们小时候太穷了。曾经带肥猪肉片三明治去学校。能有两片面包包裹住肥猪肉片,就是很好的日子了。但是我对男人判断很准确,我本该想到他拿到我的号码实在轻而易举。"

她又沉思起来,然后突然起身。"你留在这里。我很快就回来。"

我站起身。我的膝盖因为长久地跪在油布上面而疼痛不已。她在走廊里和萨姆低声交谈,而我就坐在她的脚凳上,做股四头肌的举起运动。她回来之前,我成功地每条腿做完了五十下。

"米切的儿子,不管他是谁,反正那人来要的时候,我把这些从他的房间里拿出来了。你也许知道我的缺点。我看得出他很手痒,想要染指老人的文件,而我想也许这些值点钱。但是我翻过好多次了,而我活到现在也看不出这些东西有什么重要的,让他在整个南边过活的时候都带着。你可以拿走它们。"她猛地把用报纸包好的一个包裹塞进我手里。

第三十七章 一只给孔特雷拉斯先生的鸡

我从肯尼迪路下来转进贝尔蒙特路的时候，已经快八点半了。波尔特太太想在我离开之前和我喝一两杯啤酒，以表达对我掉进运河的同情。尽管我不常喝啤酒，但我还是觉得保持她对我的好感比较好。

萨姆买了六瓶装的啤酒和两个玻璃杯，然后在门道里焦虑地转个不停，以确定我不会袭击波尔特太太。到那会儿我已经能从她极富个人色彩的回忆中摆脱出来。她一边说一边拍着我的大腿，告诉我，其实我没有第一次出现在她面前时那么高傲自大。

我在阿什兰附近的付费电话亭停下来打电话给孔特雷拉斯先生，一部分原因是为了让他知道我还活着，虽然很晚了。我还想确定我家没有被人围攻。他接到我的电话，松了口气，就开始喋喋不休。我打断他，承诺晚饭的时候会告诉他一切。

我发现再努力隐藏因帕拉没有任何意义。到现在任何一个想知道我在哪里的人都很清楚我的每一步行动。我绝对没有信心在我离开波尔特太太家后的那一分钟里她不会打电话给米尔特·让法斯。我在我的公寓对面坐了几分钟，搜索任何奇怪地看着我家的人。

最后我滑过座位，从副驾驶那一侧的车门下车，手里拿着枪。我走到大门前，一辆巡逻车缓缓行驶过来，他的目标显然是入口。我放下箱子，挥了挥左手，希望手的影子能遮住我的史密斯威森。罗林斯警长负责这个案子。我不知道我是否喜欢这个主意带给我的一点温暖的闪光：为了自己好，过分依赖某个人是个错误。

孔特雷拉斯先生在大厅里冒了出来。他是来接我的。他坚持要从我手里接过箱子，拿到楼上去。我让他在葡萄酒和威士忌之间选一样，但是他自己带了一瓶格拉巴。我换好干净的鞋子和牛仔裤，他已经拿着玻璃杯在餐桌旁坐下了。

我还没看波尔特太太的报纸包裹。她递给我的时候，我就把它塞进运动裤的腰带里。我不想在她面前表现得太热切。此外，我害怕打开它——害怕里面那些对她来说毫无意义的东西对我来说也是一样。我换衣服的时候，把这包东西放在梳妆台上，但是一直看着它。我回到厨房的时候，做了个深呼吸，拿上了它。

我随意地把它丢在孔特雷拉斯先生面前。"这些是米切的私人文件。波尔特太太在他死后从他的房间里顺手牵羊拿出来的，但是她决定转交给我。我要做晚餐了，想看看这里面有没有什么劲爆的东西吗？"

我乱哄哄地忙着弄平底锅和橄榄油，剁着蘑菇和橄榄，好像那个小包裹对我没有任何吸引力。我能听见身后孔特雷拉斯先生剥开它的时候发出的咔嚓咔嚓声。我把鸡裹上面粉，丢进锅里。油炸的声音淹没了纸张发出的噪音。

最后，我在鸡上面点燃了白兰地，盖上锅盖，以外科医生的精细清洗我的双手。然后我坐在孔特雷拉斯先生身边，灌下一大杯威士忌，以盖住不停让我打嗝的劣质啤酒。

他疑惑地看着我。"我真希望你不是因为这东西差点儿被杀，宝贝。这看起来什么也不是。当然，这对米切来说有意义，而且这里面有些东西有感情价值，他的工会卡和私人物品，但是其他的……没什么东西，也没什么……好吧，总之，你自己来看吧。"

我的心沉到谷底。我太过期待了。我拿起那堆东西。最近经手的人太多，它们脏得很。我一个个翻看着。

米切的工会卡，社会保障卡，寄给联邦政府告知地址变更的表格，这样他可以继续拿到他的社会保障金。另一份是给当地工会的。《太阳报》上关于钻石山所有权更换的报道，已经破损了，很难辨认上面的字迹。一张报纸上的照片，是个白发男人，笑起来嘴巴张得很大，都能看到他的白齿。他正和一个大概五十岁的胖男人握手。文章标题被拇指摸得太多次，已经看不清了。我捏着报纸上方的一个角，拿给孔特雷拉斯先生看。

"你认识这里面的先生们吗？"

"哦，左边的是我们当地工会的老主席，埃迪·摩尔。"

"埃迪·摩尔？"我的后颈蹿过一阵刺痛，"就是他的车被人用来袭击洛蒂？"

"是的……你想到了什么，宝贝？"他激动得从他的椅子上站起来。

"为什么米切把他的照片放在他最宝贝的财产里随身带着？"

孔特雷拉斯先生耸耸肩。"也许他之前没在报纸上见过他认识的人。你知道的，感情。"

"我不觉得米切是个感情用事的人。他不知道妻子和儿子的下落。他手上没有一个纸片表示他关心地球某处的某个灵魂。而现在和杰森·费利蒂买下钻石山的照片放在一起的是钻石山的老工会主席的照片。但是如果摩尔是被报纸拍了照片，那么他不可能在做什么他不想让人知道的事。"我补充道，更多是对我自己说，而不是对孔特雷拉斯先生。

"就是这样，宝贝。你想让它有意义。管他呢，我也想这样。我们花了两个星期的大好时光,却什么也没发现。我知道你多希望这个东西是重要的。"

我吞下威士忌,把自己从桌边拔起来。"吃晚饭吧。然后我要把这个拿到办公室去。如果我复印一份,这东西的内容也许会呈现得更清晰:有时候是这样的。"

他觉得我想要抓捕野鹅,就笨拙地拍拍我的肩膀,以示同情和安慰。他帮我端出那只鸡,拿到餐厅里。我把米切的小秘密拿到桌边,把那些文件在我和孔特雷拉斯先生之间摆出一个圆圈。

"他需要他的社保卡。我猜他也需要他的工会卡,以拿到退休金。或者说,也许这是他在生活也能找到的可以有所联系的东西。他为什么要留下钻石山所有者的记录呢?"

我没有想到答案,但是孔特雷拉斯先生意外地回答了我。"那个叫费利蒂的人什么时候买下公司的?一年前,还是两年前?到那时候为止,米切都知道他没法只靠他的退休金过活。也许他认为他能去找那个人要份工作。"

我对自己点点头。这话有道理。"那埃迪·摩尔呢?他能帮米切吗?"

"不确定。"孔特雷拉斯先生用纸巾擦擦嘴,"很棒的鸡,宝贝。你放了橄榄吗?我从来没试过这个味道。不,埃迪已经退休了,他不可能对公司雇用人员说得上话。当然,他可以推荐,这会比一个走在寒冷的大街上的人多点分量,但是他和米切不是特别融洽。我不觉得他会帮一个和他关系一般的人。"

"和埃迪握手的是谁?"

孔特雷拉斯先生从衬衫口袋里拿出眼镜,再度仔细地审视那张图片。"让我想想。看起来不像我见过的任何人……我看你迫不及待地要离开这里,去看看你能从这个人身上找到什么。我们可以回来之后再喝咖啡。"

我朝他咧嘴笑道:"我不知道我这么容易被人识破。你要一起去吗?"

"哦,当然。你要去抓野鹅,我想看看能发现什么。即使我不再能从横档跳上移动中的起重机。虽然我可以打赌,我以前能做到。"我仔细锁好三道锁的时候,他低声嘀咕,"我剩下的力量,比你想象得要多。"

我觉得如果我假装没有听见,我们的友谊会维持更久。

我们很快到了闹市区。既然办公室的工作人员现在都下班了,我在普尔特尼旁只找了几个门,就找到了足够我停下因帕拉的地方。

我在想,昨天晚上把我家彻底搜了一遍的那些人会不会也翻遍了我的办公室。但是门没有被人碰过的迹象。不管罗林斯怎么说,这些人不认识我。如果他们真的在找某个他们认为我才会有的东西,他们肯定会来我的办公室。

我的台式静电复印机灵敏地恢复了活力。我放大了照片,增强了对比度。几分钟之内,我就拿到一张能看清标题的复印件,来看看埃迪·摩尔因为什么事上报。报纸上说他是南边的退休者,在某个地方得了奖。那个名字很模糊,我想可能是赫克托·博勒加德。赫克托是芝加哥安居服务的秘书,很出名。他说他为埃迪对他最爱的慈善事业所做出的贡献而感到惊叹。

我在解码的时候,孔特雷拉斯先生用他粗硬的手指跟我一起翻看。他低声吹了个口哨。"我从来不知道埃迪是会做慈善的人。哥伦比亚骑士会,也许吧。但我猜'芝加哥安居'不是什么市中心的组织。"

我坐在桌子的一头,表情冷酷。"那不只是个市中心的慈善组织,还是我前夫迪克·亚伯勒的宠物。马克斯·勒文塔尔的儿子迈克尔两周前为他们做过公益表演,我在那里见到了迪克,他负责把那个晚会弄成了食物狂欢。那不只是令人好奇的程度,而是彻头彻尾的恐怖。我想我需要和摩尔先生谈谈。你能带我去找他吗?为我做下介绍?"

孔特雷拉斯先生再度拿下他的眼镜,揉揉鼻梁。"你为什么想和他谈?你不是认为他做了什么……和那个'芝加哥安居'有什么秘密勾当吧?如果真有值得怀疑的事,他们不会把这个弄到报纸上去的。"

"我还没有成熟的想法。所以我想和他谈谈。只是有太多巧合。米切带着他的照片,还有和钻石山有关的报道。我的前夫迪克正在给'芝加哥安居'拉皮条。同时迪克的岳父就是钻石山拥有者的兄弟。埃迪、迪克和杰森·费利蒂都相互认识。我要弄明白为什么米切认为这些有价值。"

"我不喜欢这个,宝贝。"

"我也不喜欢。"我请求般地伸出手,"但是这就是我得出的结论,所以我们要使用它。"

"这让我觉得,我不知道,像是一个鬼鬼祟祟的人。一个恶棍。"

我不悦地撇撇嘴。"侦探的工作就是这样。不总是魔法和激情。经常是乏味单调的工作,而且有时像是背叛。如果这真的让你觉得自己是个恶棍,我不会要你跟我一起去。但是无论你来不来,我都要和埃迪·摩尔谈谈。"

"哦,如果决定了我会去。"他缓缓说道,"我知道我没有选择。"

第三十八章 前夫露面

我回到家不久，罗林斯就打电话过来。"只是想听听你甜美的声音，华小姐。确定你没有掉进挂车或是其他什么东西里面。昨天我试过找你，但是没有发出全境通告。我想你要是死了，你的尸体还能再保存一天。"

"我离开了。"我说，很生气地发现我正在解释，"自从有人试图杀我之后，已经过去三天了。生活变得沉闷。虽然如此，我还是挺喜欢巡逻车的。我从来没想过蓝白警车能让我这么开心。"

"我发现像你这样时髦的女人会期待礼物，华小姐。而既然我买不起钻石，我可以给你我拥有的东西。明天一起吃晚餐如何？"

我笑了。"星期三怎么样？明天我要工作到很晚。"

他星期三很忙。我们决定周五在阳光海岸共进晚餐。那在贝尔蒙特街上的一个墨西哥餐厅，就在雅皮圈的西边。"如果你明天的工作和抓有武器的朋克有关，而你不告诉我的话，我会生气的。"他又说道。

我突然觉得很生气，但努力温和地说道："我很感激巡逻车和关心，警长，但是我不会把生活转交给你。如果那是交换，我会在大街上碰碰运气。"温和与我显然融合得不怎么好。

"这对你来说是这样的吗，维克？"他的声音很惊讶，"我是个警察。而不管我多喜欢你，我都不想让市民上火线——这让警察的工作难了十倍。而当我想到有人爬梯子到你窗户那里,像冰一样冷酷地冲进去,我也会打寒战。"

"这让我打寒战,但是我会处理。总之,我是个市民——我不喜欢警察来告诉我怎么做我的工作。此外,已经过去一周了,你们的人都不相信那儿曾有火线。现在我对你证明了这一点,你想让我收拾东西回家。也许警察和私家侦探就不应该这么友好地在一起。"最后一句话刚说出来,我就后悔了。

"啊。卑鄙的一击,华小姐。卑鄙的一击。我不认为我们在工作上有冲突,但也许你这么想。"

"康纳德,我知道世上有好警察,我爸爸就是。但是警察和其他人群一样,他们凑到一起,就抱成团。他们想对他们群体之外的人展示他们集体的力量。而社会给了你们很多权力来增加你们的力量。有时候我想我的整个工作包括站在不同的小圈子之外——警察圈子,或是商人圈子,或是别的什么——而我手上拿着黄旗,提醒你们,你们的看法不是唯一的。"

他沉默了一分钟。"星期五你还想和我一起吃晚饭吗?"

我发觉脸颊红了。"当然。是的,除非你改主意了。"

"唔,那就打住吧,不要说得太多之后都不想再在一起。我不想在电话里过快地讨论这个问题。"他犹豫了一下,然后说,"你能保证如果有人试图伤害你,你会打电话给我吗?追逐你,爬上你的窗户这类的?这会违反你的原则吗?"

我亲切地同意了,但是我挂上电话的时候拳头仍然紧捏着。我早就该知道这些,而不是去和一个警察上床。过去两周的每一天我都是在思考之前行动。而每一天这都给我带来麻烦。

我正走向浴室为睡觉做准备,电话又响了。我本打算让它响,毕竟现在已经十一点多了。但是也许是罗林斯想要解决某些问题。响到第五声的时候，我拿起浴室的分机。是莫里·莱森。从嘈杂的背景声来看，他在一个热闹的派对上。

"你喝醉了吗，莫里？现在已经不是可以打电话给别人的时间了。"

"你老了吗，华沙斯基？我还以为你的夜晚正要开始呢。"

我对着电话做了个鬼脸。"是的，我老了。既然你知道，那么你调查记者的大脑放松了吗？"

"不完全，维克。"他大声喊着，好让他的声音能盖过音乐。我把话筒从耳边拿开几英寸。

"你怎么能掉进运河里而不和我说一声呢？我的一个办事员刚刚在酒吧里跑来悄悄告诉我这个消息。当然，他认为我肯定已经知道了，因为每个人都认为我和你是朋友。你让我很没面子。"

"得了吧，莫里，上次我见到你，你告诉我说我在做的事情不是个新闻。你怎么不用你的小提琴拉那首《所有朋友在一起》呢？我不会容忍你的。"我气得把手里摆弄的一支铅笔折成两段。

"你不能对新闻挑三拣四，华沙斯基。一个老太太失去了她的狗，因为她衰老了，而那些狗打扰别人的生活——这不有趣，而一个喝醉的游手好闲的人掉进运河里也不有趣，但是如果你介入了，人们会想知道的。"

"连你的马一起操，莱森。"我使出全力摔上电话。

我愤怒得直喘气，我去亚特兰大旅行以来的脆弱平静彻底破碎了。这些人想怎么样，想把我耍得团团转吗？我从我的储物间后面翻出一个篮球，开始上下拍球。我怀着恶意漠视了楼下睡着的那家人，希望能把我的一些怒火拍走。

电话再度响起时，我已经运了五分钟的球。打电话来的不是恫吓我给他新闻的莫里,就是楼下的邻居。我匆忙把篮球塞回储物间,然后拿起了话筒。

"维克?"是迪克轻快的男中音,"我知道很晚了,但是我打了两个小时都没打通。"

我重重地坐在钢琴凳上,惊讶把愤怒从我身体里敲了出去。"所以你就有权利在晚上十一点十五分给我电话了?"仅仅因为我不再愤怒,并不意味着迪克就能坐享其成。

"你和我需要谈谈。我今天在你的答录机上留了两条语音。"

我发现我从亚特兰大回来之后还没有查过我的答录机。"这太突然了,迪克,所以我不知道怎么回答你。苔莉知道吗?"

"现在请别胡闹了,维克。我没有那个心情。"

"好吧,这就是我们分手的原因,不是吗?"我理智地说道,"因为我不够关心让你有心情的东西。"

"瞧,过去两周里你总是忙着管我的闲事。我想我已经很宽容了,但是你现在真的在找麻烦。这对你来说也许挺奇怪,但是我不想看见你惹上大麻烦。"

我对着话筒做个鬼脸。"你这么说真滑稽,理查德。我最近和你有一模一样的想法。我会和你交易——你告诉我你认为我惹上的大麻烦是什么,我就告诉你我眼中你的大麻烦。"

他夸张地叹了口气。"我早该知道别试着帮你的。"

"你早就应该想到用权威的口气跟我说话不会是帮我。"我纠正他。

"我希望你明天来我办公室。我十点左右有空。"

"那就是说,我要在你的等待室里无所事事地等到十一点或是十二点。不,谢谢。我明天日程很满。为什么你不在去卢普上班的时候顺路到我这里来一下呢?就只是顺便,从艾森豪威尔路转到贝尔蒙特路来。"

他不喜欢这个主意，大部分是因为他没有控制这件事。他试图让我去市中心的企业俱乐部。芝加哥顶尖的律师和银行家最喜欢的防腐中心。但我想在我家附近开始一天的工作。我要去湖景银行。他最后同意在贝尔蒙特快餐店见面，但是得在七点。他的重要会议八点半开始。因为迪克知道选择清晨对我并不公平，这让他在谈话中抢占了一点先机。

上床之前，我检查了我的答录机。确实有两则来自迪克的留言，都是强调我立刻打电话给他。芬奇利侦探也打了电话来，还有卢克·爱德华兹和罗林斯警长。我很高兴我没接到卢克的电话。我现在没心情去听他漫长而悲哀地说特兰斯艾姆的状况。我拔掉电话线，然后上床睡觉。

第三十九章 离婚之后仍苦恼

我母亲的身影在梦中折磨着我。我正在体育馆里打篮球,她突然出现在我面前。我扔下球,从球场跑到她身边,但是我刚向她伸出一只手,她就转过身背对着我,然后走开了。我感觉自己在梦里哭了,因为我跟着她走到霍尔斯特德路,祈求她转身看看我。在我身后,佛用加布里埃拉口音很重的英语说道:"你现在要自己照顾自己了,维克。"

闹钟在六点叫醒我,让我得以从梦的陷阱里解脱出来。夜里流下的眼泪让我的双眼黏糊糊的。刷牙的时候,我对自己感到很抱歉,因为我忍住了另一场哭泣。

"你怎么了?"我对镜子里的那张脸嘲弄地说道,"因为失去了迪克·亚伯勒的爱而觉得困苦不堪吗?"

我拧开淋浴的冷水,把我的脑袋放在莲蓬头下面。大量的水洗干净我的眼睑,也让我头脑清醒。我在起居室里做了一次彻底的锻炼,包括一整套重量练习。最后,我的胳膊和腿都在颤抖,但是我觉得自己清除了噩梦的影响。

我仔细地穿上一件柔软的金领上衣,换上深灰色的长裤。这让我对自己有些恼怒。我不认为我想在迪克面前卖弄,至少不是卖弄风骚。我只是想看起来酷一点,成功一点。大耳环和短粗的项链增添了时尚感。外套的剪裁足以藏起我的肩套。

从我掉进运河里,到现在已经四天了。我开始为那些家伙留给我的平静而感到紧张。没有威胁电话,没有从窗户里扔进来的火焰炸弹。这不全是因为康纳德的仆人们的监督。我无法不去认为他们是在积蓄力量,要给我来一个巨大又丑陋的惊喜。

我从起居室的窗户望着街道,出门之前仔细观察。从这个角度很难看出有没有人正从外面的汽车里监视我,但是上周纠缠我的斯巴鲁不在。我出去的时候没人朝我开枪。这总是一天好的开始。

我绕了很远的路才到贝尔蒙特路。作为恐怖袭击的目标,这是首要遵守的规则:改变路线。虽然我走进快餐店的时候已经七点过几分,迪克还没有到。我满心都在热切地回忆应付恐怖主义的规则,却忘了和大人物吃早饭的规则:让别人等。

芭芭拉和海伦热情地向我问好。虽然生意很忙,但她们还是向我仔细描述了上周五我离开后尾随我的人发生的事情。

"甜心,你应该亲眼看看。"芭芭拉扭头喊道。她正把一份烟熏火腿和煎蛋放在我身后的桌子上。"海伦几乎把那个可怜的笨蛋剥光了。一直对着他的裤腿哭个不停,说她很抱歉把茶泼到了他身上。然后,唔,过一会儿再告诉你……你还是老样子,是吗,杰克?而你呢,查克,两份双面煎鸡蛋,还有洋葱土豆煎饼?"她匆匆走回厨房。

海伦正在角落里卸下满怀食物。从那边喊过来。"最精彩的地方是玛吉。她从厨房出来,一看见骚乱,就在走道里洒了一罐子热油。那个可怜家伙的帮手飞奔进来。第一个家伙朝他喊'她从后面走掉了',第二个家伙一屁股滑倒了。"她大声笑道。

芭芭拉拿着一壶刚煮好的咖啡再次出现。她给我倒了一杯。"太棒了,维克。上帝,我希望我带了照相机。他们花了一个小时才从这儿离开,我们一直像三个配角一样不能自已地尖叫着……你今天吃什么,甜心?"

"在我点单之前,我要等一个人。你们很棒。我希望我当时留下来看表演了。如果我有一笔钱,一定分给你们。"

每天这时候的大多数客人都是常客。他们都住在附近,好些年都在上班的路上过来这里吃早饭。他们显然已经听过这个故事——他们不断插话补充润色。听到我的话,有两个人不满地发出嘘声。"你应该放弃工作,把你的生意转给这里的女孩子们,她们很专业。"

喧闹声突然减弱。我抬头看过去,看见迪克走进来。他那件珍珠灰的夏日线衣闪着财富的光。他略显傲慢地看着有缺口的福米卡塑料贴面的目光激起了厌恶的涟漪。穿着工作服和破旧外套的男人们快速吃着他们的食物。迪克朝我挥了下手,人群里蹿过一阵窃窃私语。

"这个天才是谁?"芭芭拉给我添咖啡的时候耳语道,"你抓住他,你就有钱了。别以为我会忘记你的甜言蜜语。"

迪克坐下来,她在他面前轻轻掸了掸她破旧的衣服。"能让他坐下吗,维克?"

我觉得有点尴尬,我让迪克到这里来不是为了让他被侮辱的。"他是我的客人,芭芭拉。迪克·亚伯勒,芭芭拉·弗兰纳里。迪克曾经和我结过婚,不过是在另一个国家。"

芭芭拉的嘴巴张成了聪明的"O"形。她在暗示她明白我们有秘密生意要谈。"需要菜单吗,迪克?"

迪克扬起冷漠的双眉。企业俱乐部的侍者都是谦恭地低声称他为"亚伯勒先生"。

"你这里有新鲜水果吗?"

芭芭拉转动眼珠子,但是没把她最爱的反驳说出口。"蜜露、罗马甜瓜，和草莓。"

"草莓，加酸奶，还有格兰诺拉麦片，麦片里加脱脂牛奶。"

"水果，坚果和薄片，还有脱脂奶。"芭芭拉喃喃道，"你呢，维克？"

迪克炫耀他的健康食谱就和他做的其他所有事一样让我觉得很荒谬。"牛肉饼和白煮蛋，还有薯条。"

芭芭拉朝我眨眨眼，然后走开。

"你听说过胆固醇吗，维克？"迪克审视着他的塑料水杯，好像那是个未知的生命形态。

"你这么急着找我就是要说这个吗？你知道你以前见过塑料——我们一起住在艾利斯的时候就是用这个喝水的。"

他有风度地露出一丝惭愧。他喝了一口水，手指拨弄着他衬衫袖子的链扣，打量四周。

"也许时不时到这种地方来，对我挺好的。"

"是的。像是进了动物园。你能在笼子里的生物身上体会到优越感，虽然你同情它们。"

在他能找到聪明的言辞猛烈反击我之前，芭芭拉放下他的食物，昂首离开。他谨慎地戳戳那些草莓，挑出四五个明显不合乎他标准的，舀了一些酸奶浇在其他的草莓上。这是他这样的人搬进了晚饭从酸奶和麦片开始吃起的社区。当我四年前初到这里时，我不会吃到这样华而不实的食物。

"那么你想谈什么呢，迪克？我知道你的时间很宝贵。"

他吞下一口草莓。"你周五去找了杰森·费利蒂。"

"谢谢你和我分享消息。"

他皱起眉，但艰难地继续说道："我想知道你为什么觉得你不得不去烦他。"

芭芭拉拿来我的食物。我切开鸡蛋,把蛋黄和牛肉饼搅在一起。薯条是金棕色的,而且很脆。我吃了一点,然后再吃牛肉饼。我想迪克正有点羡慕地看着薯条。

"我知道你是钻石山的董事之一,迪克。我感觉杰森买下那家公司的时候,你负责处理它的法律事务。毕竟,他是你岳父的兄弟。而且,哪怕是在橡树河,我猜家族成员都是紧密相连的。"我一边说一边研究他的表情,但是他玩过太多高赌注的扑克牌,因而不会露出我看得懂的惊讶。

我简单地说了下米切·克吕格尔的故事,以及米尔特·让法斯拒绝和我交谈的事。"所以我只是希望我能说服杰森让让法斯见见我。你的岳父向你抱怨了吗?"

迪克露出一丝紧张的微笑。"维克,不管你信不信,虽然每次见到我你都会恶作剧般捉弄我,但是我不希望你出事。我甚至希望你过得很好,只要你不扰乱我的家庭或者我的事业。"

他咽下一口咖啡,做了个鬼脸。"但是彼得·费利蒂和这个城市一些很有权势的人有来往。你骚扰杰森,让他很恼火。我认为你某个晚上甚至试图闯进工厂。彼得可以向警察施压,在你每次做调查的时候骚扰你。他甚至可以吊销你的执照。我只是作为一个朋友来和你谈。不管你是否相信,我不愿看见你遭遇那种不幸。"

"当然,如果你真的关心我的幸福,你可以劝彼得不要做那些卑鄙的事——毕竟,他是你的岳父。"我吃完牛肉饼,开始尽情享受鸡蛋黄的丰美,"但是我有点担心你,迪克。钻石山正在做一些肮脏的事情。和百利宫钢铁有关,和某些退休的技工有关,还和知道所有这些事的人有关。"

我挥舞着一只手来展示我脑中这件事所涉及的范围。"我不想看见你被证券交易委员会或是律师纪律委员会什么的传召去签署承认进行了不道德行为。或许是强迫他人向你们最爱的慈善组织捐款,以此交换特殊的法律优惠。"

昨晚离开办公室之后,我断断续续地想着埃迪·摩尔和"芝加哥安居"。我突然想到费利蒂也许让迪克的公司迫使人们捐款来交换高价的法律业务。这听着是个不足以采信的想法,但是我期待地观察迪克的脸,看看我是不是接近了某些真相。

他把勺子放回麦片碗里,给了我一丝无情的微笑。"这些是很严重的指控,维克。我明白你为什么不想在我的办公室见面了。如果我有目击证人,你就很难撤销这些话了。"

"如果你会让人目击这种谈话,那么你最近真的是在一个相当奇怪的地方从事法律工作。顺便提一下,你注意了吧,我没有问你是怎么知道上周我去过钻石山的。那是因为你的岳父大人彼得肯定告诉你了。我已经知道那个经理正和那些把工厂当作偷窃物品的前线的暴徒一起亲密合作。所以那肯定意味着彼得也知道这些事。"

迪克的脸由于愤怒而发白。他很生气,双眼闪着光,就像是蓝宝石在他的皮肤上闪烁一般。"这个州有诽谤罪,而他们就是为了像你这样满嘴胡言乱语的人专门设计的。盗窃商品的前线?你没法给我提供一丁点证据。你在四处乱咬,是因为你那天晚上被抓到的时候短裤掉下来了。"

"迪克,我看见七个人半夜把百利宫生产的铜线圈装到卡车上去。"

他嗤之以鼻。"那肯定是偷窃。"

"他们试图杀了我。"

"他们抓到你非法闯入。"

到这会儿，我确实在四处乱咬。"让法斯告诉他们我是谁。他们受到警告，而他们在等我。总之，他们从百利宫拿到了比生产所需多很多的成吨的铜线。你认为他们在工厂关闭之后这么做是在干什么，送去给救世军吗？"

"如果，我是说如果，某些员工从公司偷了那些铜线，你认为彼得会容忍吗？"他露出怜悯的微笑，"不管你怎么虚张声势，我没法不认为你是有些嫉妒苔莉。有些时候她的生活肯定让你觉得很棒吧。所以你试图通过她父亲找她的麻烦。"

"我？嫉妒苔莉？嫉妒一个不得不去联合广场逛街度日的人？"我的嗓音抬高到了假声的地步，"天啊，迪克！控制一下你自己的情绪。你认为我在过去十年里做了什么：躺在那里等我们的道路因为彻头彻尾的偶然而交会，好瞄准你的妻子吗？"

他涨红了脸，皱起眉。"尽管如此，我还是要警告你远离钻石山。这是为你好。当然你也要避免像偷窃这种不道德的指控。如果你遇到严重的冲突，这种事不会让你输得更轻松。彼得听说闯进去的人是你，他非常失望。事实上，这对他来说非常尴尬，因为你和我的关系。感谢上帝他还能说服媒体不要报道这件事——"

"你不是生下来就这么愚蠢的，迪克。"我打断他，我的双眸闪着光，"用用你那个该死的脑子。我刚刚告诉过你我可以把钻石山的那些暴徒和工厂经理联系起来，而你刚把彼得·费利蒂和工厂经理还有暴徒们联系在一起。这些都说出来之后，你想站在哪一边？哪怕是彼得·费利蒂，也不能永远压制消息。此外，我知道《明星先驱报》的一个家伙正手痒着想要报道我周五晚上在钻石山做的事。"

迪克撇撇嘴。"哦，是的，你和你认识的那些人。离婚显然是你女性解放的生活方式的资本，是吗？"

我的手反射性地扫过去，我把咖啡泼到他的深灰色条纹衬衫上。芭芭拉在附近转悠，以防我需要帮助。我从钱包里拉出一张二十美元的钞票，猛塞进她的围裙口袋里。

"或许你和玛吉可以再做一回好撒玛利亚人，给这位天才帮个忙。小伙子不能穿着有咖啡渍的衬衫去参加高档会议。"我站起来，喘着气。

"你会后悔的，维克。为了跟我有过这次交谈而非常非常懊恼。"迪克因为羞辱和愤怒而脸色苍白。

"是你打电话来想见面的，理查德。但无论如何，把干洗的账单寄给我。"我离开快餐店的时候，双腿都在颤抖。

第四十章 不再想念

我在街对面的汽车站找到一张长凳,就坐在那儿,大口大口地呼吸着空气。我仍旧因为愤怒而颤抖着,右手捏成拳头,使劲敲着我的大腿。等车的人都从我身边让开,觉得遇到又一个失去控制的疯子。

当我意识到我制造的公众效应,便控制住自己。主动发怒的结果就是让我筋疲力尽。我无精打采地看着迪克从快餐店里出现,关掉他那辆奔驰敞篷车的警报器,然后在他精疲力竭之际仍然大声咆哮着掉转车头离开。我甚至都没有在意到希望有巡警拦住他。至少,没有努力去抱有希望。

不久,我再次穿过街道,回到快餐店。店里已经空了;女侍应生们都聚在一张桌子前,喝咖啡抽烟。

芭芭拉一看见我就跳了起来。"你还好吗,宝贝?"

"哦,是的。我只是需要洗洗脸,振作一下。抱歉把你们这里当作托儿所了。"

她顽皮地笑了。"哦,我不知道,维克。你在五天之内带给我们比一整年还多的活力。让这个地方活力四射,还让我们除了腰酸背痛之外有其他可聊的。"

我拍拍她的肩膀,经过周五玛吉泼了油脂在地上的走道,走进后面的小洗手间。这是我做的另一件好事:走道现在比我之前见过的都要干净。

我花了几分钟用冷水洗脸。这不能代替小睡一会儿,但是能让我撑过这个白天。我在闪烁的霓虹灯光下涂上口红。那苍白的光线强调出我脸部的轮廓,还在其中挖出粗糙的沟槽。这预示着我老了之后的模样。我对着自己的投影做了个鬼脸,加强了它荒诞不羁的线条。

"你看起来穿着很成功,我的女孩。"我赞美自己的模样。

我突然想起来我今天早上安排了人来装报警系统。我用饭店的付费电话打给孔特雷拉斯先生;他一个上午都会在家,还很乐意让工人进来,虽然他听起来不大兴奋。

"你确定你不介意吗?如果这让你感到困扰,我会回家来等。"

"哦,不,宝贝,我没有介意。"他匆忙向我保证,"我想我只是在担心去见埃迪的事。"

"但是你还是会去的?"

"是的。我真的需要和他谈谈。"

然后他就没再说什么,除了说他会等工人来,就挂上了电话。

芭芭拉给了我一杯新鲜的咖啡,让我带着走。"喝点热的能让你镇定下来,宝贝。"

我一边喝着咖啡,一边沿着贝尔蒙特街走。反射性的吞咽确实让我感觉更加是我自己。当我在贝尔蒙特街和设菲尔德街的拐角处到达湖景银行的时候,我感觉我至少可以和人谈话了。

银行是个低矮的石头建筑,窗户上有铁条,看起来很冷清,而且远离它那些住在市中心的兄弟的金融回旋。带有木栅的窗户只能让一点光穿透过去;大厅是个暗淡又陈旧的地方,也许从它一九二三年开张到现在都没有清洗过。虽然如此,但银行很认真地对待自己对社区的承诺,在社区里投资,带着关怀服务这里的居民。为了道德,他们避开那些会破坏许多八十年代的小机构的高赌注计划;据我所知,他们的资金状况还不错。

大多数银行业务是在大厅后面一个顶很高的房间办理。三位信贷员坐在出纳对面的一个低矮的木头围栏后面。我能看到阿尔玛·沃特斯。她帮我办理过消费合作社的抵押,但是按照礼仪,我把我的名片递给了接待员。

阿尔玛匆匆出来见我。她是个丰满的女人,年纪介于五十岁和六十岁之间。她穿着一件明亮的紧身连衣裙,脖子上系着围巾,还戴着俗气的珠宝首饰。今天她玩了一把红色和令人震惊的粉红色的组合,还戴了一串黑色和银色相间的水珠项链。她穿着带着尖刺的漆皮无带浅口凉鞋过来,非常热情地和我握手,好像我借了十万美元,而不是五万。

"欢迎回来,维克。你好吗?你的公寓怎么样了?那是个很棒的投资。我想我那时候告诉过你拉辛的发展就要开始,而它现在开始了。我刚刚和住在巴里的一个人重新谈过抵押贷款的事。而你知道的,她那间小小的两居室价值翻了八倍。你就是为这个来的吗?"她一边说着,一边从一个抽屉里迅速拿出我的文件夹。

我每个月要支付市中心办公室的租金,还有房子的按揭每个月也要给七百美元。有时候要凑到这么多钱,有些困难。好吧,这就是我所需要的,让我的抵押借款翻三番。

我微笑着说道:"这只是一部分原因。还有一部分是和拉辛升值的房子有关。我需要一些帮助,也许你觉得你没法帮我。"

"试试看,维克。"她嗓音洪亮地大笑,露出一口明亮整齐的牙齿,"你知道我们的格言:'和我们服务的社区一起成长。'"

"你知道我是个私家侦探,阿尔玛。"她应该知道,因为我不稳定的收入让她的经理认为我不能保证良好的信用。"我为一个和我住同一条街的老太太工作。她叫哈莉埃特·弗里泽尔。弗里泽尔太太……唔，她属于老拉辛还没有发展起来的那部分。现在她遇到了困难。"

我简要但感人地——我希望如此——描述了弗里泽尔太太的困境。"她曾经是这里的客户，但是二月份的某个时候她把账户转移到了美国大都市。我无法相信她有那么多钱，但我也不能相信两个突然闯进她的生活要做她的监护人的人，是邻里的天使。我不是问你她的资产有哪些，我知道那些你不能告诉我，但是你能告诉我她有没有说为什么要转移账户呢？"

阿尔玛用她明亮而欢快的眼睛盯着我看了一分钟。"你对这件事有什么兴趣，维克？"

我伸出手。"就说是为了邻居吧。她的世界绕着她的狗转。她进医院的时候我答应了帮她照顾它们，但是当我离开镇子之后再回来，我就发现它们都被弄死了。这让我怀疑做这件事的人。"

她噘起嘴，自己和自己争辩这件事。最后她转向办公桌上离她较远的电脑，敲着键盘。我会付一个星期的收入——收入好的一周——来学会阅读屏幕。手忙脚乱了几分钟之后，她站起来，留了一句简短的话给我"我马上回来"，然后她就朝着银行后面走去。

阿尔玛消失在大厅后面一间内嵌式的办公室里。我的本能战胜了自己：我要站起来看看屏幕。唯一能看到的就是一个打开的菜单。不相信人的女人。

阿尔玛花了好一会儿向她的老板说明我的情况。过了大概十分钟，另一个信贷员桌上的电话响了。那个女人简短地回答，然后站起身也消失在后面的办公室里。我喝完了芭芭拉给我的咖啡，背完了关于自动融资的一个积极乐观的小册子，在银行的地下室发现了一个装饰华丽的女厕所，然后仍然有时间在两个女人出来之前研究住房抵押的小册子。

她们在第二个信贷员的办公桌旁停留了一会儿，好让她从她的文件柜里拿出一个文件。阿尔玛带她走到我这里，介绍说她是塞尔维亚·伍尔芙。伍尔芙小姐是一个大约六十岁的瘦高女人，穿着一件干净整洁的灰色套装，比阿尔玛的绚丽更符合银行的风格。她轻快地和我握手，但是让阿尔玛主导谈话。

"我们和斯特拉瑟斯先生谈了很久，看看我们可以告诉你什么。塞尔维亚和我一起来，是因为就是她负责弗里泽尔太太的事务。你的邻居从一九二六年开始就是这里的顾客，而失去她对我们是一个打击。斯特拉瑟斯先生认为可以给你看弗里泽尔太太寄给我们的信，但是当然，塞尔维亚不能让你看她的任何资产记录。"

伍尔芙小姐以她专家的手指捋出一个厚厚的文件夹，无言地递给我弗里泽尔太太请求关闭账户的信件。老太太的信写在一张打着黄色横线的纸上。那张纸大概来自她首次开户时就拥有的便笺吧。她的行文并不连贯，仿佛花了好几天才写完这封信，而她写的时候并没有费心去检查她在前一段说过的话，但内容足够清晰。

很多年来我在你们银行有账户，而且从来都不认为你们会欺骗一位老客户，而人们以可怕的方式占老太太的便宜。我所有的钱都存在你们这里，而你们只付给我百分之八的利息，但在另一家银行我可以得到百分之十七的利息，而我当然得为我的狗考虑。我希望你们可以卖掉我的存款证[①]，关闭我的储蓄账户，把我的钱

[①] 持有人可收取利息的存款证书。存款证没有到期日、固定利率，并可以用任何货币计价。存款证一般由商业银行发行。

转到美国大都市银行。我有一个表格给你们。

"百分之十七？她究竟在说什么？"我问道。

塞尔维亚摇摇头。"我打电话给她，想和她谈谈这件事，但是她拒绝和我交谈。我甚至试图去她家找她，努力告诉她只有真正欺骗老人家的人才会承诺给她百分之十七的利息，但是她说事到如今我当然这么说。我们写信给她，告诉她如果她想回到我们银行，我们可以不收任何费用给她重新开账户。然后这件事就这样了。"

"她的存款单里有多少钱？"我问。

伍尔芙小姐摇摇头。"你知道我不能告诉你。"

我仔细读着手里的信，研究一阵，但是它没有告诉我任何事。没有其他人写下这些话，而看起来也不像是她在被逼迫的状态下写的，虽然行文的方式并不真的有说服力。

"她有没有在这里存放一个保管箱？"我突然问道。

信贷员交换了一记谨慎的眼神。"没有，"伍尔芙小姐说道，"这些年里我和她说过几次，但是她更愿意把重要的文件放在家里。我不赞成这样做，但是她不是那种你可以说服的人——在谈话开始之前她就已经做好决定了。"

我把信件递还给伍尔芙小姐。我一边谢谢她的帮助，一边在想弗里泽尔太太的个人记录会在哪里。如果托德和克里西拿到了，他们就不会努力从她那里撬开这些信息。

"你得到你需要的东西了吗，维克？"阿尔玛打断我的思路。

我耸耸肩。"是有些东西。但我被难住了。我想看到的是她在美国大都市的账户，看看他们究竟给她提供了什么来支付那笔钱。而且我想知道如果她的房地契没放在保管箱里，那么是在哪里呢？"

"消失了吗?"伍尔芙小姐问道,浅棕色的眼睛里闪着警惕的光。

"接管她一切的孩子们没有她的房地契——他们星期四去医院,又唱又跳地说没办法弄到钱支付弗里泽尔太太的账单。当然,她在库克县医院,他们不会把她扔出来的,但是因为她拥有一所房子,他们就指望她能支付她的医药费。"

伍尔芙太太摇摇头。"我不知道她放在哪里,那个房地契。但是肯定在房子里的某个地方。"

我想起那张桌子里还没有碰过的巨大的一堆文件。但是现在托德和克里西肯定已经彻底搜过了。如果房地契在那里,他们肯定已经找到了。我在想赫尔斯特伦太太知不知道这件事。我再次谢过银行的支援,然后走回六月闷热的天气中。

赫尔斯特伦太太在她的花园里,正拿着一大袋子泥煤苔和锄头辛苦地干活。她头上戴着一个草帽,从太阳光下遮住了她的脸。手套和工作服保护了她的手和衣服。她表示很高兴见到我,邀请我去厨房喝杯茶,虽然她在走进厨房的路上一直渴望地看着院子。

她把手套和帽子仔细地放在后门后面的一个小架子上。"我昨天晚上去了医院。他们告诉我你去过,你还让哈蒂比平常多说了一点话。"

我的辅助天使路线显然让我赢得了这次私下会面。我没有说我是想让弗里泽尔太太说起她的财政状况,以免破坏现在的谈话。

赫尔斯特伦太太领我走到一尘不染的福米卡塑料桌子边上的椅子上。她从冰箱里拿出一个大水罐,还从架子上拿来两个琥珀色的玻璃杯。那和迪克几小时前抿唇喝咖啡的杯子是同一种。我在想他怎么处理染了咖啡渍的衬衫和他的会议。也许他办公室里还有备用的衣服。或许他的秘书会冲到联合广场给他买一件。

我不怎么爱喝茶,而赫尔斯特伦太太的茶叶很显然是茶包,但我还是礼貌地啜饮了几口。因为一双慷慨的手,茶变甜了。我吞咽的时候努力不露出任何表情。

我们谈了一会儿弗里泽尔太太,还有赫尔斯特伦太太关于她的一些记忆。"当然,她是我妈妈那一辈的,但是赫尔斯特伦先生在这幢房子里长大,曾经和她儿子一起玩耍,但是他,我是说她的儿子不是其他男孩儿会喜欢的那种类型。但是当你觉得她多么奇怪,你不会真的怀疑这一点,不是吗?她一直是个好邻居,尽管她院子里有那些废弃品和狗。"

我想象不出弗里泽尔太太如何获得"好邻居"绰号的画面。也许只是因为她只管自己的事。谈话从那儿转到我这一代人的自私上。我没法与她争辩,但是赫尔斯特伦太太发现这个街区的年轻人展现了老式的邻里价值观,非常开心。

"当然,我认为年轻人让狗安息是错误的,但是他们确实积极帮忙照管了哈蒂。而照顾一个像她这样古怪的老太太不是什么有趣的事。"

"不,真的不是这样。"我喃喃低语,"我猜他们是帮了一些忙,但是事实是他们找不到弗里泽尔太太那幢房子的房地契。"

"她的房地契?"赫尔斯特伦太太猛地问道,"他们要那个做什么?"

我努力让自己看起来很无辜,甚至是天真。"我估计是为了医院。他们需要有东西来证明她的财产状况。他们也许需要做个抵押,因为她似乎要在那里躺很久。"

赫尔斯特伦太太无助地摇摇头。"我们这是来到了一个怎样的国家啊!这位老太太辛苦工作了一辈子,而现在她也许不得不放弃她的房子,就因为她在自己家的浴室里摔了一跤?这让你害怕变老,真的。"

我赞同。还有不到一年我就四十岁了。不需要孔特雷拉斯先生来让我对年老贫困又没有家人的人的遭遇感到紧张不安。

"她没有把她的私人文件交给你保管,是吗?"

"哦,没有。哈蒂不是那种会把值钱的东西托给别人保管的人。我唯一拥有的她的东西就是一盒子狗的东西。狗的照片和血统证明等等。我们找到她的那天晚上,我就随身拿出来了。因为我知道那是她真正关心的东西。"

"我能不能看看那个盒子?"我努力谨慎开口。

"宝贝,如果你高兴的话,你可以仔细研究里面的每一张照片。没什么东西,但是她用她做好的小盒子来放它们的文件。相信哈蒂在狗身上花的注意力比她自己的东西还多……再来点儿茶,宝贝?"

我婉言谢绝,她就匆匆去了前屋,一分钟之后,她带着一个黑色的涂漆盒子回来。这个盒子大约十八英寸长,四英寸深。盒子很漂亮,上面镶嵌着一张画得很漂亮的图片。图上有一只狗把鼻子放在一个女孩子的膝盖上,而另外两只狗坐在一棵梨树下。手艺很棒,盒盖嵌得很严实,只有用力猛拉才能打开盒子。我发现自己正凝视着一张模糊的布鲁斯的肖像照。

"我想回去照顾我的植物,宝贝。你看完之后可以把它放在桌上。如果想喝茶的时候,一定要自己添。"

我谢过她,然后小心地从盒子里拿出文件。布鲁斯的脸下面是一张其他四只狗站在后门篱笆的集体照。她以某种方式说服它们都用后腿站起来,把前爪放在围栏上。尽管模糊不清,还是一张很棒的照片。也许把它放在她的病床旁,能让她振作起来。我把它放在一边,下次去看望她的时候可以带上它。

这两张照片下面是一系列她之前养的狗的照片,还有布鲁斯的养狗行家协会的文件和其他很久前就死去的狗的文件。一把泛黄的剪报诉说了弗里泽尔太太光荣的岁月。她在展示拉布拉多，还为它们赢得奖金。没有人说过她曾训练过狗。

最后，在盒子的最底下，我找到了一小捆个人文件——房地契。三份债券，每一份面值一万美元。钻石山发动机公司发行的息票债券，利率为百分之十七。

第四十一章 银行家的新品种

我久久地凝视着债券,希望它们能告诉我面值之外的某些东西。或许这些债券毫无价值。二月份,弗里泽尔太太关闭了在湖景银行的账户,把她的基金转到美国大都会,然后买了三万美元的钻石山公司的债券。因为她写给湖景银行的信解释说她要在美国大都会获得百分之十七的利息,所以我完全可以肯定银行卖掉了她的债券。而那意味着……太肮脏了,我希望那不是真的。

弗里泽尔太太的个人文件在这个涂漆的盒子底部安全地躺了几个星期,但是我犹豫着要不要把它们留在这里。既然赫尔斯特伦太太认为托德和克里西是温柔体贴乐于助人的邻居,如果他们灵机一动来问她的话,她肯定也会给他们看这个藏匿的珍宝。我把房地契和债券塞进我的包里,把这些狗的证书按照正确顺序放好,仔细地把盖子卡在它的沟槽上。仅仅为了给我的声誉添上乐于助人这一笔,我洗掉了放冰茶的杯子,然后把它们放在滴水板上。

我走出厨房时,赫尔斯特伦太太正手脚并用地在除草。"你都看完了,宝贝?"

"是的。怪不得她儿子会觉得如此不是滋味——她所有的纪念品都和她的狗有关。她甚至没有保存他的幼儿园照片。我不知道她曾经训练狗来做展示。"

"哦，天哪，是的。"她坐在脚踝上直起身，擦去前额的汗水，"我猜这就是它们不像这附近的其他人一样烦我的原因。我还记得那时候院子干净整洁，她养了七八只拉布拉多，举止都很完美。就是最后几年她才没能像以前那样成功地管理它们。梅亚·特茨也知道的。她从哈蒂那里买过狗，给她家买的。她的孩子们都有拉布拉多，就是哈蒂的老拉布拉多的后代。我的天哪，是的，我想她的孙子孙女也是这样。我不指望年轻人能像克里西一样欣赏这点。"

"克里西好像以其他的方式帮助别人。"我冒险问道，"我听说她是个财政方面的专家。"

"也许，宝贝，也许吧，但是赫尔斯特伦先生和我都更愿意自己决定我们的投资。我们没有多少财产可以失去，所以我们没能力去听那些销售广告。"

"我拿了一张她的狗的照片。我想也许放在她的床边能让她振奋起来。"

"哎呀，我怎么没想到。这是很棒的主意。非常棒。我总以为你是个自命不凡的人——对不起，宝贝，我说漏嘴了。"她尴尬地笑笑，重新手脚并用地把长在她的玫瑰花丛周围那些我看不见的野草拔出来。

从拉辛走到贝尔蒙特的时候，我感觉我的包上似乎有一个巨大的红色 X，告知别人债券在这里。我紧张地看着任何似乎想凑近我的人。我走到拐角的时候，公车来了。为了安全起见，我上车坐了半英里到湖景银行。

回到银行凉爽而陈旧发霉的凹间，我租了一个保管箱。阿尔玛让我用她的复印机复印债券和房地契。我复印了两套。一套我叠起来塞进外套里侧；另一套我装进信封里放在包里。把原件放进保管箱里后，我走回阿尔玛的办公桌边。她接完一个电话，用询问的目光看着我，温暖的微笑似乎有些不开心。

"你知道湖景是怎么吹嘘自己是个服务周到的银行？我在想你能不能为我保管这个。"我把保管箱的钥匙递给她。

她摇摇头，朝我笑了一下。"我不能这么做，维克。这完全违反了银行的规定。"

我用手指敲着牙齿，努力思考。"你能把这个寄给我吗？"

她做了个苦脸。"我想可以，如果你写好信封上的地址，自己封好的话。"

她从抽屉里拉出一个信封。我从她办公桌的角落里自己抽出一把带着香味的纸巾，包好钥匙。信封上的地址写的是给我常去的一家市中心的酒吧金色光芒的主人，由他转交给我。写好后，我把信交给她。

"现在你得承认我们银行服务很周到了。告诉你所有的朋友吧。"她快乐地微笑着，把信封放在要寄出的信件所在的托盘里。

"我会的，阿尔玛。我向你保证。"

早上我来银行的时候，曾在女洗手间旁边看见一个付费电话。我下楼去打电话给多萝西·弗莱彻。她是我认识的中间人。

"你能给我讲讲钻石山公司的债券吗？"在我们彼此寒暄之后，我问道。

"不能。想要我查一查然后打电话给你吗？"

"今天很难找到。我能不能不挂电话，等你查好？"

她警告我也许要等很久，但是同意这么做。接下来的十五分钟我一直在看墙。塞尔维亚·伍尔芙走到女洗手间，而我们互相挥了挥手。没有其他事打扰地下室的阴森氛围。时间越来越长，我后悔没带本书。哪怕是一张椅子也很受欢迎。

我正在数地下室的枝形吊灯上有几个坏掉的灯泡，多萝西回来了。

"我希望你不是想要买,维克。他们以百分之十七的利率卖出债券——当然面值是一百。听起来似乎很划算,但他们四月份的利息支付额没有完成,而现在没人相信他们十月份能做到。总之,这个债券不可靠。"

"我知道了。谢谢,多萝西——我会克制冲动。"

我挂上电话,按揉着我的小腿。在一个位置站太久,酸痛得厉害。美国大都会劝弗里泽尔太太把她的钱拿去买了一堆垃圾。也许是时候去拜访他们了。

湖景银行的街对面恰好就是的士站。与其徒步走回家开因帕拉,我还不如爬上快要散架的楼梯,搭车去市中心。火车还是古老的绿色型号,窗户大开,让乘客浸在强风之中。这些老型的车子让我想起我的童年。我和加布里埃拉坐着老伊利诺伊中央火车去市中心。她戴着手套和碉堡一样的海军帽,帽子垂下小小的面纱,我跪在座位上,挨着打开的窗户,兴奋地报告经过之处的风景。轨道周围的灌木丛曾经是野鸡和兔子的家。有一次我还见过一只浣熊。

今天我什么也没看见,只有鸽子和屋顶上的破瓶子。我唯一见到的野生动物就是躺在其中一个烟囱旁的男人。我希望他还活着。

我在芝加哥下车,往西走到美国大都市的总部。他们一直都很标新立异,游离在芝加哥主流的金融机构之外。他们的银行位于卢普区外北部一英里的地方,这就是外在表现之一。虽然如此,他们十年前就给自己盖了很时髦的建筑,以闪亮的荣光打败了西卢普任何一个建筑物。银行只有十层楼,但是拥有南部更高的大楼所有的绿色石头、烟雾弥漫的弯曲的窗户,还有黄铜镶嵌物。

银行的所有者盖起新的办公室时,是精明的赌博者,看准了城市发展的方向。或者说他们和政治有关的董事劝说他们选择了正确的方向。十年前这里是贫民窟边缘。现在这里是高端零售区之家,紧邻着新兴的画廊区域。从窗户上的亮光来看,十层楼都租出去了。

我走向黄绿色大厅角落里的一位咨询员。"我和你们的一位银行经理约好了,维尼·巴顿。"

她红色的长指甲在电话列表上往下滑。"你的名字是?"

我微微松口气。我有百分之九十八的把握肯定维尼在这儿,能证明我的想法是对的,让我很高兴。"克里西·皮奇。"我为她拼了一遍。

她按下维尼的分机。"有人来找巴顿先生。克里西·皮奇。"她笨拙地念出这个姓。我很高兴我没有试着跟她说"华沙斯基"。

她安静地坐着,也许是保持通话状态,而维尼的秘书去看看他是不是在办公室,或是去问他愿不愿意见克里西。他可能在很多地方——在建筑物前与贷款申请人会面,或者为美国大都会的客户提供一杯果汁。幸运的是,他在大楼里,而且愿意见他和蔼可亲又乐于助人的邻居。

接待员领我走到一排电梯前。电梯很艺术地藏在几个圆柱子后面。我上到四楼,和那里的接待员说了一声,然后被领到银行里面的凹室。

大楼里寂静无声的高楼层贯彻了大厅黄绿色的壮丽风格——绿色的长绒棉——薄薄的一层,恰好适合初级管理人员踩踏。墙体包在金色的纤维板里面。墙上挂着几张明亮的图片,能吸引眼球,并且让长长的走廊看起来亮堂一些。

大多数办公室的门都开着,能看到一群真诚的年轻男人穿着有袖衬衫打着领带,正在打电话。维尼的办公室靠近走廊尽头,关着门。我在整洁的黑色标签下敲了敲。这标签上说他是商业借款部的助理副主席。

"克里西,嘿,到这儿来……我想我们可以更舒服地……"我转过身。维尼的声音来自他办公室对角线那头一间敞开门的会议室。当他认出我来，他那张圆圆的脸因为惊讶而呆住，然后变成愤怒。

"你！你来这儿做什么？我得叫保安——"

"我来找你，维尼。我来是因为我们是邻居，而我们都想在北拉辛为邻里做点事。"我关上身后的门，自顾自地坐在一张仿制的藤编椅子上。

"我想开着门。我在等人，而且不管怎么样，我不想在银行见到你。"

"你在等克里西·皮奇，但是你等到了我。"我微笑着，"我在楼下跟他们说我是克里西，这似乎是到达这里最简单的办法。我跟你有太多要说的，我就是觉得我不能等到今天晚上。"

他的目光越过我看着门，然后小房间角落里的电话响了。"我给你五分钟，然后我要叫银行的保安来，你可以向芝加哥的警察解释你的行为，如果你没有全部收买他们的话。"他从手腕下褪下沉重的金表，重重放在他面前的桌子上。

我从包里翻出我在湖景银行准备好的信封，和金表并排放在他面前。"即使你想等的是克里西，而你等到了我，我想你会乐于看见这个东西。我相信你们两个就在找它，省得你们还要费心安排另一次闯入。"

他充满仇恨地瞪了我一眼，但还是打开了信封。当他摊开房地契和债券的复印件，他的脸再度呆住，血色从皮肤下褪去。他仔细研究着它们，所花的时间远超它们所值的时间。

"明天考试。"我轻快地说道，"已经背下来了吗？"

"我不知道你为什么觉得我会对这些感兴趣。"他说，但他的声音缺乏说服力。

"哦,我这么想是因为你,或是你认识的某个人,星期五晚上闯进我家里找这些东西。来想一想吧,这肯定是你,你知道我什么时候不在家。说到警察——我应该带他们到这里来。我不明白你想要什么,但是当我找到这些东西的时候,我不得不相信我中奖了。"

他突然拿起那些纸,撕了它们。

"不怎么聪明,维尼;你应该能看得出这些只是复印件。而现在你证明了这对你很重要。"我注视着他的嘴唇无言地嚅动着,"让我们来谈谈钻石山发动机公司的债券。你卖给弗里泽尔太太了吗?"

他摇摇头,还是不说话。

"你让克里西去卖给弗里泽尔太太的吧?我让你进入状态了吗?"

"我没有让任何人卖债券给她。我不知道这些事。我甚至不知道这是她的东西——债券上面没有所有人的名字。"他开口了,声音重新变得有力。他最后一句话说得很自负。

"你没有发现债券和她的房地契放在一起意味着什么吗?或者说,你不明白我是在弗里泽尔太太存放最宝贵的东西的盒子里发现它们依偎在一起,这意味着什么?"

"是的,我知道你,你什么话都会说。好比刚刚指控我闯进你的公寓。但是皮奇夫妇是老太太的法定监护人。如果这些东西在她家里,他们已经找到了。"

我微笑着说:"然而这些东西不在她的房子里。"

"在哪里——"他刚刚脱口而出,然后在彻底背叛自己之前停住。

"这些东西在哪里?啊,这就是为什么你们找这种宝藏的时候需要请一个专业的调查员了。你得知道去哪里找。

"来说说你和克里西在邻里散播的投资建议吧。特茨太太、奥尔森太太、赫尔斯特伦太太,她们都认为你们带着有益的劝告而来,她们怎么才能把固定利率提高十个点。我有个不祥的感觉，如果她们采纳了你的意见，她们也会有钻石山的债券。这是你自己的想法，还是银行让你这么做的？"

他抬起手臂。"你已经用完了你的五分钟。现在我要叫保安了。而我会和律师谈谈你诽谤的事。"

我嘲讽地笑了。"别去找迪克·亚伯勒或是托德·皮奇。他们最近已经有足够多的这种案子了。好了，如果你叫保安，我就会找联邦调查局。他们对你这种销售行为很感兴趣。他们能够传唤银行文件，而我不能。"

他眼巴巴地看着电话，但是无法立刻下决心拨号。"总之，你想要什么？"

"消息，维尼。只要消息。我已经算出一个公平的数量，你知道——你兜售钻石山的垃圾，托德和克里西接管弗里泽尔太太的资产……所以他们能在任何人见到债券之前就摆脱它们，或者说只是抵押了她的房子，然后卖掉，这样她就不能再破坏雅皮社会？而我知道杰森·费利蒂负债融资钻石山公司，而托德的法律公司则为他处理法律事务。而既然杰森是美国大都会的董事，他肯定会让银行承担一部分垃圾。所以他让像你这样热切的年轻银行经理在你的业余时间去卖它。我看你们一家家上门兜售，就像是女童子军那样。"

而迪克在这一幕中扮演了何种角色呢？肯定不是让托德·皮奇把钻石山的债券卖给他附近的老太太们。我肯定不可能一度爱上会干这种事的男人。

"我没话和你说。现在你该走了。"维尼的声音有点嘶哑。

他没有试图打电话给银行的警察，但是他也不能说我想要的消息。我和他说了半个小时，不是哄骗他，就是给他描述他的未来，他可能被关在联邦的被告栏里,但是他没有改变主意。当我最终站起身离开的时候,他还是凝视着前方,眼神呆滞。

第四十二章 刺激新闻界

走回闷热潮湿的阳光下,疲惫淹没了我。现在才十二点半,但是和迪克斗了一场,又在两家银行辛苦了一番,我已经想回去睡觉了。我还需要询问我的一些邻居,并且努力在今天下午和孔特雷拉斯先生去见埃迪·摩尔之前,先和莫里·莱森谈谈。我还想找到马克斯·勒文塔尔,但我的身体不允许我这么早就耗尽力气。

我走回道富路,走下台阶去坐车。要从设菲尔德路长途跋涉走回家的念头实在过于夸张。我转过身,招手拦了一辆出租车。司机摇晃着身体,跟着他的立体声里的强烈节奏重重地敲着方向盘。他完全不在乎其他的车辆。从拉萨里路开出去一点转到富勒顿路,他开到了七十码。我让他开慢点,他生气的样子很吓人,所以他在戴弗西路停下等交通灯的时候,我就溜下车,往他旁边的座位上扔了足够公里数的钱。他的大叫声和收音机的隆隆声一直跟着我穿过街道登上戴弗西的公交车。

往西的沉闷旅途让我在公交车的角落里突然变得昏昏沉沉。把我拉回周围世界的机会,哪怕是一刻钟也令人意外地耳目一新。当我在拉辛下车的时候,我已经不能一步跨过高大的建筑,但是我想也许我能够做完下午的工作。

我回到家,我以为孔特雷拉斯先生会出来,要么跟我说说公寓里进行的工作,要么再跟我抗议晚上去见老工会主席的事。现在他待在自己的公寓里，看起来似乎是幸运的休息时间，但这就让我怀疑他是不是太苦恼了，以至于不想跟我说话。当我发现他没有出来打理他的花园，我甚至有点担心，虽然他自己照顾自己已经有很多年了。我不得不假设他今天下午也能照顾自己。

我公寓里的工人来过又走了。他们在所有的门和窗户上都装了电子指纹锁。我的大门上放了一张纸条，上面解释了如何激活这个系统。孔特雷拉斯先生已经替我付了钱。那又是一笔我得紧急争抢的一千美元。我没想到他们要求当场付钱。

按照他们留下的操作手册上的指导，我设定好大门旁的小控制盒。如果有人现在试图爬进我家，芝加哥警察会在几分钟之内赶到。

早上的疯狂让我浑身是汗，皮肤起皱，甚至有点发臭。我花了额外的半个小时躺在冷掉的浴缸里，再起身换上牛仔裤。

现在快要两点了。莫里·莱森肯定已经吃完那加长的午餐回来了，还带回一些令人费解的资料。我给自己弄了一份三明治，夹进了昨天晚上吃剩下的鸡肉，然后走进起居室，拨打他在《明星先驱报》的电话。他本人接了电话。

"嘿，莫里。是维克。"

"哎哟，维克，真是惊喜。让我戴上石棉手套，以免电话太烫了握不住。"

"好主意，莱森。你越是挖苦，我们越容易进行这次交谈。"

"哦，她肯定会顺从的，为了什么事我有这个荣幸接到你的电话呢？还是说这是个殊荣呢？在昨天晚上你在我耳边咆哮那些卑鄙可耻的话然后摔上电话之后？"

我吃了点三明治，试图想到怎样让我们摆脱敌意，回到重点上。

"你还在吗？这是新型的折磨吗？你打电话来，然后在我坐在这里像个傻瓜一样朝电话大喊的时候丢下电话吗？"

我喝了一口咖啡，咽下嘴里的三明治。"拿起电话之前，我就知道这次谈话并不轻松。但是有人今天早上对我说了一些很奇怪的话，我想我们应该战胜我们共同的憎恶，然后谈谈。"

"古怪的话，嗯？你不是在评价你自己的性格什么的吧？"

我突然想起康纳德·罗林斯对我的评价。他说我脾气坏。我对自己咧嘴一笑。"不。还没有比我强壮的家伙，别太担心我。这条评语说的是媒体的自由。"

"我们都知道真相，华沙斯基。媒体对有钱到足以拥有它的人自由开放。"

"所以你不想听听？"

"我说了吗？我只是警告你不要期待我因为某些困扰你的东西就去发动十字军东征。"

"又回到老地方了。"我抗议道，"你不会听我的故事，然后当我不按照你的要求告诉你的时候，你就会觉得被冒犯了。"

"好的，好的。"他匆匆说道，"跟我说说我的生计受到了什么威胁。如果我专心听，还会做出恰当的愤怒评价，你能告诉我那天你掉进运河的事吗？"

"这些都系在一个整齐的小包裹里，宝贝儿。"我向他仔细描述了早上和迪克一起吃早饭的事，还说了彼得·费利蒂成功地不让钻石山见报而迪克感到很欣慰。

"瞧，你以为是我不跟你说这件事，才让你没得到独家新闻。事实上，是费利蒂不让你的出版商这么做。"我说完了。

莫里沉默了一分钟。"我不确定我能否相信你。"最后他说道，"不，不，我不是怀疑你们谈过话。我只是想问，费利蒂有厉害到能让新闻不见报吗。"

"他的兄弟曾经是杜佩奇县的县委,而且还是美国大都会银行的董事之一。那家银行里有很多政治上的关联。马歇尔·汤利能以那种方式被人接近。"汤利是《预言者之星》的出版商。

莫里仔细思索了一会儿。"也许,也许。我会查一查。为什么你现在告诉我这个?"

"因为过去的两周里有太多人拿我开涮。而迪克·亚伯勒今天早上说了这种话,他可以压制住媒体报道我努力找出的真相。这让我,唔,很生气。"

"很生气,嗯?那个家伙还留下了什么?"

"他还有一个能干活的睾丸。"我一本正经地说道。

"你留下来的?小伙子,你肯定软了,华沙斯基……我想该我咬一口了。你想找出什么?"

我向他大略描述了一下我去追查米切·克吕格尔的死因,但是没什么结果,还说了我在百利宫与本·洛林的会面。"我相信米切嗅到了钻石山公司发生的某些事。也许是偷窃铜线,因为他们很看重此事,不想它公之于众。但是,也可能是其他的事。有人对他那些粗劣的文件很有兴趣,我最后在昨天晚上找到了它们,而其中没有证据表明他了解偷窃的事。但也没证据表明他知道其他的事。"

莫里试图哄骗我把米切的文件给他看,但是我要把埃迪·摩尔和芝加哥安居服务的关联当作秘密,直到我下午和摩尔谈过之后再告诉他。莫里最近不够支持我,我不能给他特别的独家消息。

"好的,华沙斯基。"他最后说道,"也许这里面有故事。虽然我能想到芬奇利的观点,也许它们就只是不喜欢你在钻石山附近鬼鬼祟祟的。但我还是会找人问问,然后再回来找你。"

"天哪,赫奇特先生,谢谢。要不是为了勤奋工作,为了高贵的新闻界,我们这些可怜的苦力工人会在哪里呢?"

"在运河里,你属于那里。迟点再找你,华沙斯基。"

我吃完三明治,再打电话到马克斯的医院。勒文塔尔先生正在开会。他的秘书能捎个信吗?我不想留下我的电话号码,一整个下午都和马克斯捉迷藏。他的秘书最终同意我四点钟再给他打电话,也许那时候能找到他。

想到马克斯,洛蒂就从我最近安置她的后面的小房间里进入了我的脑海中。我打电话去诊所,和柯尔特兰太太说上话。洛蒂正和她的新护士在其中一间检查室里,不适合打扰。柯尔特兰太太向我保证她会告诉洛蒂我打过电话来。

我慢慢走回卧室。我和洛蒂越久不说话,想要回到从前就越困难。

我换下洗完澡之后穿的薄T恤,穿上胸罩和有一朵黑色玫瑰的丝质衬衫。天气闷热的时候,胸罩就和枪套一样糟糕。但是我不想让我年长的邻居们惊讶到不跟我说话的地步。我开始穿上枪套,然后意识到这意味着我要穿一件外套,也就是说我在穿过街道之前就要被汗湿透了。当然我可以不带武器在光天化日之下在我自己家附近转悠。我把枪放在床上。

我出去的路上,敲响孔特雷拉斯先生的门。我迟疑了下,没有努力唤醒他就走了。我站在那里的时候,佩皮大叫了一声——如果他想见我,他会开门的。

我忽然灵机一动,想到我今天在拉辛路上没有见到任何一辆芝加哥警察的巡逻车。也许康纳德·罗林斯恼怒于我昨晚的评语,所以他撤掉了他的保护部队。在我受到考验之际,有能力照顾我自己的喜悦并不如我所想得那么强烈。我差点儿要回头上楼去拿我的枪。

第四十三章 高电压的市场营销计划

特茨太太过了很久才来应门,我差点儿以为她不在家。最后她来到门前,脸庞因为天热而通红。她道了歉,说她正在后门廊那里写信。"那边朝东,所以这个时候那里能有点微风。我夏天的时候其实都住在那里。我能帮什么忙吗,亲爱的?"

"我想和你谈谈弗里泽尔太太的情况。你有时间吗?"

她温柔地笑起来。"有的。但如果你认为挥挥手就能解决哈蒂·弗里泽尔的难题,这只能表明你还需要成长。先进来吧。"

我跟在她身后走过小而精致的走廊来到厨房。屋子里的空气有浓重的松茸胶和家具打蜡的气味。到厨房里,空气凝滞成了无法呼吸的稠密。当特茨太太再次打开后门的时候,我脖子上的小汗珠已经弄湿了衬衫。

这是个开阔而舒服的地方,木头家具盖着印花棉布,上面的花因为用了多年而褪色。一个滚轮手推车上放着一台电视机,一个热盘子,还有一个烤箱。特茨太太见我看着它们,歉意地摇摇头,表示晚上这些东西就会被推回厨房。

"以前都是这样。我和亚伯整个夏天都把它们留在外面,但是最近有很多入室盗窃案。我们没钱修一道墙来保证门廊的安全,所以我们就尽力而为。"

"你没有养狗吗？赫尔斯特伦太太告诉我你过去在弗里泽尔太太那里买过拉布拉多。"

"哎呀，是的。我的孙子孙女还在和那些拉布拉多的后代一起玩耍呢。但是你知道，要遛一条那么精力充沛的狗需要很多力气。五年前，我们最后一只狗去世之后，亚伯和我都认为我们没有那个体力再养一只了。但是我们很想念那些狗。有时候我希望——但是亚伯有哮喘，而我的背也不是很好。我们只是没法养。哈蒂现在怎么样了？玛乔丽告诉我你去看过她。"

"不好。她安静不下来，但是不理人。我不知道她将来会怎么样。"在床上躺几个星期对她这个年纪的女人来说是死刑判决，但是特茨太太不需要我把这话说出来。

"好多事让人担心，其中一个就是她的经济状况。如果，呃，在她康复到足以离开库克县医院之前，她需要长期的护理。克里西和托德想要抵押她的房子，但是他们不知道房地契在哪里。"

特茨太太再度摇头，面露忧色。"我不愿意想到哈蒂失去了她的狗之后，再失去她的房子。如果出了这种事，我不觉得她能坚持多久。我是说，如果她知道了的话。但是我不能帮你给她钱，亲爱的，如果这是你想要的——亚伯和我每个月都是靠我们的社会保险金才能收支平衡。而现在财产税又上涨了……"她抿起嘴唇，担心得都说不出口。

我急忙打消她的疑虑。"但是她的经济状况中令人害怕的是，她是怎么投资的。我其实是想问你这个。她二月份在她以前存钱的银行卖掉了她的存款证。当然，因为罚金而损失了一部分，然后把钱投进其他的债券。利息很高，但是最近都没有支付过。你不知道她为什么要这么做，是吗？"

特茨太太在她的椅子里换了个姿势。"我们从来不在一起谈论钱，亲爱的。"

我镇定地看着她。"克里西·皮奇和维尼·巴顿在附近走动,给大家提供投资建议。他们也许劝服她去买某些债券。"

"我可以肯定克里西做的每件事都是出于好意。我知道你们两个姑娘在哈蒂的狗一事上看不对眼,但是克里西是个好心的邻居。如果她看见我困难地拎着杂货店买来的东西,她总是会跑过来帮我把东西拿进屋。"

我微笑着,试图让脸上和声音里都没有敌意。"她也许认为她在为弗里泽尔太太做好事,让她卖掉她的存款证以换取某个收益更高的东西。她曾经跟你提过类似的事吗?"

特茨太太很不愿意谈论这件事,我开始担心她和她丈夫也把存款都沉没在钻石山的垃圾上。虽然如此,我们还是继续说话,而事情越来越清楚,她所想做的就是保护克里西。

"我知道克里西是个好人。"我热切地说道,"但是她也许对危险投资没什么经验。我到现在为止已经有调查商业欺诈十年的经验了。有些人可以会——可以说是会掩人耳目,蒙骗别人,让她相信他们有一个很适合老年人的产品。而她渴望帮助她的邻居们,她也许没有经验分辨出这个产品有什么不妥。"

这对我来说太沉重,但是特茨太太想到"你们这两个姑娘"只是想彼此帮助就感到很欣慰。她跟我说她马上回来,就消失在她房子浑浊的空气中了。

我晃到门廊的门边,朝外看着庭院。她或她的丈夫都分享了邻居对园艺的疯狂:一小块方方正正的草地,一侧没有杂草的花坛,而另一侧种上了蔬菜。我爸爸也喜欢园艺,但是我没有继承这种在土地里挖掘的渴望。

大约十分钟以后，特茨太太回来了，满脸通红，灰色的卷发因为湿气而变成了小小的螺丝状。她递给我一张传单。

"我试着打电话给克里西，确定她不会介意我拿给你看，但是我找不到她。所以我希望我做得对。"

我的喉咙紧张地收缩着。这正是我所需要的，足以让克里西在这时候突然进入这个案子，虽然我已经把我的手伸向了维尼·巴顿。如果特茨太太和克里西通上话，事情会有什么不同呢？

我从特茨太太不情愿的手指里拿过小册子，翻了一遍。一共四面。她不会让我借走的，哪怕只是借走一个下午，所以当她在我肩头呼吸的时候，我仔细地研究着这张传单。

你的钱为你赚到足够的钱了吗？

封面以令人惊愕的方式问道。

里面的内容指出人们靠固定收入生活的困境。

你的存款都放在存款证里了吗？也许你的银行经理或是你的股票经纪人告诉你，既然你已经超过退休的年纪了，这对你来说就是存放金钱的最佳地方。但是也就没有回报。你的银行经理也许会认为因为你已经退休了，所以你不值得去拥有比你年轻的人们所拥有的投资。但是如果你需要疗养，他卖给你们的这些存款证没法涨得很快，也就不能让你支付昂贵的疗养费用。或者说，没法让你去做梦想中的旅行。你所需要的是无风险高回报的投资。

左边是一张老太太在废弃的养老院的床上坚强地凝视着前方的照片，而右边的照片是一对高尔夫俱乐部的夫妇在着迷地注视着大海。

"和政府保障的基金一样安全。"传单上大肆鼓吹，"美国大都会为你提供利率高达百分之十七的投资，而你不用担忧。"

"和政府保障的基金一样安全。"我大声念道，"一个没有保证、根本什么都不用支付的基金，还以每一份十九美元的价格销售。"

我声音里的酷烈让特茨太太大吃一惊。她从我手里一把夺过传单。"如果你会为此生气，我不会让你看。这对克里西不公平。"

我努力微笑，但是我能感觉我的嘴唇在两侧扭曲。"克里西也许是出于好意，但是她对弗里泽尔太太不公平。我真希望这条街上没有多少人在她或维尼那里做投资。否则，这两个人不用太久就会拥有这条街的大部分地方了。"

她不舒服地咬住嘴唇，跟我说我该走了。她迅速领着我穿过房子走到前门，我能听见她低声叹息她犯下的错误。我想她说的是让我进来是个错误，而不是买了垃圾债券的错误——至少我这样希望。

我走到外面的时候，温度升高了，在走回我家的短短路途中，我的衬衫领子和腋窝那里还是湿透了。完美的广告，足以吸引肩上有重担的隐士了。你的银行经理欺骗你是因为你老了，而你的新投资就和政府保障的基金一样安全。

当我经过维尼的公寓门口时，想要踢门进去，像他破坏弗里泽尔太太家那样破坏他的家。去年我来过几次。我知道里面装满了高价的现代艺术品。几乎和政府保障的存款证一样好的艺术品。我想我知道如何取代那些东西，一边想象自己破坏它们一边喘着气。我真的凶狠地给了那扇门一脚，结果在门板上留下了一道擦伤。就这个足以让他发疯了——他亲自做的磨砂，亲手把它漆成了蛋壳白色。而我们其他人都很满意和建筑物相配的只上了清漆的深色房门。

上楼回到我自己的地方，我打开门，但是忘了我的新电子报警器。直到我大口喝下一玻璃杯水的时候，尖锐的警报声打断了我，我才想起来。我飞奔过走道,冲到大门前,猛地敲出密码,关上了系统。我希望我速度够快,不至于惹来警察。

我回到厨房,在水龙头下面又接了一杯水。我喝得慢了一些,拿着杯子、走回起居室去打电话给马克斯。我脱掉鞋和袜子,按摩脚趾。平底便鞋无法给予我足够的支撑;因为穿着它走路,我的脚很疼。

我把双腿盘了起来,朝后仰倒在扶手椅上,闭上眼睛。在和马克斯谈话之前,我需要放松。把弗里泽尔太太不安地在病床上动来动去的样子赶出脑海,让我对维尼和克里西的怒气从我的肩膀和指尖溜走。我从来都不怎么擅长这种工作。徒劳无功地试了几分钟之后,我坐起身,拨打马克斯的电话。

他刚结束一个会议,正要去参加下一个,但是他同意和我谈几分钟。我小心翼翼地和他寒暄了几句,防止我提到洛蒂会让他生气。

"洛蒂还是不和我说话。她还好吗?"

"她渐渐好起来了。伤痕开始愈合,而你现在看不到瘀青了。"他的语调暧昧而含糊。

"我知道她现在回来工作了,我打电话去诊所的时候,他们这么告诉我的。我很想她。"

"你知道洛蒂。她害怕的时候就会生气,气自己太脆弱。而她生气的时候,她就开始让自己采取疯狂的行动。这一直她的最佳保护方式。"

我对着电话做了个鬼脸;那也是我的盔甲。"我听说她雇了个新护士。也许那会让她放松一些。"

"她从我这里偷走了一个最好的儿科护士。"马克斯反驳道,"我应该和她断绝这方面的关系,但是这似乎能让她振作起来。"

当私人生活和工作有所交集,每个人都有烦恼,而不只是私家侦探和警察才会这样。这种想法让我恢复了信心。

"我自己发疯的时候也会辗转反侧,试图找出那些人到底想找到什么才把洛蒂伤成这样。而看上去我就像是在刨土、踢起垃圾,但什么也没找到。"

"我很抱歉,维多利亚,我希望我能帮忙,但是你的事在我的专业领域之外。"

"你很好运,马克斯。我打电话过来就是因为你的专业。你知道'芝加哥安居'的赫克托·博勒加德吗?"

"不知道。"马克斯说得很慢,"真正和那个组织打交道的是我妻子。她去世之后,我在经济上支持他们,但是我从来没有主动参与过他们的活动。赫克托是执行董事——我只知道这个。我们都属于非营利机构董事组织,而我偶尔在那里见过他。他似乎大大扩张了'芝加哥安居'的财政,带来了重要的公司捐赠者——说实话,我有点嫉妒他筹集资金的非凡能力。"

"你有没有想过他也许做了某些,呃,不道德的事来筹集资金?"我一边说,一边按揉着我的脚趾,就好像我想从脚趾里挤出答案。

"你有他这么做的证据吗?"马克斯的声音陡然尖锐起来。

"没有。我告诉过你我只是在刨土。他的名字是我唯一找到的不寻常的东西。"还有来自百利宫的铜线圈,但是这些东西怎么会和一个大慈善组织的头头有关呢?也许这就是他能让大公司捐钱的原因?卖掉彼此不需要的产品,半夜的时候把它们装进卡车,然后秘密地卖掉它们获得收益?太牵强了。

"一个非营利的组织有可能非法筹集资金吗?"我问道。

"任何一个经营一个机构并且渴望钱的人都有幻想。"马克斯说道,"但是没有国税局调查他们,你能真正判决吗?我想你可以从股票入手——高价捐赠，这样你的捐赠者可以在个人所得税上报告此事，然后你再低价卖出，这样你可以说你损失了，但你还是有那笔收入。但是国税局查不出来吧？"

我感觉我的膈膜里有一股小小的兴奋。这个好主意让我有些东倒西歪："你能为我查一查吗？'芝加哥安居'的董事会都有哪些人？"

"如果这意味着他们当中有人会因为牵扯进你的诡计里而受到伤害，我不会这么做，维多利亚。"马克斯的声音一点也不幽默。

"我不觉得你会受伤。而我希望我也不会。我想知道，让我们瞧瞧，理查德·亚伯勒、杰森或是彼得·费利蒂，或是本·洛林在不在董事会里。"

马克斯重复了一遍这些名字，保证拼写正确。我意识到我不知道百利宫的执行总裁叫什么，他比他的管理员更有可能坐在那个重要的位置上。我的那本《芝加哥商业和工业里都有谁》放在办公室里，但是我的旧的《华尔街日报》正在我面前的咖啡桌上。马克斯发出不耐烦的噪音，表示他要去参加下一个会议，我翻着那些报道，至少要找到百利宫的那则。

"西奥多·班克罗夫特。他们五个人中的任何一个。我今天晚上能打电话去你家吗？"

"你随时准备行动，所以其他人也得这样吗？"马克斯不满地嘟哝着，"我要去开另一个会议，等我开完会，我就要回家放松。几天之内我给你回话。"

马克斯挂上电话，我继续心不在焉地揉着脚趾。寄卖股票。为什么不是寄卖债券呢？会不会是钻石山让芝加哥安居服务以面值购买他的垃圾债券，然后让他们卖掉它？虽然损失很大，但他们还是拿到了他们以前所没有的钱。

这是个很不错的点子。但是米切·克吕格尔怎么会摸索到这条线的呢？这对他来说太复杂了。也许对那位老工会主席埃迪·摩尔来说不复杂。是时候去见他，问问他了。

我坐起身，拉好我的袜子，薄薄的粉红色短袜，边上有玫瑰花。看起来很漂亮，但是不会对双脚提供多少衬垫。我套上平底便鞋，然后走到卧室里拿起我的史密斯威森。走过走廊，我在浴室的镜子里看着自己。我像是穿着丝绸衬衫睡了一觉。我脱掉它，把自己浸泡在浴室的水龙头底下。

我有两个星期没洗过衣服了。很难找到一件既干净又让我看起来体面正派、适合进行谈判的衬衫。我最后从干洗袋子里拽出一件考究的黑色上衣。我只能希望肩套不会撕裂脆弱的布料，因为我不会不带枪离开我家附近。一件黑色的犬牙纹路的外套有点把上衣变成套装，而且能遮住那把枪。损失了一点舒适，但是完全遮住了枪。

我在出发之前，打电话到楼下以确定孔特雷拉斯先生真的在家时，他在他家门后显得那么顺从。电话响到第六声，他接了电话，听着像是即将面对一个开火的小分队的男人，但是他还是决定陪我去。我到了楼下，他花了几分钟爱抚佩皮和它的孩子，好似这是他们的最后告别。

"我得走了。"我温和地说道，"你真的不必跟来。"

"不，不。我说过我会去，我就会去。"他最终把自己从狗身上扯开来，跟着我走进走廊，"你不介意我说的话，宝贝，很明显你带着枪。我想你不是打算去朝埃迪开枪吧。"

"除非他先朝我开枪。"我开启因帕拉，然后为他打开客座的门。

"如果他看见你带了枪，而只有白痴才会看不出来，他不会很想说话的。反正，他不怎么可能说很多。"

"哦？"我把因帕拉开上贝尔蒙特路，往肯尼迪路的方向开去，"你为什么这么想？"

他什么也没说。当我瞥向他的时候，他那坚韧的褐色皮肤下有些暗红。他转头望着副驾驶座的窗户。

"为什么这让你感到困扰，我要去见他的事？"

他没有说话，只是继续凝视着窗外。我们要在肯尼迪路上开二十分钟，慢慢地开过卢普区的出口。这时他突然爆发了。"这就是不对！先是米切走了，弄得自己被杀了，而现在你想把这件事归罪于我的工会主席！我觉得我背叛了工会，而这是个事实。"

"我明白了。"在我开始缓慢爬过几条街到达斯蒂文森出口之前，我让车处于半连动状态，"我不想把任何事归罪于埃迪·摩尔。但是我无法让你的老经理跟我谈话。如果我不马上和某个与钻石山有关的人交谈的话，我就要停止调查了。我只是在任何地方都找不到杠杆。"

"我知道，宝贝，我知道。"他阴郁地低喃，"我都理解。可我还是不喜欢这样。"

第四十四章 最后的电话

我们两个都没说话,直到我们在克得齐路离开了斯蒂文森路。我们身处一个仓库和工厂在居民区的街道上挤在一起的地方。克得齐路上从一半的地方开始就坑坑洼洼的。我们在两个快速移动的六十万吨轮之间朝南跳跃。我让因帕拉保持在将近五十码的速度,因为震动而咬紧牙关,希望没有人会快速停车。

孔特雷拉斯先生从担忧中振作起来,我找到了位于第四十街附近的阿尔巴尼路上的埃迪·摩尔的家。我成功地停下车,没有开过头。我们突然发现自己身处一个满是平房的绿洲上,而一个个院子都被照顾得很好,其中一小块整齐的土地让这个城市看起来像是一个小小的、友好的社区。

在这种类型的社区里,车库都靠近房子后面的小路。我在大门那里停好车,想着那辆曾经用来袭击洛蒂的奥斯莫比有没有回来。我想在我们离开之前偷偷看看那辆车。一尘不染的里维埃拉停在房子前面,也许那就是摩尔太太的车。我把因帕拉停在它后面。

孔特雷拉斯先生慢慢地下车。我看着他不开心的动作,足足看了有一分钟,然后转身,迅速穿过人行道走到大门口。我没有等他赶上我,就按响了门铃。现在无论他是不是想罢工、不想去见那个人,我都不想把事情弄成通宵警戒。

房子本身被厚厚的窗帘遮住。感觉像是一个没有住户的地方。我等了漫长的几分钟，纠结着是去屋后转转还是就坐在因帕拉里直到有人出现。这时我发现门边的厚厚遮蔽物后面有人在动。有人在观察我。我努力让自己看起来很真诚，而且希望正站在我身后的孔特雷拉斯先生不会看起来太愁眉苦脸，让人不想和他谈话。

一个大约五十岁的女人来开了门。她褪色的金发纠缠成一个个不平整的结，好像是一个不专业的假发商把头发胶在她脑袋上似的。她那双凸出又黯淡无光的眼睛凝视着我们。

"我们来见埃迪·摩尔。"我说，"你是摩尔太太吗？"

"我是他女儿，约翰逊太太。他到下周之前都不能和人见面，但是如果你们是他的老朋友，你们可以和妈妈谈。"

"不能和人见面？"我的下巴掉了下来，"他，他没去世吧？"

"你们不是为此而来的吗？我还在想你们怎么会这么快就知道了。我想也许你是和你父亲一起来的。"

孔特雷拉斯先生抓住我的胳膊，双腿突然站不稳了。"我早上刚刚和他通过话，宝贝。他，他在等我们。我，那时候他听起来还不错啊。"

我转头看他，但是我想说的任何一句话都不适合这个场合。难怪他这么顺从——他知道我想在埃迪不设防的时候抓到他。他也许觉得他背叛了工会，也背叛了我。

"我很抱歉。"我对约翰逊太太说，"很抱歉在这个时候打扰你。这肯定是个可怕的灾难。我不知道他病了。"

"他的心脏没出事，如果你以为是这样的话。有人朝他开枪。他在阿尔巴尼路上走回家的时候，有人冷血地朝他开枪，然后开车离开。该死的黑鬼。撕碎了恩格尔伍德、朝彼此开枪还不满足。为什么他们不能待在该在的地方，管好他们自己的事？"她的脸庞愤怒地涨红，而眼泪在那双凸出的眼睛里打转。

"什么时候出的事？"我努力让声音保持温和，但是靠把指甲掐进手掌心里才做到。

"今天下午一点左右。妈妈打电话给我，我当然立刻过来了，即使这意味着把收钱的事交给玛吉，而这总是一个错误。不是她不诚实，她就是不会做算数。芝加哥的学校不像我小时候那样教书了。"

这就是在失去了亲人之时会担忧的小事情。玛吉负责收银，你可以让思绪一直绕在那上面。爸爸在街上被人打死了，不，别想这个了。

孔特雷拉斯先生倔强地跟在我身后，不想让我像个盗墓贼一样去探索。我无视了他，问约翰逊太太有没有人见过可疑的黑人。

"街上只有两个人。耶阿尔太太和乔伊斯太太正从商店回家，她们没有注意那辆车。你不会以为光天化日之下有人会在自己家附近被人开枪杀死的，不是吗？然后她们听到枪声，就看见爸爸倒下了。一开始她们以为他心脏病发作。之后她们才意识到她们听到的是枪声。"

她停下不说了，转头听着她身后的声音。"我马上过来，妈妈。是爸爸的一个老朋友。他今天早上打了电话过来的。你想见他吗？……请等我一分钟。"

"这很可怕，宝贝，很可怕。"孔特雷拉斯先生匆忙跟我耳语道，"我们不能打扰这些人。"

我对他微微一笑。"我想如果我们能发现他在街上做什么，会有帮助的。毕竟，他有两辆车。他为什么要走路，而不开车？你为什么要打电话给他告诉他我们要来呢？"

孔特雷拉斯先生脸红了。"只是为了公平，我不能就这么闯进来把米切的死归罪于工会，而不给他任何提示——"

约翰逊太太回到门边,而他说到一半就住口了。"妈妈躺下了。她有个朋友在,但是她想知道今天早上爸爸和你通话时有没有说什么特别的话。你能进来吗?"

孔特雷拉斯先生想到摩尔太太已经躺下了,就为要和她这样谈话而感到难堪,脸都红了。他试图回绝,我抓住他的胳膊,把他往前推。

卧室里极其朴素。这不是常见的平房里的小房间,摩尔太太住在主人套房里。带有褶边的羽绒被盖在床上。摩尔太太倒在一张铺着印花棉布的扶手椅上,她的双脚放在配套的脚凳上。她穿着出门的衣服,穿着长筒袜和高跟鞋,脸上化了妆,因此泪水和恐惧在她脸上画出的沟壑更让人看出了她的年纪。邻居坐在她身旁的靠背椅子上。一大罐冰茶和一个杯子放在摩尔太太的肘边。

窗帘是同样的明亮花色,被拉到后面,所以只有白色的纱帘遮住窗户。一对法式门通往窗台。后面能看到一个游泳池——南边的住房中一个引人注目的新增产品。

"又来了一个朋友,格拉迪斯。"邻居站起身说道,"我要回家一会儿,但是我迟一点会拿晚饭来。"

"你不用这么麻烦,茱蒂。"摩尔太太颤声说道,"辛迪在,她可以照顾我。"

辛迪、凯莉、金——这些父母都爱用来祝福女儿的可爱又文雅的名字,在我们中年和悲痛的时候,就不适合我们了。我感谢我的母亲。她在别人喊我维吉的时候,会激烈地纠正别人。

茱蒂离开之后,我挪到摩尔太太身边。"我是维·艾·华沙斯基,摩尔太太,这位是孔特雷拉斯先生,他过去和你丈夫一起工作。听到他的死讯我很难过。我们也很抱歉打扰了你。"

摩尔太太无动于衷地看着我。"没关系。这不要紧,真的。我只是想知道他们两个早上说了什么。那之后他似乎很生气而且很苦恼,而我很不想记住他那时候的样子。"

"看起来你有很多他的记忆。"我说道,暗示这间屋子和我手边往前的那个游泳池,"他似乎很能维持家计。"

"他退休的时候是这样的。"摩尔太太解释道,"他一辈子都在辛勤工作,给他自己赚了一笔不错的退休金。现在的年轻人都会抱怨。就像那些黑鬼,他们只想不劳而获。他们不明白你得努力工作,像埃迪和我那样勤奋地赚回生活里的好东西。"

"是的,确实如此。"我热切地说道,"我知道这位孔特雷拉斯先生和埃迪一起工作——是三十年了吗?——他也会想在后院里装一个游泳池,但是我们的消费合作社不会允许。"

"好了,宝贝。"孔特雷拉斯先生愤愤不平地说道,"你知道我不会想做这个。而即使我想做,我也没有那个钱。"

"你没有?"我说道,语带责备,"我以为你一辈子辛勤工作,就跟埃迪·摩尔一样。我知道你说过,如果你想,你可以买得起一辆车,虽然不必买一辆别克埃维拉和一辆奥斯莫比。"

警惕的阴影闪过摩尔太太的脸庞。"埃迪做了很久的工会主席。他为钻石山的工人做了很多事,而他退休的时候拿到了特别——特别协议。我们不想对其他任何人说什么,因为我们知道这可能不公平。我们只想在他退休的时候能够负担得起整个家。两个月前,他们刚刚装修完这个房间和厨房。但我们没有任何不诚实的地方。埃迪是个很诚实的人。他加入了哥伦布骑士会,他还是行政堂区委员会的一员。你可以问任何人。"

"当然。"我在茱蒂空出来的椅子上坐下,轻轻摩挲着摩尔太太的手,心想我是不是和拒不参加罢工的工人一样成功,"他在钻石山为他们做了什么特别的事?"

她摇摇头。"埃迪是个正派的人。他不把工作带回来,从来不让我烦心。刚开始的时候,只有我们两个带着辛迪和她的兄弟,我也得工作。我在戴维逊之家做面包。那时候我们一点钱也没有,日子太苦了。"

"只是因为这附近衰落了,爸爸才能有钱做这些。"约翰逊太太说道,"很多房子都空着。他可以搬走的。他应该搬走的。但是他想留在这里,因为他在这里长大,所以他买下我们后面的地,装了这个游泳池。他只是在帮助邻里,而他们就来开枪杀他。"

我们远远地听见门铃响了。辛迪·约翰逊拍拍她那缠在一起的头发,毫无所觉地过去开门。

摩尔太太的大眼睛里积满泪水。她越过我看着孔特雷拉斯先生。"他对你说了什么,还是你对他说了什么?他挂上电话就回到他的书房——我们去年冬天盖了新的厨房之后,就把老厨房改成了他的书房——然后打电话给一些人。他不会告诉我出了什么事,他只是出去,留下了我,而我再也见不到他了。你跟他说了什么?"

虽然有空调,但是孔特雷拉斯先生擦拭着脖子上的汗水,他很男人地回答了。"他和我——我们在一起工作的时候从没有这么接近过。他和另一群人在一起。你知道是怎样的。但是我从一个人那里听说他捐了一大笔钱给慈善机构。我从来没听说过,但是维克有朋友在那个机构的一次公益晚会上弹钢琴还是拉小提琴。我告诉他,我们想来谈谈。我不知道这为什么会让他这么苦恼,而那是个事实。"

"他对你说了什么?"摩尔太太痛苦地问道。

"他谢过我,谢谢我提前打电话给他。我想他就是这么说的。如果我知道……我真希望我没有打过电话。"

"你认为他出门去见某个人?"我问摩尔太太。

她的手指绞在一起又松开。"我……是的,我想他是去见人。他说他要去巴尼之家——那是个酒吧,但是你能在那里买到三明治——他要和一个人谈谈,而他不会和我一起吃午饭了。"

"他需要和人单独谈话的时候,他就会去巴尼之家吗?"

"男人需要有个他们能去并且可以和其他男人在一起的地方。你们这些年轻女孩总是不理解。但是你不能整天把他们系在你的围裙上。这不会对你的婚姻有任何帮助。而我了解巴尼;我们一起长大。在他之前,是他父亲拥有那个沙龙。到现在为止,他们已经在四十一街和克得齐路的拐角上开了六十年了。他们卖很棒的三明治和很不错的牛肉饼,他们不会卖给你那些快餐店里卖的速食。这是个埃迪能去的好地方。他也可以玩一会儿台球。他总是喜欢这样。但我希望我今天没有让他去。如果我今天留住他,弄清楚他为什么不开心,他就不会走到那辆车开过的街道。他还能和我在一起。"

辛迪回来,弯腰对她妈妈说道:"外面有一个黑人。他说他是个侦探,他有警徽,证件也齐全。但是他没有穿制服。你想和他说话吗,还是你想我打电话给警察局确认一下?

摩尔太太摇摇头。"他来做什么?道歉?"

我感觉我的脸很烫。"他也许有一些问题要问你,摩尔太太。也许他就是那晚你丈夫的车被偷报警时,接电话的警官。那辆车被用来袭击了住在北边的一位医生。"

我站起来走向大门。如我所料,来人是康纳德·罗林斯。他看起来没有因为看见我而快乐满溢,而我则感觉脸愈发烫了。

"很好,很好,华小姐。我应该猜到你会在这里打败我。"

"你不是这么想的。"我结结巴巴地说道,"我不知道他死了。我来找他谈谈,是想找米切·克吕格尔的线索。"

"你说的是事实吗?"

很乐于逃开的孔特雷拉斯先生跟在我身后来到大厅。过去这令人极端头疼的半个小时让他比往常好战。

"这当然是事实。我已经受够了你们这些警察,只知道来骚扰维克,而不会去抓杀人犯。你们从来不听她说话,所以她泡在运河里,然后你们就过来责备她。实际上,我今天早上和埃迪·摩尔说过话。他那时候还很好。我告诉他,我们今天下午要过来,而接着我就听说他在街上被人枪杀了。"

"好的,好的。"罗林斯说道,"你不会对我耍手段。你本来打算和他说什么?"

"钱。你呢?"

"哦,我听说了枪击事件,而因为袭击医生的那辆车和他有关,所以我和他也有点关系。因此我想也许我能查到点什么。我没有你快,华小姐,但是我确实努力早到现场。今天晚上你要工作到很晚。我记得你昨天是这么跟我说的。"

在我能想到该说些什么来安慰他话里的苦涩之前,辛迪到大厅来了。我可以在孔特雷拉斯先生面前亲吻他,但不能在辛迪面前这么做。这会显得我高人一等,而且会增加他和他们会谈的难度。

"你认识他?"她问道。

"是的。他是我的一个朋友,好朋友,虽然他有时候有点急着给我下定论。"

"我想你可以和我母亲说话。但是请简短一点儿。她今天受了很大的刺激。"

"遵命,女士。"罗林斯说道,"我会记住这一点的……把你的这一大堆东西载回家,维克。我不想听到有任何人把你逼到路边。"

第四十五章 新职业在招手

"你认为是我杀了他吗,宝贝?"我们回到车上以后,孔特雷拉斯先生问道。

他的焦虑让我失去了责备他今天早上警告埃迪·摩尔的欲望。"当然不。如果我们中有人杀了他,那么是我。"

"你不认为他是被流氓打死的?是吗?"

"不。有人让他出门,去巴尼之家,然后在他走路回家的时候枪杀了他。我只是希望……"我住了嘴。

"什么,宝贝?你希望什么?"

"我希望我没有找到过米切的照片。就是埃迪和赫克托·博勒加德在一起的那张。而同时我希望我知道他早上给谁打了电话。也许康纳德能比我们找到更多的线索,但是他不可能像辛迪和格拉迪斯想的那样,只是个会说话的类人猿。"

"康纳德,嗯?如果你开始在提到他的时候称呼他的名字,那么你就是和这个警察越来越亲密了。"

我感觉自己脸红了。"让我们去看看巴尼能告诉我们什么吧。"

在开车去小酒馆的短短路途中,我向孔特雷拉斯先生提了个策略性建议。他欣然同意,急着做任何能弥补他那个灾难性电话的事。

巴尼之家是个小地方,一个房间里放着台球桌,一个房间是酒吧。

一群老男人坐在酒吧里满是疤痕的桌子上。有些人在喝酒，但是大多数人都像是来这里找伴儿的。当看见他们中间来了陌生人，他们停下交谈，直接注视着我们。

一个七十出头、身体结实的男人从一张桌子前站起身，走回吧台。"有什么需要帮忙的吗，伙计？"

我们走向他，孔特雷拉斯先生走在前面。他要了杯啤酒，喝了一点，然后评价了下天气，而巴尼无声地回以问候。孔特雷拉斯先生环顾屋子，同时研究着屋里的男人们。那些人像石头一样坐在那里，偶尔向我的方向投来毫不掩饰的敌意。这是男人的酒吧，而不管那些拥护解放者在市中心的酒吧、好比伯格霍夫之家这样的地方做些什么，巴尼之家也要保持纯洁。

最后孔特雷拉斯先生了然地嘟哝一声，转向巴尼。"我是萨尔·孔特雷拉斯。我和埃迪·摩尔一起在钻石山发动机公司工作了超过三十五年。"

巴尼微微往后退了一下，但是孔特雷拉斯先生指着其中一张桌子说道："我说得对吗，格雷格？"

一个大啤酒肚的男人缓缓摇头。"也许吧，但是……好吧，这里的光线不怎么好。给他点灯光，巴尼。"

店主在柜台后面弯下腰找开关，然后头顶上的灯泡亮了。格雷格打量着我的邻居，看了足有一分钟，充满怀疑。他的脸突然变成了大大的微笑。

"是的，萨尔。退休之后就没再见过你。我们都老了，虽然你看起来还不错。我听说你搬到北边去了。"

其他男人开始动了起来，喝完酒，彼此窃窃私语。不管怎么说，我们属于这里了。他们不会组成地方武装团队对付我们。

"是的。"孔特雷拉斯先生说道,"克拉拉死了之后,我没法再住在原来的社区。我给自己在拉辛弄了个不错的小地方。"

"那是你的女儿吗?女大十八变啊。但是我以为你的孩子年纪要更大一些。"

"不是。这是我的邻居,维克·华沙斯基。她下午开车送我来拜访埃迪,这样我可以不用去坐火车。然后我们就发现他死了。我想也许你都听说了。"

"是的。"巴尼插进来,急着重新夺回他对自己酒吧的控制,"不到五分钟之前他还在这里。然后他们在他回家的路上开枪。这里的克劳伦斯,他的妻子目睹了埃迪被枪杀。警察赶来了,和她说过话之后,她就过来带走了克劳伦斯。"

格雷格旁边的一个秃头男人装腔作势地点点头。他不是耶阿尔先生就是乔伊斯先生。他安抚了震惊中的妻子,就赶忙赶回巴尼之家和他的朋友们分享此事。

"摩尔太太以为他来这里见某个人。"我冒险说道,希望我们已经建立了真诚和善意,足以让我开口说话。

"埃迪也是这么说的。"巴尼说道,"他在等人和他一起吃午饭。他等了一个小时,最终认为他等得够久了。他吃了一个汉堡,就回家了。"

"他留下了口信吗——万一他等的那个人之后又出现了呢?"我问道。

"是的,他留了,巴尼。"格雷格说道,"记得吗?他说是个自大的经理,而他已经受够了这种人,所以如果那家伙出现,就告诉他什么时候当真想见面,再打电话给他。"

"是的。他被那样枪杀了,我就忘了。"巴尼用手指划拉着他薄薄的灰色头发,"但是他说的名字是什么来着?"

我等着他沉思。"米尔特·让法斯,还是本·洛林?"最后我主动问道。

巴尼缓缓点头。"我相信是其中之一。让法斯。我想就是这个名字。"

格雷格也这么认为,但是这对他来说毫无意义。显然他在新的主人接管钻石山之前就离开了。不,埃迪从来没有跟他或是这里的任何人提起过这个名字。

"埃迪在他家里添了好东西。"孔特雷拉斯先生说道,他想起了我们努力要遵守的剧本,"我希望我也能买得起游泳池、别克和所有这些。我在钻石山干了三十八年,不算战争时期,但是我肯定没拿到这种退休协议。"

酒吧里的人低声表示同意,但是克劳伦斯解释说埃迪得到一笔钱。不,他不知道埃迪有富亲戚。肯定是什么远在德国的远方表亲想起了他这个贫穷的美国亲戚。

"以前是反过来的。"其中一个男人苦涩地说道,"以前不是美国人有一些其他国家的穷亲戚吗?"

谈话转为抱怨令人绝望的现实,抱怨黑人、女同性恋和日本鬼子,还有每一个治理国家的人。孔特雷拉斯先生喝了一口烈酒,又喝了一杯啤酒,来让自己合群。我们离开的时候,新来的人正在热烈地谈论着埃迪的死。反正,我很高兴在康纳德·罗林斯出现之前离开这里——假设摩尔太太告诉了他埃迪死前来过这里的话。

我们回到外面,我站在人行道上,整整一分钟没有动。

"怎么了,宝贝?"

"你打电话过去的时候,到底和埃迪说了什么?"

老人的脸变成暗淡的桃红色。"我说我很抱歉。我知道这听起来像是我让他出去被枪杀的。你不会比我更担心,所以给我——"

"我不是这个意思。你和他说过话之后,他苦恼到打电话——显然是打给米尔特·让法斯。让法斯同意见他,但只是个让他去街上的托词,这样就可以射杀他。你说了什么?"

孔特雷拉斯先生挠挠头。"我告诉他你是谁——你是个侦探,我是谁;还有米切手上的那张照片——和慈善组织一起拍的那张,这让你很激动;还说我们要来问他哪里来的那么多钱捐给一个那么大的市中心的慈善组织。当我知道他是哥伦比亚骑士会的一员,我就这么问了。而我只是想给他时间先想想。我只是希望……"

我看见一辆出租车过来,在克得齐路的这段路上面很稀有。我抓住孔特雷拉斯先生的胳膊,匆忙把他拉到路边。

"嘿,宝贝,你在做什么?"

"进去……我们可以找个不这么暴露的地方进去之后再说。"

我让司机沿着克得齐路开,直到我们找到一个公共电话亭,请司机等我打完电话。开过几个街区之后,他把车停在路边。

我打电话给我所知的一家名叫"沉船租赁"的位于北边的汽车租赁公司。接电话的是答录机,我留言说我急需一辆车,我半个小时之后就到,希望他们能在那时候收到我的留言。沉船租赁是个小本经营的公司,由几个女人在家附近经营,车就停在她们的后院里。我希望她们只是坐下来吃晚饭,不接电话但是会听留言。

回到出租车里,孔特雷拉斯先生和司机似乎交谈得甚为愉快。他们两个都是白袜队的粉丝,和所有芝加哥的棒球迷一样怀有妄想——他们一边哀号着失去了伊万·卡尔德隆,一边真的认为今年白袜队就会获胜。我把"沉船租赁"的地址交给司机,然后后仰靠在座位上,让他们去热烈讨论菲斯克是不是应该退下来让步给年轻人。

我还活着,似乎就是小小的奇迹。如果米尔特·让法斯要枪杀埃迪·摩尔,只是因为他担心埃迪会对我说什么,那他为什么不朝我开枪呢?埃迪为钻石山做了什么,他们要给他这么大一笔钱,但是他们又不想让他说这件事?我不认为让法斯是策划者,无论是给他钱,还是枪杀他这两件事上都不是。但是谁在让法斯身后呢——百利宫的本·洛林,还是迪克的岳父和岳父的兄弟?或者,也许两者皆有。

当我们到达科妮莉亚路上的沉船租赁时,我很没耐心,烦躁地想要做点什么,想要付诸行动,虽然我不知道我究竟想做什么。我付了车钱,还多给了他几美元小费,让他在这里等等我们,以防没有人应门。当贝弗·库勒顿来到门前,我朝出租车挥挥手。他按按喇叭,然后开走了。

"哎呀,维克。你很幸运啊,我们正好在家。卡莉和我收到你的留言时,正要去咖啡馆。你把你那些别致的轮子弄坏了?也许我们能修复好。"

我咧嘴笑了。"那是上个星期的事。我只是想今天晚上在镇上逛逛,不让任何人跟在我屁股后面。你有东西给我吗?"

"这么热的天气每个人都想弄辆车开去多尔县。我们只剩下一辆车,而它不是很好。"

从卡莉和贝弗所有的车子的状况来看,不是很好就意味着真的是辆年久失修的车子。但是乞讨者无权选择。我给了她二十美元做定金,然后拿走了一辆旧"新星"。里程计已经跑到第二圈了,而方向盘的设计是用来训练保加利亚举重队的,但是贝弗向我保证在必须的情况下它还是能跑到八十码。她给我们拿了垫子盖住粗笨的座位,然后一直开着后门,直到我们驶离小巷。

"你想回家吗？"我问孔特雷拉斯先生。

"现在，看这里，维克·华沙斯基：你不打算拖着我逛遍整个芝加哥，然后把我丢回家，仿佛你认为我很老了，都听不懂英语了。我想知道你为什么要把因帕拉留在巴尼之家外面，还有这究竟是怎么回事？而如果你今天晚上要做什么事，你最好计划我和你一起去，要不你就坐在车子里等到太阳出来，因为你不能把我从这里推出去。除非你打算勾住康纳德。"最后一句带着年轻人的坏心眼。

"事实上，我很高兴康纳德今天晚上没有再度抓住我。"我使劲把方向盘转到右边，把车开到路边停下，然后我粗略告诉他出租车开向北边的路上我一直沉思的难题。除此之外，我还在想，既然我已经发现了维尼或皮奇夫妇在向邻里老人家圆滑地推销商品，那么他们现在会做什么呢。这是我第一次有机会告诉孔特雷拉斯先生这件事。他很震惊而且很生气，而我们在如何教训这些掠夺老年人的人的问题上有一些分歧。

"维尼是个居心不良的家伙。"当他逐渐平静下来，我说道，"谁知道他会想出什么来报复。总之，我不知道如果米尔特·让法斯枪杀埃迪就为了不让他和我谈话，那我为什么还能在街上走路呢？我担心你也会有危险，因为你一直和我在一起——打电话给埃迪·摩尔，和我一起去见他，所有这些事。"

"哦，不要担心我，宝贝。"他粗暴地说道，"不是说我想死，但是如果有人朝我开枪，也不说明我就没有好的生活。你今天晚上要做什么？"

"我想找个有电话的地方。但是我真正需要的是去迪克的办公室。"

"第一个华沙斯基先生。"老人颇有兴趣地重复道，"但是为什么呢？"

"那是所有的东西聚集到一起的地方：弗里泽尔太太从克里西·皮奇那里买来的钻石山债券；芝加哥安居服务；还有钻石山公司本身——迪克给他们处理法律事务。要是不看看他的文件，我不知道这些东西是怎么凑在一起的。而我不知道怎么进去。"

"你不能撬开锁吗？"

"上次我掉进运河的时候丢掉了我的开锁工具，但是那不是真正的问题。一个那么大的法律公司里，新人都会整日整夜地工作。我不知道怎么才能进去而不被抓住。我不知道，除此之外我还能怎么知道我想知道的事。"

他想了一会儿。"你知道，宝贝，我有个办法。我不是说这是个好办法，而这需要做一些工作，但是你知道谁能进入这种地方而不会有人注意到呢？"

"清洁工，但是——"

"还有工人。"他得意扬扬地打断了我，"他们对自命不凡的经理们来说只是家具的一部分。"

第四十六章 新来的废物——但不是来自纽约萨克斯第五大道

孔特雷拉斯先生必须回家喂佩皮，还要放它出去遛遛。我们讲好了，我会在戴弗西路放下他，然后在我们小巷的尽头巴里路再接上他。我不怎么喜欢这个计划，但是不得不同意这地方站着的任何一个人更有可能朝我开枪，而不是朝他。

接下来的半个小时我都很苦恼。我不能把车开到拉辛大道上，以防他们中有聪明人在找我，而不是找我开的车。我开了很长的路，转到巴里路上，然后直挺挺地坐在驾驶座上，拿出了枪，耳朵竖起来留心任何暴力的声响，这样我就能跑去救孔特雷拉斯先生。他出现在路口时，我的胃不受控制地提了起来。我呕出一口胆汁，刚好及时让脑袋伸出车外。

孔特雷拉斯先生深受激动和担忧的折磨，用他巨大的手帕给我擦干净嘴。我有点悲伤地擦着嘴。马洛从来不会让他的紧张战胜他自己。

我的邻居带来了两套褪了色的连体裤工作服，还有一个超大的工具箱。我们把东西扔在后面。我猛力地转着方向盘，驶出这附近。在我们能做其他事之前，我需要一杯水，再吃点东西。其他的身体需求从来都不会折磨伟大的侦探。

我们在克拉克路上找到一个通宵营业的快餐店，就停下来吃三明治。近北一带越来越雅皮化，这里是警察、快递司机和其他上夜班的人能去的仅存的几个地方之一。

孔特雷拉斯先生吃完他的半个火腿三明治，就要暂时离开。"我只是想起了某些事，宝贝。你在这儿，举止自然就好。"

他在我能抗议之前就走了，我又惊讶又生气。我绝对不是等人的人。这是今晚第二个机会，好让我反省一下当我从起重机上跳下来的时候，我是何等过分地让我的邻居不安地整晚走来走去。我不确定我的性格或是我的脾气有没有因为反省而进步。

他离开五分钟之后，我拿着账单去付钱。他进来的时候，我正要出去找他。他的脸上带着自我满足的淘气表情。而我的不悦渐渐消失。

"哦，你在这儿，宝贝。我以为你会等我。"

"我付了钱。有人正要拿走你的三明治。你想拯救它吗？"

"不了。我吃饱了。跟你说实话，我的胃有点不安分。我给咱们弄来了很有帮助的东西。"

在他能在大庭广众之下展示之前，我拉着他赶紧出去走回那辆新星里。当我们安全地坐进车里，他朝我挥动着一团纸。我努力打开顶灯，但是那个灯在第一个一万公里时就已经坏了。我开出停车场，停在街灯下。那是孔特雷拉斯先生从克罗索夫斯基的紧急电工修复的有盖货车里拿来的一堆工作通知单。

"我们经过的时候，我看见门没关，然后我们吃饭的时候，唔，我想，为什么不呢？这比我们能在你办公室里伪造的东西要正式得多。"

我们原本决定冒险去我办公室看看是不是一切安好，然后进去制造一个能让我们进入克劳福德－米德的文件。孔特雷拉斯先生是对的——这些比我的那台机器做出来的偷工减料的伪造文件强多了。

"而且，"他又道，声音激动地发颤，"我也给你拿了一顶帽子，你要遮住你的卷发。"

他从他的后口袋里拉出一个克罗索夫斯基的帽子。

"你没给我弄个假发和胡须来真是太遗憾了。你知道,我觉得我们最好是朝南开。我瞧着有某个人在朝货车走去。这也许是他最稀罕的帽子。"

我们把新星停在亚当斯路,徒步绕了一圈,从北边来到普尔特尼路上。

昨天进出自如之后,我就非常肯定我们在和一群很业余的人打交道。他们不会把我和我的办公室联系在一起,但是还是没必要泄露我们辛苦弄来的车。

电梯难得功能正常。我坐电梯上去,而孔特雷拉斯先生随后爬楼梯上去。我把楼梯门的钥匙给他,告诉他如果我受到袭击,他要怎么迅速找到警察,而不会突然崩溃。

他的下巴固执地绷着。"我不是那种女士遇袭就自己逃跑的人。你最好把这事托付给你自己。"

让我抑郁的是,他从连裤工作服底下拉出一个管扳手。这是他最喜欢的武器,他乐于用它,而不是因为使用技能高超。我开始和他争辩这个问题,然后觉得现在时机不对。反正,我会被人扑倒的可能性没那么高。

电梯嘎吱响着停在四楼。我关掉电梯灯,用膝盖行走,离开电梯门,左手撑在墙上保持平衡,右手持着史密斯威森指着我前方。走廊似乎空无一人;我用铅笔形电筒迅速地看了一周,没有发现任何人。

普尔特尼的主管不鼓励他的租客使用这些设施——从来没听说走廊里有夜灯这种东西。我站起来,蹑手蹑脚走到我的门前。我在这幢大楼里办公长达十二年,很容易就能在黑暗中移动。

如我所希望的,没有人潜伏在大厅里,或是潜伏在我的办公室内。我打开灯,把孔特雷拉斯先生拿来的工作通知单放进我的复印机里。这时他上来了。他花了一会儿才弄明白如何在黑暗中打开楼梯井。

"于是,在我还在跟那扇讨厌的门鬼混的时候,他们可能已经把你打成了果肉。仿佛我并不真的对送埃迪·摩尔去死感到难过。"

我把手腕搁在键盘上休息。"事情不是那样的。他选择和钻石山签署某个协议,不是你让他这么做的;你打电话给他,也并不是让他们杀了他。那可能只是时间到了,他们就做了。如果我们今天下午见他的话——"

"你也许能让他有所领悟,而他现在还活着。你不需要对我这么好,宝贝,就只是为了照顾我的感受。我看得出,和人们谈话比我以为的要重要。"

我从机器旁站起身,一只胳膊环住他。"在调查中最糟糕的做法就是放慢你的速度,慢慢咀嚼你做错的事情。等案子结束,你可以花些时间从错误中汲取一些经验。但是当你还在调查的半路,你只要像威灵顿公爵那样,忘了它,然后继续。"

"威灵顿公爵,呢?就是打败拿破仑的那个家伙,是吗?"

"就是他。"我坐在打字机后面,"跟我说说,穿着电工服的人怎么样会让人觉得他们有问题。很糟糕的一些东西,我们不能让别人看着我们工作。他们会害怕地把眼珠子给油炸了。"

孔特雷拉斯先生拉过打字机旁给客户坐的椅子。"我不知道,宝贝。这个时髦现代的工人办公室里会有什么,我不知道他们有什么,而且跟你说实话,我不知道怎么样会有问题。"

"不要担心这个。我们会遇到的那些初级法律猎兔犬也不会知道。迪克也许有电脑,而他的秘书有进入公司大系统的认证文件。"我努力想象我前夫的办公室,"也许她有一台打印机,因为她要打印大量的表格。既然他是高级合伙人之一,她也许不会和其他人分享机器。"

孔特雷拉斯先生慢慢思考,在一小片纸上给他自己画图表。"好的。把高压短路的标志贴在机器上——也许会击倒操作者,或者在房间那头就会击中她。"

我打上这个标志,加上日期和致电时间。然后我用克罗索夫斯基的工作通知单上的抬头和我复印机里的一张白纸伪造了一份表格。根据孔特雷拉斯先生的建议,我用这个表格打印了一份早些时候检查大楼中空调短路情况的报告。而有问题的空调则被查出是在理查德·亚伯勒的办公室里。我用尽了所有我想象得出的伪造方法,但愿这东西能让我们进入其中。

第四十七章 系统短路

虽然是这个时间了,一群不知疲倦的年轻律师还在克劳福德－米德的办公室里拍打着翅膀。我们只是对大厅里的夜班保安出示了我们的工作通知单,让他为我们打电话给楼上的办公室,就走进了他们上锁的桃心木大门。

没有人告诉过他电子机械有危险。他看起来不怎么友好,而且被吓到了。他威胁说要打电话给他的老板。我们向他保证,问题已经查明是三十楼的一间办公室,而我们的老板已经严厉地警告过我们,不要惊动其他人,我们只要搞定那间办公室里的线路就行了。

"别让我们被炒鱿鱼,行吗?"我恳求道。

他勉强同意不会说出去,还为我们打电话去楼上。"但是如果会冒烟,你最好提前告诉我。"

"如果会冒烟,你会是唯一一个好好坐着的人。"我说道,跟着孔特雷拉斯先生进入电梯。

一到三十楼,就由孔特雷拉斯先生负责。即便克罗索夫斯基的帽子遮住了我的头发和脸,我们还是不想冒险,以防有人认出我来。最可怕的危险是托德·皮奇。他既认识孔特雷拉斯先生,也认识我。而他也许会工作到很晚。虽然如此,我们不需要担心。正如老人之前指出的那样,专业办公室里的工人被看作和水牛一样有人性,只是没那么不寻常。

孔特雷拉斯先生朝一个穿着 T 恤和牛仔裤的年轻人挥动我们的工作通知单,强调任何不专业的人靠近迪克办公室里游荡的危险的电子元件都会带来极度危险。为了安全起见,年轻人抓了一大堆打印件,护送我们走到内部楼梯的顶端。

"亚伯勒先生的办公室就在那个走廊的尽头。啊,这个钥匙可以打开他的办公室。如果你不介意的话,我要回去工作了。你们可以自己找到地方吧。你们走的时候,把钥匙留在前台的桌子上就行了。"

"好的。"孔特雷拉斯先生严肃地说道,"在我们告诉你搞定之前,不要让人靠近这里。我们会断掉其中一条线路。你也许会发现灯偶尔灭掉了。但是不用担心。"

我们的向导迫不及待地离开了这里。如果运气好的话,所有的职员都会因害怕而今晚早些收工。我不想在我复制迪克的文件时某个勇敢一些的人会过来查看。

当我打开我前夫的办公室,我有一种负疚的刺激感。这让我想起小时候四处搜寻爸爸放他的警察左轮手枪的抽屉。我知道我不应该碰它,甚至不该知道它在哪里,而兴奋和羞愧会让我上紧发条,我会穿上溜冰鞋,在街上跑几个来回。我心怀痛苦,疑惑是不是这些感觉把我领进侦探的领域。我记得我给孔特雷拉斯先生的建议——以后有足够的时间做自我分析。

迪克的套间里有一间等候室,秘书用的一间私室,还有一间大办公室,里面的圆形窗户能俯瞰芝加哥河。孔特雷拉斯先生在等候室里忙碌着,从他的工具箱里取出一些干活用的缆线,把它们拖过地板。他还带了一个小型的电动螺丝刀。用这个他就能打开地板上的排气口,露出里面有趣的电线窝。

"你进去看文件,宝贝。如果有人来,我会立刻带那个家伙走开的。"

我发现自己蹑手蹑脚地走进迪克的办公室,仿佛我的足迹落在他的科曼地毯上,能让远在橡树河的他后颈的毛竖起来。房间里没有文件柜。他有几书架他觉得每天都需要的法律案例集,一个带节瘤的淡黄色厚木头做的办公桌,和一个放着德国陶瓷的精致餐柜,以及一个带水槽的吧台。苔莉和他们的三个金发子女从办公桌那头朝我笑。

一侧的门通向私人浴室。第二个门对着一个浅浅的橱柜,里面挂着几件干净的衬衫。我没法不把它们都检查一遍。后面挂着被我泼了咖啡的那件。他忘记带回去让苔莉打理了。或者,他没法向她解释这是怎么弄的。我咧嘴笑了,更像是孩子气的恶作剧。

我蹑手蹑脚地穿过科曼地毯,走到他秘书的办公室。从迪克刚起步,哈莉埃特·雷格纳就把她的功名和他联系在一起。那时她不得不和五个男人一起成为他的秘书。而现在她已经做了他十年的执行秘书,而且为他管理着一小群文员和律师助理。如果迪克真的参与了某个非法活动,他会因信任哈莉埃特而告诉她吗?我想到了奥利·诺斯和福恩·霍尔。迪克这样的男人总是会找充满奉献精神、并且认为她们的老板比法律更重要的女人。哈莉埃特自己会解决有疑问的地方。她指导的书记士兵们会在其他地方处理她的常规文件。

按照这个不错的逻辑,我走近她的文件柜。带节瘤的淡黄色木头很配迪克的办公桌,虽然我猜这只是贴面的薄板。失去了我的开锁工具,我花了不少力气才打开文件柜——我得让孔特雷拉斯先生进来,然后用他的电动螺丝刀砸开它们。虽然我不真的在乎迪克会不会知道我来过。我甚至没费心去戴上手套。我要找出他在做些什么,此外是弄清楚如何与他对质。如果他认为是我入室盗窃,那么也许能逼他出牌。

我一打开文件柜,钻石山就跳出来欢迎我。它们的事务占据了一整个柜子，还占满了第二个柜子最上面的抽屉。我曾经想过当我找到这些文件，我就大功告成了。但是我忘记了法律公司会产出多少文件；这是唯一表明它们在工作的方式。孔特雷拉斯先生听见我在咒骂，就进来看看怎么了。他同情地咯咯一笑，但是帮不上忙。反正，他得去放哨。

我浏览了一遍第一个抽屉里的文件。里面的内容都围绕着百利宫卖掉钻石山的事。百利宫买了一个直升机制造厂"中央州府航天有限公司"；司法部裁定他们要脱离钻石山公司，作为拿到那家公司的条件。这就解释了他们为什么要摆脱这家小发动机公司。我一直为此事苦恼。

好大一沓文件详细说明了百利宫和钻石山之间的同意令。我在它们面前摇摆不定，试图仔细阅读，但是我需要找到的是可以解释钻石山和埃迪·摩尔之间的协议的文件。我小心地把每样东西保持原来的顺序，把那沓文件放在地板上，然后转向下一个抽屉。

在此我找到了和发行债券有关的文件。就是发行这些债券，杰森·费利蒂才能买下这家发动机公司。彼得·费利蒂写给迪克的信出现在我面前，告知我费利蒂家的框架。杰森几年前卖掉了他的联合运输的股份，显然是为了给他在杜佩奇县的政治野心提供资金。他用剩下的钱买了美国大都会银行和信贷公司的股份。

当他想要卖掉这些股份来获得买下钻石山的资金，彼得坚决反对。他写信给迪克说，让杰森用负债融资的方式。那是一九八八年的事情，德崇证券还得意扬扬。相对来说，比较容易找到愿意发行债券的投资银行家，这就可以让杰森有钱买下公司。

同一个备忘录解释了杰森为什么要从钻石山开始，或者说至少给出了彼得对此事的看法。杰森和百利宫的一个外围董事一起打高尔夫。

那是个政治家的密友，也是美国大都会的董事之一。这位密友知道杰森想建立起自己的金融事业，和他哥哥区分开来。为什么不买下钻石山呢？既然百利宫要在六十天之内摆脱它，他们会接受任何他们能得到的出价。

所有这些都很迷人，但是非法，甚至不道德。下一个抽屉突然泄露了我要找的东西。

杰森在买下公司一年之后，无法还上他的债务。航空业在衰退。没有人想买齿条，而这正是钻石山的专业范围。而且，即使有人买了，销售所得也不能支付他的利息，更别说偿还本金。

但是钻石山工人的退休基金现价为两百万美元。如果杰森可以兑换出那笔钱，他就能更轻松地呼吸了。隐情是，一次非正式的普通成员投票表明，他也许在把基金转为年金保险投资的投票上失败了。但是工会主席埃迪·摩尔出于工会的利益，同意了。他签署了文件，同意钻石山卖掉工会的退休基金并转为年金保险投资，为此得到了一笔五十万美元的现金。

但他们是怎么逃脱处罚的？有这么多像孔特雷拉斯先生这样领退休金的人。他们肯定注意到他们的支票逐渐失去价值。等我找到答案，就可以告诉我的邻居了。年金保险投资，因此保险公司会以他们现在的收入付钱给当前领保险金的人。付钱的机构从管理工会基金的阿贾克斯保险公司变成美国大都会的董事们所拥有的保险公司"都市生活"。这些董事也同意购入相当多的钻石山垃圾债券。

我察觉自己正在大口呼吸。没有得到工会的同意就兑现退休基金，给埃迪·摩尔一大笔钱让此成为可能。当然，他是工会合法选举出的代表。政府执法官员也许会裁定此为合法的转账。但是埃迪知道米切·克吕格尔因为打探这件事而死。他也许会觉得无法面对来自工厂的另一个老伙计。孔特雷拉斯先生打电话来时,也许唤起了他对工会的忠诚。也许他打电话给米尔特·让法斯说他不能再欺骗他的伙计。我希望我能知道。

哈莉埃特办公桌上的金边旅行钟报时了。我吃惊地抬头一看:两点,而我还有三个抽屉要查看。孔特雷拉斯先生进来看我进行得怎么样了。

"我刚刚去看了一圈。我想这里只有我们两个了。需要我做什么吗?"

"想不想复印一些文件?我想我找到了很劲爆的东西。现在别停下来读,它只能让你发疯,你就干不了活了。"

他乐于帮忙,但是从来没用过复印机。哈莉埃特的复印机很复杂,让他花了很久才能顺手地使用。当我回去查看文件时,已经快三点了。

我迅速翻看剩下的文件,希望能找到和"芝加哥安居"有关的东西。什么也没找到,我把文件放回它们本来的位置,再次回到那堆和百利宫有关的文件里。孔特雷拉斯先生复印完毕。他把复印好的文件放在我身边,微微地咳嗽着说他要去男洗手间。我心不在焉地点点头,直到他消失在走廊里才想起迪克的私人厕所。

孔特雷拉斯先生跑回来时,我正在看一堆貌似很有趣的东西。这些东西说的是百利宫有义务维持钻石山的正常运作。

"有人来了,宝贝。我想是警察。我晃到前面去了,我只是去浏览一下——"

"收拾好你的工具,以后再跟我解释。如果他们到这里来,我想让他们看见你正在盖通气孔的盖子。"

他蹒跚着走回等候室。我把文件乱堆回文件夹里,塞回抽屉里。我看着那些复印件,一时迟疑不决。如果真的是警察,而我被搜查了,我不能让他们在我身上找到这些东西。

我打开哈莉埃特桌子一侧的抽屉,拿出一个马尼拉纸信封,角落上印着克劳福德-米德公司的回信地址。我把复印件塞进去,写上我办公室的地址,全力跑到走廊里。我朝孔特雷拉斯先生喊,我走了不要担心,我不会抛下他的。

孔特雷拉斯先生是对的——警察来了。我能听见他们在内部楼梯的底层说话。他们正在计划如何搜索上面的楼层。我有些恐慌,一间间房间走过去,直到我找到一个放着寄出信件的篮子。我把我的信封塞进那堆信件中间,然后走回过道,和孔特雷拉斯先生会合。

我到达的时候,刚好有一个警察和值夜班的保安从大厅走进过道。

第四十八章 脱身

夜班保安弗雷德·罗珀得意扬扬。"我就知道空调没问题。不然我接班的时候他们会告诉我的。"

"你只花了五个小时就发现了。"孔特雷拉斯先生说道,"你是怎么做的?脱掉鞋袜用脚趾头想的吗?"

我们没有真的被逮捕,只是被带到侧翼的一个办公室问话。孔特雷拉斯先生的肾上腺素水平高到足以把伽利略号探测器发射出去,一路猛冲过火星。我一直希望他能在对我们的指控加倍之前冷静下来。非法进入和窥探已经够糟的了。尽管我们成功地及时收拾好了证据,警察出现的时候孔特雷拉斯先生还在倒卷缆线。

他最后的评语被证明是正确的。那让弗雷德·罗珀恼怒得不行。他解释了三次,详细地说一点半左右克劳福德-米德的最后一个雇员离开而我们还没走的时候,他如何开始怀疑我们。他最后认定我们也许不是什么好人,就打电话给他的老板。保安公司的夜间经理打电话给大楼工程部的夜间经理,然后确认所有的电器和线路都正常运作。罗珀在老板的指示下,报了警。

罗珀沉闷的鼻音和他激动的重复让我想要跳起来掐死他。毫无疑问,警察是把他当作武器来折磨我,迫使我招供。

"总之,你们在这里做什么?"警察中的第二个人质问,"别说你们是电工而这个是来帮你忙的邻居这种屁话。工会不是这样运作的。而正常的邻居不会带枪,也不会带私家侦探执照。"

阿林顿警员是个粗短的男人,大约五十岁。他头顶秃了,就努力把残存的那点头发拉过来遮住秃的部分。他一言不发,一把我们推进会议室里就拿掉他的帽子,开始梳他的头发。

"不,我知道。"在孔特雷拉斯先生踏上垫子之前,我飞快地说道,"孔特雷拉斯先生只是想保护我,他真是个好人。真相是,好吧,不得不和陌生人谈话很痛苦。"

"习惯吧,姑娘。在你说完你的故事之前,你会见到很多陌生人的。"米尼弗警员是个年轻一点的黑人,和他的同伴一样喜欢威胁嫌疑犯。

"唔,是这样的。"我以女性无助的表情动作方式伸出双手,"我们去的那个办公室,是我前夫的。我没法让他付给我抚养孩子的钱。我没有钱,我没法把他告上法庭。而且,不管怎么说,我能赢过像他这样的大律师吗?"

"很多女士都拿不到孩子的抚养费,但是她们不会非法闯入前夫的办公室。你为什么要这么做?"

"我想找到,唔,证据,我想,他有能力支付的证据。他一直这么跟我说,说他无力支付,就因为他的抵押贷款,他的新家,还有他在橡树河的一切。"

"那你需要一把枪来做这些吗?"米尼弗嘲弄地说道。

"他过去威胁过我。也许我这么做很愚蠢,但是我不想再被他揍一顿。"

"他是个可怕的人,很可怕。"孔特雷拉斯先生证实我的话,"他怎么这么卑鄙地对待像维克这样好的女孩。我不能理解。"

我看得出阿林顿和米尼弗都不会为此心动。他们似乎很乐于认为迪克聪明得足以逃避自己的责任。他们问了我一系列关于我们离婚裁定的问题，还问了迪克多年来如何成功地逃避给我钱。

最后，阿林顿羡慕地吹口哨。"想想这些法律教育到底给了你一些东西……女孩，你没有把你的钱立刻用来请律师，而是闯到这里来，实在是太糟糕了。因为你肯定能准备好一笔钱请个律师，而现在我们要逮捕你。"

"我们为什么不先打电话给理查德·亚伯勒？他是那个最终提出控告的人。"

"是的，但是不会支付孩子抚养费的男人肯定不会很理解你乱翻他私人文件的行为。"阿林顿说道。

"让他决定吧。我知道理查德·斯坦利·亚伯勒一件事，他讨厌其他人为他做决定。"

现在四点半了。他们认为不能在半夜打扰一个如此重要的律师。总之，他们想把孔特雷拉斯先生和我带到警察局，塞进拘留所里度过今晚剩下的时间。

"我一定要打个电话。"我说，"我一点也不会因为打扰到在家的成功男人而良心不安。所以我要打电话给他。你们可以在分机上听我们说话，但是你们的监管长官不会知道你们打扰了他的。"

在米尼弗或阿林顿反对之前，我走到角落里的电话边，拨了他家的电话。我能记得迪克的号码，这是我乖僻倔强的能力之一。

响到第五声，他接了电话，声音里带着浓重的睡意。

"迪克，我是维艾。"

"维克！该死的你这时候打电话来干什么？你知不知道现在几点？"

"四点三十五分。我去了你的办公室，而两个警察要以非法闯入的罪名逮捕我。我想你会愿意先发表你的意见。"

房间里没有分机。阿林顿派米尼弗赶紧去走廊里找一条他能听到的线路。他进来的时候，我就听到咔嗒一声响。

"该死的！你在我办公室里干什么？"

"我觉得早上弄脏了你的衬衫我很抱歉，我睡不着觉。我想如果我能把它拿回家给你洗干净，你也许会原谅我。当然，熨衣服不是我的强项，但也许苔莉能做到。"

"该死的，维克！"我听见背景里有一声模糊不清的声音，然后迪克温柔地说道，"不，没事，宝贝。只是一个脑子不太清醒的客户打来的。抱歉吵醒你了。"

"这位女士说你没有支付她孩子的抚养费。"米尼弗从他那里插进来。

"我没有什么？"

"迪克，如果你想一直这么大喊大叫，可怜的老苔莉就不能再睡着了。你知道，你欠我的钱，给小埃迪和米切的，逾期没有支付。但是我看过你的钻石山文件夹，发现你的现钱比我想要的还多。我没法给自己买一双新鞋子，因为我的每一枚硬币都要拿去养你的两个小男孩，但如果你能从钻石山的钱里匀出一点来，好吧，会有很大的不同。"

电话那头长久沉默，然后迪克要求和警员说话，而我不能在线上听。为了确定，米尼弗让我去喊阿林顿来听电话。迪克似乎在问有没有搜过我，因为阿林顿说只找到一把枪。

"他想和你说话。"阿林顿朝我扬扬下巴。

"你没有任何证据。"我回来时，迪克傲慢地说道。

"宝贝，你总是小看我。警察出现之前我就偷运出去了。相信我，我可以在明天这个时候把它拿给我的媒体朋友看。"

他很沉默，我都能听见橡树河的鸟开始在他身后鸣叫。"你还在吗，警员先生？"他最后说道，"你可以让她走。我不觉得我会在这个时候控告她。"

阿林顿和米尼弗不能逮捕我们,很是失望,所以我们以最快的速度打扫了大楼。我不想让他们想起第二条指控,例如假冒电工。警察跟着我们到新星那边,然后紧紧地尾随我,直到我经过拉萨里路的出口,开上湖滨大道。他们最终在富勒顿路离开。

我们开到贝尔蒙特路,然后我转到港口那里,关掉引擎。拂晓即将来临,东方的天空已经露出玫瑰色。

我们朝彼此咧嘴笑,然后突然开始大笑。我们笑到肋骨都疼了,眼泪也滑下脸颊。

"我们现在做什么?"孔特雷拉斯先生恢复过来之后问道。

"睡觉。我不上床睡几个小时,什么事也干不了。"

"你知道,宝贝,我很……我不知道该怎么说。我想我睡不着。"

"古怪。"我替他说了,"是的,但是你很快就会倒下的,然后你什么也做不了。而且,佩皮还需要你。我想的是……"

我瞥了眼手表,五点十五分。现在打电话给任何人都太早,但是现在我不想独自回到我们的楼里。自己的公寓肯定是安全的,但如果维尼和让法斯有关,他就能让一伙人进入楼里拦截我。或者更糟的话——拦住我的邻居。我绝对不会哭着去找康纳德·罗林斯帮忙。那意味着我要去找我的朋友斯特里特兄弟。他们做搬运家具的生意,但是也兼职做点保安的活。

结果是,我没有吵醒蒂姆·斯特里特。他和他的兄弟汤姆已经起来了,准备早点儿吃早饭,然后开始做搬运的工作。如果我能等到六点,他们就能在去干活的路上带五个人去我家的大楼。

我非常饿。我们去了一家通宵营业的快餐店消磨时间——就是我们昨天去的那家。孔特雷拉斯先生不觉得饿,打包了三个煎鸡蛋、炸土豆饼、一片火腿和四片吐司面包。我吃完两个鸡蛋和一个炸土豆饼之后就停了下来。我希望没有人会袭击我们，胃里塞满了东西，可不是战斗前的最佳准备。

六点十分，蒂姆和汤姆·斯特里特来了，轻轻吹了口哨，和他们的员工开着玩笑。斯特里特兄弟个头都很大，有六英尺四英寸高，力气大到能把钢琴搬下五层楼。另外三个人也一点都不小巧。

两个员工留在大门外，我们其他人走去后门。如果有人在那儿的楼梯里转悠，我们就能在走进陷阱之前发现他们。太阳现在已经很高了。很显然这个地方空无一人。保险起见，我们在地下室入口的垃圾箱后面查看一番，然后进入我家。没有人动过我的报警系统。

我们谨慎地穿过大门，走到主楼梯那里，但是也没有人。我拿着我的手电筒——有人昨晚来过这里：他们在地板上留下了一个捏扁了的麦当劳袋子，还在楼梯上撒尿，这是为了要激怒我，而不是躺在那里等我。

"只是小流氓，宝贝。"孔特雷拉斯先生打消我的疑虑，"你不能让自己和一群小流氓纠缠不休。我会过来为你打扫干净。"

"你去照顾佩皮。我会处理这个。"

蒂姆问我要不要有人陪着，需要的话他们可以四个人去搬家。我揉揉眼睛，努力思考。筋疲力尽开始把我的脑子装进水泥里。

"我觉得不用。白天我们不会有事。我可以晚上再和你确认一下吗？如果我们需要多一个人来打架，你有人手吗？"

蒂姆欣然同意。最近的生意不忙。经济萧条，越来越少的人买新房子和搬家。我们一起下楼，确定孔特雷拉斯先生家里也没事。之后，我几乎没有一丝力气爬三层楼回到我的公寓。我知道我必须擦洗楼梯间，但是不能强迫我的身体再做任何动作。我只记得要脱掉肩套，解开胸罩，然后就倒在床上。

第四十九章 当高管层发话了……

梦境不时打断我的睡眠。我梦到我从事这辈子最糟糕的工作——在七十年代早期通过电话销售《时代与生活》的书。只是我在梦里被一个冷酷无情的电话销售员追求。我一度以为我真的拿起电话大喊"我现在不想买任何东西"。我把它扔到地上,只是让它再度响起。

我在床上坐起身。现在是一点半,而我的嘴巴感觉就像是棉花球工厂。电话正在响。我恶狠狠地注视着它,但最终捡起电话。

"喂?"

"是维·艾·华沙斯基吗?见鬼,你为什么刚刚挂我的电话?我一早上都在打电话给你。"

"我不在你的发薪员工表上,洛林先生。我不会费心又高又快地跳起来取悦你。"

"别跟我说这些废话,华沙斯基。你星期一拿我开涮,警告我说如果我不跟你谈谈的话,百利宫的事情就要见报。你不能耍了这么一个花招就把我丢在一边。"

我对着电话做了个不满的表情。"好吧。来说吧。"

"不在电话里说。如果你现在出发的话,你可以在半个小时之内去林肯伍德见我。"

"好的,但是我今天不出城。如果你现在出发的话,你可以在半个小时之内到我这里来。"

他很讨厌这样。所有的执行官都讨厌你不能在他们吼出命令的时候第一时间跳起来。但我没法离开我的基地，即使假装我僵硬的身体还会开始移动。维尼和迪克之间马上要出事了。我想在这里等着。

我告诉洛林怎么找到我的公寓，谈话就结束了。"顺便问一下，你怎么拿到我家电话的？电话号码簿里没有。"

"哦，那个。我找了一些人查了你，他们给我查到了大陆湖滨的达罗·格里厄姆。他告诉我的。"老执行官们的网络回击了。

我蹒跚着走进浴室刷干净嘴里的棉花。如果我只有半个小时，我需要做个赛前训练，而不是泡杯咖啡。既然我还没有更换我的跑鞋，我就用了我所有的东西来锻炼，比往常更努力地锻炼我的手部力量。我锻炼了整整四十分钟，但是我的脑子就更散漫了，就好像要动脑子的时候，它挺想偷懒的。

我冲了个澡，换好衣服。我在靠走廊的衣橱地板上的一团混乱里挖出衣服，又发掘出一双旧跑鞋。这双鞋子能追溯到五六年前，而且因为跑得太多，底子已经磨得很薄了。但是它还是比我现在穿的平底便鞋走路更容易。

既然洛林还没现身，我就泡了咖啡，吃了点心。在今天早上六点吃过煎鸡蛋之后，是时候回到更健康的生活方式了。我炒了一份菠菜蘑菇豆腐，和枪一起拿回起居室。我不怎么觉得洛林会袭击我，但是我也不想在这个时候做蠢事。我把枪塞进沙发上的一沓报纸下面，然后盘起双腿坐在报纸旁边。

卢克·爱德华兹打电话来告诉我特兰斯艾姆修好了的时候，我刚吃到一半。他向我描述了病人濒临死亡的悲哀场面，因为他英勇的努力，她活了下来。

"你今天就能来拿车，华沙斯基。事实上，我希望你会——我需要拿回因帕拉。有人想买。"

我惊了一下，感觉有些愧疚，才想起来我把因帕拉留在四十一街巴尼之家那边的角落里。想到那地方的仓库卡车进进出出，我真心希望卢克的宝贝还完整。我计算了时间。如果洛林马上就到，我就能在四点离开，但是我得乘公交去南边，不然我就得取回沉船租赁的那辆新星。

"我想我六点前到不了，卢克。"

"我有足够多的事情要忙，华沙斯基。我会等你。"

我挂上电话，又看看手表。现在快三点了。我猜因为我要洛林到南边来，他就要证明他能让我等他。在我的工作中，合作精神比偶尔出现的恶棍更令人讨厌。

我打电话给一个朋友。他是劳工局的高级咨询员。我很幸运地在办公室找到他。

"乔纳森，维·艾·华沙斯基。"

自打我们最后一次通话到现在已有几个月了。在我能问出我需要知道的事情前，我们不得不进行讨论棒球的仪式。乔纳森在堪萨斯城长大，对皇家队有非常大的热情。我把事情说成是假设的情形——一家公司想要把工会的退休基金转为年金保险投资，并侵吞资金。他们让工会集体合法选举出的工会代表们签字同意了这项计划。

"现在，假设代表们签字了，而没有进行普通成员的投票，法庭会认为这是合法的吗？"

乔纳森想了想。"困难的问题，维克。雇员退休收入保险法里有一些相关的案例，而我想这取决于当地的法庭处理。如果代表们不经投票还做过其他的财政决定，我想法庭或许会认为这是合法的。"

雇员退休收入保险法已有十二年的历史,用来来保护退休金和其他退休项目。它已经制造了比犹太法典多很多的联邦案例。

"如果那些代表,唔,收了额外的钱才签字同意这项计划呢?"

"其实是行贿?我不知道。如果有意图诈骗工会资金的证据……但是如果只是把退休金转为年金保险投资,雇员退休收入保险法很可能认为这不道德,但是不违法。这事重要到我应该现在就查一查吗?"

"是的,非常重要。"

他承诺星期五之前给我结果。我们挂上电话,我就在想迪克在其中究竟是什么角色。在让埃迪·摩尔签字移交退休基金之前,迪克肯定从法律角度调查过这个问题。他当然不会被贪婪蒙蔽眼睛,不会把自己置于进联邦监狱的下场。

我的菠菜冷掉了,让人没了食欲。我把盘子拿回厨房。也许是钻石山的伙计们杀了米切·克吕格尔,因为他看到埃迪生活得很好,然后慢慢打听出他从公司拿了一笔钱。当米切试图要求他们付他一笔钱时,他们打昏他的头,把他推进运河。这意味着他们知道他们的所作所为是非法的,还是说他们只是害怕那可能是非法的?当人们做了羞愧的事,他们会因为要暴露而恐慌不已。而如果老板们让手下的走卒感受到这种恐慌,什么事都会发生,因为这些人就是因为其残忍的力量才被雇用的。然而,迪克还算是走正道。

我发现自己端着盘子,心不在焉地凝视着厨房窗户。这时,洛林终于按响了门铃。孔特雷拉斯先生去应了门。我打开大门的时候,就听见他激烈地质问访客。

到这时,我才想起楼梯井拐角那里的尿。污迹不容错辨,但是现在再去清理已经太迟了。

洛林进来的时候,脸上充满了怒气。"该死的!那个老头是什么人，他凭什么质问我？"

"他是我的伙伴。他的一部分工作就是核查我的访客。最近总有人在我身边转悠。这让我们两个都很紧张。喝咖啡还是葡萄酒？"

"不用了。我不想来这里，也不想延长时间。你的伙伴，呃？公司不大嘛。"

"你不是作为我的商业顾问来这儿的，不是吗？我需要一些咖啡。马上回来。"

我做午饭时泡的那壶咖啡已经凉了。我花了五分钟煮了一杯新鲜的咖啡。我回到起居室的时候，洛林已经成了煮沸的开水——做饭的时候烧开水总是很关键。

"你要对我们做什么，华沙斯基？我管理一家大公司的财务。我丢下所有事情去见我们董事会的成员，他们允许我来和你谈。而现在该死的你故意刁难我来浪费我的时间。我冒媒体的险都比现在明智。"

"不，你不会的。你不需要我告诉你。我花了一整晚研究和钻石山有关的文件。我今天早上六点半到家睡觉。我知道现在——"

"在哪儿？"他问道，"如果你拿到了钻石山的文件，该死的，你为什么要和我在这里胡闹？"

"昨天晚上我才拿到。我是说，拿到手。完全是运气，还因为我同伴的专业能力。虽然如此，我还是不知道你的问题所在。现在我知道你们买下中央州府航天公司就意味着你们要卖掉钻石山。这是同意令。"我大致说了一下我昨晚从迪克的文件里知道的事情。

"如果你知道这个，你就知道了一切。"洛林说道，他的脸还是线条僵硬。

我摇摇头。"这有什么可保密的？你签了美国国防局许可，所以你就是不能跟纳税人说这个？"

"不，没这回事。你知道同意令的多少内容？"

"没多少。就是你们六十天之内要卖掉，而杰森·费利蒂给了你们一个更好的条件，你们觉得你们再等下去也不会有更好的买家了。然后你们就给了一些保证，你们不会把他们赶出你们的商业圈。"

洛林一阵大笑。"我希望是这样！不，你没看过真正的同意令。或者说你没有仔细阅读。"

"我对此没有——唔，另一件事——那么感兴趣。而我只有几个小时看文件。"

"其他什么事？"

"你先说，洛林先生。"

他走到前窗那里自我辩论去了。他没花多少时间，他不能花了一个工作日跑过来，但是空手而归。

"达罗·格里厄姆警告我要小心你。"他评价时的敌意少了一些，"而我想如果他能信任你，我也可以。"

我努力以令人值得相信的方式微笑。

"如果你仔细读过完整的同意令，你会知道司法部对钻石山的关心远远不止让我们保护他们。我们不得不继续为他们的产品提供市场来保证他们的生存，而且我们还要继续给他们提供原材料。"

洛林见我嘴巴大张着，苦涩地笑了。"这不是史无前例。有些别的钢铁公司也因为同样的事情受到伤害。但是费利蒂有，或者说似乎很有资格，我是说，芝加哥工业界的每个人都知道联合运输。我们和他们生意来往多年。"

"但是彼得·费利蒂不会把家族企业和钻石山绑在一起。"

"我们后来才发现这点。但是这不要紧。他很愿意以其他方式帮忙——他让杰森做到了负债融资。我猜想大多数赞助者都臆测联合运输会在背后支持钻石山——说到底,我们也是这样想的。如果杰森是诚实的,这就不要紧。"

"那他做了什么?从你们公司订购他不需要的物资,然后转手在黑市上卖掉?你们为什么不去找执法人员?"

"我们没有任何证据……你还有咖啡吗?"

我朝他咧嘴一笑。"我可以煮点新鲜的,但是你得等等,除非你不介意去厨房。"

他跟着我走进公寓后面。我把冷豆腐的盘子放进水槽里,再一次煮开水。洛林拿起椅子上的报纸放在地上,这样他就能坐在上面。

"你星期五出现并且宣称你知道我们给费利蒂提供资金的事,我以为你为他做事,那么你是想从我们这里索取更多的东西。但是你星期一打电话来说了铜线圈的事,然后我就知道他们在干什么了。"

我把开水倒进咖啡筒里。"你可以雇一个私家侦探,一年前就能知道这些事。你为什么不这么做?"

他苦恼地摇摇头。"我们一直收到他们的审计报表。他们身后还有一个很有声誉的法律公司。我不喜欢他们,但是我也不认为——"

"一个侦探可以迅速告诉你处理购买事宜的高级合伙人就是杰森·费利蒂兄长的女婿。然后你就可以开始担心利益冲突了。"

"好的。我会找个侦探。你收多少钱?"

"一小时五十美元以及任何不在我正常经费里的花销。"

"你真便宜,华沙斯基。但是也许我会雇用你。"

我朝他露出牙齿。"也许你可以得到我。"

"抱歉,抱歉。我说错了。严重的错误。我明天会和董事会谈谈。现在该你了。你对什么最感兴趣,你那天提过的那个死去的男人?"

"好的。"我大概描述了一下米切·克吕格尔和埃迪·摩尔,还有我昨晚在迪克的文件里知道的东西。

"杰森·费利蒂只是在抢钱。"我说完之后,洛林说道,"他做事太无知了。他从我这里拿走食物,还偷窃东西,欺骗工会,拿走他们的退休金,寄卖债券给慈善机构——这些都是乱来。"

"是的,没有犯罪的头脑。甚至都不是破坏能手,我起初就这么怀疑。他只是个无能的笨蛋,他只想证明他和他哥哥一样厉害。问题是,我不知道我怎么把他们和谋杀联系在一起。而我关心这个甚于你的偷窃问题。我也担心退休基金,我不想让那些无辜局外人的权利被人压榨勒索。"

当然,洛林只想保护百利宫的利益。他让我放下一切,计划盯梢的事,以找到钻石山二次销售百利宫提供的原材料的证据;现在的状况是,我只有他们在半夜装载铜钱圈的证据,既没有他们再度销售的证据,也没有证据表明钻石山的管理层牵扯其中。

他还在说服我接手他的案子,而我试图找到我自身难题的答案,但是四点半的时候我送他到门前。"你到的时候太迟了,而我的行程都被你占去一部分。我得走了。你可以明天和董事会谈完之后再打电话给我。"

"如果他们同意雇你,你就会接这个案子吗?"

"我不知道。但是在我知道你是不是一个认真的客户之前,我不会讨论这件事。"

他不满意,但是当他发现我不会让步,最终离开了,对楼梯上的污迹厌恶地皱起了眉。我在出发去坐火车之前待了一会儿,让我有时间把我的史密斯威森绑在肩头。

第五十章 圣斯蒂文森和卡车

我离开之前,让孔特雷拉斯先生知道我要去哪里。作为犯罪领域经验丰富的同伴,他应该知道。此外,昨晚有人在楼梯井里等着的事实让我格外谨慎。我想让他比往常更严格地监控大楼里的人员进出。

"维尼也许会让流氓进来。看紧点儿。没有必要的话,不要暴露你自己;但如果有陌生人步伐很重地上三楼,就报警。其实,就是打电话给康纳德。"我给了他罗林斯家里的电话,还有他在警局的电话,然后在他指控我和这位警官行为亲密之前走了。

火车缓慢地南行,而我在思考我可以对皮奇、维尼和弗里泽尔太太做什么。即使我能证明维尼和克里西劝服弗里泽尔太太买下钻石山无用的证券,我也不确定州里的律师会不会认为这种腐败到足以取消皮奇夫妇的监护权。我在想弗里泽尔太太那个陌生而疏远的儿子能不能被我说服采取行动。既然他主要是敌视她对狗的热情,而这些狗现在已经退役了,也许他至少会想保护自己那点微不足道的遗产。

五点半左右,我在二十二街和克得齐路交界处下了火车。从这儿走到巴尼之家不止两英里,但是我渴望好好走一走来复位我的身体。

我在市中心换车的时候,雷暴云开始遮蔽太阳,但是我想我能走得很快,足以打败暴风雨。

卡车在下行的小路上扬起尘土，我就这么走过几个街区，开始怀疑走路的健康价值。我那双旧虎牌鞋灵魂里所留下的力量没我想得那么多。我的双脚开始觉得疼。每一次我走到汽车站的时候，我都会等几分钟，看看有没有一辆公交车跟在卡车后面过来。很多朝北开的公交车缓慢经过，但是当它们到达议会路的时候，它们肯定是消失在路的尽头了——因为没有从北边开回来的车。

开始下雨的时候，我刚刚能看见巴尼之家的招牌。我全速跑过最后两个街区，转过拐角跑到四十一街。

雨和我疼痛的脚让我显得很愚蠢。有辆卡车在人行道上平行停车，横过我对面的街道，引擎还在转动。我好奇地看了一眼，打开我的因帕拉，然后开始钻进驾驶座里。

卡车的移动让我吓了一跳。我更快地钻进车里，拿起我的史密斯威森。我的错误在于想同时做两件事。我还在摸索我自己的枪，车门被猛力扳开，而一把手枪在我头顶呼啸。我小心地不移动我的头，尽全力转动着我的眼珠，努力看过去。我正看着那个巨人。

他没有说话，也没有动。我胃里翻江倒海。我很高兴我只放了半盘豆腐进去。我听见玻璃在我右边碎裂的声音。我不受控制地猛然转头看去，然后就感觉手枪抵在了我的脖子上。

巨人的一个伙伴砸碎了因帕拉客座的玻璃，然后冷静地打开车门。他也有一把枪。当他拿枪抵着我，巨人就爬进了后座。够蠢的了，我能想到的唯一的事就是当卢克看到他打算要卖出去的车上那扇破掉的车窗，他会有多生气。

"开车。"巨人低声咆哮。

"开去哪里，我的陛下？"尽管我嘴巴很干、胃里想吐，我的声音还是没有一丝颤抖。那些年来按照母亲的严格要求练习呼吸，如今在危机中得到了回报。

"开到拐角,然后左转。"巨人说道。

我左转开上阿尔巴尼路。"开回埃迪·摩尔家?"

"我们不想听你说话。"一个金属物品抵住我的后脑,"就在拐角边。"

"然后,去钻石山。"

"我说过不想听你说话。左转上阿彻路。"

我们朝工厂开去。雨水开始从破碎的玻璃里进来,溅落在我右边的男人身上,当然也溅在仪表板上——那是另一件会激怒卢克的事。

如果他们只是要把我弄到工厂里,这样他们就可以私下杀了我,我不认为我还能在死前祈祷。我希望在我到达之前能见到洛蒂;我希望她不曾因为我上一周都生活在恐惧之中;而我还希望我自己最后的时间不要在恐怖中度过。

我的枪还在。但是我不知道怎么才能拿出来,而不让我的护卫之一先开枪。我们把车停在工厂前的沥青路上,巨人从后座下来打开驾驶室的门。他的伙伴命令我关掉引擎。我关了,但是把钥匙留在点火器上。巨人猛拽着我的左臂,把我从车里拉出来,而他的伙伴一直拿枪对着我。我能听见卡车引擎震动的声音从另一边传来。

我在巨人的胳膊中迅速移动,这样他的身体就为我挡住了他的同伴,然后我使劲踢在他的胫骨上——该死的虎牌鞋子太软了。

巨人哼了几声,但还是抓着我。"别让自己的处境更糟,姑娘。"

他让我面朝下,拎着我的四肢走进大楼,他同伴的枪还指着我。我们走过长长的走廊,经过装配室。在那里工作的女人们曾经很同情我的"叔叔"。我们经过通往送料台的T形路口,转过延伸出来的走道,那里都是办公室。巨人大力敲击让法斯的办公室门。一个声音让我们进去。

米尔特·让法斯正坐在他办公桌前的一张椅子上。杰森·费利蒂和他面对面。桌子后面是那个伟大的哥哥彼得。

"谢谢,西蒙。"让法斯说道,"你可以在外面等我们。"

西蒙。为什么我从来记不住他的名字?

"她以前来这里的时候身上有枪。"巨人说道。

"啊……枪。你搜过她了吗?"说话的是彼得·费利蒂。

西蒙没费什么劲就找到了史密斯威森。他的手在我左胸逗留得久了些。这可不是必须的。我冷冷地凝视着他,希望能有机会在未来更好地回敬他。

"下午好,华沙斯基小姐。你离婚之后用回了你的娘家姓氏,是吗?"西蒙关上了他身后的门,然后彼得·费利蒂问道。

"不。"我揉着被巨人从车座里拽出来时弄疼的肩膀。

"不,什么?"让法斯质问。

"我没有用回我自己的姓氏,因为我从来没有放弃过我的姓氏。谢天谢地,在我年轻又坠入爱河的时候,我干过那么多蠢事,但是从来不允许我自己被人称为亚伯勒太太。说到这个,那位有名的参赞在哪儿?"

杰森和彼得交换了愤怒的表情。

"我想带他来。"杰森刚开头,彼得就打断了他。

"我告诉你,他知道得越少越好。"

"你是说如果上了法庭,"杰森说道,"但是你一直跟我说我们不会走得太远。"

"那么迪克参与了多少你的阴谋诡计?"这可能是我现在最不必担心的事情,但是对我这一生来说,知道迪克没有涉足其中非常重要。

"我们以为也许你会听他的。"彼得说道,"那天晚上在音乐会上你紧偎着他胳膊,我以为你对他还有感情。他说你十万年里从来没有注意过他。真糟糕,他是对的。"

"还有感情?"我重复道,"今后不会有人这么说了。我到底应该听到什么?"

"让你该死的狗鼻子远离钻石山。"彼得使劲拍着办公桌面。那个空心的金属表面被拍到变形。他揉着他的手,"我们一直处得很好,直到——"

"直到我来了,还找出了寄存债券和诈骗老太太、从百利宫偷取原材料的事。我还没说愚弄退休基金的事呢。"

"那绝对合法。"杰森说道,"迪克是这么告诉我的。"

"从百利宫偷铜线也合法吗?他说那也行吗?"

"如果你没有觉得你不得不在台面下暴富,一切都会很好。"彼得向他兄弟啐了口唾沫。

"这是米尔特的主意。"杰森哀诉道,"他会接受削减,不拿生产奖金。"

让法斯在他的椅子里愤怒地挪动着,正要开口抗议,但是彼得一个手势让他闭上嘴。

"你一直都是个他妈的没用的主管,杰森。你发火,你抱怨,因为爸爸没有把公司留给你,但是他知道你太蠢了,不能经营公司。然后你在一流政治的边缘鬼混了四十年,你就发了四十年的火。所以我帮你建立自己的公司。而现在你搞得一团糟。"

"这是谁的错?"杰森的圆脸在不稳的灯光下变绿了,"你必须让你能干的女婿做法律事务。我就能让——"

"你就能从星期天开始让事情糟糕九倍,如果我把事情留给你那些杜佩奇县的密友去做的话。我在华沙斯基后面为你擦屁股，但是你知道情况。你不要再从百利宫那边扣下原材料了。"

我听到他的话，双腿颤抖。我抓着身后的门把手稳住身体。把手上面有一个小小的按钮锁。我把它按进去。这不能阻止西蒙太久，但是一秒钟都有帮助。

"在我身后擦屁股？"我重复这可怕的词，试图驾驭这些词，"说吧，伙计们。百利宫的本·洛林已经都知道了。芝加哥警察知道让法斯让那个巨人把米切·克吕格尔敲昏了扔进运河里。他还杀了埃迪·摩尔吗，米尔特？还是你自己干的？"

"我告诉过你她知道得太多了。"杰森说道，"你应该立刻处理。"

"哦，看在上帝的分儿上，杰森。我告诉你这是我最后一次管你的事。"

"想清楚，大人物。"我机灵地说道，"你可能要用下半辈子来解决这件事。"

"我能明白亚伯勒为什么要尽快摆脱你了。"彼得说道，"如果你是我的人，我会把你打到懂事。"

冷冷的怒意攫住了我，让我伸直了双腿。"你试过一次了，费力地，但是你肯定不想再做第二次。"

我用眼角注意到电灯开关。自从我来到这里，我第一次感觉我可以清晰地思考，计划行动方案。

费利蒂抿紧嘴唇。"我女儿身上没有你的这些毛病，我很高兴。我只是不明白像你这样的假小子有哪里吸引了亚伯勒这种男人。"

这个侮辱太轻了，而他说这话的时候看似很激动，我忍不住大笑起来。

"是的，笑吧。"杰森说道，"你马上就会转喜为忧了。总之，你为什么要来这里?"

"米切·克吕格尔。他是我的一位好朋友的老朋友。而他死在了运河里。如果你们全部公开退休基金和债券的事的话,为什么米切·克吕格尔上个月出现、要求分一块饼好让他闭上嘴的时候,让法斯会气疯了呢?"

"我告诉过你埃迪·摩尔会是个薄弱环节。"米尔特对彼得说道,"他自称他从来没有对任何人说过任何事,会让他们认为他从公司拿了钱。但是我总有我的怀疑。"

"埃迪·摩尔和'芝加哥安居'呢?"我坚持问道,"他究竟为什么要把钱捐给那个组织?"

"那是迪克的主意。"杰森说道,"我告诉过他这是个错误,但是他说他们拿了很多债券,我们只能鼓励从这件事中获利的人来做贡献。"

"而你们不得不承认那个家伙因为和一大堆市中心的钱合照而得意得很。"让法斯说道。

"我明白了。"我微笑,"我的……呃……伙伴不明白——他说埃迪一直都是哥伦比亚骑士团的一员。"

"你的伙伴?"彼得问道,"你从什么时候开始有个伙伴了?"

"从什么时候开始我的生意和你有关了?"我拉下开关,然后倒在地板上。

"西蒙!"他们恼怒地大叫。

我能听到西蒙在门外试着转动门把手,咒骂,然后拿肩膀撞门。有人从我身后过来,试图碰到开关。我抓住他的膝盖,使劲拉他。西蒙在撞开门的同时摔倒在地。我在我拦住的这个身体下蠕动着。我双手双膝撑起身体,成功地经过西蒙身边逃到门外。

西蒙的伙计跟在他后面冲过来。我经过他身边的时候,他出手抓我，但是没成功。我跑下走廊，努力跑回入口。有人朝我开枪。我开始一边跑一边左右变换方位，但是我这个靶子太暴露了。他们再次开火的时候，我转过T形台，跑到送料台。

工作台上的人正在做的事，和我上周打断的缓慢工作一模一样。上面的两个男人正在稳住起重机上的货物，而另外两个人站在拖车敞开的后车厢里接受货物。

我疾速跑过他们身边，跑上隔间，然后跳到地上。卡车引擎盖过了所有的声音，我什么也听不见，不知道巨人是不是就在附近，而我也不能停下来看。我能感觉到我那双虎牌鞋薄底下的砂砾，感觉到我的脚趾不知因为汗还是血而湿漉漉的。还在下雨。我没有浪费精力抹去眼睛上的雨水，只是一直跑，直到我来到因帕拉身边。

"现在别淹水。"我大口喘气，一甩上门就转动钥匙。引擎发动起来，而我倒车开了一段，橡胶轮胎发出长而尖锐的声响。一颗子弹撕裂了后面的窗户。我全力开动车子，不带一点刹车。齿轮嘎吱作响，但卢克神奇的手指让传动系统还运转得很流畅，而我们就朝前飞速移动。

我开着车猛冲过车道，朝着第三十一街道前进。当我看见后面一辆半挂车的车灯追上我的时候，我几乎已经开到十字路口了。我陡然右转，转得太急了，车子在湿湿的路上打了滑。我转了一整圈，手臂因为恐惧而冰冷无比，反复朝我自己喊着父亲教我的对付打滑的方法。车子没有翻过来，我就让它重回正轨，但是现在卡车就在我身后了，几乎能碰到因帕拉的后备箱。我努力加速，但是它很快就追上了我。

我们在通往高速公路的通道上奔驰，旁边就是去达门路的匝道出口的支柱。路上电缆塔一级级变矮。我只能透过雨辨认出一个围墙。

另一辆半挂车朝我们驶来。他一直在打车灯，按车喇叭。最后一

386

秒我冲出路面开进高草里。在我离开路面的时候,我打开了车门。在因帕拉撞上飓风墙之前,我从车里跳出来,滚进草丛里。

我身后的卡车撞上因帕拉,把它撞了出去,金属相撞发出可怕而尖锐的声响。我快速爬上飓风墙,从它突出的墙头做了个肚子先落水的跳水笨动作。墙头刮破我的衬衫和胃,然后我在上面的水泥地上着陆。

我站起身,试图再次移动,但是我的肺部突然一阵剧烈的刺痛,而我开始停下脚步。我蹒跚着走过一个汽车毂盖,然后倒下了。我仰面躺着,看着半挂车艰难地开过围墙,直朝我开来,车前灯一直盯着我。

我踉跄着站起来。我的右脚被废弃的轮胎绊了一下,我就倒回水泥地上。我似乎是自由落体般倒下——我缓缓着地,足以看见拖拉机朝我冲来。

就在我撞上硬路面的时候,驾驶室顶部冒出了火星。加农炮爆炸了,让我的脑袋在水泥地上振动着。引擎让驾驶室散热器的护栅裂开了,而防冻剂喷了出来,洒溅在夜空中。我把脚踝从轮胎里猛地扭出来,埋头离开。这时,我听见一阵令人心颤的刺耳声响。一片星系爆炸似的血色装饰了卡车的挡风玻璃。

我躺在电缆塔后面大口喘气。匝道出口太低了,卡车不易开过来,但是西蒙下定决心要杀了我,就没有注意到。卡车顶撞上了匝道的边缘。

我抬头看着裂开的水泥墙。微弱的夜光中我只能辨认出暴露在外的钢筋。头顶上车子呼啸而过。感觉很奇怪,人们在我头顶上来回奔驰,完全没有注意到下面的暴行。世界本该暂时停下来呼吸,弄明白出了什么事。高速公路本身应该发抖,但是电缆塔高耸在我头顶,一动不动。

第五十一章 是罪有应得——还是其他什么

那天晚上以我躺在自己的床上而告终，虽然一度我以为我不可能回到家里。朝我们开来的卡车司机一从他的驾驶室里脱了身，就用他的民用波段报了警。西蒙的拖车折成V字形横过道路时，卡车撞进拖车的一侧，驾驶室翻了过来，但是他系了安全带，很幸运地走出了事故现场，只有一点轻微的擦伤。据他后来说，他一直扬言要控告事故中的每一个人，直到他看见西蒙成了果肉状的脑袋。

我一直待在斯蒂文森下面的硬路面上，直到警察来找到我。当然，不是特意来找我，而是来找因帕拉的驾驶员。那时候我精疲力竭、无力挪动，也无力去关心接下来发生了什么。我坐在巡逻车的后面颤抖不已，试图连贯地描述晚上发生的事。

巡警较为清晰地告诉了我西蒙出了什么事。他撞进高速公路顶部时的冲击力大到让车子靠着后轮胎开进路面，然后爆炸。这就解释了那个加农炮似的一击。那个声音到现在还萦绕在我脑子里。同样的力量把引擎从它的障碍物中驱逐出来，把它推过散热器。消防员把西蒙的尸体从挡风玻璃里解救出来时，驾驶室放肆地栖息在车子后轮上。

我们说完话之后，巡警用无线电通讯联络了他们的基地，然后派人去抓费利蒂兄弟和让法斯。他们三个人还在让法斯的办公室里等着，大概是因为巨人说我跑不掉的。

我们一起坐车前往第四区。让法斯坚持说我是个臭名昭著的入室盗窃的能手,在我闯入的时候,他们意外撞见了我。"我为西蒙·莱扎克的死感到万分悲痛。我们意外发现她的时候,他很努力要出去抓住她——"

"而他太过热心,撞倒了因帕拉。"我插嘴说道。

"我不认为我们清楚地知道今天晚上高速公路下面出了什么事。"让法斯对安吉拉·威洛比侦探说道。她看起来像是这次审讯的主管,"卡车上面没有波音747上面有的黑匣子,所以我们不知道西蒙最后是怎么想的。"

"用憎恨和欣喜就可以很好地总结出他的想法;我在开出路面的时候从后视镜里看到了小伙子的脸。"我说,"你有朝我们开来的那个卡车司机的口供吗?他也许能证明西蒙正在尽他最大的努力撞倒我。"

威洛比用那双沉闷的灰色眼睛看着我,但什么也没说。穿着制服的男人尽责地记录下我的问题,笔悬在笔记本上面,等着我们的下一次爆发。

我又试了一次。"你们警察出现的时候,他们还在把百利宫的原材料装进卡车里吗?百利宫的主管也许对此会有简短的发言。而我怀疑他会不会把我和钻石山的盗窃团伙联系起来。"

让法斯和彼得·费利蒂同时盛怒。我——一个鬼鬼祟祟的小偷,有什么资格来质问他们的商业运作?当迪克出现的时候——毕竟他是费利蒂兄弟的辩护律师——我开始觉得我要被逮捕了,而这些正直的公民能回家睡觉。

我当然是那个看起来像是恶棍的人。除了我外套上的裂缝,我牛仔裤的膝盖处也破了。那是我在硬路面上滑行时弄破的。我的鞋子也破烂不堪,头发乱蓬蓬地顶在头盖骨上,而我都不想知道我的脸是什么样。正义也许是盲目的,但是她确实偏爱干净整洁的外表。

费利蒂兄弟把迪克从某个派对什么的地方叫来,但是他先回家换了一身朴素的藏青色西装。安吉拉·威洛比显然对他印象很好,不仅是因为他金发碧眼的长相,还因为他那令人难忘的有钱人做派——他允许他和他的客户在角落里挤成一团。

他走过来的时候,忧愁地跟安吉拉谈起晚上的灾难。一个对雇主极端忠诚的下属西蒙·莱扎克在行动中悲惨地死去,而我幸运地活了下来。

听到最后一句话,我露出牙齿。"很高兴你这么想,迪克。你的岳父向你解释了老西蒙怎么会极端忠诚了吗?说了他是怎么扑向我把我带到工厂的吗?"

"那是错误的热心,"迪克低喃道,"他们知道你曾经闯入过工厂,他们不知道你在调查里知道了多少。"

我跳起来,或者说试图跳起来。我的肌肉回应给我的就是缓缓地爬动,然后抓住他的胳膊。"迪克,我们需要谈谈。他们不会告诉你真相。你的思想太僵化了。"

他朝我充满优越感地微笑。就是这种笑容在十五年前大大激怒了我。"晚点吧,维克。我需要接我的客户回家,而我想你会乐于自己回家的。"

那时已经快半夜了。威洛比刚同意费利蒂兄弟和让法斯可以和迪克一起走,康纳德·罗林斯出现了。一开始我就告诉威洛比他和泰利·芬奇利都和这个案子有关,但是我没有意识到她真的派人去知会他了。但事实是她没有这么做,而他们区里有人在警察的无线电通话里听到了这件事,然后告诉了他。

罗林斯四下看看这间屋子。"华小姐,我想我告诉过你,如果你想去自己解决恶棍而不告诉我的话，我会很愤怒。我甚至都没有从你这里亲耳听到整件事，而是一个陌生人告诉我的。"

我抬手拍拍我脏兮兮的卷发。"威洛比侦探——罗林斯警长，我想你几年前应该见过迪克·亚伯勒，警长。这几个是彼得和杰森·费利蒂，还有米尔特·让法斯。他们要回家了。这位侦探很抱歉她得打扰这么好的居民。"

"我没有亲自打电话给你的原因是我当时非常窘迫——我被人抓住了。我去四十一街和克得齐路的交界取我的车，而费利蒂兄弟派那个恶棍——西蒙，在那里等着我。"

迪克用他明亮而冷酷无情的眼睛看着我。"维克，我们不必再听一遍你的故事。我要带我的客户回家。我只能说我警告过你管好你自己的事。"

"事情是，"我继续对罗林斯说道，"这对兄弟太兴奋了，他们已经忘记了法庭证据。"

迪克在走出房间的路上停了下来。

"指纹，理查德。巨人——抱歉，勇敢的西蒙——和他的伙伴都没有戴手套。他们在四十一街和克得齐路的拐角扑向我，那时我正要去取我的因帕拉。即便车子现在是一团糟，肯定还是能在里面找到他们的指纹。巨人坐在后座，拿着枪指着我。他的伙伴坐在副驾驶座，拿着另一把枪顶在我的肋骨上。我们就是这样出现在钻石山的。他们强迫我开车去的。总之，你肯定能在车里找到他们的指纹。"

"你们扣押了那辆因帕拉，侦探？"康纳德问道。

"拖过来了，警长。"威洛比傲慢地说道。

"戴上你的小麦克风，告诉他们那是一桩谋杀案的证据。别提起加重恐吓行为。太阳升起之前，我要它在实验室里，侦探。我整个星期都在办这个案子，而如果因为我们精简了证据就输掉这个案子，我会非常苦恼的。"

她的表情足以融化钢铁，但是她对着她的麦克风说下去。他们交谈的时候，迪克的脸色变得苍白，并且开始以极低的声音对他岳父说话。我听不到他们的谈话，但是显然他逐渐明白他的亲戚将他置于水深火热之中。他看了我一眼，我不明白他的意思，只知道没有了他惯常的傲慢自大。他催促着他的客户离开。

威洛比忙着命令她的下属，而康纳德紧抓着我的肩膀，要求我详细描述一下今晚的事。威洛比下完命令，让下属把因帕拉从警察局的扣押汽车场拖到实验室。这时，我才刚说了个大概。

康纳德转回身看她。"你给这位嫌疑犯请了医生吗，侦探？"康纳德质问道。

威洛比失去了一些让她在四个小时的询问中令人敬畏的冰冷自信。"她没有生命危险。我在试图确定我们没有要重罪指控她的地方。"

"别跟我说这些：我们没有。我要带她去看医生。你有问题的话，我给你我监管长官的电话。"

威洛比太专业了，不会在一个嫌疑犯面前和另一位侦探争执。我要是处在她的位置我也会很生气，但是在这种情况下我对她没有多少同情。

"我真的不用去医院，警长。"我们离开警察局之后我说道，"我只想回家睡一觉。"

"华小姐，我几乎没见过谁比你看起来更需要做个大手术。当然，这可能只是你优雅的行头。但是除非你想在南边用双脚进行一场高速追捕，你在这件事上没有其他选择，考虑到你没有车，而我开车。"

他带我去了西奈山医院，但是他的力量也不能立刻让我见到医生。

医院里有八个枪伤病人和三个刀伤的人排在我前面。护士长比康纳德更能忍耐强大的压力。

我们等待的时候,我让罗林斯打电话给孔特雷拉斯先生——如果这不算是擅自执法的话。孔特雷拉斯先生到现在还在走来走去等我回家。三点左右,我在窄小的塑料椅子上睡着了的时候,才终于被带到一个治疗室里。康纳德焦急地看着苦恼的实习医生清洗我的擦伤。医生给我打了一针防止破伤风针,把我腹部最深的伤口缝合起来。我背上还有两处防冻剂弄出来的烧伤。我全身都很痛,都没注意到烧伤。

"她会好起来吗?"康纳德问道。

实习医生惊讶地抬起头。"她挺好的。都是外伤。如果你想逮捕她,警长,她肯定可以在监狱里养好这些伤。"

"我不认为我们需要这么做。"罗林斯拿了一包止痛药和开了抗生素的药方,领着我走出治疗室,"还是那句话,华小姐,如果你再来一次今晚这种宴会而不让我知道的话,我不怎么肯定,我会不会把你钉在县医院一个月,让你清醒清醒。"

第五十二章 试着打结

我睡了整整一天一夜，醒了之后在起居室里看见了孔特雷拉斯先生。虽然昨天晚上康纳德从西奈山给他打了电话，这位老先生还是在门厅里守着，直到我们回来。那时已经过了四点钟。我立刻上床睡觉，不知道罗林斯还在不在。

孔特雷拉斯先生留了一套钥匙，两点刚过，就自己进来了。"我只是想亲眼看看你安然无恙，宝贝。你昨天晚上想告诉我发生了什么吗？我还以为你抓住了因帕拉。"

"我也是这么想的。康纳德没告诉你吗？"我告诉他西蒙抓住我的事，还有他令人惊骇的死亡。回忆到最后，孔特雷拉斯先生已经知道得很清楚，足以减轻他的担忧了，然后我说我认为我们的麻烦已经结束了。

"现在唯一要担心的是法庭传票，他们会又快又猛地攻击我们。但是你可以放松警惕。然后，请把钥匙还给我。"

"所以你会把钥匙给康纳德？"他的语调里带着嘲笑，但是他脸上流露出真实的痛苦。

"只有你能有我家钥匙。我不会随便给人的。"

他拒绝让我把话题变轻松。"是的，但是……昨天晚上好像他抱你抱得很紧。今天早上，他一直到中午才走。"

"我知道你不喜欢我和人交往。"我保持声音温和,"我很抱歉——因为我爱你,你知道,我讨厌伤害你。"

他双手绞在一起。"这只是……面对它,宝贝。他是个黑人。要是你不喜欢这说法的话,非裔美国人。要是在过去我住的那一带,他们会把你们两个一起烧死在床上。"

我悲伤地笑了。"我很高兴,我们没住在南部。"

"别开玩笑,维多利亚。这不好笑。也许我有一点偏见,唉,也许我是有,我七十七岁了,我没法改变成长的经历,而我成长的时代和现在不同。但是我不愿意看见你和他在一起,这让我不舒服。而如果我不……好吧,你想不出周围的人会有多丑陋。我不希望你给自己带来那么多的伤痛,宝贝。"

"我已经亲眼见过人们有多丑陋了。"我倾身向前,拍拍他的腿,"瞧,我知道,一个白人和一个黑人在一起很难。但是我们还没发展到那地步。我们两个一直喜欢并尊重彼此,而现在我们试图看看,唔,我们之间的吸引力只是古老又糟糕的丛林热,还是比那更实在的东西。不管怎么说,康纳德不是黑人。他皮肤是古铜色。"

孔特雷拉斯先生竖起耳朵。"从你的话里,我听得出你喜欢他。"

"当然,我喜欢他。但是别追着我做任何声明。我还没准备好呢。"

他无言地递给我钥匙,站起身。

我环抱住他,他想甩开胳膊,但是我还抓着他的肩膀。"别把我赶出你的生活,或是离开我的生活。我不打算说什么蠢话,我知道你最后会想通的。也许你会,也许你不会。但是我跟你一直都是朋友,比我认识康纳德还久。如果失去你,我会非常痛苦。"

他露出一个深深的微笑。"是的,宝贝。我现在不能再说这个了。总之,我离开公主太久了。它在哺乳的时候需要多出去几次。"

我的邻居走后，我感觉有些悲伤。我和罗林斯开始谈恋爱，因为我们之间总会蹦出情色的火花，而时间正是上周。但是我不需要杰西·赫尔姆斯[①]或是路易斯·法拉肯[②]来告诉我，如果我和罗林斯彼此认真，我们前面的路会有多坎坷。

我无精打采地翻着我的冰箱。这时莫里打电话来，很实际地在电话里热情万分，急切地想知道我的事。今天早上的《明星先驱报》登了一张很不错的照片，上面是西蒙的卡车和因帕拉的残骸，但是文章却又短又含糊不清。报纸不愿意指控费利蒂兄弟的任何不法行为以及他们与政界的关系。虽然如此，他们也不想指控我，因为我多年来一直是他们重要的消息来源。我告诉莫里我的版本——费利蒂兄弟收拢弹药的时候，我再及时告诉他消息，否则得不到任何东西，还会失去一切。我们说完电话，我让他去找本·洛林。我希望百利宫钢铁公司能提出一些过硬的文件来支持我自己的案子。

那时已经快六点了。我撑起自己，打电话给卢克·爱德华兹，告诉他因帕拉的事。他很愤怒。而他的宝贝进了警察的实验室，还将会在谋杀案的审判中作为物证呈堂。这就让他更愤怒了。他威胁我要拿手提气锤去砸我的特兰斯艾姆，这样我就知道他的感受了。我几乎和他讲了一个小时。我挂上电话的时候，我们已经不再算是朋友了，但是至少他最后同意我去取特兰斯艾姆。

"虽然小气一点的男人会把它当抵押，华沙斯基。"临挂电话时他说道。

我还给弗里曼·卡特打了个电话。我不确定我是不是想让他在之后的审判和诉讼过程中做我的代表律师。弗里曼在家，但是他已经从

[①]美国参议员，种族主义者。
[②]美国黑人伊斯兰领袖。

他的老同事那里听到了一个很完整的故事版本。在我开口之前，他就提出了代表律师的事。

"我和这件事牵扯太近，维克。亚伯勒对公司的所作所为让我很愤怒，而这种愤怒让我思路不清，我拿你出气，这在律师和客户之间是不可饶恕的。但真正的问题是潜在的利益冲突。你需要一个不会被人弹劾的人做你的代表，因为亚伯勒也许会大力斥责我。我会给你几个名字。我能确定账单不会失去控制。而那之后，我不知道，你可以慢慢决定你以后还要不要我做你的律师。"

"谢谢，弗里曼。"我静静地说道。目前我们就让这件事这样吧。

我不安地在起居室里走来走去，想要和洛蒂说话，不想再来一次痛苦的交谈。这时孔特雷拉斯先生出乎意料地出现了。他去拐角那家店买了比萨。我们两个都爱吃这种比萨，蔬菜很丰富，配料是凤尾鱼。而且他还拿了一瓶我经常招待他的鲁芬诺葡萄酒。

"我知道我应该先打电话，确定你没有计划——晚餐没有其他计划，但是我知道你这里没有多少吃的。而我们的冒险很棒。我想我们应该庆祝一下。"

我们一瓶酒快喝到底的时候，卡罗尔·阿尔瓦拉多意外出现了。她今晚值夜班。她解释说是给别人代班，只是在去医院的路上过来待一会儿。她读了今天早上《明星先驱报》的简短报道，但是想和我特别谈谈弗里泽尔太太的事。

她拒绝来一杯。"要去上班的时候不喝酒。你记得我告诉过你我认为我或许能拿到弗里泽尔太太的回答？"

过去几天里发生了太多事，我忘记了我们在医院的谈话。我那时没有重视过她秘密的乐观主义，但是我礼貌地用言语做出了表示。

"是她吃的药有问题。我和护士长内勒·麦克道尔谈过了，而她表示赞同——太多安定会让老太太焦躁不安,而且同时会看起来很衰老。而安定和德美罗止痛药一起用的话,几乎就是衰老的保证。所以我们把药停了七十二小时,今天她明显好转了——不是完全好了,而是能够回答简单的问题,注意力集中在和她说话的人身上这一类的好转。只是,她一直在说她的狗布鲁斯。我不知道能为此做些什么。"

"我也不知道。"我说道,"但这是个很好的消息。现在,如果我能把皮奇夫妇赶出她的生活,她以后就能搬回家来住了。"

"她还是要去养老院,或者去什么地方疗养。"卡罗尔警告道,"现在说带她回家还太早……你觉得你能去看看她吗?内勒说你对她挺有帮助。"

我做了个鬼脸。"也许吧。我现在不太合适。我这几天都在辛苦地侦查。"

卡罗尔问了昨晚豪迈行为的细节。我说完之后,她只说:"天哪,维克。他们没带你去县医院,而是带你去了西奈山,这太糟糕了。我可以给你包扎,就像以前那样。"

我摇摇头。"也许你离开诊所对我对你都是好事。我是时候擦伤膝盖而不再去找你和洛蒂了。"

卡罗尔摇摇头。"你和洛蒂都不明白。依靠爱你们的人并不是罪过。真的不是,维克。"

"努力和她说说。"孔特雷拉斯先生大声奚落道,"我已经在那个砖头墙上撞够了头。"

我轻轻敲着他的鼻子,然后送卡罗尔出门。

第五十三章 隐秘的思乡之郁

第二天早上孔特雷拉斯先生帮我准备了一个编结篮。我们在底部铺了塑料纸,然后放进两块毛巾。小狗们大约三个星期大了,已经能睁开眼了。它们皮毛又软又多,看起来很招人喜爱。我们挑了两只最小的放进篮子里。佩皮专注地看着我们,但是没有抗议。现在它每天都会有一段时间离开它的孩子。它们的小指甲开始刮着它的肚子,而母性的快乐开始消退。

在库克县医院,内勒·麦克道尔怀着真诚的喜悦问候我。"弗里泽尔太太很有好转。她肯定赢不了麻辣小姐大奖,但是能看到她从生死边缘回来,令人十分愉快。来,自己看看吧。"

她深思着看着那个编结篮。一个小鼻子从缝隙中挤了出来。"你知道,华沙斯基小姐,我想你违反了医院的规定。但是我今天早上太忙了,没看到你进来。你去走廊那边和那位太太说话吧。"

弗里泽尔太太的变化很显著。之前凹陷下去的双颊让她看起来像具尸体,而现在双颊丰满了一些。但是更令人印象深刻的是,她睁开了双眼,并且有焦距。

"你们是谁?是那些该死的不做实事的慈善家?"

我大笑。"是的,我是你该死的不做实事的好邻居,维克·华沙斯基。你的狗布鲁斯搞了我的狗佩皮,它怀孕了。"

"哦，我记得你了，你来抱怨过布鲁斯。它是个好狗，它不会在邻里闲逛，不管你们这些人怎么说。你没法向我证明它让你的母狗生了崽子。"

我把篮子放在床上，然后打开。两只黑金相间的皮球跌跌撞撞地爬出来。弗里泽尔太太的脸色微微起了变化。她抱起小狗，让它们舔她。我在她身边坐下，一只手搁在她的胳膊上。"弗里泽尔太太……我不认为有人告诉你了，但是布鲁斯死了。你失去意识的时候，有人带走了你所有的狗，然后让它们安息了。玛乔丽·赫尔斯特伦和我努力救它们，但是没成功。"

她什么也没说，我就继续说道："这两只狗是布鲁斯的后代。你康复回家的时候，它们就能够离开母亲了。如果你想要它们，它们就是你的了。"

她极其愤怒。人们努力让自己不哭的时候，通常都会这么做。"布鲁斯是万里挑一的狗。万里挑一，年轻的女士。你不能就这样取代它。"

一只小狗咬了咬她的手指。她立即斥责它，但是怀着隐隐的喜爱。它把头歪到一边，朝她咧嘴笑。

"你也许只有一点像它，先生。也许只有一点。"

我让小狗和她待了半个小时，然后告诉她我明天再带它们来。

"别以为我这样就会做决定，我不会。我也许会控告你玩忽职守，让我的狗死了。记住这点，年轻的女士。"

"遵命，夫人。我会的。"

我回到家，告诉孔特雷拉斯先生我很肯定她会留下那两只狗，但是他最好赶快给其他六只狗找个家。在他试图说服我留下一只狗之前，我用对付维尼的计划转移了他的注意力。

那天晚上，银行经理下班回家，他拦住了维尼，然后给我的公寓打了两次电话让我知道他准备好了。

我一次跑下两级台阶。维尼棕色的圆脸看见我的时候厌恶地绷紧了。他努力扫平前路经过我，但是我抓住他的胳膊不放。

"维尼，孔特雷拉斯先生和我要和你谈笔生意。也和托德与克里西谈。所以为什么不去他们那儿谈，丢下这些难看的事呢。"

他不想这么做，但是我低声说出警察、联邦执法官员以及调查美国大都会在抛售过量的钻石山垃圾债券的事。

他愤怒地皱起眉头。"我知道你在诽谤。但是我们也可以去皮奇家。他是我的律师，他也能告诉你怎样脱罪。"

"棒极了。"

更可能的是，托德和克里西看见我会比维尼还要不开心。我让他们大声抱怨了几分钟，但是孔特雷拉斯先生不赞同托德的某些用词，于是就跟他说了。托德的下巴掉了下来，也许从来没有人如此严厉斥责过他。

我利用了短暂的安静。"我有笔生意要和你们这三个野心家谈。就叫它认罪辩诉协议吧。托德，我想你和克里西辞去弗里泽尔太太的监护权。她现在很清醒，她的髋部也开始痊愈。只要一点帮助，她就能在下个月回家来照顾自己。她不需要你们。我不认为你们可以有什么地方帮到她。所以如果你们放弃监护权，如果你们买回她的三手钻石山的债券，以面值买回去，我会承诺你们不向美国律师协会说起你们在邻里推销债券的事。当然，如果你们再次开始推销，这笔交易就完了。"

他们都开始说话，像是合唱似的，让我管好自己的事，而且无论如何，他们都没有做非法的事。

"也许,也许吧。但是你们走得太远,向人们承诺投资那个垃圾就像买政府保证的存款证一样好。你会被取消律师资格,托德,因为你参与其中。美国大都会也许想提拔你,维尼,为了你的努力,但是如果引起公愤,他们很可能抛弃你。"

麻烦的是,他们没人会承认自己做错了。他们说服自己认为任何得到他们想要的结果的事都绝对合法。我得不断灌输相同的关键问题,来引起他们的注意力——我和芝加哥的媒体关系紧密,足以把这个故事吹到天上。而当这一切发生时,他们的老板也许会把他们当作替罪羊。

"还记得奥力·诺斯吗?你们也许认为他是个英雄,但是他的老板们在聚光灯连续照在他们身上时,就毫不歉疚地把他扔给了狼。而你们这些人没有海军制服在身,让你们能昂首阔步。你们要在街上和其他五万个孩子一样抢工作,而第五个月你们就要偿付那些抵押借款了。"

最终他们同意了我的条件,但是固执地坚持他们从来没有越界做不该做的事,更别说犯法了。我们五个人——孔特雷拉斯先生不愿被排除在外——星期一下午四点在湖景银行见面。托德和克里西还要从遗嘱检验法庭终结他们的监护权。而他们还会拿一张银行开出的三万美元的支票,买回钻石山的债券。

作为交换,我答应在联邦调查员开始调查美国大都会的事时,不提起他们在兜售垃圾债券一事中扮演的角色。孔特雷拉斯先生和我筋疲力尽地回到家。我们喝了一瓶凯歌香槟庆祝。

第二天早上,我在想我们的周年纪念是不是提前到来。九点的时候,门铃响了,我正要看看我的胃能承受多少训练。对讲机那头的声音表明那是迪克·亚伯勒。

他和苔莉一起走上楼梯。苔莉穿着一身足以去拍照的藏青色名牌西裤套装,她那光滑的桃色皮肤完美地上了妆。迪克穿着郊区高级行政人员周末的服装,一件保罗T恤,宽松下垂的棉质裤子,还有一件运动外套。

"维克,我可以这么喊你的,是吗?我觉得我像是认识你。"苔莉伸出一只手,表示亲密,而迪克在后面磨蹭。

"是的,我也觉得我像是认识你。"我无视了她的手,"你们俩想要点什么特别的,还是说我这里是你们参观贫民窟的逗留之处?"

迪克皱着眉,但苔莉微微露出圣洁善良的笑容。她坐在钢琴凳上,睁大眼睛看着我。

"这对我来说是很难的一次拜访。让我们面对它吧——你和迪克结过婚,而我知道你们之间现在还有某种感觉。"

"但是我在靠近去查看之前,会穿上铅遮板。"我说。

"他们说恨的另一面就是爱。"她说话的样子,就像是在对优等生展示法律的庄严,"但是我知道,迪克告诉过我,你失去了你的父亲,所以我想你能理解我的感受。"

"彼得死了?"我惊讶了,"晨报上没有报道。"

迪克做了个不耐烦的手势。"不,彼得没死。苔莉没说到重点。她和彼得很亲近,她担心如果她不能说服你放弃控告,他就会坐漫长的牢,而她就会失去他。"

我感觉嘴唇因怒气而抿紧了。"他们很亲密,这可真好。彼得在接下来的几个月里——也许是接下来的二十年里——格外需要支持。而只有知道他的女儿会来听审,百分之百相信他,才会帮上他。"

泪水在苔莉光亮的睫毛末端闪烁。防水睫毛膏没让黑色的污迹滑下她的眼睛。"迪克说你的幽默感很奇怪,但是我不相信你会认为这很有趣。"

"我没发现之前三个星期里发生的每件事很有趣。两个老人被杀了,因为你爸爸和你叔叔不想让他们告发你丈夫安排的复归退休金。至少有一个老太太差点儿变得无家可归,因为你叔叔组织了一个精妙的营销计划骗取了她一辈子的积蓄。而我自己也觉得很不开心,被人开枪射杀,而且差点玩儿完。"

我的手指抚着棉T恤下面突起的胃部。绷带裹住伤口,但我一直都觉得每次我扭动我的身体时,伤口都要渗血。

"但是爸爸跟我解释过。这些都不是他做的。钻石山工厂里的人误解了他和杰森叔叔。那些人不该做这些。每个人都认为这是错的。爸爸会在法庭上证明这一点。迪克能处理。但是如果你同意这只是个巨大的错误,他就不必这么做,你会生活得更轻松。我讨厌迪克不得不在大庭广众之下攻击你。而你知道,像这种案子,他们会雇调查员挖出你的秘密——谈论你的爱情生活,你对法律的漠视,所有这些事。"

狂怒紧紧攫住了我,我几乎什么都看不见。我把双手伸进我的口袋里,这样迪克就不会看见我的双手在颤抖。"发现会伤害双方,宝贝。到我结束我的案子时,你的丈夫还能拥有他的律师执照,还能在联邦监狱外面走来走去,就很幸运了。"

迪克一直没有真正进屋来。在我们最后的交锋中,走到窗边。他对着玻璃说话,而我们都听不到他的声音。

"我在这案子里唯一的角色将会是证人。"

苔莉和我都大吃一惊,一句话也说不出来。但是她先恢复正常。"迪克!我不能相信你会是这么一个,这么一个叛徒!爸爸为你做了那么多!你承诺过我——"

"我什么也没有承诺过你。"迪克一直背对着我们,"我最后同意今天来这里,是因为你太渴望这个主意。我告诉过你,如果你能让维克听你的,我就会给你们起草一份协议书。但是我一整晚都努力让你明白,我不能代表你爸爸和你叔叔出庭。"

"但是爸爸指望着你。"

他终于转过身。"我们已经说过一百次了,但是你不听。利·威尔顿强烈建议我不要做他们的辩护律师,这太不妥当,因为我是钻石山董事会的一员。我只会害了他们,而不是帮他们。而且,苔莉,我不相信他们。最近几天里我和他们的员工谈得够多了,足以让我相信他们想杀维克。你的爸爸陷害我——他伪装成要保护我,让我去向维克传递警告,让她离养老金复归一事远点儿。他肯定知道我不会赞成袭击她。"

苔莉跳起来,血色在她的胭脂下亮起。"你还爱着她!我不信!"

迪克露出疲惫的笑容。"我不爱她,苔莉。我想我应该说我不会赞成他们杀任何人,不分种族、宗教信仰、性别,还是因为别人喜欢刨根问底。"

苔莉的眼睛里泪水闪闪发光。她跑出门。"自己回家吧,能人先生。我不载你。"

我以为他会追出去,但是他僵立在房间里,双肩垮下来,在摔门声的回音消失之后仍站了很久。

"我很难过,迪克。为你面临的停工时间感到难过。"

"我想你肯定会得意扬扬地挥舞着你的枪,告诉我说我只能谢谢我自己。"

我摇摇头,不能相信我的声音。

"你是对的。我只能谢谢我自己。我一直都知道我有多脆弱。苔莉……如果她看见我,看见我强大的假象。别泄密。她对我充满信心。她把我变成了那些透明的建筑之一。"他发出一声刺耳的大笑,"我不常这样想,但是我确实希望多年之后你看到我功成名就你会感到遗憾。不是遗憾你离开了我,而是遗憾你看不起我。"

我发觉双颊尴尬地烧红了。"我是个街头斗士,迪克。我不得不像个孩子那样以求生存,但是我担心我无法成长。苔莉这样的人比我更适合你。你会明白的;你们两个总会渡过这次难关。"

"也许吧。也许。瞧,就是那个该死的退休金协议开始了所有这些麻烦。不是全部,那个彻头彻尾的白痴,杰森,让他的手下蒙骗百利宫。他什么忙也帮不上,他只会保守秘密。两个男人因此而死。事发之后,法律事务虽然没问题,但是他会让我们打上十年的官司。我今天早上和百利宫的本·洛林谈过。如果工会想要投票表决的话,他愿意帮忙重建协议,买下年金保险投资,退钱。我们会强行从美国大都会拿走钱,然后交回给艾捷克斯保险公司管理。"

我感觉我的肩膀宽慰地松垮下来。孔特雷拉斯先生的退休金,工会里所有人的退休金,让我苦恼了整个星期。"你能负担吗?我想大部分的钱都在钻石山的垃圾债券里。"

迪克点头。"洛林会解决一部分。而彼得也会同意拿出一部分联合运输的股份作抵押。他不想这么做,但是他最后会的。这是他要求认罪辩诉合约的唯一希望。"

"而你呢?"

"我不知道,我给利递了辞呈,但他不会接受。他确实赞同我们今年之后不再需要年轻的皮奇留在公司里。这会让你高兴。但是,我需要离开法律界,利支持我,更多是因为他不想让我尴尬,而不是其他原因。但我还是要离开六个月。如果我进了修道院,我会让你知道的。"

我想送他去镇中心坐火车,但是他说他需要走走,让头脑清醒一下。我和他一起下楼。

他拉起我的手,放在他的双手之间。"我们在一起曾经开心过,对吗,维克?不总是争吵和轻视,对吗?"

我忽然想起托尼临死时迪克每周末都和我一起去陪他。在我用苦涩的窗帘遮蔽住过去时,我忘记了这一切。而迪克五岁就成了孤儿。他崇拜托尼,曾站在他的坟前哭泣。

"我们一起度过了一些很重要的时刻。"我握紧他的手,然后拉出我的手,"现在你最好走吧。"

他头也不回地离开了。

第五十四章 离家很远

接下来的四个星期，法院开展了漫长而缓慢的调查。他们雇人修缮弗里泽尔太太的家，一旦她能回家，就找人帮助她，而且安排州政府支付她的账单。卡罗尔·阿尔瓦拉多为此跑了很多腿。

我打电话给弗里泽尔太太在旧金山的儿子，让他知道他母亲怎么样了。他母亲知道我们和他通了话很激动，而他也同样激动。

到弗里泽尔太太能够回家的时候，我们给最后的几只小狗找了家。孔特雷拉斯先生说服了我，留下了他最喜欢的一只小公狗。小狗全身都是金毛，只有两个耳朵是黑色的。他坚持给它起名叫米切。

老太太回家的同一天，托德和克里西把他们的房子放到市场上。尽管房地产市场正处在萧条期，我们都不认为卖出去需要很久——他们把它重建得很漂亮，而湖景一带已经成为第一流的雅皮地产。

洛蒂和我又开始说话了，但是洛蒂显得外强中干，几乎是很脆弱。我们似乎不能恢复我们旧时深厚亲密的友情。她玩命似地工作，以至于开始变得骨瘦如柴。虽然她步伐紧张，但是她正失去她一贯的精神。

当我试图告诉她那几个最有可能袭击她的人，西蒙和其他几个恶棍出了什么事的时候，她拒绝听我说。她的伤口、或者她的恐惧，说明她厌恶我的工作。我担心她对我的生活都感到强烈反感，想脱离其中。我和卡罗尔以及马克斯都谈过她的事。他们都很担心，但是除了耐心，无法给出其他建议。

"她原谅了我。"卡罗尔说道，"她也会原谅你的。给她时间，维克。"

我什么也没说，但是现在这似乎是更严重的难题。

也许那段时间最令人惊愕的是米切·克吕格尔的儿子出现了。小米切原来是个石油钻采工程师。他在波斯湾待了几个月，人都晒黑了。他在科威特帮助那里的重建。他母亲在亚利桑那的一份报纸上看到了我们的广告，寄去给身在科威特的他。小米切在回家的路上到芝加哥来了一下，看看我们要告诉他什么。

他谢谢我们为找出杀害他父亲的凶手做出的努力，但是抑郁地说道："我没法为此感到太过激动。我几乎不记得这个人了。虽然如此，我还是很高兴他去世的时候能有朋友帮他。"

后来我告诉康纳德的时候，他大笑。"别这么郁郁寡欢，华小姐。至少那个人谢了你。见鬼的，我百分之九十的时候付出的努力收到的都是恐吓信。"

这段时间我很努力工作。我不只是帮忙处理费利蒂的案子和修缮弗里泽尔太太的房子，我还从真正的客户那里接活儿，收到真正的钱。我收到第一笔聘用定金就去买了双新跑鞋。而且，我和康纳德的日程表里有多少时间，我们就疯狂地聚在一起多少时间。

孔特雷拉斯先生鼓起勇气，努力不干涉此事，但不能隐藏他对警长的不适。我为此而苦恼，试图和罗林斯讨论这件事。

"至少他和你说话。我的姐姐从某个好管闲事的人那里听到了小道消息，知道了你，说她不会让我弄脏她的起居室。"

我大声喘气，而罗林斯笑了笑。"是的，白人姑娘，两边都受伤了。所以别让老先生担心你。"

我努力不让他担心，努力不去想在我们两个的工作冲突之前我们还能亲近多久，但是想放松地继续这段关系还是很困难。

尽管有工作作为屏障，我发现我又时常因为噩梦而醒来。我梦到母亲的死，梦里，洛蒂和加布里埃拉纠缠在一起无法解开。

某天晚上这无法忍受的幻影惊醒了我的睡眠，康纳德和我在一起。我试着不吵醒他，从床上滑下来，走进起居室，走到窗边。我只能认出皮奇家的拐角。我想晚上出去跑步，跑得又快又远，好让我从噩梦中挣脱开来。

我试图想出早上三点户外能安全地待着的地方。这时康纳德出现在我身后。"你怎么了，华小姐？"

我把双手放在他双臂上，但还是望着窗外。"我不想吵醒你。"

"我睡得很浅。这个月我们在一起的每天晚上我都听见你起床。如果你不想让我在这里过夜，就告诉我，维克。"

"不是这样。"我低语，仿佛黑暗强迫我沉默。

他轻抚着我的头发。我们沉默地站着。

我没打算告诉他洛蒂的事还有我的噩梦，但是在黑暗之中，他的身体贴着我的身体，那份温暖让我突然说道："是洛蒂。我很害怕，害怕她要像我母亲那样离开我。不管我多爱我母亲，不管我尽全力去照顾她，她还是离开了我。如果洛蒂也抛弃了我，我觉得我承受不了。"

"所以你不得不让你身边的人一直疑虑重重，是这样吗？所以像我这样的人，甚至是楼下的老人，都会一直紧紧抓着你，不会让你一个人踽踽而行。"

我把他抱得更紧了，但是什么话也说不出来。也许他是对的。也许这就是每一次孔特雷拉斯先生、或是洛蒂、或是其他任何人担心我的安全时，我的反应都很粗暴的原因。这甚至是我一再把自己推到危险边缘的原因。当我的力量逐渐变得迟钝，我还能找到其他力量让我跨越这个深渊吗？我在夏日的空气中颤抖不已。

GUARDIAN ANGEL
By SARA PARETSKY
Copyright © 1992 BY SARA PARETSKY
This edition arranged with DOMINICK ABEL LITERARY AGENCY through BIG APPLE AGENCY, LABUAN, MALAYSIA.
Simplified Chinese translation copyright © 2018 by New Star Press Co., Ltd.
All rights reserved.
著作权合同登记号：01-2018-5507

图书在版编目（CIP）数据

守护天使／(美) 莎拉·派瑞斯基著；缪莹译．——北京：新星出版社，2018.9
(守护天使：芝加哥首席女侦探精选集)
ISBN 978-7-5133-3165-4

Ⅰ.①守… Ⅱ.①莎… ②缪… Ⅲ.①长篇小说－美国－现代 Ⅳ.①I712.45

中国版本图书馆 CIP 数据核字（2018）第 156027 号

午夜文库
谢刚 主持

守护天使

(美) 莎拉·派瑞斯基 著；缪莹 译

责任编辑：曹晓雅
责任校对：刘 义
责任印制：李珊珊
封面插图：宣 和
装帧设计：周伟伟

出版发行：新星出版社
出 版 人：马汝军
社　　址：北京市西城区车公庄大街丙3号楼　100044
网　　址：www.newstarpress.com
电　　话：010-88310888
传　　真：010-65270449
法律顾问：北京市岳成律师事务所

读者服务：010-88310811　service@newstarpress.com
邮购地址：北京市西城区车公庄大街丙3号楼　100044

印　　刷：三河市文通印刷包装有限公司
开　　本：910mm×1230mm　1/32
印　　张：13.25
字　　数：318千字
版　　次：2018年9月第一版　2018年9月第一次印刷
书　　号：ISBN 978-7-5133-3165-4
定　　价：258.00元（全五册）

版权专有，侵权必究；如有质量问题，请与印刷厂联系调换。